grafit

Chemnitzer Str. 31, D-44139 Dortmund
Internet: http://www.grafit.de
E-Mail: info@grafit.de

Umschlagfoto: Petra G. Hilke/photocase
Druck und Bindearbeiten: CPI books, Leck
ISBN 978-3-89425-342-4
1. 2. 3. 4. 5. / 2009 2008 2007

Frank Bresching

Das verlorene Leben

Psychothriller

grafit

Der Autor

Der gelernte Kaufmann Frank Bresching, 1970 in Lahnstein geboren, ist als angestellter Vertriebsleiter in einem großen Unternehmen und seit den Neunzigerjahren auch als Autor tätig. Mit *Das verlorene Leben* legt er nun einen außergewöhnlichen Psychothriller vor.

Frank Bresching lebt mit seiner Frau und seinen beiden Kindern am Stadtrand von Koblenz.

Für Yannik und Jolina
In Liebe

Eine Erzählung, eine Lüge, nicht mehr.

Erster Teil

Der Mord an Flora

1. Kapitel

Wenn ich darüber nachdenke, habe ich vor über zwanzig Jahren nicht nur meine Jugend verloren, nein, ich führe seit den damaligen Ereignissen gewissermaßen ein Leben, das auf verfälschten Perspektiven, Irritationen und sogar Lügen basiert. Eine traurige Erkenntnis, aber sie kommt der Wirklichkeit um so vieles näher als die Wahrheit, die ich sehen wollte.

Ich lehne mich zurück und spüre, wie die hölzerne Stuhllehne in meinem Rücken nachgibt, während sich unzählige verwirrende Gedanken in meinem Kopf festsetzen. Bilder huschen an mir vorüber, die wie undeutliche Fetzen aus der Vergangenheit an mein Auge reichen.

Vielleicht hätte ich mich nicht daranmachen dürfen, das aufzuschreiben, was mich all die Jahre hindurch bewegt hat. Eigentlich wollte ich meine Erinnerungen auslöschen, aber meine Bemühungen waren vergeblich. Das liegt wohl daran, dass ich der entscheidende Teil der ganzen Geschichte bin. Ohne mich ist sie inhaltslos wie ein leeres Gefäß.

Ich denke an meine Freunde. Und an Rafael. Er hat überlebt, so wie ich. Dennoch sind wir keineswegs Auserwählte. Wir leiden, jeder auf seine Art.

Viele Menschen sind gestorben. Sie wurden getötet. Eiskalt ermordet. Ihre Gesichter verfolgen mich in den Nächten, in denen ich nicht schlafen kann. Und wenn ich schlafe, dann quälen mich böse Träume.

Es wäre besser gewesen, wenn Diego, Rafael und Flora nie nach Bell gekommen wären.

Ich atme tief durch und denke nach. Mit jedem Wort, das ich zu Papier bringe, fühle ich die Dringlichkeit, mich von meinen inneren Fesseln zu lösen. Ich muss mich meinem eigenen Schatten stellen. Das ist nicht einfach. Es ist ein Ringen nach den richtigen Sätzen, nach Formulierungen, die kraftvoll genug sind, um wiederzugeben, was ich damals gefühlt habe. Natürlich spielt es eine wichtige Rolle, dass ich eine Art innere Stärke und die Zeit zum Schreiben gefunden habe. Bei näherer Betrachtung muss ich zugeben, dass es sich eher umgekehrt verhält – die Zeit hat mich gefunden.

Eine schöne Einsicht, rein und klar in ihrer Aussage, dabei so wahr, dass es mich schmerzt. Ein zynisches Lächeln huscht über meine Lippen und ich streiche mir unwillkürlich mit der Hand über das unrasierte Kinn.

Sollte ich nicht einfach das vor mir liegende Blatt zerreißen und mich dem Schicksal fügen, das mich wie ein ungebetener Gast heimgesucht hat? Nein, das werde ich nicht tun, denn die Hoffnung, dass mir das Schreiben ein wenig von meiner Last abnimmt, ist größer als die Angst vor der Wahrheit. Außerdem hat Olivia mir dazu geraten. *Schreiben Sie Ihre Geschichte auf. Es ist möglich, dass Sie sich dadurch von Ihrem eigenen Bewusstsein entpflichten, ohne die Verantwortung tatsächlich abzuwälzen. Vielleicht werden Sie begreifen und verinnerlichen, was wirklich geschehen ist. Aber nur vielleicht. Eine Garantie gibt es nicht. Und ich weiß auch nicht, ob Sie die anschließende Ruhe finden, die Sie suchen und benötigen. Eins steht fest: Sie müssen es probieren. Denn nur wenn Sie die Wahrheit akzeptieren, akzeptieren Sie Ihren Zustand und die Jahre, die noch vor Ihnen liegen.*

Olivia ist eine gute Therapeutin. Ich vertraue ihr. In ihrer Gegenwart fühle ich mich wohl. Ihre Worte sind wie Balsam auf meinen Wunden. Olivia ist zweifellos zu einem wichtigen Bestandteil meines Lebens geworden. Durch ihre jahrelange Erfahrung strahlt sie eine wohltuende Gelassenheit aus. Darüber hinaus besitzt sie den Scharfsinn, der mir helfen könnte, den richtigen Anfang zu finden. Eine schwierige Aufgabe. An welcher Stelle soll ich beginnen? Ich bin mir nicht sicher und schließe die Augen. Dabei versuche ich, ruhig zu atmen und mich leiten zu lassen. Ich bilde mir ein, Olivias weiche Stimme zu vernehmen. *Sie dürfen die Sätze nicht planen, schreiben Sie spontan, intuitiv, dann werden die Worte aus Ihnen fließen wie klares Wasser aus einer Quelle.*

Worte, die aus mir fließen wie klares Wasser aus einer Quelle.

Ein schöner Gedanke, aber wie nahe kommt er der Wirklichkeit? Ich wünsche mir, Olivia würde recht behalten. Ich spüre die Anspannung, die sich wie eine zweite Haut um mich legt. Ich halte die Augen geschlossen und werde wie von einem Strudel in die Vergangenheit gezogen. Plötzlich sehe ich Flora. Sie ist gerade erst vierzehn geworden, aber ihr Körper wirkt in dem engen Ballettkleid viel reifer, fraulicher. Der weiße Stoff spannt sich über ihre festen Brüste und ihren geraden Rücken, während sich ihre Hände über ihrem Kopf berühren. Sie hat ihre langen, dunkelblonden Haare zu einem Pferdeschwanz gebunden, was ihrem wunderschönen, ebenmäßigen Gesicht eine strengere Note verleiht. Ihre nackten Füße huschen über die schmutzigen Pflastersteine des Innenhofes, als sie zu tanzen beginnt. Ihre Bewegungen sind filigran, drücken eine Natürlichkeit aus, die mich verzaubert. Obwohl ihre Füße nie den Kontakt zum Boden verlieren, scheint Flora zu schweben wie eine Fee. Sie wird beleuchtet von einem zunehmenden Mond, der über das mit Moos bedeckte Dach des alten Gemäuers blickt, als möchte auch er den Tanz beobachten, der mein Herz schneller schlagen lässt.

Ich spüre ein Lächeln, das meine Lippen umspielt. Aber dieser Augenblick ist nur kurz, viel zu kurz, er ist vergänglich wie das Leben selbst. Mein Lächeln gefriert, denn auf das Bild der tanzenden Flora folgt ein weiteres, auf dem sie ebenfalls zu sehen ist und das sich meinem geistigen Auge beharrlich aufdrängt. Ich bin nicht in der Lage, das Bild beiseite zu schieben. Und während ich es betrachte, kehre ich zu dem heißen Sommertag zurück, an dem sich alles veränderte.

Die Sonnenstrahlen brachen sich auf der glatten Oberfläche des großen Sees und tauchten das Wasser in ein goldenes Licht. Das Ufer wurde von dicht beieinanderstehenden Bäumen gesäumt, die sich in dem hellen Schein des Gewässers widerspiegelten. Das Bild, das dabei entstand, wirkte wie eine verschwommene Nachahmung der Wirklichkeit, die zum Verweilen und Träumen einlud.

Aber zum Verweilen und Träumen war mir gar nicht mehr zumute. Im Gegenteil, ich wollte davonlaufen, den Schrecken einfach zurücklassen. Hier an diesem Ort, der uns noch vor wenigen Minuten Schutz und Geborgenheit vermittelt hatte, als Diego, Flora und ich barfuß durch das seichte Wasser stapften und uns gegenseitig nass spritzten. Drei Heranwachsende, die sich nach der Schule am Laacher See trafen, um den Ferienbeginn gebührend zu feiern. Mit einer Flasche Sekt und Zigaretten, die Diego besorgt hatte.

Aber plötzlich war die gelöste Stimmung einem Grauen gewichen, das völlig unerwartet und mit einer unglaublichen Kraft über uns gekommen war.

Ich stand einfach nur da, unfähig, mich von dem entsetzlichen Bild zu lösen, das mich beharrlich festhielt. Ein warmer Windzug blähte Floras Kleid auf und gab einen Blick auf ihre braunen Beine und das geblümte Höschen frei, dessen Stoff an einer Seite zerrissen war. Sie lag auf dem ausgedörrten Waldboden in der Nähe des Ufers und starrte mit weit aufgerissenen Augen in den Himmel, als würde sie nach etwas Bestimmtem Ausschau halten. Ihre Gesichtszüge wirkten verzerrt, was ihre Schönheit auf eine fast schon abstruse Weise entstellte. Ich war zutiefst erschüttert. Aus der klaffenden Wunde oberhalb ihrer linken Schläfe sickerte Blut, das ihr offenes Haar in dunkle Streifen färbte und eine rote Spur über ihre Stirn zog. Flora lag reglos da. Sie war von dem überrascht worden, was wie ein böser Traum über sie hergefallen war und ihr das Leben aus dem Leib gerissen hatte. Obwohl sie mit der Unschuld und der Schönheit ihrer Jugend fast jedermann um den Finger wickeln konnte, hatte der Tod nicht von ihr gelassen, kein Erbarmen gezeigt und sie mitgenommen. Das Bild zog mich in einen Bann, der mich regelrecht lähmte und mir die Kehle zuschnürte. Außerdem war ich in diesem Augenblick nur begrenzt fähig zu denken. Trauer und Verständnislosigkeit ergriffen mich, drangen in mein Innerstes, ohne dass sich ihnen irgendein Hindernis in den Weg stellte.

Flora, was ist geschehen? Wer hat dir das angetan? Die Fragen schossen durch meinen Kopf. Mein Mund war wie ausgetrocknet, eine brennende Übelkeit breitete sich in mir aus und paarte sich mit einer langsam aufkeimenden Furcht, die mich endlich handeln ließ. Ich hockte mich neben Floras Leichnam und berührte ihre Hände. Sie waren noch warm und zart. Erst jetzt merkte ich, dass Tränen meine Augen füllten, und wie durch einen Schleier sah ich zu Diego hinüber. Er kauerte am dünnen Stamm einer Kiefer, die angezogenen Beine mit beiden Armen umschlungen, zitterte am ganzen Leib und weinte. Seine Muskeln zuckten bei jedem Schluchzer mit, während er starr auf seine Cousine blickte.

»Was ist passiert?«, fragte ich heiser und versuchte vergeblich, die Tränen zurückzuhalten, die heiß über meine Wangen liefen. Diego schüttelte nur stumm den Kopf.

Ich war unserem Treffpunkt doch nur für kurze Zeit ferngeblieben, um eine Runde im See zu schwimmen, während Flora und Diego zu der alten Hütte gingen, die sich nur wenige Meter vom Ufer entfernt befand. Dort hatten wir zuvor unsere Schultaschen und die Tüte mit den Zigaretten und der Sektflasche deponiert. Nachdem ich aus dem See gekommen war, hatte ich mir meine Kleidung über meinen nassen Körper gestreift, die Turnschuhe angezogen und war den schmalen Pfad hinaufgelaufen, um mit meinen beiden Freunden anzustoßen. Ich hatte geglaubt, dass sie fröhlich rauchend und vor neugierigen Blicken geschützt auf dem Baumstamm vor der Hütte saßen. Stattdessen erwarteten mich die leblos daliegende Flora und der völlig verstört wirkende Diego.

Ich strich Flora über den Kopf. Sie war tot. Das hatte ich seltsamerweise sofort begriffen, als ich sie dort am Boden liegen sah. Ich musste nicht ihren Puls fühlen oder mein Ohr auf ihre linke Brust legen, um nach ihrem Herzschlag zu hören. Sie war gestorben. Es war ein entsetzlich klares Wissen, das in mir steckte wie ein Dorn.

»Was ist hier passiert?«, wiederholte ich meine Frage. »Bitte, Diego, sag es mir.«

Diegos Lippen bebten. Speichel troff aus seinem Mund und sein Gesicht wirkte maskenhaft.

»Ich weiß es nicht! Mich trifft keine Schuld, wirklich nicht«, stammelte er und starrte mich mit seinen dunklen Augen an, die seine ganze Fassungslosigkeit ausdrückten.

Ich ließ von Flora ab, mein Blick wanderte ziellos umher und dabei bemerkte ich den marmorierten Stein, der nur zwei Schritte von ihrem Kopf entfernt lag. Er war faustgroß, kantig und mit Blut beschmiert.

»Du hast sie erschlagen«, stellte ich so plötzlich fest, dass es mir selbst eiskalt über den Rücken lief. »Du hast sie getötet, Diego. Du warst es.«

»Was sagst du? Was?« Diego richtete sich auf und ballte die Hände zu Fäusten.

Obwohl wir gleichaltrig waren, war er wesentlich größer und kräftiger als ich. Er sah nicht aus wie ein fünfzehnjähriger Junge, er wirkte älter und reifer. In diesem Moment wurde mir seine körperliche Überlegenheit bewusst und ich begann, mich auf eine fast schon absurde Weise zu fürchten.

Es war ein merkwürdiges Gefühl. Diego war doch mein Freund. Vielleicht sogar mein bester. Ein Zigeunerjunge, ein Schmuddelkind, wie Mutter es ausdrückte, die mir strikt verboten hatte, mich mit Diego, Rafael oder Flora zu treffen. Ich hatte nicht auf sie gehört. Wieso auch? Ich verbrachte die beste Zeit meines Lebens mit den zugezogenen Schmuddelkindern.

Und diese Zeit war nun vorbei. Diego hatte seine eigene Cousine umgebracht. Diese Erkenntnis traf mich wie ein Blitz und schallte unentwegt durch meinen Kopf.

»Warum?«, fragte ich flüsternd.

»Mich trifft keine Schuld«, erwiderte Diego heiser.

»Nein?« Ein breiiger Kloß kroch meinen Hals hoch. »Und weshalb liegt Flora vor uns auf dem Boden? Warum atmet sie nicht mehr? Warum? Sag es mir, Diego, sag es mir!«

»Ich weiß es doch nicht!«, erwiderte mein Freund starrsinnig. Sein Brustkorb hob und senkte sich. Er schnaubte durch die Nase und seine Gesichtszüge verhärteten sich. Ich hatte ihn noch nie so verwirrt und verunsichert gesehen, und das jagte mir eine Heidenangst ein.

Unsere Blicke klebten regelrecht aneinander. Dann kam Diego auf mich zu und mir wurde klar, dass ich abhauen musste. Fort von ihm. Fort von diesem Ort. Ich hatte keine Erklärung dafür, was sich hier tatsächlich abgespielt hatte, aber dass Diego daran die Schuld trug, brannte sich tief in mir ein. Seine Beteuerungen prallten an mir ab.

Ich drehte mich um und lief davon. Mein Herz jagte in meiner Brust, während ich durch das Waldstück in Richtung Parkplatz rannte. Dort standen unsere Fahrräder. Äste und Zweige peitschten in mein Gesicht und ich hörte ein jämmerliches Wimmern. Erschrocken stellte ich fest, dass ich es selbst verursachte. Der Wind ließ die Blätter im Unterholz rascheln. Die Angst verwandelte sich allmählich in nackte Panik. Ich sah mich einmal kurz um, weil ich mir sicher war, dass Diego mir dicht auf den Fersen war. Er durfte mich nicht entkommen lassen, denn ich würde es allen erzählen.

Er war ein Mörder. Er hatte es getan.

Ich war allein. Diego folgte mir überhaupt nicht, er blieb zurück. Dennoch rannte ich weiter, bis ich auf die Lichtung kam, die zu dem Parkplatz führte. Mein Fahrrad lehnte an einem Holzzaun. Nur noch ein paar Meter und ich hatte es geschafft. Unter meinen Füßen knirschten die Kieselsteine, die auf dem Parkplatz ausgelegt waren. Ich erreichte mein Fahrrad, packte das Lenkrad und hechtete auf den Sattel.

Meine Beine waren schwer. Ich trat so kraftvoll, wie es nur irgendwie ging, in die Pedalen und fuhr auf die Straße. Zahlreiche Autos überholten mich, aber ich beachtete sie nicht weiter. Ich wollte nur noch nach Hause.

2. Kapitel

Die Schaulustigen versammelten sich hinter dem Absperrband der Polizei. Zwei uniformierte Beamte blieben davor stehen, um die Menschentraube vom unmittelbaren Tatort fernzuhalten. Bell ist nur ein kleines Dorf, das in der Nähe des Eifel-Maares Maria Laach liegt. Gerüchte und Neuigkeiten verbreiten sich in dieser Gemeinde in einem atemberaubenden Tempo. Nachdem Mutter die Polizei alarmiert hatte, rief sie meinen Vater an, dem ein Natursteinwerk in Mayen gehörte. Er machte sich sofort auf den Heimweg. Aber dabei blieb es nicht. Mutter unterrichtete auch noch die Nachbarschaft über das schreckliche Geschehnis am See, sodass die Nachricht sofort durch das ganze Dorf getragen wurde. Wie ich mich fühlte, war Mutter egal. Sie war von Anfang an darum bemüht, mich weitestgehend aus der Sache herauszuhalten, um den guten Ruf unseres Hauses nicht zu beschmutzen. Sie betonte, dass ich nur zufällig in der Nähe gewesen sei, als Diego, dieser Zigeunerjunge aus der Behringstraße, seine Cousine umgebracht habe. Dass es mit diesen verwahrlosten Kindern irgendwann einmal ein schlimmes Ende nehmen würde, hatte Mutter ja immer geahnt. Aber dass es schon jetzt und auf diese Weise geschah, davon war auch sie überwältigt.

»Halte dich von ihnen fern, sie taugen nichts«, hatte mich Mutter noch vor einer Woche gewarnt, bevor sie mich an den Schultern packte und mich eindringlich mit ihren eisblauen Augen anstarrte. »Du balancierst auf einem schmalen Grat, wenn du dich mit diesem Pack triffst. Verstehst du, was ich sage, Daniel? Kapierst du das? Du wirst dich nicht mit ihnen herumtreiben! Sie sind aus einem anderen Holz geschnitzt und dieses Holz ist faulig und stinkt.«

»Sie stinken nicht!«, sagte ich trotzig und spürte einen leisen Zorn in mir.

»O doch, das tun sie. Du nimmst ihren Geruch nur nicht wahr.« Mutter verstärkte den Griff um meine Schultern. »Ich verbiete dir diesen Umgang, mein Sohn.«

Ich presste die Kiefer zusammen, um meine Wut zu unterdrücken, die wie ein loderndes Feuer in mir flackerte. Aber ich sagte nichts mehr. Ich wusste, dass ich nicht gegen Mutter ankam. Dennoch nahm ich mir fest vor, mich nicht an ihre Regel zu halten.

»Wag nicht, meine Worte zu missachten, Daniel!«, sagte sie drohend, als hätte sie meine Gedanken erraten. Ich schüttelte den Kopf, im Gegenzug lockerte Mutter den Griff.

Vielleicht hätte ich auf sie hören sollen. Diese Überlegung schoss mir immer wieder durch den Kopf und zermürbte mich. Doch jetzt war es für diese Einsicht zu spät.

Mutter hatte sich zu den neugierigen Dorfbewohnern gestellt, die sich im dichten Unterholz aufhielten und beobachteten, wie die Männer von der Spurensicherung und der Mordkommission den Tatort untersuchten. Sie hatte ihr kurzes, braunes Haar nach hinten gekämmt und sich sogar noch dezent geschminkt, bevor wir losgefahren waren. Mutter wollte immer gut aussehen. Auch an einem solchen Ort, in einer solchen Situation. Sie tuschelte mit Frau Weikert aus der Hauptstraße und gemeinsam blickten sie zu Diego hinüber, der von einem bulligen, glatzköpfigen Mann in ziviler Kleidung befragt wurde. Dann schüttelten die beiden Frauen voller Abscheu den Kopf, während ich mich fragte, wer wohl zuerst hier gewesen war, die Menschen aus Bell oder die zuständigen Polizisten aus Koblenz.

Mir war hundeelend und es raubte mir fast den Atem, erneut Floras Leiche sehen zu müssen. Ein Blatt hatte sich in ihrem Haar verfangen, ansonsten lag sie noch genau so da, wie ich sie zurückgelassen hatte. Zwei Männer bahnten sich einen Weg durch die Menschenmenge. Sie rollten einen schwarzen Sack aus und öffneten dessen Reißverschluss. Dann stülpten sie sich Latexhandschuhe über, nahmen Floras zerbrechlich wirkenden Körper und packten ihn in den Sack. Als sie die Leiche fortbrachten, wurde mir endgültig klar, dass ich meine Freundin nie wieder sehen würde.

Nie wieder. Ich schluckte schwer.

Mein Vater stand neben mir vor der alten Hütte, an der auch noch die Schultaschen und die Tüte mit der Flasche Sekt und den Zigaretten lagen. Wir hielten uns bewusst im Hintergrund. Vater legte mir eine Hand auf die Schulter. Sicherlich spürte er meine Anspannung und wollte mich beruhigen. Seine Nähe gab mir ein wenig Halt und Sicherheit. Er war ein breitschultriger, kräftiger Mann mit großen Händen. Sein markantes Gesicht mit den ausgeprägten Wangenknochen war hellhäutig. Die meisten Menschen behaupteten, dass ich ihm ähnelte, was mich stolz machte. Er gab mir immer das Gefühl, an erster Stelle zu stehen. Im Gegensatz zu Mutter. Für sie war es wichtiger, was die Leute im Dorf erzählten und die Nachbarn dachten.

Ich ließ meinen Blick umherschweifen und sah Arno und Jürgen an einer Birke stehen, in deren Stamm wir vor wenigen Wochen unsere Namen geschnitzt hatten. Auch ihre Eltern waren alles andere als begeistert, dass sie sich regelmäßig mit Diego und Flora trafen. Ich hob meine Hand zu einem knappen Gruß. Meine Freunde nickten mir stumm zu. Schließlich blickte ich zu Diego, der kreidebleich war und dessen Lippen sich einen Spalt weit geöffnet hatten. Wortlos und geistesabwesend starrte er durch die Gegend, als hätte er den Verstand verloren. Er wirkte völlig hilflos und alleingelassen.

Der bullige Kerl vor ihm winkte einen hageren Polizisten heran, der Diegos Ellbogen umklammerte und ihn in Richtung Parkplatz führte. Mein Freund wehrte sich nicht. Er ließ es einfach geschehen.

Die ganze Szenerie glich einem künstlichen Bühnenbild, nur der Vorhang wollte nicht fallen und die Kulisse dahinter verstecken. Ich selbst war einer der Protagonisten – ein Zeuge. Der einzige Zeuge.

Plötzlich hörte ich eine schrille Stimme, die alle Aufmerksamkeit auf sich zog. »Wo bringen Sie meinen Jungen hin? Wo ist Flora? Was ist hier überhaupt los?«

Es war Magdalena, Diegos Mutter, die durch das Unterholz geprescht war und sich drohend vor dem hageren Polizisten aufbaute, der ihren Sohn abführte. Sie trug ein aufreizend dekolletiertes, rotes Kleid, auf das ihre dichten, schwarzen Locken fielen. Ihr Gesicht war sehr blass und ihre funkelnden Augen schienen den Polizisten zu durchbohren.

Ein Raunen zog wie ein Unwetter durch die Menschenmenge. Einige Dorfbewohner steckten die Köpfe zusammen und fingen an zu tuscheln. Es war so wie immer. Egal wo Magdalena auftauchte, es wurde hinter vorgehaltener Hand über sie gesprochen. Deswegen konnte ich mir gut vorstellen, was die Leute jetzt über sie sagten. *Da ist ja das billige Flittchen. Seht nur, wie sie sich wieder angezogen hat, wie eine leichte Dame, die auf einen Kunden wartet. Ein treffender Vergleich. Sicherlich lag sie im Bett, als sie benachrichtigt wurde, und dort war sie ganz bestimmt nicht allein.*

Die Gerüchte über Magdalena brodelten unter einer Oberfläche, die dunkel genug war, das Gesagte zu verbergen. Die Frauen im Dorf machten einen großen Bogen um sie, während die Männer ihr verstohlene Blicke zuwarfen. Einige von ihnen schauten auch verschämt auf ihre Schuhspitzen, wenn sie Magdalena auf der Straße begegneten. Dem Gerede nach waren das die Männer, die sie in der Nacht besuchten.

»Antworten Sie mir endlich.« Magdalenas Stimme zitterte. Sie stand kurz davor, die Fassung zu verlieren.

Der Polizist sah sich nach dem glatzköpfigen Ermittler um, der sich sofort in Bewegung setzte. Er stellte sich vor Magdalena und flüsterte ihr etwas zu. Dann blickte er sie mit einem ernsten Gesichtsausdruck an, als wollte er ihre Reaktion abwarten.

Magdalena hielt sich die Hände vor den Mund und schüttelte wie in Zeitlupe den Kopf. Sie war sichtlich erschüttert.

Der Glatzkopf drehte sich zur Seite und nickte dem Polizisten zu.

Im nächsten Moment riss sich Diego los. »Ich war es nicht, ich habe nichts getan! Mutter, hilf mir, bitte! Ich war es nicht!« Er schrie aus Leibeskräften. »Ich habe sie geliebt, sie war meine Cousine! Mutter, bitte glaube mir!«

Mir lief es eisig über den Rücken.

Der uniformierte Polizist packte sofort wieder zu und drehte Diego den Arm auf den Rücken. Seine Schreie verebbten in einem schmerzerfüllten Wimmern.

»Lassen Sie ihn los, Sie tun ihm weh!«

Magdalena wollte ihrem Sohn zu Hilfe eilen, aber der Glatzkopf versperrte ihr den Weg.

Sie schlug nach dem Mann, der sofort nach ihren Handgelenken griff und Magdalena fest an sich drückte. »Es hat keinen Sinn«, sagte er lautstark. »Beruhigen Sie sich!«

»Er ist mein Junge! Er ist kein Mörder! Bestimmt nicht!« Magdalenas Stimme überschlug sich.

Diego weinte, als er weggeführt wurde. Magdalenas Widerstand brach erst, als ihr Sohn außer Sichtweite war. Der Glatzkopf wartete einen weiteren Moment ab, bevor er sie wieder losließ.

Und dann tat Magdalena etwas, was alle überraschte. Sogar die Polizisten verharrten auf der Stelle, als sie auf die Dorfbewohner zuging, die den Vorfall voller Spannung und mit anklagenden Blicken beobachtet hatten.

»Seid ihr nun zufrieden, ihr Heuchler?«, zischte Magdalena

wütend. »War es das, was ihr erwartet habt?« Sie warf den Kopf in den Nacken und lachte hysterisch, bevor sie sich an die kleine Gruppe von Frauen wandte, die eng zusammengerückt war und zu der auch Mutter gehörte. »Ihr seid doch so erbärmlich! Eure Lügen und heimlichen Bedürfnisse stecken voller Sünde! Ihr glaubt, dass ihr besser seid als meine Kinder und ich, weil ihr jeden Sonntag das Vaterunser in der Kirche betet? Ihr seid blind und nehmt eure eigene Doppelmoral nicht wahr!«

Sofort breitete sich ein heftiges Stimmengemurmel aus, eine Mischung aus Empörung und Verunsicherung.

»Mich bezeichnet ihr als Hure, aber warum kommen eure Männer denn zu mir? Ich sage es euch: Bei mir finden sie, was sie bei euch vergeblich suchen!«, stieß Magdalena hervor. Dann kehrte sie uns allen den Rücken zu und ging erhobenen Hauptes zum Ufer hinunter.

Für einen Augenblick machte sich eine beklemmende Stille breit. Schließlich wandten sich die ersten Dorfbewohner ab und stapften schweren Schrittes durch das Dickicht zur Straße zurück. Sie hatten genug gesehen und gehört.

»Mir ist klar, dass du jetzt nervös bist, Daniel«, sagte der glatzköpfige Kommissar. Sein Name war Georg Stahl, er hatte sich meinen Eltern und mir als Leiter des Morddezernats Koblenz vorgestellt. Dabei hatte er mich mit seinen kleinen, wachsamen Fuchsaugen angestarrt, als wollte er meine Gedanken entschlüsseln. Stahl saß mir gegenüber auf unserer ledernen Couch im penibel aufgeräumten Wohnzimmer und beugte sich nach vorn. Seine Statur wirkte hier noch wesentlich imposanter als unten am See. Er vermittelte den Eindruck eines Mannes, der im Notfall auch entsprechend zupacken konnte.

Neben dem Kommissar hockte sein Assistent, Lothar Mankowski, ein kleinwüchsiger Kerl mit rotblonden Haaren und unzähligen Sommersprossen im Gesicht. Sein dürrer Körper steckte in einem zerknitterten, grauen Anzug, der ihm zwei Nummern zu groß war.

Es waren zwei geschulte Augenpaare, die mich fixierten und eine Reaktion erwarteten. Dementsprechend nervös war ich. Sehr nervös sogar.

Ich wollte mich ihren Blicken entziehen und starrte für den Bruchteil einer Sekunde durch die offen stehende Terrassentür in den Garten hinaus, der mit Rosen und Geranien bepflanzt war. Ein schmaler Pfad führte von der Terrasse zu einem künstlich angelegten Teich, in dem sich einige Goldfische und ein Koi tummelten. Ein Ort der Ruhe, wie Vater es immer ausdrückte, wenn er auf seinem gepolsterten Gartenstuhl saß und die Fische beobachtete. Jetzt war ich der Fisch und wurde angestarrt, jede Regung von mir wurde registriert und bewertet. Es fiel mir schwer, meinen Blick von der trügerischen Idylle abzuwenden und mich wieder auf die beiden Polizisten zu konzentrieren.

Mutter klopfte an die Tür und kam herein. Sie trug ein Tablett mit zwei Tassen und einer silberfarbenen Kanne Kaffee in beiden Händen, das sie, ohne ein Geräusch zu verursachen, auf der gläsernen Tischplatte abstellte.

»Ah, sehr aufmerksam«, sagte Stahl erfreut. »Vielen Dank, Frau Medrich.«

»Ich schenke noch ein.« Mutter lächelte die Polizisten an, während sie den Kaffee eingoss. »Mit Milch und Zucker?«

»Nein danke, wir trinken ihn gerne schwarz«, antwortete der Kommissar. »Aber Ihr Junge hat bestimmt auch Durst, heute ist ein sehr heißer Tag«, fügte er hinzu.

Stahl war äußerst scharfsichtig. Ich war fest davon überzeugt, dass er die Spannung bemerkte, die sich zwischen Mutter und mir aufgebaut hatte.

Mutter war einen Augenblick lang irritiert und wusste nicht, was sie entgegnen sollte. Schließlich blickte sie mich an. »Soll ich dir ein Glas Wasser holen?« Sie bemühte sich, freundlich zu klingen.

Ich nickte stumm. Sie brachte es mir und verschwand wieder. Natürlich hätte sie gerne zugehört, um sicherzugehen, dass ich das Richtige sagte, aber Stahl hatte sie und Vater vor dem Gespräch informiert, dass die Polizei allein mit mir reden wollte.

»Wir werden das Gespräch aufzeichnen«, erklärte mir Stahl. Er öffnete seine schwarze Ledertasche und kramte ein Tonbandgerät hervor, das er vorsichtig neben das Tablett auf den Tisch stellte. Dann schaltete er es ein.

Ich starrte das Gerät an. Erst jetzt begriff ich wirklich, wie wichtig meine Aussage war. Sie würde aufgezeichnet und verwendet, sie würde Diego entlasten oder seine Situation verschlimmern, sie würde über sein Leben entscheiden. Auf meinen Schultern lastete eine schwere Bürde.

»Was wird mit Diego passieren?« Meine Stimme klang so fremd. Es war mehr ein heiseres Krächzen, das aus meiner Kehle drang. Ich trank einen Schluck Wasser.

Stahl zog seine dichten Augenbrauen zu einem langen Strich zusammen und nippte an seiner Tasse, bevor er mir antwortete. Dabei wich er mir aus und blieb unverbindlich. »Ich habe ihn bereits am See vernommen und wir werden uns später noch einmal mit ihm im Präsidium zusammensetzen. Diego hat bislang nicht viel gesagt, weil er offensichtlich unter Schock steht. Deswegen sitzen wir in diesem Moment auch hier, bei dir. Wir hoffen, dass du uns mehr erzählen kannst.«

»Das kann ich«, sagte ich leise.

Mankowski legte mir eine Hand auf den Unterarm. »Wir hören dir zu, Daniel«, sagte er bedächtig. »Lass dir Zeit.«

Aus seinem Mund klang das linkisch. Es wäre mir lieber gewesen, nur mit Stahl zu sprechen, aber das sagte ich natürlich nicht.

Stattdessen erzählte ich ihnen alles, was ich an diesem Mittag erlebt hatte. Es floss aus mir heraus, dabei spürte ich jedoch keine Erleichterung – mit jedem Wort schien das Gewicht meiner Last sogar noch zuzunehmen und ich war froh, als ich fertig berichtet hatte.

»Du hast also nicht gesehen, was an der Hütte vorgefallen ist?« Der Kommissar bedachte mich mit einem ernsten Blick.

Ich schüttelte den Kopf.

»Aber du glaubst, dass dein Freund Diego seine Cousine erschlagen hat?«, hakte Mankowski mit einem seltsamen Unterton in der Stimme nach. Seine Worte klangen unwirklich, brutal.

»Das habe ich nicht gesagt«, erwiderte ich.

»Das habe ich auch nicht behauptet. Ich habe dich nur nach deiner Meinung gefragt. Immerhin bist du vor ihm geflohen.« Mankowski machte eine kurze Pause und rieb sich über seine eingefallenen Wangen. »Vielleicht bist du darüber verwundert, aber für uns ist es wichtig zu wissen, wie du darüber denkst.«

Ich war in der Tat überrascht. Die Polizisten fragten mich nach meiner Meinung. Mussten sie sich nicht eher an Indizien und Beweisen orientieren?

»Ich weiß es nicht«, sagte ich hastig. Das war eine Lüge. Ich war überzeugt davon. Es war so offenkundig. Diego war allein mit Flora gewesen, während ich im See schwamm. Er musste es getan haben. Auch seine Verwirrung und sein untypisches Verhalten sprachen gegen ihn. Ob die Polizisten ahnten, wie ich darüber dachte? Ich konnte mir selbst nicht erklären, warum ich ihnen nicht offenbarte, wovon ich fest überzeugt war. Existierte doch noch ein letzter Rest Zweifel in mir? Ich horchte in mich hinein, versuchte zu erkennen, was mich davon abhielt, Diegos Schuld mit meiner Meinung zu untermauern. Doch diese Mühe war vergeblich.

»Traust du es ihm denn zu, Daniel?« Mankowski wollte das Gespräch in eine bestimmte Richtung lenken, das war offensichtlich. Er strich sich eine Haarsträhne aus der gerunzelten Stirn.

»Was wollen Sie denn von mir hören?«, fragte ich eine Spur zu trotzig.

»Du fühlst dich beschissen, klar, dennoch müssen wir dir diese Fragen stellen«, sagte Mankowski ruhig.

Stahl schaute mich skeptisch an. Er wollte noch viel mehr erfahren und suchte den richtigen Weg, um zu mir durchzudringen. »Wie lange kennst du Diego schon?«, fragte er.

Ich blickte ihm in die Augen und atmete tief durch. Es war eine einfache Frage, trotzdem zuckte ich unwillkürlich zusammen. »Sie zogen im vergangenen Herbst hierher«, flüsterte ich und dachte an unsere erste Begegnung vor zehn Monaten.

Der Unterricht hatte bereits begonnen, als Diego den Klassenraum betrat. Er schlenderte beinahe provokativ langsam zwischen den Schulbänken hindurch, den langen Gang nach vorn, wo ihn unsere Klassenlehrerin, Frau Kersgens, misstrauisch musterte. »Diego Gimenez, der neue Schüler?«, fragte sie barsch und rückte ihre Brille zurecht, die über die Hälfte ihres vergrämten Gesichtes einnahm.

»Diego Gimenez, der neue Schüler«, antwortete er schmunzelnd. Er trug seine Schultasche lässig über der Schulter. Seine Jeans war an einigen Stellen löchrig, an anderen wiederum waren dunkle Flicken aufgenäht. Um seinen Hals hing eine massive, silberne Kette mit einem auffälligen Amulett als Anhänger. »Und Sie sind Frau Kersgens, meine künftige Klassenlehrerin?«

Sie nickte und stellte sich neben ihn. »Wir legen Wert auf Pünktlichkeit, Diego Gimenez. Sogar großen Wert. Merk dir das bitte.« Sie zögerte, bevor sie fortfuhr. »Dennoch herzlich willkommen an der Hermann-Gmeiner-Realschule.«

Frau Kersgens klang alles andere als begeistert, aber das störte Diego überhaupt nicht. Er drehte sich zu uns um und grinste breit und selbstbewusst, in der sicheren Gewissheit, dass sich die Augen der ganzen Klasse auf ihn richteten. Irgendetwas an seiner Art, wie er da vorn stand, aufrecht und mit einem unverhohlenen Stolz, flößte mir auf eine geradezu unheimliche Weise Respekt und Sympathie für den Jungen ein.

Am nächsten Morgen saß er zwei Reihen vor mir im Schulbus. Wir grüßten uns verhalten. Einen Tag später saß er neben mir. Er fragte nach meinem Namen.

»Daniel Medrich – hört sich irgendwie gewöhnlich an«, sagte er lächelnd und reichte mir die Hand.

Wir unterhielten uns. Nur kurz und flüchtig, als wollten wir das Band, das wir zu knüpfen begannen, nicht sofort überstrapazieren. Aber es zeichneten sich bereits die ersten Züge einer Freundschaft ab. Es war kein besonderes Ereignis, das uns zusammenführte, es war eher eine Entwicklung, der wir uns unterordneten. Wir zogen uns an wie zwei Magnete. Vielleicht weil wir sofort erkannten, dass uns Welten trennten, die wir überwinden wollten. Vielleicht auch, weil Diego schon gleich nach seinem ersten Auftritt in der Klasse von den meisten als Außenseiter abgestempelt wurde. Als einer, den man beobachten und dem man seine Grenzen aufzeigen musste – und das machte mich erst recht neugierig.

»Ist er gewalttätig?«, hakte Mankowski plump und direkt nach und riss mich aus meinen Erinnerungen. Er legte den Kopf zur Seite und starrte mich an. »Hast du schon einmal erlebt, dass er sich geprügelt oder andere Schüler bedroht hat?«

»Nein«, sagte ich. Diesmal war es die Wahrheit. Diego entsprach so gar nicht dem Klischee, das die Menschen im Dorf ihm übergestülpt hatten wie einen schmutzigen Mantel. Er war ein guter Schüler, aufmerksam und fleißig, als wollte er den Strömungen, die ihn verdrängen wollten, auf eine völlig angepasste Weise begegnen. Er war auch nie wieder zu spät zum Unterricht gekommen.

»Nein?« Mankowski hob fragend die Augenbrauen. »Du bist wohl sehr eng mit ihm befreundet.«

Es war eine Feststellung, mit der er sein Misstrauen ausdrückte. Er tätschelte meinen Oberarm. Ich wich ihm aus.

»Junge, du musst es uns sagen! Es bringt nichts, wenn du ihn schützt. Wir werden sowieso alles in Erfahrung bringen. Wir drehen jeden Stein zweimal um, damit wir erfahren, wie es zu dieser Tragödie kommen konnte.«

Stahl setzte sich links neben mich. Ich konnte die feinen Schweißperlen sehen, die in den groben Poren seiner Gesichtshaut glänzten. Erst jetzt fiel mir auf, wie schwer er atmete.

»Du musst den Tatsachen ins Auge sehen, Daniel, auch wenn es schmerzt. Wir versuchen nur, uns ein Bild von Diego zu machen, und wir sind dabei auf deine Mithilfe angewiesen.«

»Er war nie gewalttätig«, sagte ich starrsinnig.

Mankowski schaltete das Aufnahmegerät ab und setzte sich an meine rechte Seite. Die Polizisten nagelten mich fest. Ich war ein Koi in einem Teich, der nicht tief genug war, um den Blicken der Beamten auszuweichen.

»Aber du meinst doch auch, dass er seine Cousine getötet hat, nicht wahr? Ich sehe, wie du dich windest, du weißt nicht, was richtig und falsch ist und was du uns verraten sollst, stimmt's?«, bohrte Mankowski weiter.

»Ja, sag uns, wovon du überzeugt bist, Daniel«, ergänzte Stahl.

»Du hast auch eine Verpflichtung gegenüber deiner toten Freundin, Daniel.« Mankowskis bleiche Finger legten sich auf meine Unterarme. »Flora war doch eine gute Freundin von dir, richtig?«

Ich nickte. Meine Wangen glühten. Ich fühlte mich in die Enge getrieben, suchte nach einem Schlupfloch, einem Ausweg, den es nicht gab.

Stahl richtete sich auf, sein Schatten fiel bedrohlich auf mich. Er sagte nichts mehr. Das brauchte er auch nicht. Mein Widerstand brach. Wie gerne wäre ich jetzt stärker gewesen, so stark wie Diego an seinem ersten Tag in unserem Klassenzimmer. Aber der Druck war zu groß, ich knickte ein. Ich legte den Kopf in meine Hände und unterdrückte einen Schluchzer. Das Ganze war wie ein schlechter Traum, aus dem ich nicht erwachen konnte.

»Ja, ich glaube es, verdammt, ich glaube, Diego hat es getan«, sagte ich leise und gedämpft.

3. Kapitel

In dieser Nacht würde ich unmöglich einschlafen können. Zu viele Gedanken kreisten in meinem Kopf herum, ich war aufgewühlt und voller Kummer. Der Nachmittag und der Abend hatten sich endlos lange dahingeschleppt. Es kam mir vor, als hätte jemand die Zeit angehalten, nur um mein Leiden zu verlängern. Nachdem die Polizisten gegangen waren, hatte ich mich in mein Zimmer im Dachgeschoss verzogen. In meinem ganzen Leben hatte ich mich noch nie so allein gefühlt. Ich hatte mich an meinen Schreibtisch gesetzt, war aber nicht in der Lage gewesen, mich in irgendeiner Form abzulenken. Ich hatte nur dagesessen und die Wand angestarrt. Mehr hatte ich nicht getan. Mehr konnte ich nicht tun. Und mit der allmählich hereinbrechenden Dunkelheit wurde alles noch viel schlimmer. Ich war nur dankbar, dass mich meine Eltern in Ruhe ließen. Sogar Mutter kam nicht nach oben, um mir Vorwürfe zu machen oder mich nach den gefundenen Zigaretten und dem Sekt zu fragen. Ich vermutete, dass Vater sie daran hinderte.

Irgendwann gab ich mir dann doch einen Ruck, stellte mich ans Fenster und riss es weit auf. Sofort drang ein warmer Luftzug nach innen, selbst in der Nacht kühlte es nicht ab.

Unser Haus lag auf einer kleinen Anhöhe am Waldrand. Von meinem Zimmer aus konnte ich über die Baumwipfel hinweg auf die Kirchturmspitze sehen, deren Kontur sich nur noch schwach gegen die dichter werdende Schwärze des Himmels abzeichnete. In der Ferne schimmerte die Wasseroberfläche des Laacher Sees, einige Straßenlaternen warfen bereits künstliche Lichtkegel in die Wälder rings um das Gewässer. Ein vertrauter Ausblick, der mich aber nicht beruhigte.

☐ **Ja,** *ich will mehr über das Krimiprogramm von Grafit wissen. Senden Sie mir kostenlos und unverbindlich weitere Informationen.*

☐ *Bitte senden Sie mir Ihren Newsletter an meine E-Mail-Adresse:*

Meine Postanschrift:

Diese Karte entnahm ich dem Buch:

Mein Kurzkommentar:

0307

Antwort
Bitte
freimachen

grafit

Chemnitzer Str. 31

D-44139 Dortmund

GrafiTäter & GrafiTote

Regionale Anthologien: *Tatort Deutsche Weinstraße • Blutgrätsche • Tatort Bayern • Mord am Hellweg III • Mehr Morde am Hellweg • Mord am Hellweg • Mord am Niederrhein*
H. Apotheker: *Ayse ist weg*
Leo P. Ard: *Der letzte Bissen*
Ard/Junge: *(Auswahl) Der Witwenschüttler • Meine Niere, deine Niere • Die Waffen des Ekels • Das Ekel schlägt zurück • Das Ekel von Datteln*
J. Berndorf: *Eifel-Kreuz • Eifel-Träume • Die Raffkes • Eifel-Liebe • Eifel-Wasser • Eifel-Müll • Eifel-Sturm • Eifel-Jagd • Eifel-Rallye • Eifel-Feuer • Eifel-Schnee • Eifel-Filz • Eifel-Gold • Eifel-Blues • Otto Krause hat den Blues*
H. Bieber: *(zuletzt) Sein letzter Tresor*
M. Bruheim: *Letztes Blind Date*
N. de Jong: *Schwerer Ausnahmefehler*
H. Eckert: *617 Grad Celsius • Purpurland • Ausgezählt • Die Zwillingsfalle • Finstere Seelen • Aufgeputscht • Bittere Delikatessen • Annas Erbe*
W. Eggers: *Ziegelbrand • Die Tote, der Bauer ...*
I. Gach: *Caligulas Rache*
R. Gerstenberg: *Das Kreuz von Krähnack • Grimm und Lachmund • Hart am Rand • Ganzheitlich sterben*
P. Godazgar: *Unter Schweinen • Unter freiem Himmel*
Ch. Güsken: *(zuletzt) Untäter • Faust auf Faust*
Hagemann & Stitz: *Das Geheimnis des Mithras-Tempels*
K. Holst: *(zuletzt) Der Prinz ist tot • Der Tod steht auf der Schwelle • Volles Haus • Zu lebendig zum Sterben*
A. Hoppert: *Zug um Zug • Die Medwedew-Variante • Erbfall • Der Fall Helms*
J. Isaksen: *Option Färöer • Endstation Färöer*
A. Izquierdo: *Schlaflos in Dörresheim • Jede Menge Seife • Das Doppeldings • Der Saumord*
R. Junge: *Glatzenschnitt • Straßenfest • Totes Kreuz • Klassenfahrt*
J. Kehrer: *(Auswahl) Wilsberg und die 3. Generation • Blutmond – Wilsberg trifft Pia Petry (zus. mit* **P. Würth***) • Wilsberg und die Malerin • Wilsberg und der tote Professor • Wilsberg isst vietnamesisch • Das Kappenstein-Projekt • Wilsberg und die Wiedertäufer • Gottesgemüse • In alter Freundschaft • Und die Toten läßt man ruhen*
S. Kelly: *(zuletzt) Mördernest • Schwesterkind*
P. Kirstilä: *Schwarzer Frühling • Nachtschatten • Tage ohne Ende*
R. Knott: *Krähenbrut • Karriere ins Jenseits*
Leenders/Bay/Leenders: *Die Schatten schlafen nur • Ackermann tanzt • Eulenspiegel • Clara! • Feine Milde • Jenseits von Uedem • Belsazars Ende • Königsschießen*
F. Lenk: *(zuletzt) Paparazzi-Poker • Schattenland*
H. Liedtke: *(zuletzt) Scharfe Schnitte*
H. Nykänen: *(zuletzt) Raid und der dicke Mann • Raid und der dumme Junge*
M. Oggero: *Schön, reich, blond und tot*
O. Pakkanen: *(zuletzt) Der rote Sessel*
T. Pointner: *(zuletzt) Highscore • Der Dominoeffekt • Rosenmunds Tod • Ein Tropfen Blut*
G. Rigosi: *Nachtbus*
M. Rönkä: *Der Grenzgänger*
B. Sauer: *Der Geschmack der Tollkirsche • Die Buchmalerin • Der Heilige in deiner Mitte*
K. Schickinger: *Blaues Gold*
N. Schmid: *(zuletzt) Stelzvogel und Salzleiche*
W. Schmitz: *(zuletzt) Schreiber und der Wolf*
E. Solèr: *Staub im Wasser • Staub im Feuer*
den Tex: *Die Macht des Mr. Miller*
F. Thijssen: *Rebecca • Rosa • Charlotte • Caroline • Ingrid • Tiffany • Isabelle • Cleopatra*
J. Toes: *(zuletzt) Die kleine Lüge • Der freie Mann • Fotofinish • Verrat*
J. Vis: *Silvesterknaller • Der Kopf von Ijsselmonde*
G. Wollenhaupt: *(zuletzt) Grappa und die Nackenbeißer • Rote Karte für Grappa • Grappa und der Tod aus Venedig • Grappa und die acht Todsünden • Grappa und das große Rennen*
J. Zweyer: *(Auswahl) Als der Himmel verschwand • Verkauftes Sterben • Glänzender Tod • Tatort Töwerland • Tödliches Abseits • Siebte Sohle, Querschlag West • Glück auf, Glück ab*

Irgendwie hatte sich alles verändert. Es war beängstigend, dieses Wissen, dass nur ein kurzer Augenblick ausgereicht hatte, mir den Boden unter den Füßen wegzuziehen. Meine eigene Wahrnehmung hatte sich völlig verschoben; ich hatte das Gefühl, dass meine Umgebung in einer Glaskugel steckte und ich sie von außen betrachten konnte. Was würde geschehen, wenn ich sie schüttelte? Würden Flocken durch die Luft wirbeln, wie es bei diesen kleinen Schneekugeln der Fall war? Blutrot gefärbte Flocken?

Mir war flau im Magen. Ich war hungrig und durstig. Seit der letzten Schulpause hatte ich nichts mehr gegessen. Trotzdem würde ich nicht nach unten gehen. Auf keinen Fall wollte ich Mutter über den Weg laufen.

Nach einer ganzen Weile zog ich mich bis auf meine Unterhose aus und legte mich aufs Bett. Ich war erschöpft. Wenn es nur nicht so heiß gewesen wäre. Unter der Dachschräge staute sich die Hitze.

Ich weiß nicht, wie lange ich so dalag und in die Dunkelheit starrte, bis sich meine Augen schließlich an die Finsternis gewöhnt hatten und ich sogar die weißen Holzpaneele an der Decke erkennen konnte. Aber irgendwann schlief ich doch ein.

Es war ein unruhiger Schlaf, der mich nicht zur Ruhe kommen ließ. Ich träumte. Von Flora. Sie stand vor der alten Hütte, hatte die Augen geschlossen und genoss die Sonnenstrahlen auf ihrer glatten Haut. Die goldene Kette um ihren schmalen Hals funkelte. Floras geschwungene Lippen waren leicht geöffnet, sie lächelte. Nach einer Weile knöpfte sie sich das Kleid oberhalb ihrer Brüste auf und hockte sich hin, um den trockenen Staub von ihren nackten Füßen zu reiben. Für den winzigen Bruchteil einer Sekunde schob sich ihr Kleid ein wenig nach oben und ich konnte Flora zwischen die Beine sehen. Ich schämte mich dafür, dass ich meinen Blick nicht abwandte. Doch ich konnte es einfach nicht. Es berührte mich fast schmerzlich, sie zu sehen, ohne mich ihr nähern zu können, und ich war erleichtert, als sie den feinen Saum ihres Kleides nach unten zog.

Plötzlich erblickte ich einen Schatten hinter ihr. Es war ein bedrohlicher, deformierter Schatten, der aus dem Boden zu wachsen schien. Er streckte seinen Arm aus und ich erkannte einen Klumpen in seiner rechten Hand. Flora bemerkte ihn nicht. Ich musste sie warnen, ihr zurufen, dass sie sich in Sicherheit bringen solle, aber meine Stimmbänder waren wie gelähmt.

Einen Atemzug später schlug der Schatten zu. Als der Stein gegen Floras Schläfe krachte, hörte ich, wie ihre Schädeldecke brach. Es war ein entsetzliches Geräusch, das lautstark in meinem Kopf widerhallte. Flora blieb noch einen Moment sitzen, als wäre nichts geschehen, bevor sie nach hinten kippte und einfach liegen blieb.

Der Schatten lief davon und tauchte im Dickicht unter. Erst jetzt entdeckte ich Diego, der an der Kiefer lehnte und mich vorwurfsvoll anstarrte. Er wirkte verflucht wütend. »Warum hast du mich belastet, Daniel? Weißt du denn nicht, was du mir damit antust? Ich dachte, wir seien Freunde, aber Freunde beschuldigen sich nicht gegenseitig.«

»Du warst es nicht?« Meine Stimme war dünn, nicht mehr als ein leises Flüstern, das meine Unsicherheit offenlegte. Ich schaute mich gehetzt um. Wohin war der Schatten verschwunden?

»Was hast du denn gerade gesehen?« Diego lachte verbittert auf. »Zweifelst du etwa immer noch an meiner Unschuld? Komm mit, ich will dir etwas zeigen.«

Er führte mich zu der alten Hütte, zog den eisernen Riegel aus dem beschädigten Bolzen und öffnete die Tür, die weit nach innen aufschwang. Ein saurer Geruch drang in meine Nase, eine Mischung aus Urin und Desinfektionsmitteln. Seltsam, so hatte es hier noch nie gerochen. Die Hütte schien niemandem zu gehören oder der Besitzer kümmerte sich nicht um sie. Deswegen hatten wir sie in den letzten Monaten in Beschlag genommen. Wir hatten einen alten Holztisch und vier verschlissene Stühle vom Sperrmüll hierher geschleppt und uns eingerichtet. Flora und Diego besorgten eine Tischdecke mit gestickten Blumen an den Seiten und Kerzen, Gläser und Teller. Jürgen hatte ein ausrangiertes Regal mitgebracht, auf dem wir alles abstellen konnten. Um es aufzuhängen, schlug Arno Nägel in die morschen Bretter der Hütte. Auch ich hatte einen Beitrag leisten wollen und meinen batteriebetriebenen Radiorekorder gespendet.

»Hier ist unser zweites Zuhause«, hatte Flora einmal gesagt und verschwörerisch in die Runde geschaut. Mit einem Gefühl tiefer Befriedigung hatten wir alle genickt.

Ich hätte nie gedacht, dass mich beim Betreten der Hütte irgendwann einmal ein solches Unbehagen heimsuchen würde, wie ich es in diesem Augenblick empfand. Statt einer wohligen Atmosphäre empfing mich eine Eiseskälte. Diego stellte sich neben mich. Wir schauten uns gemeinsam um und plötzlich begriff ich, dass wir uns gar nicht mehr in der Hütte aufhielten. Wir waren ganz woanders. Der enge Raum hatte nur ein winziges Fenster, vor dem sich eiserne Gitterstäbe ins Mauerwerk schoben. Der Boden war blau gekachelt, neben einer verdreckten Toilette befand sich ein Bett mit einem verrosteten Metallrahmen und an der gegenüberliegenden Wand war ein Waschbecken montiert, über dem ein Spiegel hing. In dem Zimmer herrschte eine Stille, die beinahe spürbar war. Das grelle Licht der Neonröhren flackerte hin und wieder auf.

»Wo sind wir?«, fragte ich nervös.

»Das ist eine Zelle, Daniel. Meine Zelle«, sagte Diego und stellte sich vor den ovalen Spiegel, der über dem Waschbecken hing. Die Verbitterung war aus seinen Zügen gewichen und er winkte mich heran. Ich spürte wieder diese Zuneigung, diese freundschaftliche Wärme, die von ihm ausströmte. »Stell dich zu mir«, forderte er mich auf.

Ich zögerte. Was hatte er vor? Warum hatte er mich hierher gebracht?

»Bitte, Daniel«, sagte er verhalten.

Ich nickte und ging auf ihn zu, unsicher, als müsste ich über eine schmale Brücke ohne Geländer balancieren; ein falscher Schritt und ich würde in den dunklen Abgrund stürzen. Ich blieb neben meinem Freund stehen, unsere Arme berührten sich leicht. Dann schaute ich in den Spiegel und erschrak. Ich war leichenblass, unter meinen Augen zeichneten sich dunkle Ränder ab, als hätte ich seit Tagen nicht mehr geschlafen. Mein braunes, kurzes Haar war fettig und meine Kopfhaut schimmerte an einigen Stellen weißlich durch. Ich sah krank aus.

Diegos Lippen öffneten sich ein wenig und formten ein zynisches Lächeln. »Dein schlechtes Gewissen macht dich nicht nur seelisch fertig, Daniel. Es zeigt sich auch äußerlich!«

»Ich habe kein schlechtes Gewissen«, sagte ich stur.

»Nein?«

»Nein.«

»Trotzdem fühlst du dich unwohl, richtig?«

»Natürlich. Ich stehe in deiner Zelle, Diego, sollte ich mich etwa wohlfühlen?«

»Ich werde dich nicht gehen lassen«, sagte er entschlossen.

Mit jedem neuen Wort von ihm verblasste das Gefühl von Wärme und Freundschaft mehr.

»Stell dich noch näher an den Spiegel, Daniel, nur noch ein kleines Stück.« Er drückte seine Hand in meinen Rücken und schob mich vorwärts.

Ich ließ es geschehen wie eine Marionette, die sich nicht wehren kann, wenn der Puppenspieler an ihren Fäden zieht. Mein Atem beschlug das Glas, hüllte mein Spiegelbild in einen dichten, wabernden Nebel.

Einen Moment lang verharrte ich regungslos wie ein Reh, das mitten auf der Straße vom Scheinwerferlicht eines herannahenden Fahrzeugs erfasst wird. Schließlich wischte ich die beschlagene Spiegeloberfläche mit meinem Unterarm frei und erkannte sofort, dass Diego nicht mehr neben mir stand. Mich fröstelte. Ich wirbelte herum und starrte in jede Ecke der Zelle, aber mein Freund war einfach nicht mehr da, als hätte er sich in Luft aufgelöst.

»Diego?«, sagte ich ängstlich. »Diego? Komm zurück, lass mich nicht im Stich! Bitte! Ich gehöre nicht hierher!« Wie ein gehetztes Tier blickte ich zum Fenster, dann zu der geschlossenen, massiven Stahltür. »Ich gehöre wirklich nicht hierher!« Meine Stimme klang weinerlich.

Das Begreifen, dass ich in eine Falle geraten und nun selbst gefangen war, ließ jedes weitere Wort auf meiner Zunge sterben. Ich war verloren und niemand konnte mir helfen. Niemand.

Ich musste mich wehren, schreien und mit den Fäusten gegen die Stahltür hämmern. Irgendjemand würde mich hören, den passenden Schlüssel in das Schloss stecken und die Tür öffnen. Sie würden sehen, dass sie den Falschen erwischt und eingesperrt hatten.

Sie mussten es sehen.

Mit laut pochendem Herzen erwachte ich. Mein Keuchen füllte das Dunkel aus, ein unbeschreibliches Entsetzen hielt mich fest umschlossen. Vielleicht befand ich mich ja nach wie vor in der engen Zelle, hatte mich auf die vergilbte Matratze gelegt und war dort eingeschlafen. Sofort blickte ich durch die Finsternis auf die rot leuchtenden Ziffern meines Radioweckers. Es war kurz nach vier Uhr morgens.

Es war der Radiowecker in meinem Zimmer. Er befand sich auf der kleinen Ablage neben meinem Bett. Was für eine Erleichterung! Jeder Winkel meines Kopfes schien plötzlich von ihr ausgefüllt zu sein.

Trotz der Hitze nahm ich die Bettdecke und zog sie mir bis zum Kinn. Ich fühlte mich kraftlos und war immer noch müde, aber ich kämpfte gegen den Drang zu schlafen an, denn ich fürchtete mich davor, wieder zu träumen.

Dann hörte ich Diegos Stimme, ganz dicht an meinem Ohr. *Weißt du denn nicht, was du mir damit antust? Ich dachte, wir seien Freunde, aber Freunde beschuldigen sich nicht gegenseitig.*

Es war später Vormittag, als Jürgen, Arno und ich die Hauptstraße überquerten und links in die Forstbergstraße einbogen. Unser Ziel war das kleine Eiscafé am Marktplatz.

Im Grunde genommen war es mir egal, wo wir hingingen, für mich war es nur wichtig, dass diese schlimme Nacht vorbei war. Oberflächlich betrachtet war mit Einbruch der Morgendämmerung ein kleines Stück Normalität zurückgekehrt. Aber eben nur ein kleines Stück. Hinter den Gardinen der Reihenhäuser, die wir gerade passierten, spürte ich die stechenden Blicke; sie verfolgten mich, stumm und voller Wissbegier. Unsichtbare Augen, die jede Geste von mir erfassten und auf keinen Fall etwas verpassen wollten.

»Und wenn dieser Schatten, von dem du geträumt hast, nicht nur ein Synonym für dein schlechtes Gewissen ist und doch noch jemand da war? Jemand, der euch die ganze Zeit beobachtet und nur auf den richtigen Zeitpunkt gewartet hat?«, schnaubte Jürgen neben mir und schob sich die viel zu dicke Hornbrille auf seiner schmalen Nase zurecht.

Er bemühte sich, mit Arno und mir Schritt zu halten. Sein linkes Bein war seit seiner Geburt steif, beim Gehen zog er es immer wie ein lästiges Gepäckstück hinterher. Zerebralparese, ausgelöst durch eine Sauerstoffunterversorgung des Gehirns während der Schwangerschaft, nannten es die Ärzte; als Fluch des Schicksals bezeichnete es Jürgen. Aber er pochte immer darauf, dass wir keine Rücksicht auf ihn nehmen sollten. Er wollte sich selbst und uns beweisen, dass ihn die Behinderung kaum beeinträchtigte.

»Red keinen Unsinn«, knurrte Arno, der uns alle um einen Kopf überragte. »Du interpretierst zu viel in diesen Traum hinein. Klar war es für Daniel schwer, Diego zu belasten! Das wär's ja wohl für jeden von uns gewesen. Aber irgendwic spricht alles gegen Diego. Einfach alles.«

»Für Daniel war es besonders schwer, niemand steht Diego so nahe wie er«, bemerkte Jürgen scharf und stieß mich an. »Was meinst du? Warum hat er es getan?«

»Dafür gibt es keine Erklärung«, sagte ich leise.

Arno blieb abrupt stehen und starrte uns entgeistert an. »Dafür gibt es ganz bestimmt eine Erklärung, sie ist uns nur noch nicht klar! Mensch, Daniel! Wir kennen Diego erst seit ein paar Monaten, was wissen wir denn schon wirklich über ihn? Er ist gerade erst hierher gezogen und wir haben sofort so getan, als sei er einer von uns. Aber das ist er halt nicht, er ist anders als wir, er ...« Arno brach ab, senkte seinen Kopf und verschluckte das Satzende.

»Er ist ein Zigeuner, sag's ruhig.« Jürgen stellte sich vor ihn und reichte dabei mit seiner Stirn nicht einmal an Arnos Kinn. Um sicherer zu stehen, drehte Jürgen den Fuß des gesunden Beines nach innen. »Ein zugezogener Zigeuner, ja, das ist er. Aber er ist auch unser Freund, Arno. Unser Freund! Also einer von uns!« Jürgens Stimme verriet seine Erregung, auf seiner Stirn trat eine bläuliche Ader hervor, die wild zu pochen begann.

»Reg dich ab, Mann! Ich sag ja bloß, was ich denke! Wir haben keine Ahnung, warum er Flora getötet hat, wir wissen nur, dass er es getan hat. Wer sollte es denn sonst gewesen sein? Der Schatten aus Daniels Traum vielleicht? Vollkommen idiotisch!«, sagte Arno schroff.

»Wieso findest du das idiotisch? Vielleicht hat Daniel einfach mehr gesehen, als er momentan denkt! Er hat etwas gesehen, was so schrecklich war, dass er es einfach verdrängt hat! Aber in seinem Traum taucht diese Wahrheit plötzlich wieder auf und zeigt sich ihm!« Jürgen drehte sich zu mir um. »Findest du etwa auch, dass das völlig daneben klingt?«

Ich zuckte mit den Achseln und ging einfach weiter. Es war seltsam, aus den Mündern meiner Freunde meine eigenen kontroversen Gedankengänge zu hören.

Arno und Jürgen zögerten kurz, bevor sie mir folgten. Wenig später betraten wir das Café. Erleichtert registrierte ich, dass wir die einzigen Gäste waren. Lucca, der dickbäuchige Besitzer, stand hinter der Theke. Er hatte sich gerade die Hände gewaschen und trocknete sie an der weißen Schürze ab, die er stramm um seine speckigen Hüften gebunden hatte. Er begrüßte uns mit einem mitleidigen Kopfnicken. Normalerweise war Lucca übertrieben freundlich und wedelte sofort mit einem Bündel Eiskarten, wenn wir sein Café betraten. Aber an diesem Tag wäre es ihm wohl lieber gewesen, wir wären nicht zu ihm gekommen.

Wir verkrochen uns in die hinterste Ecke und hockten uns an einen runden, wackeligen Tisch.

Lucca reichte uns drei Karten. »Tut mir leid, was passiert ist«, nuschelte er mit diesem typisch italienischen Akzent vor sich hin. »Ist eine schlimme Sache.«

»Drei Vanilleshakes?«, unterbrach ihn Arno hastig nach einem kurzen Blick in seine Karte und schaute uns dabei fragend an.

Jürgen und ich nickten knapp. Lucca begriff, dass wir ihn wieder loswerden wollten. Er schnappte sich die Eiskarten, machte auf dem Absatz kehrt und eilte zurück hinter den Tresen.

»Das ganze Spekulieren bringt nichts«, sagte ich mit brüchiger Stimme. »Dieser Stahl kriegt garantiert alles raus und dann werden wir wissen, was passiert ist.«

»Sie werden Diego in die Mangel nehmen, so viel steht

fest. Wahrscheinlich wird er ein Geständnis ablegen, um ein mildes Urteil zu bekommen«, meinte Arno. »Das wird die Polizei ihm sicherlich raten.«

»Wenn er es war«, warf erneut Jürgen ein.

Genervt schlug Arno mit der flachen Hand auf die Tischplatte. »Es reicht, Jürgen, es reicht!«

Lucca sah erschrocken zu uns herüber, sagte aber kein Wort. Er füllte einen silbernen Becher mit Eiskugeln und schüttete Milch darüber.

»Könntet ihr vielleicht ein bisschen leiser sein, verdammt?«, fuhr ich meine Freunde an und zog die Augenbrauen zusammen. »Und denkt ihr überhaupt mal an Flora? Ihr sitzt hier, als wäre euch total egal, dass sie tot ist!«

»Natürlich ist es uns nicht egal«, lenkte Arno ein. »Trotzdem sollten wir nicht vergessen, wer an der ganzen Misere schuld ist! Das ist wichtig. Schließlich betrifft es uns alle!«

Jürgen ignorierte ihn und faltete die Hände im Schoß. »Du hast ja recht, Daniel, den Gedanken an Flora wollen wir alle am liebsten verdrängen. Stattdessen sitzen wir hier und diskutieren über ihren Mörder. Ich kann es einfach noch gar nicht fassen, dass sie nicht mehr lebt. Es fällt mir schwer, überhaupt klar zu denken.«

Arno wischte sich eine blonde Strähne aus dem Gesicht und biss sich auf die Lippe. Er schien genau abzuwägen, ob er etwas sagen sollte, doch er schluckte einen weiteren spitzen Kommentar hinunter.

Inzwischen balancierte Lucca auf einem Tablett unsere Shakes den leeren Gang entlang. Als er unseren Tisch erreichte, stellte er die Gläser umständlich ab und wischte sich über die Stirn. Unter seinen Achseln breiteten sich ringförmige Schweißflecken aus, seine Pupillen flogen hektisch hin und her. Es war offensichtlich, dass ihn unsere Anwesenheit mehr als nur irritierte, seine Anspannung mündete in einer gekünstelten Mimik. Er wirkte wie ein zweitklassiger Schauspieler, der den Text noch nicht beherrscht und genau weiß, dass er mit dieser Vorstellung kein Engagement erhält. »Ist schon wieder so verdammt heiß heute«, murmelte er, bevor er erneut hinter der Theke verschwand.

Ich lehnte mich zurück und dachte darüber nach, wie meine Freunde reagierten. Eigentlich so, wie ich es hätte erwarten müssen.

Jürgen hatte sich ebenso schnell wie ich mit Diego angefreundet, aber das war absehbar gewesen. Er mochte jeden, der ihn trotz seiner Behinderung normal behandelte, und, was für ihn noch bedeutender war, keine abfälligen Bemerkungen über sein Bein machte. Diego hatte nicht einmal nach der Ursache für die Steifheit gefragt, er ignorierte die Behinderung, als existierte sie überhaupt nicht. Genau das gefiel Jürgen.

Arno hingegen hatte Diego nie an sich herangelassen, vom ersten Tag an war er auf Distanz gegangen. Nicht dass er schlecht über ihn geredet oder ihn missachtet hätte. Das hätten weder Jürgen noch ich akzeptiert. Nein, es war etwas Tiefgreifenderes. Es war diese zurückhaltende Art von Arno, wenn Diego in der Nähe war, diese Schweigsamkeit, die er aufbaute wie eine unüberwindbare Barriere. Ich konnte mir sein Verhalten nicht erklären. Wahrscheinlich war es eine Mischung aus Neid und Neugier, weil Diego stets im Mittelpunkt stand, weil ihn eine ganz besondere Aura umgab, der man sich kaum entziehen konnte.

Ähnlich distanziert verhielt sich Arno auch Flora gegenüber, allerdings glaubte ich, dass der Grund hierfür ein anderer war. Mehr als nur einmal hatte ich bemerkt, wie er sie verstohlen und voller Bewunderung angesehen hatte, jedoch immer mit einem entsprechenden Abstand zwischen sich und ihr. Wenn wir in den See sprangen, um weit hinauszuschwimmen und zu zeigen, wer von uns der beste und schnellste Schwimmer war, war Arno derjenige, der alles aus sich herausholte und bis zur völligen Erschöpfung kämpfte. Insgeheim hatte er wohl gehofft, dass seine Bewunderung für Flora in diesem einen Moment von ihr erwidert würde.

Ich wusste es und glaubte, dass es auch die anderen wussten, nur hatte niemand darüber je gesprochen. Schließlich waren wir alle von ihr verzaubert gewesen.

»Was ganz anderes haben wir bislang total ignoriert«, sagte Jürgen und riss mich aus meinen Überlegungen. Er rieb sich sanft über das Kinn und schob sein Glas beiseite.

»Was haben wir ignoriert?«, fragte ich argwöhnisch. Irgendwie ahnte ich, was er meinte, es war etwas Unausgesprochenes, das auf mich lauerte und dem ich mich nicht länger entziehen konnte.

Jürgen presste die Lippen fest aufeinander, bis sie fast weiß und blutleer waren.

»Sag schon, los, hab dich nicht so!«, zischte Arno und schlug ihm leicht gegen die Brust.

»Wenn wir mal annehmen, dass es nicht Diego war, der Flora erschlagen hat, dann läuft der Mörder noch frei herum.« Jürgen senkte seinen Kopf und stierte kurz zu Boden, bevor er fortfuhr. Dabei rückte er an uns heran und sprach leise und bedächtig in meine Richtung. »Wenn es so ist, dann weiß er sicherlich schon längst, dass du in der Nähe warst.« Er machte eine weitere Pause, als überlegte er, ob er tatsächlich weiterreden sollte.

»Und?« Arno breitete fragend die Hände aus und legte die Stirn in Falten.

Jürgen sah mich mit einer sorgenvollen Miene an, als wollte er seine These auf diese Weise unterstreichen. »Er hat wahrscheinlich keinen blassen Schimmer, was du gesehen hast, Daniel. Aber er wird glauben, dass du ihn belasten kannst«, sagte er und seufzte hörbar auf.

Ich nickte und spürte, wie sich eine Gänsehaut auf meinen Armen ausbreitete, eine Gänsehaut, die pockenartig und rasend schnell über meine Schultern hinweg wuchs wie eine juckende Allergie.

Einen Augenblick lang wünschte ich mir, dass Arno ausrastete und Jürgen am Kragen packte. Er sollte ihn anbrüllen und auffordern, seine Worte einfach hinunterzuschlucken. Er sollte ihm drohen, dass er ihm die Fresse polieren würde, wenn er noch einmal einen solchen Blödsinn verzapfte.

Stattdessen blieb Arno wie erstarrt sitzen, sprachlos und von Jürgens Sätzen sichtlich beeindruckt.

Niemand fügte noch etwas hinzu oder widersprach oder schwächte das Gesagte ab. Es schwebte wie ein unheilvolles Pendel über meinem Haupt.

4. Kapitel

Nachdem ich mein Fahrrad aus der Garage geholt und Mutter versprochen hatte, pünktlich zum Abendessen zu erscheinen, benutzte ich den holprigen und mit Unkraut überwucherten Pfad, um zunächst einmal ins Dorf zu gelangen. An der ersten Kreuzung bog ich rechts ab und fuhr auf einen schmalen Weg, der nur für landwirtschaftliche Fahrzeuge freigegeben war und der eine Art künstliche Schneise in ein Kornfeld schlug.

Ich trat kräftig in die Pedale, meine Beine schnellten auf und ab und ich beugte mich über die Lenkstange wie ein Rennfahrer. Es dauerte nicht lange, bis ich das Ende des Feldes erreichte. Dort orientierte ich mich nach Norden und fuhr auf einer erst kürzlich geteerten Straße am Waldrand weiter.

Dicht über den Bäumen zogen graue Wolken am Himmel auf und verdunkelten die wärmende Sonne. Die Luft war von einer Feuchtigkeit erfüllt, die ein Gewitter ankündigte, das sich über dem Laacher Kessel zusammenbraute. Dennoch war ich froh, draußen zu sein und mich zu bewegen, denn die körperliche Anstrengung lenkte mich ein wenig ab. In Luccas Eiscafé war kaum noch genug Luft zum Atmen gewesen. Jedenfalls hatte ich es so empfunden und ich wusste, dass nicht nur die abgestandene Hitze schuld daran war. Es lag auch an meinem Verstand, der das Chaos nicht akzeptierte, das sich in mir ausgebreitet hatte wie ein übles Virus.

Ich gewann an Geschwindigkeit, trat immer schneller in die Pedale und glitt dahin, als könnte ich den zurückliegenden vierundzwanzig Stunden entfliehen. Nachdem ich eine kleine Holzbrücke überquert hatte, die über einen ausgetrockneten Bach führte, raste ich einen steilen Hügel hinab.

Ich musste noch schneller werden, immer schneller, damit ich diesen inneren Druck loswerden konnte, der wie ein Betonblock auf meiner Brust lag.

Dann fing ich an zu schreien. Es waren kakofonische Klänge, die meiner Kehle entwichen. Ich schrie aus Leibeskräften und es war mir völlig egal, ob mich hier draußen jemand hörte oder nicht. Meine Finger klammerten sich fest um die Griffe meines Fahrradlenkers. Ich war wie von Sinnen.

Es dauerte eine halbe Ewigkeit, bis ich wieder aus diesem irrsinnig anmutenden Zustand ausbrechen konnte und nur noch leise wimmerte. Dabei bemerkte ich, dass ich meine Fahrtrichtung schon längst wieder geändert hatte und bereits auf dem Rückweg war. Kurze Zeit später erreichte ich den östlichen Dorfrand, gelangte an die Behringstraße, zögerte und starrte wie benommen auf das Straßenschild.

Eine glasklare Eingebung traf mich, bohrte sich rücksichtslos in meine Stirn und steigerte meine Unruhe noch. Ich war auf dem Weg zu Magdalena.

Ich konnte nicht anders, musste meinem inneren Antrieb folgen, der mich zum Haus der Gimenez' brachte, wollte diesen einen Schritt gehen, auch wenn es ein unheimlich großer war und ich allen Mut zusammennehmen musste. Hierher zu kommen war viel mehr als nur eine plötzliche Idee. Das Bedürfnis, Magdalena in diesen schweren Stunden beizustehen, flammte immer wieder auf, seitdem ich heute Morgen aufgestanden war. Es war ein Pflichtgefühl, das ich nicht nur ihr gegenüber besaß; es schloss Rafael, ihren jüngeren, zwölfjährigen Sohn, mit ein.

Ob er an seinem Fenster im ersten Stock stand und beobachtete, wie ich das Fahrrad auf der gegenüberliegenden Straßenseite abstellte? Ob er sah, wie ich innehielt, zaudernd und unsicher?

Ich betrachtete das alte, alleinstehende Backsteinhaus mit den verschmutzten Wänden, als sähe ich es zum ersten Mal.

Eine niedrige, verwilderte Hecke umfasste alle vier Seiten. Büsche flankierten einen Kiesweg, der zu einem breiten Innenhof führte. An etlichen Stellen blätterte die Farbe von den Rahmen der einfach verglasten Holzfenster ab und die Dachschindeln waren größtenteils mit Moos bedeckt.

War es richtig hierherzukommen? Ich wurde von Zweifeln überrollt und dachte kurz darüber nach, was ich hier verloren hatte und ob ich überhaupt willkommen war. Ich war beinahe versucht, mich auf mein Rad zu schwingen und dem Haus den Rücken zu kehren.

Doch ich tat es nicht. Stattdessen überquerte ich die Straße und erst dabei bemerkte ich den Mann, der auf dem Nachbargrundstück stand und mich beobachtete. Er lehnte am Türrahmen der vergammelten Scheune, die schon seit Jahren ungenutzt war. In seiner linken Hand glomm eine Zigarette, die er lässig zwischen Daumen und Zeigefinger festhielt. Sein verhärmtes Gesicht war aschfahl und unter der braunen Wollmütze, die er trotz der Hitze trug, ragten dunkle Haare hervor, die an den Spitzen bereits leicht ergraut waren und bis auf seine Schulterblätter reichten. Ich schätzte ihn auf ungefähr vierzig.

Er war fremd hier, jedenfalls hatte ich ihn noch nie zuvor gesehen. Er wäre mir aufgefallen. Ein Vagabund, dachte ich, ein Landstreicher, der in der Scheune Zuflucht vor dem drohenden Gewitter suchte. Aber warum starrte er mich so feindselig an?

Eigentlich wollte ich ihn nicht weiter beachten, doch irgendetwas an ihm zog mich geradezu an. Ich konnte mir selbst nicht erklären, was mich dermaßen beeindruckte, dass ich meinen Lauf unterbrach und seine Aufmerksamkeit wie gebannt erwiderte.

Er steckte die Zigarette zwischen seine rissigen Lippen und nahm einen tiefen Zug. Dann schob er die Mütze in seinen Nacken und rieb sich über die hohe Stirn. Eine Sekunde später schnippte er die Zigarette in hohem Bogen zu mir herüber.

Es gab jetzt zwei Möglichkeiten. Entweder fragte ich ihn, was das sollte und warum er mich so provozierte, oder ich ignorierte ihn und ging ihm aus dem Weg.

Ich entschied mich natürlich für die zweite Variante, tat so, als würde mich seine Gegenwart nicht sonderlich interessieren, und setzte mich wieder in Bewegung. Ich spürte förmlich die stechenden Blicke in meinem Rücken, als ich mich dem Haus der Gimenez' näherte. Fast erwartete ich, dass der Fremde mir folgen und eine Hand auf meine Schulter legen würde. Ich roch bereits seinen warmen Atem, der mir faulig entgegenschlug, während er die Lippen zurückzog und gelbliche Zähne entblößte. Er würde mir leise und unmissverständlich zuflüstern: *Junge, ich habe dich schon den ganzen Tag gesucht, in jede Straße habe ich gesehen. Ich war am See, um dich zu finden, und habe hinter jeden Busch und Baum geschaut. Schließlich dachte ich mir, dass du irgendwann hier aufkreuzt. Jetzt hast du mir diesen kleinen Gefallen getan. Es ist schön, dass wir uns endlich kennenlernen. Ich darf mich vorstellen: Ich bin das Monster, das Flora auf dem Gewissen hat.*

Ich musste diese grässliche und wie aus dem Nichts aufgetauchte Vorstellung abschütteln! Sie entsprang einzig und allein meiner Fantasie, das war mir klar. Aber die schlimme Fiktion krallte sich in mir fest, zwang mich, meine Schritte zu beschleunigen. Ich hetzte über den Gehweg, mein Puls pochte bis in meine Schläfen hinauf, gleichzeitig schämte ich mich für meinen Kleinmut.

Bevor ich das Anwesen der Gimenez' erreichte, riss ich mich noch einmal zusammen, was mir ausgesprochen schwerfiel, und blieb abrupt stehen. Ich musste mir Gewissheit verschaffen, es war ein Drang, dem ich nicht widerstehen konnte. Also drehte ich mich ruckartig um und wagte einen Blick zurück.

Der Fremde war verschwunden, wie vom Erdboden verschluckt.

Bestimmt war er in die Scheune gegangen.

Ganz bestimmt sogar.

Die fünf Treppenstufen bis zur Haustür erschienen mir fast wie mannshohe Hürden. Ich fühlte mich elend, meine Kehle war wie ausgetrocknet, ich hatte einen höllischen Durst. Ich wollte die Hürden dennoch nehmen, irgendwie würde ich es schaffen, auch wenn ich keine Ahnung hatte, wie Magdalena auf mein Kommen reagierte. Und den Fremden und sein seltsames Verhalten würde ich vergessen, ich durfte es nicht zulassen, dass er sich in irgendeinem verborgenen Winkel meines Gedächtnisses festsetzte. Ich durfte nicht zulassen, dass ich mich selbst verrückt machte und damit anfing, überall eine Bedrohung für mich zu sehen.

Ich rieb über mein Gesicht und blickte nach oben, wo sich der Himmel mittlerweile zu einem einzigen düsteren Feld zusammengezogen hatte und eine bleierne Wolkendecke die Sonne völlig abschirmte. Schon bald würde es anfangen zu regnen. Ich seufzte leise. Ein letztes Mal überkam mich die Versuchung, zurück zu meinem Fahrrad zu gehen und nach Hause zu fahren. Es war nicht leicht, standhaft zu bleiben, und ich konnte es selbst kaum glauben, als ich die Stufen zu Magdalenas Haustür erklomm und klingelte.

Ich hörte es läuten. Ein vertrautes Geräusch. Unzählige Male hatte ich schon hier gestanden, um Diego und Flora zu besuchen oder sie abzuholen.

Ich starrte das eirunde Schild aus Keramik an, das neben dem Briefkasten an der Wand hing. *Gimenez* stand dort in blauer Schrift. Einfach und schlicht. So wie die Familie selbst, wenn man nur die Fassade betrachtete.

Hinter der Tür vernahm ich schleppende Schritte. Mir wurde schwer ums Herz. Ich stellte mich auf die vorletzte

Stufe und wartete ab. Einen Moment später öffnete sich die Tür und Magdalena stand mit hängenden Schultern vor mir. Eine knöchellange, schwarze Stoffhose baumelte weit um ihre Beine, passend dazu trug sie eine dunkle Bluse. Ihre Miene war verhärtet und voller Sorge.

Als sie mich sah, lächelte sie dünn. »Ich habe dich erwartet, Daniel«, sagte sie mit belegter Stimme. »Und ich freue mich über deinen Besuch.« Sie wich ein Stück zur Seite, damit ich eintreten konnte, und schloss die Tür hinter mir.

Ich brachte kein Wort heraus, bis mich Magdalena durch die Diele mit den pastellfarbenen Wänden in die große Wohnküche führte. Die Inneneinrichtung mit den Parkettböden, den hellen und freundlichen Farben, die zu den hölzernen Möbeln passten, befand sich in einem krassen Gegensatz zu dem äußeren Erscheinungsbild des Hauses. Ich hatte mich hier immer sehr wohlgefühlt. Magdalena hatte es verstanden, eine behagliche und warme Atmosphäre zu schaffen.

Normalerweise achtete sie auch darauf, dass die Zimmer aufgeräumt waren, nur an diesem Tag war es anders. Ich bemerkte die angebrochene Flasche Scotch auf der Arbeitsplatte, die neben einem leeren Glas und einem Teller mit Essensresten stand. In der Spüle lagen ein paar benutzte Tassen und auf der Fensterbank stapelten sich Telefonbücher, eine Kladde und Fotoalben.

Ich schaute Magdalena an, hob die Schultern und suchte nach dem richtigen Anfang. »Ich wollte Ihnen sagen, wie leid mir das alles tut. Ich weiß überhaupt nicht, was ich tun kann.«

Nun war es raus, zumindest diese zwei Sätze hatte ich hervorgebracht, ohne zu stammeln.

»Ich weiß«, antwortete sie und rückte mir einen Stuhl am Fenster zurecht. »Setz dich. Möchtest du etwas trinken?«

Ich nickte stumm.

Magdalena schüttete mir ein Glas randvoll mit Limonade ein und reichte es mir. Ich trank gierig, während sie sich einen zweiten Stuhl nahm und ihn ebenfalls zum Fenster zog. Sie starrte eine ganze Zeit lang gedankenverloren nach draußen, ihre gekrümmte Haltung unterstrich ihre geistige Abwesenheit. Ich wollte nicht unhöflich sein und ihr Schweigen unterbrechen, also verhielt ich mich ruhig.

Schließlich zuckten ihre Mundwinkel nervös und sie fand ihre Stimme wieder. »Wir sind eine große Familie, Daniel, und an einem Tag wie heute zeigt sich, dass der Zusammenhalt innerhalb dieser Familie beträchtlich ist. Mein Telefon stand nicht still, viele wollten kommen, um bei mir zu sein und mir zu helfen. Heute Morgen brachte mich mein Cousin ins Präsidium, während mein Onkel sich um einen guten Anwalt für Diego gekümmert hat.« Sie schluckte. »Ja, die Gimenez' halten zusammen, wenn die Zeit dafür gekommen ist. Und das ist jetzt der Fall. Haben dir Diego oder Flora jemals etwas über unsere Herkunft erzählt?«

»Nein, nie«, sagte ich ehrlich und stellte das Glas ab. »Ich habe auch nie danach gefragt.«

»Seltsam, wir beide haben auch nie darüber gesprochen, nicht wahr? Dabei sind wir Gimenez' stolz auf unsere Familiengeschichte. Willst du denn etwas über sie erfahren?«

Ich nickte erneut.

Magdalena lehnte sich zurück. »Wir gehören zur Gruppe der Sinti, Daniel, einer Gemeinschaft, die ihr Herkunftsland Indien im fünften Jahrhundert verließ. Unsere Vorfahren trieben heimatlos nach Persien, Kleinasien und nicht zuletzt auch nach Europa. Seit Anbeginn der Wanderung floh unser Volk vor Kriegen, manchmal waren wir selbst die Verfolgten. Schließlich haben wir uns in verschiedenen Ländern niedergelassen und uns den dortigen Religionen und Sprachen angepasst. Bestimmte Traditionen haben wir dennoch beibehalten, denn unsere Kultur ist mehr als nur Zigeunermusik. Deswegen werden wir oft ausgegrenzt. Verstehst du, was ich meine? Wir haben uns schon immer gegen äußere Umstände wehren müssen, schon immer.«

Magdalena stand auf und ging aus dem Raum, um Sekunden später mit einem hellen Brautgewand in den Händen wiederzukommen. Es war ein prachtvolles Kleid, das mit Gold- und Silberfäden durchzogen war.

»Es gehört Flora, sie hätte es an ihrem Hochzeitstag getragen. Ihre Hände wären mit Henna bemalt worden, so wie es unser Brauch ist«, sagte sie schwermütig. »Jetzt werde ich ihr das Kleid in den Sarg legen.«

Ihr Gesicht bekam einen leidenden Ausdruck und ich befürchtete, dass sie anfangen würde zu weinen. Doch Magdalena war stark genug, sie beherrschte sich. Sie blieb eine Weile stehen, in Gedanken versunken, bevor sie sich wieder regte. Nachdem sie das Gewand weggebracht hatte, setzte sie sich erneut zu mir ans Fenster.

»Du mochtest Flora sehr, nicht wahr, Daniel?«

»Wir mochten sie alle«, sagte ich.

Magdalena strich sich über den Nacken. »Sie war ein feines Mädchen. Obwohl sie ihre Mutter verloren hatte, fasste sie schnell eine neue, unglaubliche Zuversicht, ein unbändiger Optimismus trieb sie an. Ja, Flora steckte voller Energie, ein Mensch, der neugierig auf das Leben war. Und wenn sie lachte, dann lachte die Welt mit ihr. Sie war so wundervoll. Aber du hast sie ja selbst kennengelernt, du weißt, wie sie war.«

»Ja«, sagte ich knapp, zu mehr war ich nicht fähig. Magdalena berührte mich auf eine Art, die mir spitze Stacheln in meine verwundete Seele bohrte.

Sie griff nach einem der Fotoalben und nahm es von der Fensterbank. Es hatte einen sandfarbenen Schutzumschlag, auf dem zwei rote Tulpen abgebildet waren, die Floras Namen umrandeten. Magdalena blätterte die ersten Seiten durch und bedeutete mir, meinen Stuhl neben ihren zu schieben.

Unter dünnen, durchsichtigen Hüllen steckten Fotos von Flora. Auf einer Aufnahme stand sie vor einem schmutzig grauen Wohnblock, neben ihr hockten Rafael und Diego, mit kurzen Hosen und verdreckten Knien. Andere Bilder zeigten Flora allein. Eins davon war besonders schön, da lag sie ausgestreckt auf einer weiten Wiese. Den Kopf auf einer Handfläche abgestützt, kokettierte sie mit der Kamera, eingebettet von unendlich vielen Margeriten, von denen sie sich eine ins Haar gesteckt hatte.

»Möchtest du es haben?« Magdalena zog das Foto aus der Hülle heraus.

»Sie geben mir ein Bild von Flora?«

»Ich schenke dir das Bild, das du gerade so bewunderst, weil ich glaube, dass sie dir sehr viel bedeutet hat«, erwiderte Magdalena, legte das Album zurück und reichte mir das Foto. »Weißt du eigentlich, wie viel du uns bedeutest, Daniel?«

Sie fragte es leise und es kam so plötzlich, dass ich meine Verwirrung nicht zurückhalten konnte. »Ich? Wie meinen Sie das?«, stotterte ich.

»Du hast Diego und Flora und den Teil der Familie Gimenez, den du kennengelernt hast, sofort akzeptiert, du hast nie nach unserer Abstammung gefragt, du hast gezeigt, wie wohl du dich in unserem Hause fühlst und dass dir etwas an uns liegt, unabhängig von unserer Herkunft. Dafür bin ich dir dankbar, denn uns schlug sehr viel Feindseligkeit entgegen, als wir hierherkamen«, erklärte sie. »Eine Sintifrau mit zwei unehelichen Kindern und einer halbwüchsigen Nichte im Gepäck war den meisten Bewohnern ein Dorn im Auge. Aber sie konnten nichts dagegen tun. Floras Vater hatte das Haus meiner Schwester überschrieben, damit sie keine weiteren Ansprüche stellte, nachdem Flora auf die Welt gekommen war. Johannes Mertes ist ein betuchter Landwirt, dem etliche Häuser und Höfe in der Eifel gehören. Er zählt zu der Sorte von Menschen, die es sich leisten können, auf ein Haus wie dieses zu verzichten. Wahrscheinlich war es das schäbigste von all seinen Besitztümern. Er beendete die Affäre mit meiner Schwester, als er von der Schwangerschaft erfuhr. Mertes hat seine eigene Tochter nie gesehen, er nahm nie Kontakt zu ihr auf. Dieser Mistkerl kaufte sich durch das Haus frei. Als meine Schwester dann vor achtzehn Monaten an Lungenkrebs erkrankte, setzte sie mich als Vormund für Flora ein. Eigentlich wollte Carmen nie etwas mit diesem Anwesen zu tun haben. Wir wohnten damals in einer Wohnung am Kölner Stadtrand, Carmen, die Kinder und ich. Ihre Einstellung zu dem Haus änderte sich nur durch die Krankheit. Plötzlich fasste sie den Entschluss, hierherzuziehen – Gott allein weiß, warum.« Magdalena zuckte die Achseln und strich sich die Hose glatt.

Ich legte das Foto, das ich krampfhaft festgehalten hatte, auf die Arbeitsplatte der Küche und streifte Magdalenas Unterarm. Hastig griff sie nach meiner Hand und umschloss sie, als spendete ihr diese Berührung Trost. Ich hatte sie noch nie so verletzlich gesehen.

»Was ist dann passiert?«, fragte ich verstört. »Ihre Schwester kam nie nach Bell, oder?«

»Du sagst es. Carmen erlebte den Umzug nicht mehr. Nur acht Wochen nachdem der Krebs diagnostiziert worden war, starb sie. Meine Jungs, Flora und ich zogen dennoch hierher, so wie Carmen es sich gewünscht hatte.« Magdalena schluchzte auf und bekreuzigte sich. »Ich saß an Carmens Totenbett, hielt ihre schwache Hand, so wie ich jetzt deine halte, und versprach, auf ihre Tochter aufzupassen. Carmens Gesicht war von der Krankheit gezeichnet, ihre dünne Haut spannte sich wie Pergamentpapier über ihre spitzen Knochen. Sie sah schrecklich aus, irgendwie unmenschlich. Und trotzdem brachte sie noch einmal ein Lächeln zustande. Das war an dem Tag, an dem ich ihr sagte, dass ich Flora behandeln würde wie mein eigenes Kind. Carmen war erleichtert. Wir Gimenez halten doch zusammen, sagte ich zu ihr. Wir heulten gemeinsam, Gott, was heulten wir! Ich wollte sie drücken, ihren ausgemergelten Körper an mich pressen! Ich konnte es nicht, ich befürchtete, ihr jeden Knochen im Leib zu brechen.« Magdalena schüttelte verzweifelt den Kopf. »Ich habe mein Versprechen nicht gehalten, Daniel! Ich habe nicht gut genug auf Flora aufgepasst! Sie ist ihrer Mutter viel zu früh gefolgt.«

»Es war nicht Ihre Schuld, es war ein Unglück. Sie konnten nichts tun, Sie waren nicht einmal dort«, widersprach ich. »Niemand hätte das verhindern können.«

»Es spielt keine Rolle, ob ich es hätte verhindern können, so etwas durfte nicht passieren! Ich war für Flora verantwortlich, nur ich, sonst niemand! Und nun ist es mein eigener Sohn, der beschuldigt wird, sie getötet zu haben. Verstehst du denn nicht, was das für eine Tragödie ist?«

Natürlich verstand ich es. Deswegen war ich schließlich hier, bei ihr. Und wegen Diego. Ich musste erfahren, was mit ihm geschah.

»Was ist mit Diego? Wie geht es ihm?«

»Es geht ihm sehr schlecht. Er isst und trinkt nichts und wirkt apathisch, als würde er unter einer unsichtbaren Kuppel sitzen, die ihn von der Welt trennt. Wie sagte dieser Beamte mit den rötlichen Haaren zu mir? Alles spricht gegen ihn, seine Fingerabdrücke auf Floras Kleidung, seine Verfassung am Tatort und deine Aussage. Einzig und allein ein Geständnis würde noch fehlen.« Magdalena klang verbittert. »Sie haben ihn dem Haftrichter vorgeführt, Diego bleibt vorerst in Untersuchungshaft. In die Vollzugsanstalt auf die Koblenzer Karthause haben sie ihn gebracht. Wegen Fluchtgefahr. Dass ich nicht lache! Sie streben mit aller Macht ein Verfahren nach dem Jugendstrafrecht an. Klar, für die Polizisten ist der Fall bereits gelöst. Fehlt nur noch das Motiv, doch das werden sie schon finden. Man muss nur lange genug graben, dann wird man immer fündig.«

»Ich wollte Diego mit meiner Aussage nicht in die Enge treiben. Ich habe doch nur gesagt, was ich gesehen habe«, flüsterte ich.

Es war der Versuch einer Rechtfertigung – allerdings war es nicht die ganze Wahrheit. Ich kam mir schäbig vor und ich hoffte, dass Magdalena es nicht bemerkte. Sie durfte es nicht bemerken.

»Ist schon gut, Daniel. Niemand macht dir Vorwürfe.« Sie strich mir mütterlich über die Haare, bevor sie von einem rhythmischen Trommeln abgelenkt wurde und aus dem Fenster sah. »Sieh nur, jetzt weint sogar der Himmel«, murmelte sie und zeigte nach draußen.

So war es. Die ersten Regentropfen benetzten die Scheibe, aus der Ferne ertönte ein dumpfes Grollen.

»Da braut sich ganz schön was zusammen. Ich werde deinen Vater anrufen, er wird dich abholen müssen«, fügte sie hinzu und richtete sich entschlossen auf, um im nächsten Moment wie angewurzelt stehen zu bleiben.

Rafael stand unter dem Türrahmen und beobachtete uns. Mit den Fingern zeichnete er nervös die kleinen Karos auf seinem kurzärmeligen Hemd nach, das lose über seiner geflickten Jeans hing. Seine Miene war starr, wie versteinert, es war deutlich zu erkennen, wie verwirrt er war.

»Wie lange belauschst du uns schon?«, fragte Magdalena sichtlich erschrocken.

Rafael senkte den Blick. »Schon lang genug«, stammelte er. »Diego kommt nicht mehr nach Hause, sie lassen ihn nicht mehr zu uns! Sie nehmen mir meinen Bruder weg!«

»Das ist nicht wahr!« Magdalena eilte zu ihm, bemüht, die Situation unter Kontrolle zu behalten. Sie kniete sich vor ihren Sohn und strich ihm über die leicht ausgehöhlten Wangen.

»Du hast es eben selbst gesagt«, sagte Rafael verzweifelt.

»Wir werden es nicht zulassen. Ich bin seine Mutter und

ich glaube deinem Bruder. Diego hat mich nie belogen. Er ist unschuldig! Und wir, du und ich, werden um ihn kämpfen. Dein Bruder braucht uns, wir lassen ihn nicht im Stich.« Magdalena küsste Rafael liebevoll auf die Stirn und umarmte ihn.

So hat mich meine Mutter noch nie berührt oder geküsst, dachte ich unvermittelt. Noch nie. Wenn sie es getan hatte, war meine Erinnerung daran ausgelöscht.

Ein greller Blitz zuckte unvermittelt am Firmament auf und tauchte das Zimmer in einen grellen Lichtschein. Magdalena löste sich kurzerhand von ihrem Sohn, legte die Stirn in Falten und wartete den folgenden Donnerschlag ab, als wollte sie erkennen, wie nahe das Unwetter bereits herangerückt war.

»Es wird Zeit für dich zu gehen, Daniel«, sagte sie schließlich bestimmt.

Obwohl ich ihr nicht antwortete, nahm sie das Telefon von der schmalen Kommode neben der Tür und wählte unsere Nummer.

»Setz dich schon mal rein«, rief mir Vater zu, während er sich mit meinem Fahrrad abmühte. Er hatte sich ein gelbes Regencape übergezogen, was auch angebracht war, denn mittlerweile schüttete es in Strömen. In immer kürzer werdenden Abständen blitzte und donnerte es.

Vater hatte den Ford Kombi am Straßenrand abgestellt. Weil es allmählich dunkler wurde und der Wagen im Halteverbot stand, hatte er das Warnblinklicht eingeschaltet, das in regelmäßigen Intervallen breite Lichtstreifen auf den nassen Asphalt warf. Einige Meter weiter lief das Regenwasser den Rinnstein entlang und plätscherte in einen Gully.

Hastig öffnete ich die Beifahrertür, stieg ins Wageninnere und beugte mich zur Fahrerseite hinüber. Ich sah zu, wie Vater gerade den vorderen Reifen meines Fahrrads abmontierte. Irgendetwas klemmte, er fluchte lauthals. Nach ein paar Minuten schaffte er es schließlich doch und beeilte sich, das Gestell und das lose Rad im Kofferraum zu verstauen.

Ich ließ mich in den Sitz zurückfallen, die lederne Rückenlehne federte leicht. Dann zog ich Floras Foto unter meinem T-Shirt hervor – ich hatte es unter meinen Hosenbund geklemmt, damit es nicht nass wurde – und legte es behutsam in das Seitenfach der Autotür.

Inzwischen war Vater in den Wagen gehechtet. Wasser tropfte ihm von der Nasenspitze, seine dünnen Haare klebten auf seiner Kopfhaut. Er wischte sich über das Gesicht, dann sah er mich ernst an. »Wir haben uns schon Sorgen gemacht«, sagte er ohne eine Spur von Vorwurf. »Immerhin tobt ein ganz schönes Unwetter und wir wussten nicht, wo du hingefahren bist.«

»Mutter ist bestimmt außer sich vor Wut, nicht wahr?«

»Du meinst, weil Magdalena angerufen hat?«

»Ja.«

Vater rieb sich über das Kinn. »Sie hat es mit Fassung aufgenommen. Eigentlich erstaunlich«, sagte er.

»Echt? Sie ist nicht ausgerastet?«

»Nein, ist sie nicht.« In seiner Miene spiegelten sich unzählige Fragen wider, sie brannten ihm auf der Zunge.

Ich wusste, was er von mir erfahren wollte. Warum bist du hierher gefahren? Worüber hast du dich mit Magdalena unterhalten? Und wie kommt die Familie Gimenez mit all dem zurecht?

»Können wir nicht losfahren?«, bat ich, um diesen Fragen auszuweichen. »Ich möchte nach Hause.«

»Okay.« Er schaltete das Warnblinklicht aus, zündete den Motor und lenkte den Wagen auf die Straße.

Wir passierten die Scheune, die ich aus den Augenwinkeln heraus nur schemenhaft wahrnahm. Wie ein düsteres Monument stand sie da, stemmte sich widerspenstig gegen das

Unwetter. Ich stellte mir vor, wie der Fremde in irgendeiner Ecke da drinnen kauerte und geduldig auf das Ende des Gewitters wartete, das die schwüle Luft für ein paar Tage vertreiben würde. Sicher hörte er, wie die Regentropfen auf das schiefe Scheunendach prasselten. Ein dumpfes, monotones Geräusch, das ihn nicht schlafen ließ. Wahrscheinlich verbrachte er die ganze Nacht dort, um anschließend zu verschwinden, irgendwohin. Er würde diesen Ort verlassen und nie wieder zurückkehren.

Das glaubte und hoffte ich. Es war seltsam, dass mich die Begegnung mit ihm immer noch auf eine so intensive Weise beschäftigte.

»Wie verkraftet es Magdalena?«, fragte mein Vater plötzlich und zerschnitt meine Gedanken.

Ich zuckte nur die Schultern. Mir war nicht klar, ob er es überhaupt wahrnahm.

»Sie ist eine starke Frau. Aber auch eine starke Frau kann nur eine bestimmte Last tragen, ohne zusammenzubrechen«, murmelte er nachdenklich.

An der nächsten Kreuzung bogen wir links ab, ich konnte bereits unser Haus sehen. In der Küche und im Esszimmer waren die Lampen eingeschaltet, ich erkannte Mutters Schatten hinter den Gardinen. Sie erwartete uns bereits.

Ich drehte mich zur Seite und schaute meinen Vater misstrauisch an. »Magdalena hat unsere Nummer gewählt, ohne vorher ins Telefonbuch zu sehen. Diego durfte mich aber wegen Mutter nie anrufen, von ihm kennt sie die Nummer also nicht«, dachte ich laut.

Vater warf mir einen kurzen Blick zu. Er wirkte plötzlich nervös. »Worauf willst du hinaus?«

Für einen kurzen Moment kam mir in den Sinn, dass er im Laufe der Jahre den Nimbus der Unfehlbarkeit verloren hatte, an den ich in meiner frühesten Kindheit immer fest geglaubt hatte. Dass ich ihn nun mit einer angedeuteten, noch nicht zu Ende gedachten Vermutung konfrontierte und ihn damit tatsächlich beunruhigte, ergriff mich auf eine erschreckende Weise.

»Am See sagte Magdalena, dass einige Männer aus dem Dorf sie aufsuchen, um etwas zu finden, was sie bei ihren Ehefrauen vermissen. Als sie dich vorhin angerufen und mit deinem Vornamen angesprochen hat, musste ich daran denken«, sagte ich leise.

»Du hast dich gefragt, ob ich zu diesen Männern gehöre?«

»Ja. Hast du sie schon einmal besucht?«

Vater fuhr stumm die Auffahrt zu unserer Garage hoch und hielt vor dem Tor an. Er stellte den Motor aus. Tiefe Furchen gruben sich in seine Stirn, er sog die Luft ein und legte seinen Nacken gegen die Kopfstütze. »Würde es etwas an unserem Verhältnis ändern?«

Ich überlegte angestrengt. Mein Kopf war so voll. Er würde bald überlaufen. Ich zog Floras Foto aus dem Seitenfach der Autotür und kaute nachdenklich auf meiner Unterlippe herum. Gebannt schaute ich zu, wie die Wassermassen gegen die Windschutzscheibe prallten und in zahlreichen, kleinen Bächen über das Glas strömten. Vater verhielt sich vollkommen ruhig; abwartend saß er da, mit Händen, die noch immer das Lenkrad umklammerten. Ich wollte nicht mehr viel sprechen und nichts mehr hören. Deshalb fasste ich nach dem Türgriff, aber bevor ich ausstieg, drehte ich mich ein weiteres Mal um und sah Vater an. Er erwiderte meinen Blick und ich bemerkte, dass er sich schämte.

»Nein, ich glaube nicht«, sagte ich knapp, stieg rasch aus dem Wagen und lief durch den warmen Sommerregen zu unserem Haus.

5. Kapitel

Die nächsten Tage waren merklich kühler, das Unwetter hatte die Hitze tatsächlich vertrieben. Es waren Tage, die unbedeutend begannen und in einer unerträglichen Leere endeten, die mich vollends betäubte.

Auch das Leben im Dorf schien zu erlahmen, wurde von dem Ereignis beeinflusst, das mit brachialer Gewalt und einer schier zerstörerischen Wirkung in die Gemeinschaft eingedrungen war. Die Menschen wirkten angespannt. Ungeduldig lauerten sie auf das, was Bell noch ertragen musste. Dabei versuchten sie krampfhaft, einen normalen Alltag einkehren zu lassen, aber das war ein aussichtsloses Unterfangen.

Wenn sich ein solch abscheuliches Verbrechen in einem so kleinen Ort ereignet, kann sich dem niemand entziehen. Der Mord an Flora war überall gegenwärtig: In jeder Unterhaltung schwang er mit, er zog durch die Straßen wie ein scharfer Wind und ließ sämtliche Seelen erzittern. Niemand, wirklich niemand konnte sich umdrehen und dieses Verbrechen ignorieren. Außerdem wussten alle, dass diese Tat nun einen unrühmlichen Platz in der Geschichte des Dorfes einnehmen würde. Und auf die legten alle großen Wert. In der Grundschule war uns beigebracht worden, dass Bell schon zweihundert Jahre vor Christi Geburt besiedelt war. Viel später, nachdem die Römer und die Franken ihre Spuren in diesem Gebiet hinterlassen hatten, stiftete der Sohn des Pfalzgrafen Heinrich das Kloster Maria ad Lacum – Maria am See –, in dessen Stiftungsurkunde Bell erstmalig erwähnt wurde. Der Name stammt aus dem Keltischen und bedeutet so viel wie ›auf der Höhe liegend‹, eine Bezeichnung, die das Dorf seiner Lage zu verdanken hat. Denn es befindet sich genau dort, wo die erloschenen Vulkane der Voreifel wie steile Naturdenkmäler zum Laacher See hin abfallen, eingebettet von Wäldern und einer üppigen Natur.

Der Mord war demnach ein schändlicher Fleck in dieser ehrwürdigen, untadeligen Chronik. Das belastete die Leute. Ihre Vorfahren hatten das Dorf durch ehrliche Arbeit geprägt und mit dem Abbau von Tuffstein in den umliegenden Steinbrüchen, der für den Backofenbau verwendet wurde, hatten sie einen gewissen Wohlstand erworben, den es stets zu bewahren gegolten hatten. Für die Kinder und Enkelkinder. Und für deren Nachkommen. Über Generationen hinweg – bis in die heutige Zeit. Nichts sollte an den Fundamenten Bells rütteln oder sich gegen die Interessen der Einwohner stellen.

Der Mord an Flora passte demnach ganz und gar nicht in das Bild hinein. Das Schlimmste daran war, dass alle meinten, sich äußern zu müssen. Jeder wusste davon, jeder konnte einen Teil dazu beitragen, jeder konnte Gehörtes weitererzählen. Der ein oder andere packte noch etwas drauf, übertrieb ein klein wenig, um den eigenen Teil der Geschichte interessanter zu machen. Unzählige Gerüchte machten die Runde.

Im Grunde genommen besaß Bell einen freundlichen Kern. Die Menschen waren fleißig, ihr Handeln war geprägt vom Streben nach Ordnung und der Akzeptanz bestimmter Gewohnheiten. Aber der Ort war nicht heilig und lange nicht so vollkommen, wie es die Einwohner gerne darstellten. Wie wohl in vielen Dörfern hielt man sich auch in Bell an eigene Regeln, die in keinem Gesetzestext oder irgendeiner Verordnung stehen. Eine davon besagte, dass über jemanden, der von hier stammte, kein böses Wort gesprochen wurde. Es ging niemanden etwas an, was in dessen vier Wänden geschah, solange es nur nicht nach außen drang. Eine schlichte und gewöhnliche Regel, die hierher passte.

Denn das ganze Leben in Bell war gewöhnlich, verströmte einen Geruch von schweißtreibender Handwerksarbeit und Landwirtschaft und hinterließ einen sauren Geschmack.

Manche Männer spülten diesen Geschmack mit Alkohol hinunter. Oder sie lenkten sich ab, indem sie zu Magdalena gingen, die nicht aus Bell stammte.

Deshalb wurde sie nicht von der Regel, dieser ungeschriebenen Satzung geschützt. Was sich in ihrem Haus und in ihrem Leben abspielte, wurde nie tabuisiert.

Fünf Tage nach ihrem Tod wurde Flora beerdigt. Bis auf den Pfarrer war niemand aus dem Dorf dabei. Das gehörte wohl auch zu dem Regelwerk der Einheimischen. Stirbt ein Zugezogener, halte dich von der Bestattung fern, er hat schließlich nie richtig dazugehört. Halte dich auf alle Fälle so weit entfernt vom Friedhof auf, dass dich keiner sieht. Aber wenn du zufällig in der Nähe bist, weil du gerade an der Zufahrtsstraße vorbeifährst oder an der hüfthohen Steinmauer entlanggehst, wirst du bestimmt etwas erkennen oder hören. Dieses Wissen darfst du nicht für dich behalten, du musst es sofort ins Dorf tragen und davon berichten.

Unser Pfarrer war kein geschwätziger Mann. Also musste noch jemand aus Bell in der Nähe gewesen sein, als Flora beigesetzt wurde, denn man erzählte sich bereits am selben Abend, sie sei von unzähligen Trauergästen verabschiedet worden. Von überall her seien sie gekommen, um Magdalena beizustehen. Ein alter Mann mit gegerbtem Gesicht habe auf seiner Gitarre gespielt und eine Ballade angestimmt. Er habe in einer völlig fremden Sprache gesungen.

Woher dieses Wissen stammte und inwiefern es stimmte, konnte ich nicht beurteilen. Denn mir erzählte es Jürgen und der wiederum meinte, Arno habe ihm davon berichtet. Eigentlich war es auch nicht von großer Bedeutung. Wichtig war nur, dass dieser schwere Tag hinter uns lag.

Ich hatte lange überlegt, ob ich zu Floras Beisetzung gehen sollte. Es fiel mir schwer, eine Entscheidung zu treffen. Ich ging schlussendlich nicht hin. Ich konnte es nicht. Den Sarg zu sehen, wie er getragen, in das Loch gelassen und zugeschüttet wurde – diese Form der Endgültigkeit wahrzunehmen, das hätte ich nicht durchgestanden.

Außerdem wollte ich mich allein von Flora verabschieden, ohne dass mir jemand über die Schulter blickte. Einen Tag nach ihrer Beerdigung kniete ich an ihrem Grab, das mit lockerer Erde aufgefüllt worden war und einem Meer von Blumen glich.

Ich legte eine einzelne Rose vor das hölzerne Kreuz, auf dem Floras Name prangte. Ich hatte sie aus unserem Garten gepflückt. Irgendwie wirkte sie verloren inmitten all dieser anderen Blumen, die schon bald verwelken würden. Bei ihrem Anblick wurde mir klar, dass irgendwann auch die Erinnerung an Flora verblassen musste. Sie würde auf ein verblichenes Bild in unseren Köpfen reduziert.

Etwas in mir regte sich, schüttelte mich durch. »Ich werde dich nicht vergessen, Flora, ich verspreche es. Ich werde dein Bild immer bei mir tragen, es wird nicht verblassen, das darf es nicht«, flüsterte ich und kam mir im selben Augenblick verlassen vor.

Nur Stille schlug mir als Antwort entgegen. Was hatte ich anderes erwartet?

Nichts, ich hatte nichts erwartet.

Ich schloss die Augen. Die Vorstellung, dass Flora nur zwei Meter unter mir lag und ich sie dennoch nicht erreichen konnte, machte mich unendlich traurig. Ich hätte nicht gedacht, dass dieser kalte Kummer, der seit Tagen in mir wucherte wie ein bösartiges Geschwür, nur in wenigen Sekunden dermaßen wachsen konnte, dass er eine solch beängstigende Form annahm.

Ich hätte nicht hierherkommen dürfen. Ich durfte keine

Sekunde länger an dieser Stätte verweilen. Denn die Qual war viel zu groß, ich hatte Abschied genommen, jetzt musste ich fort.

Langsam richtete ich mich auf und wich auf den Weg zurück. Ein letzter, stummer Gruß, bevor ich davonstürzte, vorbei an den anderen Gräbern und Familiengrüften, hinaus auf die Straße. Und von dort aus nach Hause.

Mutter empfing mich im Wohnzimmer. Sie stand mitten im Raum und rieb sich unruhig die Finger. Ihre verkrampfte Haltung und ihre zuckenden Augenlider offenbarten eine eigenartige Aufregung. Sie deutete mit dem Kinn nach draußen in den Garten, wo Vater an unserem Teich saß.

Ich schaute hinaus. Vaters Blick wanderte ziellos umher, er hatte seine Hände ineinandergefaltet, als bete er.

»Er wartet auf dich, Daniel«, sagte Mutter weich. Zu weich, es war nicht ihr normaler Ton. Ihre gewöhnliche Härte war aus ihrem Gesicht gewichen. Ihr Anblick trieb mir Nägel in die Nerven.

»Was ist los?«, fragte ich.

»Dein Vater wird es dir sagen.«

»Was will er mir sagen?«

»Geh schon zu ihm, Daniel, er wird es dir erklären.«

Ich sah sie voller Trotz an und plötzlich wallte heißer Zorn in mir auf, sodass ich mich nicht mehr zurückhalten konnte. »Warum muss er es mir erklären? Warum kannst du es mir nicht sagen? Ah, weil du nur für Vorwürfe und Befehle zuständig bist! Du bist der Wegweiser, dem ich folgen muss! Und wenn ich es nicht mache, muss ich es ausbaden! So ist es doch und so war es immer schon, nicht wahr?«, stieß ich lauthals hervor.

Ich wollte ihr einen Stich versetzen, was mir auch gelang. Deshalb erwartete ich, dass sie mich sofort maßregelte. *So sprichst du nicht mit deiner Mutter, so nicht! Du wirst dich auf der Stelle entschuldigen, Daniel! Ich werde dir beibringen, dass du mich respektvoll behandelst,* würde sie brüllen, mit hochrotem Gesicht und bebenden Lippen.

Sie tat es nicht. Sie schüttelte nur den Kopf und hastete aus dem Zimmer.

Ich ging hinaus zu Vater, der kurz aufschaute, bevor er sich abwandte. Ich blieb stehen. »Du willst mit mir sprechen? Worüber denn? Was ist passiert? Mama ist total komisch!«

Vater beugte sich bis zum Rand des Teichs und stützte die Ellbogen auf den Beinen ab. »In dieser Zeit stehen wir alle etwas neben uns, Daniel, nicht nur deine Mutter.«

»Ja, klar, der Mord betrifft uns alle, den einen mehr, den anderen weniger«, sagte ich, ohne den Sarkasmus zu unterdrücken, der mir auf der Zunge lag wie bittere Medizin.

»Du warst bei Flora, auf dem Friedhof?«

»Ja. Wenigstens heute war ich dort, gestern war ich ja zu feige dafür.«

»Du bist nicht feige, Daniel, ganz bestimmt nicht.« Vater fing an, mit den Fingern auf der Stuhllehne zu trommeln. »Ein solcher Abschied ist nicht leicht.«

»Es ist verflucht schwer.«

»Du musst lernen, damit umzugehen, es ist wichtig für dich.«

»Flora ist erst gestern beerdigt worden!«, stellte ich mit harter Stimme fest.

»Ich weiß.« Vater verzog die Mundwinkel, als wollte er ein tröstendes Lächeln aufsetzen, doch es misslang. »Manchmal, wenn ich hier sitze und diesen majestätischen Fisch beobachte, während seine goldene Farbe durch das trübe Wasser reflektiert, frage ich mich, ob es richtig ist, dass er in diesem begrenzten Raum lebt. Der Teich ist nicht sonderlich groß, ein natürlicher Lebensraum wäre interessanter für ihn, nicht wahr?«

»Vater?«

Er ignorierte mich. »Irgendwie ist dieser Koi mein Gefangener.«

»Vater?« Ein zweiter Versuch.

»Ja?« Er hob die Augenbrauen in die Höhe.

»Worauf willst du hinaus?« Ich strengte mich an, seine Gedanken zu lesen, und wünschte mir, sie würden in fetten Schriftzeichen über ihm erscheinen.

»Ich weiß nicht, wie ich es dir beibringen soll, Daniel. Du musst so viel verkraften, es tut mir so leid für dich.«

»Was willst du mir beibringen? Sag schon!«

»Das werde ich ja, Daniel, das werde ich.« Sein Ton wurde eindringlicher.

Ich runzelte die Stirn. Ich hatte längst begriffen, dass neues Unheil auf mich zurollte wie eine tosende Lawine, die in ihrem zerstörerischen Ausmaß alles Leben unter sich begräbt und keine Möglichkeit zur Flucht bietet.

Vater stellte sich hin und kniff die Augen zusammen. »Stahl hat angerufen, Daniel. Es ist ungefähr eine Stunde her.«

»Und?«, fragte ich unruhig.

»Auch Diegos Lebensraum wäre in den nächsten Jahren begrenzt worden. Sie hatten ihn fast so weit, er stand kurz vor einem Geständnis.«

»Was ist mit Diego?«

»Einer der Wärter hat ihn heute Morgen gefunden.«

»Gefunden?«

Vater machte einen Schritt auf mich zu und drückte mich fest an sich. Er legte seine Arme um meinen Rücken. Ich spürte sein pochendes Herz an meiner Brust. Er atmete tief durch.

»Diego hat sich in seiner Zelle erhängt, Daniel, er hat sich umgebracht«, flüsterte er mir ins Ohr.

Zweiter Teil

Die Rückkehr

6. Kapitel

Ich fühle mich erschöpft und lege den Stift beiseite. Die Reise in die Vergangenheit entpuppt sich als unheilvoller Trip durch das Dunkel. Ich passiere die wichtigsten Stationen meines Lebens, berühre sie, tauche in sie ein, als wollte ich mit ihnen verschmelzen. Dabei erlebe ich alles noch einmal und das irritiert mich. Gleichermaßen treibt mich dieses Gefühl weiter, von einem Kapitel zum nächsten.

Bis zum Ende ist es allerdings noch ein langer Weg, auch wenn die ersten Schritte hinter mir liegen, was mich sehr erleichtert. Es stärkt meinen Glauben, dass es richtig ist, alles niederzuschreiben.

Sicherlich wird Olivia mit einer gewissen Zufriedenheit registrieren, dass ich ihrem Rat folge. Sie wird bestätigen, wie wichtig diese Erfahrung für mich ist. Dann wird sie sich in dem himmelblauen Sessel zurücklehnen, ihre Beine übereinander schlagen und ihr Kinn auf ihrer Handfläche abstützen. Das ist eine typische Haltung von ihr, während ich auf dem geschwungenen Stuhl an ihrer Seite sitze und versuche, ihr meine Gefühle, meine Verwirrungen zu offenbaren.

»Lassen Sie sich Zeit«, sagte sie, als sie bemerkte, dass ich ins Stocken geriet.

Das war bei unserer ersten Begegnung. Mittlerweile ist das schon ziemlich lange her. Ich weiß noch genau, was für ein Wochentag es war, als sie ihre Tür für mich öffnete. Es war ein Montag. Punkt zehn Uhr betrat ich ihr Zimmer.

Als Erstes fielen mir ihr einnehmendes Lächeln und diese angenehme Ruhe auf, die sie ausstrahlte. Sie war aufmerksam, aber nicht auf eine angestrengte Art, nein, sie wirkte völlig entspannt. Bekleidet war sie mit einem tadellos geschnittenen Hosenanzug und einer Bluse, die bis zum Halsansatz zugeknöpft war und einen glänzenden Kragen besaß. Olivia ist hellhäutig, aber nicht blass. Eine außergewöhnliche Frau Ende dreißig mit kurzen, brünetten Haaren.

Ich hatte sie mir anders vorgestellt. Streng, von Beginn an um eine entsprechende Distanz bemüht. Ich hätte nie gedacht, dass sie sich sofort auf mich einlassen würde.

Olivia rückte ihre Brille zurecht und wies auf den Stuhl.

Ich nahm Platz. Mein anfängliches Unbehagen wich schnell dem wachsenden Bedürfnis, ihr mein Vertrauen zu schenken.

»Bei all dem, was Sie mir erzählen, denken Sie daran, dass Sie sich nicht selbst bedrängen, Herr Medrich. Sortieren Sie Ihre Gedanken, schauen Sie in Ihr Innerstes und lassen Sie zunächst nur die Dinge nach oben gleiten, die Sie für wichtig halten. Verstehen Sie, was ich meine?«, fragte sie.

Ich verstand, oder glaubte es zumindest, und nickte.

»Sie können auch schweigen, wenn Ihnen danach ist. In den meisten Sitzungen bestimmen Sie das Tempo«, fügte sie bedächtig hinzu.

Und so war es und ist es auch heute noch. Nie verrät ihre Miene, was sie gerade denkt. Sie unterbricht mich nicht, wenn ich auf ihre Fragen antworte. Sie will wissen, was mich beschäftigt und wie ich empfinde, sie dringt weiter in mein Bewusstsein vor, als jemals ein Mensch vor ihr.

Ich gewähre ihr diese Einblicke. Es ist erstaunlich, dass ich so reagiere.

Mit Olivia kann ich über meine Träume und Ängste reden. Ich verrate ihr eine Menge Dinge. Dass Vater meine Stütze war, bis ich meinen eigenen Weg finden musste. Dass ich Mutter für ihre engstirnige Sicht und ihre von Doppelmoral geprägte Lebensauffassung verachtete. Und dass ich meine Freunde vermisse.

»Was fehlt Ihnen am meisten?«, fragte Olivia einmal in einer unserer Sitzungen und legte den Kopf in den Nacken.

»Ich hatte nur eine kurze Jugend, die viel zu früh endete, sie wurde abrupt zerstört. Ich sehne mich nach diesem einen, unbeschwerten Jahr zurück, in dem meine Freunde und ich nicht darüber nachdachten, woher wir kamen oder wohin wir gehen würden. Wir waren verspielt, neugierig und wir gehörten zusammen. Diese Zeit fehlt mir, sie fehlt mir sogar sehr«, sagte ich leise.

»Und Ihre Mutter? Tut es Ihnen leid, dass der Kontakt zu ihr abgebrochen ist?«

Ich zögerte und schaute Olivia nachdenklich an. Schließlich schüttelte ich den Kopf. »Nein, sie hat sich nach dem ganzen Unheil und der anschließenden Scheidung zurückgezogen. Sie wollte mich nicht mehr sehen, also trägt sie die Schuld daran, dass wir keinen Kontakt mehr haben. Ich habe mir nichts vorzuwerfen, deswegen tut es mir nicht leid.«

»Das klingt verbittert«, stellte Olivia fest.

Ich errötete ein wenig. »Mutter wollte nichts mehr von mir wissen. Ihre heile Welt hatte nicht nur Risse bekommen, sie war zersprungen und die Scherben verletzten sie offensichtlich zu sehr. Auf ihre Weise macht sie mich dafür verantwortlich.«

Olivia legte zwei Finger auf ihre Lippen und dachte nach. Sie besitzt die Gabe, meine Worte aufzusaugen wie ein nasser Schwamm, und sie lässt nichts mehr davon entweichen. »Sie erwähnten einmal, dass Ihre Mutter sehr gläubig ist, Herr Medrich. Mich interessiert Ihre Beziehung zu Gott. Wie stehen Sie ihm gegenüber?«

»Ich habe keine Beziehung zu ihm.«

»Glauben Sie denn nicht an ihn?«

Ich zuckte mit den Schultern. »Wenn es ihn gibt, und meine Erziehung lässt mich an ihn glauben, hat er mich nicht beschützt. Im Gegenteil, er hat mich schon vor über zwanzig Jahren verlassen. Besser ausgedrückt, er hat den Kontakt zu mir abgebrochen, wie Mutter es getan hat.«

»Gott hat Sie verlassen? Das ist Ihre Meinung?« Olivias Gesicht zeigte Erstaunen, ihre Augen flackerten für den Bruchteil einer Sekunde unruhig auf.

»Das ist nicht nur meine Meinung, das ist eine Tatsache! Er hat sich einfach umgedreht und ist gegangen«, insistierte ich.

»Eine interessante Empfindung«, meinte Olivia.

»Wieso überrascht Sie das?«, fragte ich.

»Erkennen Sie es nicht selbst?« Sie betrachtete mich abwartend.

Ich schüttelte hartnäckig den Kopf.

»Sie suchen immer nach der einfachsten Lösung. Sie haben eine schlimme Erfahrung durchlebt – also hat sich Gott von Ihnen abgewandt, so einfach ist das für Sie. Aber so einfach ist es nicht immer, Herr Medrich.«

»Ich sage nur das, was ich fühle.«

Sie nickte. »Oberflächlich betrachtet tun Sie das. Allerdings müssen Sie Ihren Blickwinkel erweitern. Stellen Sie sich einen langen, nur schwach beleuchteten Tunnel vor. Sie schauen durch die Röhre auf die andere Seite, dort ist es hell, das erkennen Sie genau. Mehr sehen Sie nicht, weil Sie nicht mehr sehen wollen. Sie ignorieren, was sich im Innern des Tunnels befindet, Sie starren immer nur auf das Licht auf der anderen Seite. Auf diese Weise betrachten Sie auch Ihre Mutter. Ist sie nicht viel mehr als nur die Frau mit dem erhobenen Zeigefinger? Als Sie noch ein Kind waren, hat Ihre Mutter Sie nie ins Bett gebracht, Sie zugedeckt, Ihnen eine Geschichte vorgelesen und sich um Sie gekümmert, wenn Sie krank waren?«

Ich war verunsichert. Olivia rutschte ein wenig nach vorn und wartete ab. Das Schweigen, das zwischen uns trat, war nicht unangenehm. Es ließ mir einfach ein bisschen mehr Zeit zum Nachdenken. »Sie sind der Meinung, dass ich die Dinge zu einseitig betrachte«, sagte ich schließlich bewegt und wischte die Stille beiseite.

»Liege ich mit dieser Auffassung daneben?«

Ich schluckte. Mein Hals wurde eng. »Das kann ich selbst nur schwer beurteilen«, flüsterte ich und spürte eine Woge von Schuld und Selbstmitleid über mich hinwegfluten. »Wahrscheinlich ist es so.«

Ich war immer bemüht, gegenüber Olivia ehrlich zu sein. Und ich war es auch in diesem Moment. Diese Ehrlichkeit ist wichtig, bildet die Grundlage für unsere Gespräche. Olivia will mir helfen, und ich möchte, dass sie mir glaubt.

Am Ende unserer Unterhaltung vertrat Olivia eine weitere bemerkenswerte Ansicht. Sie meinte, dass ich die Vergangenheit annehmen müsse, sonst wäre ich ein Baum ohne Wurzeln, der langsam dahinsieche. Allerdings müsse ich aus dieser Vergangenheit lernen, um alte Verhaltensstrukturen abzustreifen, egal, in welcher Situation ich mich befände.

Auch damit hat sie recht. Wie immer. So oder so flößen mir ihre Sätze Mut ein und spornen mich an, mit meinen Aufzeichnungen fortzufahren. Ich wische über mein Gesicht und massiere meinen Nacken, als könnte ich die Müdigkeit abstreifen. Dann nehme ich den stumpfen Stift in meine Hand und starre auf die leeren Blätter, die ordentlich gebündelt auf einem Stapel vor mir liegen.

Und warte einige Minuten ab. Konzentriere mich. Lausche meiner inneren Stimme, bevor ich ein Blatt von dem Stapel ziehe und den Stift wieder ansetze.

Ich schreibe weiter.

Meine Eltern trennten sich ein halbes Jahr nach den Geschehnissen. Eigentlich zogen sie nur die logische Konsequenz daraus, dass ihre Beziehung nicht mehr funktionierte. Zu verschieden waren ihre Ansichten über die Art, wie sie leben wollten und wie sie mich erzogen. Jede Meinungsverschiedenheit wurde zum Anlass genommen, um heftig zu streiten. Meine Mutter unterstellte Vater, dass er sich nur um die Firma kümmere und die Familie vernachlässige. Alles bliebe an ihr hängen. Vater starrte sie befremdet an, als könnte er nicht fassen, was sie ihm vorwarf.

Ich ließ mir nichts anmerken, obwohl ich den eigentlichen Grund für ihre Zwietracht kannte. Er wurde nie genannt, verbarg sich dennoch in jeder Silbe, schwang in jeder Geste mit und versprühte sein Gift.

Alles drehte sich nur um Magdalena. Mutter war zu stolz, sie zu erwähnen. Trotzdem befand sich Magdalena zwischen meinen Eltern wie ein tiefer Graben, der an jedem Tag breiter wurde. Und wenn sich meine Eltern in einem Raum aufhielten, baute sich eine Spannung auf, die beinahe fassbar war.

Kurz vor Weihnachten zogen sie einen Schlussstrich und das war ein folgerichtiger Schritt. Sie würden das Haus verkaufen, und nicht nur das: Vater suchte bereits einen Käufer für sein Unternehmen, wollte nicht in Bell bleiben. Warum auch immer – er hatte sich entschieden. Er und Mutter einigten sich darauf, keinen schmutzigen Scheidungskrieg zu führen, und nahmen sich einen gemeinsamen Anwalt. Vater sagte Mutter finanzielle Unterstützung zu. Ich wünschte mir, dass mein eigenes Leben während des bevorstehenden Trennungsjahres wieder klarer würde, feste Konturen bekäme. Ich hoffte auf einen neuen Anfang, als meine Eltern mir die Entscheidung überließen, mit wem ich gehen wollte.

Und ich war froh, endlich aus Bell herauszukommen. Hier erinnerte mich alles an Flora und Diego. Das Dorf war für mich zu einem qualvollen Gefängnis verkommen. Ich verließ kaum noch das Haus. Nach der Schule schloss ich mich in meinem Zimmer ein. Ich traf mich nicht mehr mit Arno und Jürgen, es widerstrebte mir, mein normales Leben weiterzuführen. Ich wollte niemanden sehen, zog mich von allem zurück. Anfangs rief mich Jürgen jeden Mittag an, auch in der Schule versuchte er hartnäckig, sich mit mir zu verabreden. Er beteuerte stets, dass er verstehe, wie ich mich fühlte, dennoch dürfte ich mich nicht hängen lassen. Mein Leben würde doch weitergehen.

Er hatte keine Ahnung, wie ich mich fühlte.

Niemand ahnte es.

Irgendwann ebbten seine Versuche ab.

Und Magdalena? Im Herbst verließen sie und Rafael das Dorf. Mehr drang nicht zu mir.

Einige Monate danach stand fest, dass ich mit Vater nach Freiburg ziehen würde. Er setzte den Verkaufserlös seines Unternehmens ein und wurde Mitgesellschafter einer Betonfabrik in einem überschaubaren Industriepark am Stadtrand. Wir nahmen uns ein Wochenende lang Zeit, um einige Immobilien zu besichtigen, und entschieden uns schließlich für eine doppelstöckige Altbauwohnung im Zentrum. Ein großzügiger Garten, der von einer hohen Mauer umrandet wurde und in dessen Mitte ein steinerner Springbrunnen eingefasst war, gehörte zu unserem neuen Domizil. Eine eigene grüne Lunge zum Atmen, ein Platz zum Ausruhen, das ist in einer größeren Stadt sehr wichtig, meinte Vater. Der Platz am Brunnen sollte ihm den Gartenteich mit den Fischen ersetzen.

Seltsam, dass wir an bestimmten Dingen festhalten. Gewisse Muster brennen sich in uns ein und verlangen, dass wir sie beachten.

Mutters Abschied aus Bell passte ebenfalls in ein solches Muster. Ich wusste, dass sie keine Gefühlsregung zeigen würde. Sie wollte erhobenen Hauptes von uns gehen. Sie drückte mir lediglich die Hand. Wir standen vor unserer Haustür und starrten uns an wie zwei Fremde, deren Wege sich an dieser Stelle nur zufällig gekreuzt hatten.

»Ich respektiere deine Entscheidung«, sagte sie kühl, nahm die beiden Koffer vom Boden auf und ging zu dem Taxi, das in der Auffahrt stand.

»Wir telefonieren, ja?«, rief ich ihr nach.

Sie drehte sich nicht mehr um. Der Taxifahrer half ihr, das Gepäck im Kofferraum zu verstauen, und Mutter setzte sich auf die Rückbank. Sie fuhr davon. Zu ihrer Schwester nach Hamburg, wo sie sich zunächst nur für einen begrenzten Zeitraum einquartieren wollte. Sie blieb dort für immer.

Eine Woche nach dem Abschied von Mutter kamen die Möbelpacker und räumten das Haus leer, das inzwischen an ein Ehepaar aus Hessen verkauft worden war.

Als Vater und ich kurze Zeit später das Ortsschild Bell in Richtung Süden passierten, glaubte ich, dass ich mein Lebtag nicht mehr hierher zurückkehren würde. Ich war mir dessen sogar sicher.

Und dann geschah etwas Sonderbares. Während der Fahrt fiel ein Teil des Ballastes von mir ab, der mir in den vergangenen Monaten fast die Luft zum Atmen geraubt hatte. Ich war noch nicht völlig befreit davon, doch es ging mir schon deutlich besser.

In Freiburg angekommen nahm ich mir fest vor, mich zu ändern. Es mag paradox, fast schon gefühlskalt klingen, aber die Scheidung meiner Eltern und der Umzug stellten für mich eine Chance dar, wieder nach vorn zu schauen, mich aus dem Sumpf dieser grauenvollen Lethargie zu ziehen. Tatsächlich gelang es mir allmählich, in die Normalität zurückzukehren und das Erlebte weit in den Hintergrund zu drängen.

Wir lebten uns in Freiburg ein. Ich wechselte nach nur einem Jahr von der Realschule auf das Gymnasium und schaffte mein Abitur mit guten Noten. Alles war im Fluss: Ich lief in abgesteckten Bahnen, absolvierte eine kaufmännische Lehre in der Firma meines Vaters, der mittlerweile über fünfzig Prozent der Anteile besaß, und wandelte immer sicherer durch mein Leben.

Die Jahre verflogen, ich stürzte mich in die Arbeit und versuchte, meinen eigenen Ansprüchen gerecht zu werden.

Vater brauchte mich nicht zu loben, ich wusste, wie zufrieden er mit meiner Entwicklung war. Wahrscheinlich glaubte er, dass ich ihm etwas beweisen wollte. Dabei strebte ich nicht nach Anerkennung, sondern nach Ablenkung. Ich musste in Bewegung bleiben, um jeden Gedanken an die Vergangenheit zu umgehen. Ich war stets der Letzte, der das Büro verließ, meistens mit einigen Unterlagen unter dem Arm, die ich zu Hause noch bearbeiten musste.

Dann lernte ich Susanne kennen. Vater suchte eine Verstärkung für die Buchhaltung und überließ mir die Auswahl. Das war ein endgültiger Vertrauensbeweis, eine unausgesprochene Würdigung meiner Arbeit. Aus einer Fülle an Bewerbungen stach eine heraus. Nicht nur ihre guten Zeugnisse und geschickten Formulierungen sprachen mich an, letztlich gab ihr selbstbewusstes Auftreten den Ausschlag, dass ich mich für Susanne entschied. Sie war nur ein Jahr jünger als ich, sehr hübsch und blond und sah mich voller Aufmerksamkeit an, während ich ihre neue Aufgabe erläuterte.

Ich sollte ihre Einstellung nie bereuen. Susanne war zuverlässig und sehr intelligent. Schon bald war sie mehr als nur eine Verstärkung und sie gefiel mir.

Dennoch dauerte es einige Monate, bis ich den Mut aufbrachte, sie zum Essen einzuladen. Ich hatte unaufhörlich darüber nachgedacht, ob ich es überhaupt tun sollte. Immerhin war sie Vaters Angestellte und ich ihr direkter Vorgesetzter.

Als ich sie fragte, zuckte sie zunächst nur scheu mit den Schultern, einen Moment lang wirkte sie peinlich berührt. Schließlich sagte sie zu.

Ich wollte sie groß ausführen und lud sie in ein französisches Restaurant nach Littenweiler ein. Ich bestand darauf, dass sie für uns beide das Essen auswählte. Sie lachte entspannt auf und bestellte Hummermedaillons in Butterschaumsoße und kleine Rösti. Dazu tranken wir einen frischen Weißwein. Ich genoss ihre Gesellschaft und die angenehme Atmosphäre. Im Laufe des Abends löste sich der letzte Rest Distanz zwischen uns auf.

Wir kamen uns nah, berührten einander und waren zärtlich. Sicherlich war es ein schönes Erlebnis, mit Susanne zu schlafen, aber es war nicht vollkommen. Instinktiv begriff ich, dass ich wahrscheinlich niemals mehr finden würde, wonach ich suchte. Gleichermaßen akzeptierte ich es.

Susanne und ich wurden ein Paar. Aus heutiger Sicht bildete sie einen weiteren Stützpfeiler in meinem Dasein, eine Bereicherung, die meine Existenz komplettierte. Unsere Beziehung war wie ein Brunnen, aus dem ich trinken konnte, wenn ich durstig war. Ich dachte damals tatsächlich, dass mein Schicksal eine gute Wendung genommen hatte. Ich ahnte nicht, dass ich mich lediglich auf dünnem Eis fortbewegte, und verschwendete keinen einzigen Gedanken daran, dass es einbrechen könnte. Erst Jahre später, als ich den Brief von Rafael öffnete, wurden erste Risse auf der brüchigen Oberfläche sichtbar. Und in diesem Augenblick erkannte ich die Tiefe, die sich darunter verbarg.

7. Kapitel

Es war an einem Samstagmorgen im Dezember, kurz nach neun, als ich bepackt mit einer Papiertüte voller Brötchen und Croissants den breiten Gehweg in unserer Straße entlangging. Die Vorfreude auf ein gemeinsames, entspanntes Frühstück mit Susanne beschleunigte meine Schritte. Den Duft der frisch gebackenen Brötchen in der Nase, hielt ich mir den Kragen meiner Jacke zu, um mich gegen die Kälte zu schützen. Ich war froh, als ich die Eingangstür unseres Mehrfamilienhauses erreichte.

Mittlerweile wohnten Susanne und ich zusammen. Nur einen Häuserblock von meinem Vater entfernt hatten wir eine hübsche Maisonettewohnung bezogen. Ein ausgefülltes und erfolgreiches Berufsleben, eine wunderbare Freundin und ein paar Bekannte, mit denen man sich hin und wieder traf; ich war – wie bereits angedeutet – zufrieden. Insbesondere weil Susanne mich nie mit Bemerkungen über die Zukunft unter Druck setzte. Sie erwähnte kein einziges Mal, dass sie Kinder kriegen und heiraten wollte. Als ich sie einmal auf dieses Thema ansprach, sagte sie nur, dass sie dafür noch nicht bereit sei. Ich war es auch nicht, deswegen erleichterte mich ihre Reaktion. Ich wollte keine endgültige Bindung. Für mich ist es ein Unterschied, eine harmonische Beziehung ohne Versprechen zu führen oder eine Ehe mit all der Verantwortung, die dazugehört.

Während ich die Haustür aufschloss, die Post aus dem Briefkasten nahm und anschließend die Treppen nach oben hastete, fragte ich mich, ob ich diese Verantwortung jemals übernehmen wollte.

Ich öffnete unsere Wohnungstür, schmiss meine Jacke über die Garderobenstange und ging ins Esszimmer. Es roch nach Kaffee, der Tisch war bereits gedeckt, und Susanne saß dort in ihrem gelben Morgenmantel, der mehr von ihren nackten Beinen zeigte, als er verbarg.

Sie bemerkte meinen Blick und zog den Mantel über ihre Schenkel, die Situation war ihr unangenehm. Eine Geste, die mir vertraut vorkam, eine Geste, die mich einen Augenblick lang verunsicherte, und ich suchte sofort nach dem Grund. Es gelang mir nicht, irgendeinen sinnvollen Zusammenhang herzustellen, also ging ich darüber hinweg.

»Sehr appetitlich«, sagte ich süffisant und küsste Susannes Stirn. Ich wusste, sie würde sich über meine zweideutige Bemerkung ärgern. Sie war in sexueller Hinsicht eher scheu, am liebsten wäre es ihr gewesen, wir hätten immer das Licht ausgeschaltet, während wir uns liebten. Einmal gestand sie mir, dass es ihr zuvor noch nie passiert sei, dass sie bereits bei der ersten Verabredung mit einem Mann geschlafen habe. Sie habe sich tagelang dafür geschämt und geglaubt, dass ich sie nun für eine besonders frivole Frau hielte. Ich konnte sie beruhigen, denn das war Susanne wahrhaftig nicht. Letztendlich waren wir genau deshalb ein Paar. Weil sie sich nicht jedem x-beliebigen Kerl an den Hals warf. Weil sie grundsolide war. Und weil sie Ordnung in meinen Alltag brachte. Nur manchmal flackerte der Wunsch in mir auf, sie wäre etwas hemmungsloser und würde nicht sofort ihre Beine verdecken, wenn der Morgenmantel sie entblößte.

Ich strich sanft über ihren Nacken und ihren Haaransatz, bevor ich den Inhalt der Papiertüte in einen Brotkorb schüttete und die Briefe achtlos daneben legte. Dann hockte ich mich hin.

Susanne nahm sich ein Brötchen, schnitt es in zwei Hälften und bestrich eine davon mit Konfitüre. »Dein Gang zum Bäcker hat sich gelohnt, die Brötchen sind noch warm.«

Ich trank einen Schluck Kaffee und lachte sie an. »Für dich hat es sich gelohnt, du musstest ja nicht raus in die Kälte.«

»Du hast auch keinen Grund, dich zu beschweren. Kommst zurück und der Frühstückstisch ist schon gedeckt. Außerdem hast du bestimmt wieder mit der Bäckerstochter geflirtet.«

»Ich gebe es zu, du hast mich erwischt.«

»Ich verzeihe dir.«

»Sehr großzügig, danke.« Ich langte nach einem Croissant, dabei gerieten die Briefe in mein Sichtfeld. Ein Werbebrief von einem regionalen Autohaus, die Rechnung unserer Telefongesellschaft und ein Brief ohne Absender. An mich gerichtet. Die Adresse war von Hand auf den Umschlag geschrieben worden, mit blauer Tinte, in kleinen Druckbuchstaben.

Ich wurde neugierig.

»Wichtige Post?«, fragte Susanne.

Ich zuckte die Achseln. »Dabei ist auch ein Brief ohne Absender.«

»Für dich oder für mich?«

»Er ist an mich adressiert, tut mir leid«, sagte ich amüsiert.

Susanne biss in ihr Brötchen und lächelte verhalten. Beobachtete mich gespannt, wartete darauf, dass ich zum Brotmesser griff und den Umschlag am obersten Ende aufschnitt. Ich ignorierte es und fasste den Brief nicht an.

»Willst du ihn nicht öffnen?«, fragte sie schließlich erwartungsvoll.

»Doch, schon.«

»Und warum zögerst du dann so?« Es klang wie eine versteckte Aufforderung.

»Ich möchte erst in Ruhe frühstücken«, entgegnete ich und schob die Briefe demonstrativ beiseite.

Susanne wirkte erstaunt. Sie hätte sicherlich nicht so viel Geduld aufgebracht.

Ich aß seelenruhig weiter, ein weiteres Croissant und ein Brötchen, dazu trank ich zwei Tassen Kaffee und gab mir Mühe, mich auf Susanne zu konzentrieren. Sie erklärte mir, dass sie sich um elf mit einer Freundin in der Stadt treffen wolle. Ich könne ja mitkommen.

»Und mich in sämtliche Geschäfte Freiburgs ziehen lassen? Nein, danke! Ich werde mich ins Büro zurückziehen und mich mit dem neuen Investitionsplan beschäftigen«, sagte ich.

»Ein wenig Abwechslung würde dir auch mal guttun«, stellte sie fest.

»Du weißt, wie ich ticke, Susanne.«

»Wie du meinst. Dafür machen wir es uns heute Abend gemütlich, versprochen?«

»Versprochen.«

Wir standen auf und räumten gemeinsam ab. Im Vorbeigehen nahm ich die Post vom Tisch und schlenderte in mein Arbeitszimmer. Entweder dachte Susanne nicht mehr an den Brief oder sie wollte mich nicht zu sehr bedrängen, jedenfalls erwähnte sie ihn an diesem Morgen nicht mehr.

Ich saß minutenlang an meinem Schreibtisch und wartete, einem leisen Instinkt folgend, ab, bis Susanne sich angezogen und verabschiedet hatte. Nachdem sie schließlich die Wohnungstür ins Schloss gezogen hatte, schaltete ich die Tischlampe an und zog den schweren Brieföffner aus der obersten Schublade. In meiner Kehle begann es zu arbeiten, als ich den Umschlag mit einem feinen Schnitt öffnete.

Ich nahm das Schreiben heraus. Es war mit blauer Tinte und ordentlichen Druckbuchstaben verfasst worden, genau wie meine Adresse auf dem Kuvert.

Lieber Daniel,
sicherlich wunderst du dich, dass ich mich nach so langer Zeit bei dir melde. Aber dafür gibt es einen triftigen Grund. Gewiss hast du geglaubt, nicht mehr mit dem konfrontiert zu werden, was uns alle miteinander verbindet. Du hast damals sehr gelitten, du warst sozusagen näher am Feuer

als die anderen, deswegen wird dich meine Bitte – eigentlich ist es mehr als nur eine Bitte, es ist eine Aufforderung – erschrecken. Wenn es nicht sein müsste, würde ich es nicht verlangen, nicht von dir, nicht von Jürgen und auch nicht von Arno. Doch es muss sein. Ich habe Diego versprochen, irgendwann herauszufinden, was tatsächlich am See geschah, wer der wahre Mörder unserer Cousine ist. Ich habe es ihm geschworen, einen Tag, bevor er sich in seiner Zelle erhängt hat.

Wenn du nur wüsstest, wie sehr er gelitten hat. Er hat in dem Besucherraum gekauert wie ein alter Mann, versteinert und mit roten Augen, die ins Leere starrten. Sein Gesicht war vom Weinen aufgequollen. Diego war nicht mehr mein starker Bruder, er war gebrochen, willenlos, ein Junge, der sich in der Finsternis verirrt hat. Und egal in welche Richtung er lief, die Dunkelheit gab ihn nicht mehr frei. Seine Situation erschien ihm aussichtslos, deswegen hat er sich umgebracht. Sein Freitod war kein Schuldgeständnis, wie es die Ermittler darstellten. Es war ein letzter, stummer Aufschrei.

Meine eigene Existenz war fortan von meinem Schwur geprägt. Ich habe die Hoffnung nie aufgegeben, dass eines Tages die Wahrheit ans Licht kommt. Und vielleicht liegt dieser Tag nun in greifbarer Nähe.

Es gibt neue Erkenntnisse. Mehr möchte ich an dieser Stelle nicht verraten. Vielmehr bitte ich dich um drei Tage. Drei Tage, die wir zusammen in Bell verbringen. Du, Arno, Jürgen und ich. Drei Tage, in denen wir gemeinsam aufarbeiten, was noch im Verborgenen liegt.

Bitte erfülle meinen Wunsch, ich rechne fest mit dir. Ich habe für dich ein Zimmer im Hotel Waldhaus, *direkt am See reserviert, und zwar ab kommenden Donnerstag.*

Jetzt, da ich diesen Brief beende, stelle ich mir deine Reaktion vor, Daniel. Kritisch, mit zwiespältigen Gefühlen wirst du grübeln, was du tun sollst. Ich verstehe, dass du zweifelst. Letztendlich bin ich aber davon überzeugt, dass wir uns wiedersehen.

Rafael, der Bruder deines besten Freundes

Ich legte den Brief auf die Tischplatte und faltete die Hände ineinander. Betrachtete das beschriebene Blatt Papier und rang nach Luft. Mein Hals war wie zugeschnürt, ich konnte nicht begreifen, dass meine alten Wunden wieder aufreißen sollten. So sehr hatte ich mir gewünscht, sie seien endgültig verheilt! Ein paar Narben waren gewiss übrig geblieben, aber ich hatte sie einfach nicht mehr beachtet. Jetzt fingen sie an zu schmerzen und drohten aufzuplatzen.

Ich schnellte hoch und ging umher wie ein gefangenes Tier in einem viel zu engen Käfig. Unruhig, stumpf sinnierend. Rafaels Worte purzelten in meinem Kopf herum, wild und ungestüm pochten sie an meine Schädeldecke und zogen mich völlig in ihren Bann. Sein Brief war mehr als ein bloßes Schreiben, das Bilder aus einer anderen Epoche in mir wachrief. Sein Brief rüttelte am Fundament meines Lebens, das ich mir hier, in Freiburg, mühsam aufgebaut hatte. Eine einschneidende Veränderung kam schleichend auf mich zu, das spürte ich. Egal, wie ich mich entscheiden würde, es würde meine Zukunft beeinflussen.

Ich blieb abrupt stehen. Rafael ließ mir die Wahl, ich konnte selbst entscheiden, ob ich seiner Bitte folgte oder nicht. Er behauptete lediglich, dass es neue Erkenntnisse gab.

Und was bedeutete das? Was hatte ich noch damit zu tun? Ich hatte meine Aussage gemacht, der Fall war zu den Akten gelegt worden, niemand ermittelte mehr.

Bis auf Rafael. Und das war der springende Punkt. Er folgte einem Schwur, einem Versprechen. Und wenn es mir auch schwerfiel, es zuzugeben – er hatte die richtigen Worte gewählt. *Du hast damals sehr gelitten, du warst sozusagen näher am Feuer als die anderen, deswegen wird dich meine Bitte – eigentlich ist es mehr als nur eine Bitte, es ist eine Aufforderung – erschrecken …*

Seine Formulierung hallte in meinem Kopf wider, ich drückte gegen meine Schläfen. Ob ich es wahrhaben wollte oder nicht: Er hatte recht. Ich war näher am Feuer gewesen als alle anderen und es hatte mir fast ein Loch in die Seele gebrannt. Ich wollte nie mehr so leiden.

Ich ging ins Badezimmer, ließ kaltes Wasser ins Waschbecken laufen und befeuchtete mein Gesicht, meinen Nacken, meine Haare. Ich begegnete meinem bleichen Spiegelbild. Meine Züge waren angespannt, verzerrt. Ich stand da wie angewurzelt, mit einer heftig pochenden Halsschlagader.

Ein einziger Brief hatte mein Versteck preisgegeben, ja, so war es! Ich hatte mich in mir selbst versteckt und dabei war es mir gut gegangen – jedenfalls hatte ich mir das eingebildet. Nun war mein Schlupfwinkel entdeckt worden, ich musste aus der Höhle kriechen und mich stellen.

Was sollte ich tun? Einen anderen, unbekannten Platz suchen und finden? War das möglich?

Nein, ich durfte nicht mehr davonlaufen. Ich würde Rafaels Appell nachkommen. Das war wichtig. Eine andere Entscheidung würde ich mir für den Rest meines Lebens vorwerfen.

Ich musste raus an die frische Luft. Ich verließ die Wohnung und streunte ziellos durch die Gegend wie ein herrenloser Hund, der eine Zuflucht sucht. Ich trieb in die City, ließ mich von den Straßenschluchten schlucken. In einer Seitengasse setzte ich mich in ein Bistro, trank einen Latte macchiato und blickte durch die verdreckten Scheiben nach draußen. Ich sah die Menschen, die eilig über den Asphalt hasteten, Einzelschicksale, gefangen in ihren eigenen Empfindungen. Eine junge Frau mit zwei Kindern an den Händen, beide nicht älter als fünf Jahre, die sie mehr oder weniger über die Straße zerrte. An ihrem Handgelenk baumelte die Plastiktüte eines Billigdiscounters. Ein paar Meter weiter hetzte ein Soldat mit einem gefüllten Seesack in Richtung Bahnhof. Die Welt tickte immer noch im selben Rhythmus, nur für mich hatte sich der Takt geändert.

Ich stützte mein Kinn mit meinen Handflächen ab. Ob Arno und Jürgen ähnlich empfanden? Was war wohl aus meinen Freunden geworden? Ob sie noch in Bell wohnten? Vielleicht hatten sie Familien gegründet, bewohnten ein Häuschen im Grünen, reisten einmal im Jahr in den Süden. Sangen ihre Kinder in den Schlaf. Schliefen neben ihren Frauen ein. Glücklich, ohne von wirklichen Sorgen heimgesucht zu werden.

Und dann trudelte die Nachricht von Rafael ein und riss sie aus ihrem beschaulichen Alltag heraus.

So jedenfalls stellte ich es mir vor und darin suchte ich Trost. Es betraf mich nicht allein. Rafael erwähnte es mit einer frappanten Deutlichkeit. Wir würden uns alle wiedersehen – in Bell.

Nachdem ich das Bistro verlassen hatte, lief ich noch eine ganze Weile durch die Stadt und versuchte, klare Gedanken zu fassen. Ein sinnloses Unterfangen. Schließlich gab ich es auf und ging nach Hause. Ich hoffte, dass Susanne ihren Stadtbummel noch nicht beendet hatte, weil ich ahnte, dass sie noch einmal nach dem Brief fragen würde. Was sollte ich ihr sagen? Ich war mir längst nicht sicher, ob ich es ihr erzählen wollte. Es betraf einen Teil von mir, den ich ihr gegenüber immer ausgeblendet hatte.

Ich steckte den Schlüssel in das Schloss und bemerkte, dass die Tür nicht mehr verriegelt war. Susanne war also schon wieder zurück. Ich hielt die Luft an, trat ein, schob die Tür zu und durchquerte den Flur, um ins Schlafzimmer zu gelangen. Von dort aus strömte schummriges Licht in die Diele und warf ein gelbes Rechteck an die gegenüberliegende Wand. Ich blieb abrupt stehen.

Susanne musterte sich in dem hohen Spiegel neben ihrem Kleiderschrank. Ihre Hände ruhten auf ihren Hüften, während sie sich kritisch betrachtete. Sie hatte sich einen neuen Rock gekauft und angezogen: ein bordeauxfarbenes Stück aus Satin, das gut zu ihrer übrigen Kollektion passte. Konservativ und bloß nicht zu figurbetont. Dazu hatte sie sich einen schmucklosen, grauen Pullover übergestreift.

»Wie gefalle ich dir?«, fragte sie, als sie mich bemerkte. Kein Grußwort, nur ein ernster, forscher Blick, der eine Meinung forderte.

»Die Wahrheit?«, fragte ich zurück.

»Die Wahrheit«, sagte sie.

»Du gefällst mir gut.«

»Das ist eine banale Antwort.«

»Es war eine banale Frage.«

Sie kam auf mich zu und legte eine Hand um meinen Hals. »Wo warst du, Daniel? Du wolltest dich doch mit dem Investitionsplan beschäftigen.« Ihre Stimme klang nicht misstrauisch, eher ein wenig besorgt.

»Ich musste nachdenken«, sagte ich und legte meine Hände um ihre Taille, um sie näher an mich zu ziehen. Der fruchtige Duft ihres Parfums stieg in meine Nase, schlagartig war ich aufgewühlt. Etwas regte sich in mir, ein übermächtiger Druck, der entweichen wollte und verzweifelt eine Öffnung suchte. Es war eine abstruse Aufruhr, die so plötzlich über mich kam, dass sie mich schier überwältigte. Ich war selbst überrascht, konnte mich allerdings nicht dagegen wehren und überließ mich meinen Emotionen. Später schämte ich mich dafür, dass ich die Kontrolle verloren hatte. Es war zwar nur für einige Sekunden – vielleicht waren es auch zwei, drei Minuten –, aber es reichte aus, um Susanne einen Schrecken einzujagen. Meine Reaktion resultierte aus meiner Verfassung und der Belastung, die der Brief mir aufbürdete und die ich den ganzen Tag mit mir herumgeschleppt hatte.

Ohne darüber nachzudenken, küsste ich Susanne hart auf die Lippen. Sie zuckte zusammen und wich zurück, als wollte sie einen sicheren Abstand gewinnen.

»Worüber musstest du nachdenken?«, wollte sie wissen. Sie war offensichtlich irritiert.

»Das sage ich dir gleich, Susanne, das ist im Moment nicht wichtig. Komm her, komm zu mir.« Ich bekam ihre Hände zu fassen, massierte ihre feingliedrigen Finger und rückte dicht an sie heran. Ich ließ mich auf das Bett sinken und zerrte sie auf die Matratze, drückte sie auf den Rücken.

»Daniel ...«

»Sag jetzt bitte nichts«, flüsterte ich, griff unter ihren Rock und zog ihren Slip nach unten, bis er um ihre Fesseln baumelte.

»Bitte, Daniel ...«, stammelte sie unter mir.

Ich tastete nach ihren üppigen Brüsten, ihre Warzen wurden steif unter ihrem Pullover, den ich mit einem Ruck nach oben riss. Mein Puls raste, und obwohl ich ihren verstörten Gesichtsausdruck wahrnahm, ließ ich nicht von ihr ab. Ich konnte es nicht.

»Sei vorsichtig, Daniel, ich möchte, dass du vorsichtig bist! Verstehst du mich? Das geht mir alles zu schnell, bitte bremse dich, Daniel!«

Sie klang scheu, fast furchtsam, aber sie wehrte sich nicht, sie kapitulierte regelrecht. Ich drückte ihre Beine mit meinem Knie auseinander und zog meine Hose und die Boxershorts herunter. Nur einen Atemzug danach hob ich ihre Hüfte an und drang in sie ein. Zum Teufel, dachte ich, wie befreiend das ist, und dabei wurde ich immer schneller. Susanne beugte sich auf, als wollte sie von mir weg, doch dann stöhnte sie heiser und blieb still liegen.

Ich berauschte mich an meinem eigenen Rhythmus. Es war der beste Akt, den ich bis dahin erlebt hatte, eine erlösende Sinfonie, die mich antrieb. Ich brannte vor Verlangen, mein Begehren mündete in einer unsäglichen Raserei. Ich packte ihre Handgelenke, Susanne keuchte. Sie schaute mich aus großen, feuchten Augen an, ihre Wangen waren gerötet. Wie sinnlich sie aussah. Ich war bis aufs Äußerste erregt, küsste ihren Hals und suchte immer wieder ihre Brustwarzen. Es war wunderbar, am liebsten wäre ich noch weiter in sie eingedrungen. Ich wollte, dass sie mich spürte, ihr Körper sollte unter mir erbeben. Ich beherrschte sie, wie es niemals zuvor der Fall gewesen war, und stieß immer härter zu, bevor mich endlich der süße Moment einer maßlosen Befriedigung durchflutete. Ich kostete ihn aus und hätte ihn am liebsten festgehalten.

Doch er verging viel zu schnell, und als er vorbei war, fühlte ich sofort eine schmerzliche Leere in mir, als wäre jedes Gefühl in mir gestorben. Ja, genau das empfand ich. Nachdem mein Hunger gestillt war und ich mich abreagiert hatte, erlebte ich nun eine Umkehr meiner Sinne. Es war bestürzend, ein bitterer Nachgeschmack, wie die Strafe für mein zügelloses Verhalten. Ich vernahm unseren Atem, mein Blut rauschte lautstark durch meine Gefäße und ich war auf einmal kraftlos und müde. Meine Bewegungen waren eingerostet und ich blickte über Susanne hinweg auf den Bettbezug. Ich konnte sie nicht ansehen, wusste genau, dass ihre Muskeln im Gesicht angespannt waren. Wahrscheinlich starrte sie mich mit tränenbenetzten Augen an, vorwurfsvoll und anklagend.

»Ich wollte dir nicht wehtun«, stammelte ich.

Sie rollte sich unter mir weg und zog den Slip hoch. »Das hast du nicht«, erwiderte sie und drehte meinen Kopf zu sich. Ihre Mundwinkel waren verzerrt. »Du warst nur völlig verändert, Daniel, und das hat mir nicht gefallen. Du warst rücksichtslos, fast grob. Ich möchte nicht, dass du mich so behandelst.« Ihr Ton war scharf.

»Es tut mir leid.«

»Das sollte es auch.«

»Es wird nicht wieder vorkommen.«

Ihr Mund verzog sich erneut. Diesmal erkannte ich das Aufblitzen eines Lächelns, jedenfalls bildete ich es mir ein. Ihre weißen Zähne schimmerten durch ihre leicht geöffneten Lippen.

»Na ja, wirklich schlimm war es ja nicht. Ich frage mich nur, warum du so dermaßen unbeherrscht warst?«

Ich wälzte mich zur Seite und verschränkte meine Arme vor meiner Stirn. »Ich kann es dir nicht erklären«, sagte ich schlicht.

Susanne zögerte, als wüsste sie nicht, wie sie reagieren sollte. »Das glaube ich dir nicht. Was ist passiert, Daniel? Erzähl es mir.« Sie ergriff meine Hand. »Es liegt an dem Brief, nicht wahr? Von wem stammt er?«

Sie fragte es abrupt, wie aus einer Laune heraus, und ich zuckte unwillkürlich zusammen.

Ich drehte mich bäuchlings um und vergrub mein Gesicht im Kissen. Jetzt hatte Susanne Blut geleckt. Ich kannte sie gut genug, um zu wissen, dass sie keine Ruhe geben würde, bis sie alles erfahren hatte. Bohrend und mit Nachdruck würde sie mir zu verstehen geben, dass eine gute Beziehung nur mit einem entsprechenden Vertrauen funktionierte. Klar, damit hatte sie recht. Für mich war es trotzdem schwierig.

Sie setzte sich auf mich, ihre Haut war warm auf meinem Rücken. »Also, was ist?«, hakte sie nach. »Machst du ein Geheimnis draus?«

»Du würdest es ohnehin nicht akzeptieren, richtig?«

»Ein Geheimnis zwischen uns? Meinst du das ernsthaft?«

»Wahrscheinlich gefällt dir nicht, was ich dir berichte.«

»Das kann ich erst beurteilen, wenn du es getan hast.«

Sie rieb mir über die Lenden, drückte mit ihren Handflächen fest zu, ließ locker und verstärkte den Druck wieder. Es war angenehm, diese kreisenden Bewegungen, die mich einlullten. Susanne tat mir gut. Und sie unterbrach die Massage kein einziges Mal, während ich ihr leise erzählte, was mich an diesem Morgen auf eine solch gravierende Art eingeholt hatte. Ich ersparte ihr einige Details. Es ging sie nichts an, welche Gefühle ich für Flora tatsächlich gehegt hatte und dass Vater einer der Männer war, die mit Magdalena geschlafen hatten. Meine Schilderungen reichten jedoch aus, um mich ihr gegenüber zu rechtfertigen und das Chaos in meinem Kopf zu begründen.

Nachdem ich verstummt war, legte Susanne sich der Länge nach auf meinen Rücken. »Und, willst du fahren?«, fragte sie.

Es war nicht mehr als der zaghafte Ersatz für einen Kommentar, den sie nicht aussprechen wollte. Sie wollte kein missverständliches Mitleid zeigen oder einen falschen Trost bekunden.

Ich gab ihr eine Antwort, und zwar mit einer Entschlossenheit, die jeden Zweifel im Keim erstickte. »Es geht nicht darum, ob ich es will, Susanne! Ich habe keine Wahl, weil ich es für mich tun muss! Ich kann nicht verlangen, dass du es begreifst, denn in gewisser Weise kapiere ich es ja selbst nicht. Fest steht nur, dass ich nicht mehr flüchten kann, wie ich es schon einmal getan habe.« Ich machte eine winzige Pause, bevor ich hinzufügte: »Ich werde fahren und darüber werde ich nicht diskutieren.«

»Ich will nicht mit dir darüber diskutieren. Im Gegenteil, an deiner Stelle würde ich auch fahren«, meinte sie.

»Du versuchst nicht, mich zurückzuhalten?«

»Es sind nur drei Tage, Daniel! Wenn du nicht hinfährst, spukt ewig die Frage in dir herum, was dich dort erwartet hätte und welche neuen Erkenntnisse Rafael wohl hatte.«

»Eben«, sagte ich bestätigend und schloss die Augen.

Gedanklich war ich schon fort. Gedanklich waren die nächsten vier Tage bereits verstrichen und ich war unterwegs in die Vergangenheit.

8. Kapitel

Die Realität sah leider ganz anders aus. Die nächsten vier Tage waren hektisch und ich hatte alle Hände voll zu tun. Vater war auf einer Dienstreise im Ausland, was bedeutete, dass ich einen Teil seiner Arbeit übernehmen musste.

Dennoch verstrich die Zeit bis zu meiner Abreise nicht schnell genug. Wenn man ein wichtiges Datum im Kalender ankreuzt und sich diese Markierung jeden Morgen ansieht, gewinnt man schnell den Eindruck, dass man sich dem Ziel nur in winzigen Schritten nähert.

Doch dann war es so weit. Ich stellte den penetranten Ton meines Weckers aus, schaltete das Licht ein und warf einen Blick auf meinen Kalender. Ich sah das rote Kreuz deutlich vor mir. Ich war aufgeregt wie ein kleiner Junge, der sich zum ersten Mal auf das Fünfmeterbrett im Schwimmbad traut, wo er mit zitternden Knien über den Rand hinweg ins Becken starrt und überlegt, ob er die Leiter wieder nach unten klettern soll.

Ich würde springen, mein Entschluss stand unumstößlich fest, auch wenn ich noch keinen blassen Schimmer hatte, wie hart ich aufprallen würde.

Am Vormittag fuhr mich Susanne zum Bahnhof und begleitete mich auf den Bahnsteig. Es war ohnehin schon äußerst kalt, aber hier, auf der ungeschützten Plattform, schlug uns ein eisiger Wind entgegen. Wir standen einige Minuten lang schweigsam und innig umarmt da, spendeten uns gegenseitig Wärme, bevor der Zug mit etwas Verspätung einrollte.

Ich griff nach meiner Reisetasche. Mein Magen zog sich zusammen. »Ich melde mich bei dir«, sagte ich zaudernd.

Susanne zeichnete die Konturen meines Gesichtes nach und küsste mich sanft auf den Mund. »Manchmal muss man seinem Instinkt folgen und tun, was man in diesem Moment für richtig hält.«

Im Hintergrund kreischten die Räder des bremsenden Zuges auf den Gleisen. Sekunden danach klappten die Türen auf und die wenigen Menschen auf der Plattform stiegen ein.

»Danke, Susanne.«

»Wofür?«, fragte sie überrascht.

»Für dein Gespür.« Ich zwinkerte ihr zu. Dabei sah ich in ihrem Rücken einen älteren Schaffner vor der Anzeigentafel mit den Abfahrplänen stehen. Er schaute sich ungeduldig um, bemerkte meinen Blick und nickte mir freundlich und gleichermaßen auffordernd zu. Ich musste gehen.

»Du hörst von mir«, wiederholte ich bestimmt, wandte mich ab und stieg schleunigst in den nächsten Wagen ein, als befürchtete ich, meine Meinung doch noch zu ändern.

Ich winkte Susanne zu, bis die Türen einrasteten und der Zug losfuhr. Dann lief ich mit unsicheren Schritten durch den Gang, suchte mir ein leeres Abteil und war froh, mir den schweren, mit Fell gefütterten Mantel ausziehen zu können. Hier drinnen war es warm genug. Ich setzte mich ans Fenster, klemmte mir die Reisetasche zwischen die Füße und sah nach draußen.

Freiburg flog an mir vorüber. Die Häuser der Stadt verschwanden rasch aus meiner Sicht und machten ausgedehnteren Landschaften Platz. Zugleich atmete ich befreit durch. Allmählich legte sich meine Aufregung. Das Rauschen der Räder auf den Gleisen und das gleichmäßige Vibrieren des Waggons wirkten beruhigend, fast einschläfernd. Ich registrierte, dass der Wind zunehmend grauere Wolken vor sich hertrieb, während der Zug in nördlicher Richtung durch das Land glitt. Es konnte nicht mehr lange dauern, dann würde es schneien.

Bell im Schnee, der Laacher See mit einer weißen Decke überzogen, das hatte ich schon seit Ewigkeiten nicht mehr erlebt. Früher, wenn der Frost schon längst Einzug gehalten hatte und die Eisschicht dick genug war, kramten wir Jungs aus dem Dorf unsere Schlittschuhe hervor und rasten über das zugefrorene Gewässer. Manchmal brachten wir unsere Hockeyschläger und eine kleine Filzkugel mit, die als Puck diente. Mit großem Eifer bohrten wir Stöcke in die Eisfläche, mit denen wir die Tore für zwei Mannschaften bildeten. Schließlich waren wir mit brennendem Ehrgeiz aufeinander losgegangen. Die Kälte ignorierend, die sich scharf in unsere Lungen pumpte, machte dabei sogar Jürgen mit, trotz seiner Behinderung. Es sah zwar furchtbar ungelenk aus, wie er krampfhaft versuchte, sich auf den Kufen zu halten, aber er ersetzte seine begrenzte Motorik durch Kampfgeist und einen unbändigen Willen.

Ich genoss den Rückblick auf dieses winterliche Vergnügen, auf eine Horde schwitzender, unbekümmerter Halbwüchsiger in Schneeanzügen, die auf der Jagd nach einer Filzkugel über die Eisfläche glitten und sich dabei lautstark Anweisungen zuriefen. Gleichzeitig schlüpfte eine bewegende Schwermut in mein Innerstes, als suchte sie einen bestimmten Winkel, in dem sie sich niederlassen konnte.

Ich lehnte meinen Kopf an die kühle Fensterscheibe und beobachtete, wie die ersten Schneeflocken durch die Luft schwirrten und sich auf die Bäume und Felder setzten. Nur das Dröhnen des Zuges in meinen Ohren trübte diesen friedvollen Anblick.

Und genau in diesem Moment dachte ich, wie schön es war, dass mich meine alte Heimat mit einem weißen Kleid empfangen würde.

Mit der Farbe der Unschuld.

Als ich Stunden nach meiner Abreise aus Freiburg aus der Bahnhofshalle in Koblenz trat, war es bereits nach zwölf. Der Niederschlag hatte nachgelassen, dennoch schien die Stadt im Schnee zu versinken. Ich sah einen Streuwagen, der sich mit blinkendem Licht durch die Straßen mühte, dicht gefolgt von einem längeren Autokorso. Irgendjemand hupte entnervt und eindringlich. Ein Mann kurbelte das Fenster seines Mazda herunter und schimpfte lautstark. Ich erkannte nicht, wem sein Wutausbruch galt. Aber es war mir ohnehin egal.

Mein Magen knurrte mittlerweile ziemlich heftig. Ich schaute mich um. An der Längsseite des Bahnhofsplatzes befand sich ein McDonald's-Restaurant. Ohne lange zu überlegen, ging ich hinein, bestellte mir ein Menü, bestehend aus einem doppelten Hamburger, einer Portion Pommes frites und einer Cola, und verzog mich in die hinterste Ecke. Ich war nicht in Eile; trotzdem aß ich hastig, als würde mich etwas drängen. Etwas oder jemand. Oder nur die Erregung, die sich zurückgemeldet hatte, als ich aus dem Zug gestiegen war. Es war kein unangenehmes Gefühl, erhöhte jedoch meine Erwartung.

Nachdem ich gegessen und das Restaurant verlassen hatte, schritt ich auf den Taxistand zu, der sich links vom Bahnhofsgebäude befand. Ich wollte mir keine weitere Pause gönnen und den letzten Teil meiner Reise hinter mich bringen.

Vor dem ersten Wagen blieb ich stehen. Ein großer, kräftiger Mann mit schütterem Haar, das er mit glänzendem Gel beschmiert und nach hinten gekämmt hatte, beugte sich über den Automatikhebel und öffnete mir die Tür von innen.

»Sind Sie frei?«, wollte ich wissen und hielt mich am Wagendach fest, während ich in den Fond blickte.

»Was glauben Sie, warum ich hier stehe?«, blaffte mich der Fahrer barsch an, und als hätte er seinen viel zu rauen Ton bemerkt, fragte er in der nächsten Sekunde um eine ganze Spur freundlicher: »Wohin wollen Sie denn?«

»Nach Bell, das liegt in der Eifel, in der Nähe von Mendig.«

»Ist klar, kenne ich. Steigen Sie ein. Und werfen Sie Ihr Gepäck auf den Rücksitz.«

Ich legte meine Tasche umständlich ab und setzte mich neben den Mann.

»Dann wollen wir mal«, grunzte er, startete den Motor und bog in die Bahnhofstraße ein. »Ist ein elendes Wetter. Hat fast den ganzen Morgen geschneit, das sind wir gar nicht mehr gewohnt. Was für ein Chaos, Sie sehen es ja selbst. Ist nicht gut für unser Geschäft.«

Ich nickte, als wollte ich ihn bestätigen.

Der Mann schlängelte den Mercedes geschickt an mehreren Wagen vorbei, die auf der glatten Fahrbahn ins Rutschen gekommen waren. »Man muss wirklich höllisch aufpassen. Jedenfalls hier unten im Stadtzentrum. Die Autobahn ist hoffentlich geräumt. Sonst haben wir ein Problem.« Er grinste mich hämisch an und entblößte eine Zahnlücke, die wie ein schwarzer Krater in seinem Gebiss prangte.

Ich ignorierte sein Geschwätz.

Sein Grinsen wurde breiter. »Keine Bange, ich bringe Sie schon sicher nach Bell.« An einer roten Ampel stoppte er und spielte unruhig mit dem Gaspedal. »Was wollen Sie überhaupt in einem solchen Nest? Und das zu dieser Jahreszeit? Sie sind doch nicht von dort, oder?«

Ich legte meinen Kopf gegen die Nackenstütze. »Doch, ich stamme aus Bell, aber ich war lange fort, sehr lange sogar«, sagte ich.

»Kann ich verstehen. Ist wohl nicht sonderlich aufregend, in einem solchen Kaff zu wohnen, was? Da treibt es einen regelrecht fort.«

»Das Gegenteil ist der Fall. Es ist zu viel Aufregendes passiert.«

»Wie meinen Sie das?«

»So, wie ich es gesagt habe.«

Er klopfte sich lachend auf die Schenkel. »Junge, Junge, ich glaube, Sie wollen mich auf den Arm nehmen. Was soll denn dort Aufregendes passiert sein?«

Langsam fing der Kerl an, mich zu nerven. »Besser, Sie konzentrieren sich auf die Straße«, gab ich unfreundlich zurück.

»Na, hören Sie mal, man wird ja wohl noch fragen dürfen!« Er schüttelte missmutig den Kopf. »Scheint Sie ja ganz schön mitgenommen zu haben.«

»Was?«

»Na ja, das, was Sie von dort vertrieben hat.«

Der Mann reizte mich, allmählich steigerte sich diese Gereiztheit zu einem ausgewachsenen Zorn. Er quatschte zu viel, stellte zu viele Fragen. Wahrscheinlich wollte er nur unterhalten werden. Ein Taxifahrer, der gerne den Geschichten seiner Kunden lauschte, damit die Zeit schneller verstrich. Nicht mit mir. Ich schwieg.

»Sie sagen ja gar nichts mehr! Ich bin wohl nahe am Kern dran, was?« Wieder dieses Grinsen. »Gehört irgendwie zu meinem Job. Ein Taxifahrer erfährt eine ganze Menge über die Menschen, wissen Sie, und deswegen durchschaut er die meisten von ihnen. Natürlich sitzen einige nur stumm da und sind froh, wenn die Fahrt vorbei ist. Andere wiederum laden bei mir ab, was sie bedrückt, was sie zornig oder auch glücklich macht. Kommt immer drauf an, wie lang die Fahrt ist und ob man ins Gespräch kommt. Hey, zu welcher Kategorie gehören Sie eigentlich? Glücklich wirken Sie ja nicht gerade.«

Er konnte es nicht lassen und ich zeigte ihm deutlich, dass ich zu der Kategorie der Schweigsamen gehörte, denn ich sagte kein Wort mehr. Stattdessen schaute ich starr durch das Seitenfenster und beobachtete, wie wir die Stadt und das Verkehrschaos hinter uns ließen. Mit beachtlichem Tempo fuhren wir über die gestreute und nasse Fahrbahn der B 9 in Richtung Autobahn.

Ich bemerkte, wie der Fahrer mich mit einem eingeschnappten Blick musterte, als wollte er abschätzen, ob es sich lohnte, weiter nachzubohren. Er entschied sich dagegen, drehte stattdessen das Radio lauter und verhielt sich von nun an endlich ruhig.

Wir erreichten die Autobahn, die ebenfalls von den Schneemassen befreit worden war. Der Fahrer murmelte etwas davon, dass er eigentlich damit gerechnet habe, spätestens hier in einen furchtbaren Stau zu geraten. Wir hätten richtig großes Glück, dass die Straße frei wäre.

Jetzt war es nicht mehr weit. Nur noch ein paar Kilometer. Der Fahrer drückte das Gaspedal voll durch, als hätte er es mittlerweile eilig, mich loszuwerden. Schon bogen wir auf die B 262 ab. Mein Blick glitt ungeduldig über den Horizont hinweg und dann erfassten meine Augen, wonach sie suchten: den Laacher See hinter schneebedeckten Tannen und Laubbäumen. Wie hypnotisiert starrte ich dorthin, fasziniert gab ich mich dieser beschaulichen Impression hin. Die unterschiedlichsten Empfindungen prasselten auf mich nieder. Zu einer grundlegenden Besorgnis mischte sich der fahle Beigeschmack einer alten Trauer, aber auch erstmals eine Vorfreude auf das Wiedersehen mit meinen Freunden.

Spontan entschied ich mich dafür, nicht sofort zum Hotel zu fahren, das etwa zwei Kilometer abseits von Bell an der Bundesstraße lag, sondern dirigierte den Fahrer in den Ort hinein. Ich wollte sehen, inwiefern sich Bell verändert hatte. »Fahren Sie durch das Dorf, bis ich Ihnen sage, wo Sie mich rauslassen können«, sagte ich.

Als würde er meine Ergriffenheit spüren, folgte der Fahrer meiner Anweisung, ohne einen einzigen Kommentar abzugeben.

Wir kamen am Ortsschild vorbei und ich hielt die Luft an. Die Fahrbahnen waren mit Eis und Schnee überzogen, es war glatt. Einmal gerieten wir ins Schlingern und der Taxifahrer fluchte kurz auf. Ich befürchtete schon, er würde anhalten. Aber wahrscheinlich hoffte er mittlerweile auf ein stattliches Trinkgeld und fuhr aus diesem Grund langsam weiter.

Insgeheim hatte ich geglaubt, dass sich nicht viel verändert hatte. Umso überraschter war ich über die Verwandlung, die mich im Zentrum erwartete. Neben einer neuen Kreissparkasse stand das alte Rathaus, aber vollständig modernisiert. Oberhalb des Eingangs erstreckte sich eine Wand aus verspiegeltem Glas bis unter das Dach. Vor dem Gebäude befanden sich zahlreiche Kundenparkplätze. Und die Häuser rund um den Marktplatz hatten einen frischen Anstrich erhalten. Ich blickte mich nach Luccas Eisdiele um, doch sie existierte nicht mehr, hatte einem türkischen Schnellimbiss weichen müssen.

Der Taxifahrer fuhr blindlings weiter, während ich die Eindrücke mit einem Anflug von Bedauern absorbierte. Mit Erleichterung stellte ich fest, dass zumindest am Ortsrand noch Teile des alten Bell existierten. Auch wenn die in Richtung Norden liegenden Grünflächen einem Neubaugebiet zum Opfer gefallen waren, erkannte ich einige der Häuser wieder.

Schließlich näherten wir uns meinem Elternhaus. Und als ich es von Weitem sah, dort oben auf der Anhöhe stehend, suchte mich ein merkwürdiges Gefühl heim. Ich starrte das Gebäude mit der Gewissheit an, dass es schon seit langer Zeit nicht mehr mein Zuhause war, dass nun fremde Menschen darin wohnten. Aber ich spürte keine wirkliche Wehmut, deshalb fiel es mir nicht sonderlich schwer, den Blick wieder abzuwenden.

Spontan fasste ich einen weiteren Entschluss und zeigte dem Fahrer den Weg in die Behringstraße. Ich folgte einem Antrieb, der nicht auf rationale Weise erklärbar war, beinahe so wie damals, als ich einen Tag nach Floras Ermordung zu Magdalena gefahren war.

Und dann lag sie vor uns, die schmale, unscheinbare Straße, die zum Haus der Familie Gimenez führte. Unwillkürlich langte ich nach dem Türgriff. Ich rutschte auf meinem Sitz hin und her, saß wie auf glühenden Kohlen, bis wir das Haus erreichten.

»Halten Sie an, halten Sie bitte sofort an!«, rief ich hektisch.

Der Taxifahrer schaute mich schief an. »Was ist denn? Wollen Sie Ihre kleine Rundreise etwa beenden?«

»Ja, das will ich«, sagte ich entschlossen. »Fahren Sie rechts ran.«

Er zuckte genervt mit den Achseln und stoppte am Straßenrand.

Ich hatte es plötzlich eilig, bezahlte ihm die Fahrt und gab ihm, um mir Diskussionen zu ersparen, ein ordentliches Trinkgeld. Dann nahm ich mein Gepäck, stieg aus und sog die kühle, unverbrauchte Luft ein, während sich das Taxi entfernte und ich das leer stehende Haus mit einem staunenden Blick bedachte. Ich hatte eigentlich damit gerechnet, dass es bewohnt war, dass Magdalena es verkauft hatte. Aber nun fand ich es verlassen vor.

Die verschmutzten Wände waren teilweise von Efeu bedeckt, das sich mit dicken Ästen am Gemäuer festgesetzt hatte. Die Fenster, die noch nicht hinter der Kletterpflanze verschwanden, waren dreckverkrustet. Sie wirkten wie ausdruckslose Augen, die mich aus dunklen Höhlen anstarrten. Im ersten Stock war eine Scheibe zersprungen, die Risse zogen sich wie ein fein gewobenes Spinnennetz durch das Glas. Teile der Regenrinne hatten sich gelöst und waren in den Hof gefallen. Auf eine beängstigende Weise wirkte das Anwesen nicht nur heruntergekommen, sondern hoffnungslos leblos. Eine Ruine mit kalten Mauern, die eine Menge über die Menschen erzählen konnten, die hier gelebt hatten.

Wie von einer unheimlichen Kraft angezogen, stapfte ich über die Straße, vorbei an der halb verfallenen Scheune und vorbei an der wuchernden Hecke, die schon ewig nicht mehr beschnitten worden war. Dann blieb ich stehen. Mein Herz machte einen gewaltigen Sprung, als ich sah, dass die Haustür einen Spaltbreit offen stand. Es war wie eine Einladung, eine Verlockung, die meinen Blick trübte. Ich ging zögerlich über den schmalen, schneebedeckten Kiesweg, ließ die fünf Treppenstufen hinter mir und drückte die Tür weit auf.

Vermutlich betrat ich das Haus, weil ich mich der Illusion hingab, dadurch noch einmal zu den glücklichen Momenten zurückschauen zu können, die ich an diesem Ort erlebt hatte. Ich hoffte, noch einmal einen Hauch dieser Wärme und Menschlichkeit zu spüren, die das Leben in diesen Wänden früher ausgezeichnet hatten.

Ich stellte meine Reisetasche im Flur ab und stakste geduldig durch die leeren Räume mit den verblichenen Tapeten. Verzweifelt versuchte ich, ein letztes Überbleibsel zu finden, etwas, woran ich festmachen konnte, dass die Gimenez hier ihre Spuren hinterlassen hatten. Dabei ließ mich das Gefühl nicht los, in einer düsteren Grabkammer herumzuirren. Nur an wenigen Stellen drang Licht in die Räume. Staubflocken stoben bei jedem Schritt unter meinen Schuhen hervor.

Ich ging die schmale Wendeltreppe nach oben, trieb dorthin, wo mich ein süßer Schmerz erwartete, ans Ende des Ganges, wo Floras Zimmer lag.

Mein Herz hämmerte heftig in meiner Brust, als ich den Raum betrat. Ich kam mir vor wie ein Eindringling, ein unerwünschter Gast. Dabei war ich das nie gewesen.

Ich lehnte mich an die Wand und stellte mir vor, das Zimmer sei noch möbliert; an den Wänden hingen Poster, die halb nackte Tänzerinnen in schimmernden Ballettkleidern oder farbenprächtigen Kostümen zeigten.

Ich malte mir aus, dass Flora auf ihrem Bett saß, direkt neben mir. Ich roch ihre eingecremte Haut, den Duft ihres Shampoos, der aus ihren Haaren strömte, und blickte in ihre großen Augen. Sie schwärmte mir mit einem fast kindlichen Enthusiasmus vor, wie fantastisch es sein müsse, auf einer

Bühne zu stehen und vor einem großen Publikum zu tanzen. Ob ich auch solche Träume hätte, wollte sie wissen. Ich hatte Träume und in denen spielte sie die entscheidende Rolle. Das konnte ich ihr nicht sagen. Ich schaute zu Boden und zuckte nur mit den Schultern. Sie legte ihre Hand in meinen Nacken. Es war eine elektrisierende Berührung, die mich zwang, sie wieder anzusehen.

Ihre Lippen näherten sich meinem Gesicht und sie gab mir einen flüchtigen Kuss auf die Wange. »Du musst es mir nicht sagen, wenn du nicht möchtest, Daniel. Aber du sollst wissen, dass ich dich sehr mag«, flüsterte sie mir ins Ohr.

Sie hatte mich geküsst, sie hatte ihre weichen Lippen an meine Haut gepresst und gesagt, dass sie mich sehr mochte – was war das für ein unglaublicher Moment gewesen! Ein Moment, der aus purem Glück bestand, der meinen Pulsschlag beschleunigte. Ich hatte sie ungläubig angestarrt. Unfähig, ihre Geste zu erwidern oder etwas zu sagen. Ich war mir nur sicher, dass ich ihre Äußerung hüten würde wie einen Schatz. Es war mein Schatz, er gehörte nur mir.

Mein Schatz …

Ich fuhr unwillkürlich zusammen, war voller Verwunderung, dass ich es gewagt hatte, an diesem Ort gerade von dieser mit Sehnsucht durchzogenen Erinnerung zu kosten, die nun wie verbittert auf meine Nerven einschlug. Ich seufzte und stieß mich von der Wand ab, um wieder nach unten zu gehen, das Haus zu verlassen. Ich hatte genug gesehen, wollte mich keinesfalls noch mehr verlieren.

Ich drehte mich um und dabei erkannte ich den schwachen Umriss eines Gesichtes auf der durch Efeu verdunkelten Fensterscheibe. Zunächst war ich lediglich verblüfft, als ich bemerkte, dass es nicht mein eigenes Spiegelbild war. Doch diese Verblüffung wich schnell einem blanken Entsetzen, denn plötzlich konnte ich das Gesicht zuordnen, das sich vor mir auf dem Glas widerspiegelte.

Ich erkannte ihn wieder.

Er war es, ohne jeden Zweifel.

Die Erkenntnis lähmte mich und jagte mir frostige Schauer durch den Körper. Ich spürte, wie sich mein Entsetzen zu einer panischen Angst steigerte, wie mir das Blut in den Adern gefror und mein Herz bis hinauf in meine Kehle rutschte, wo es unablässig gegen meine Luftröhre trommelte.

Schließe deine Augen, dann verschwindet er wieder.

Ich kann nicht, er ist da, ich sehe ihn.

Du bist kein Kind mehr, du brauchst keine Angst zu haben, du musst den Kerl nur ignorieren und ihn dadurch zwingen, sich zurückzuziehen. Du bist in der Lage dazu.

Bin ich nicht. Ich bin nicht fähig, mich dieser verfluchten Furcht zu entziehen, die in mir feststeckt wie ein Krebsgeschwür.

Streng dich an, du kannst es.

Ich kann es nicht, ich kann es nicht! Das Grauen, das ich schon als Junge gefühlt habe, verschmilzt mit mir. O Gott, ich kann es wirklich nicht!

Du willst es nicht.

Natürlich will ich es. Ich schaffe es nur nicht. Ich sehe, wie er die Lippen teilt, er grient mich an, verhöhnt mich. Und jetzt? Was macht er jetzt? Ich sehe seine groben Hände, er hält eine Mütze fest, er stülpt sie sich über den Kopf. Es ist eine braune Wollmütze. Er ist es tatsächlich.

Für einige Sekunden verlor ich völlig die Fassung, in diesem Augenblick war ich wieder dieser fünfzehnjährige Junge, der auf der anderen Straßenseite stand und sich von dem Fremden eine Heidenangst einjagen ließ. Dieser Fremde, der an der Scheune lehnte, mich beobachtete.

Wie paralysiert starrte ich das bleiche Gesicht an, während die Stimme in meinem Hirn abrupt aufhörte zu reden, als resignierte sie bereits. Soweit ich erkennen konnte, schien der Fremde kaum gealtert zu sein. Lediglich die schulterlangen Haare waren grauer geworden und über seine knochige Stirn zog sich eine tiefe Falte – oder war es eine Narbe?

Ich fragte mich, was er von mir wollte. Wollte er überhaupt etwas von mir? Woher sollte er gewusst haben, dass ich hier auftauchen würde? Ich hatte es ja selbst nicht geplant, es war eine spontane Entscheidung gewesen. Demnach war auch unser zweites Aufeinandertreffen blanker Zufall.

Eine schlichte Erklärung zwar, aber zumindest war es eine.

Und warum beruhigt sie dich nicht? Die Stimme meldete sich wieder zu Wort.

Weil er mich auf diese subtile Weise bedroht. Allein seine starre Haltung und dieser stechende Blick, der mich bis ins Mark trifft, drücken eine eindringliche Bösartigkeit aus, mit der er sich zu schmücken scheint. Wahrhaftig, er versprüht eine teuflische Aura. Durch seine Augen, die in tief liegenden Höhlen sitzen, fließt ein roter Strom, wie ein blutiger Strudel, in dem ich versinke. Ich spüre, dass er es auf mich abgesehen hat. Es ist kein Zufall, dass er hier ist. Er hat auf mich gewartet. Voller Geduld. Mit einer festen Absicht. Erst waren es Wochen gewesen, dann Monate, schließlich Jahre. Aber er hat nie aufgegeben. Das Wissen, dass ich eines Tages an diesem Ort auftauchen würde, hat für ihn geleuchtet wie eine Kerze, deren Flamme erst erlischt, wenn sie ausgeblasen wird.

Du denkst wie jemand, der kurz davorsteht, vollkommen durchzudrehen. Dabei ist gar nichts passiert.

Noch nicht.

Es liegt an dir. Einzig und allein an dir.

Die Stimme hatte recht. Ich gab mir einen Ruck, doch es war nur der zaghafte Versuch eines noch zaghafteren Widerstandes.

»Verschwinden Sie«, hauchte ich dem Antlitz auf der Scheibe zu.

Der Fremde regte sich nicht, meine Worte prallten an ihm ab wie an einer Wand.

»Hauen Sie ab.«

Auch der zweite Anlauf kostete mich eine erhebliche Mühe und ich biss mir sofort auf die Zunge, denn ich klang erneut viel zu unentschlossen.

Trotzdem löste ich diesmal eine Reaktion aus. Ich war selbst überrascht und sah gebannt zu, wie der Fremde die Arme vor der Brust kreuzte und sich verneigte. Eine Geste, mit der er mich verspottete. Dann tippte er sich mit dem Zeigefinger gegen die Stirn und verschwand lautlos. Die Scheibe sog das Gesicht ein, so kam es mir jedenfalls vor.

Erschüttert stand ich da, meine Beine bewegten sich nicht und eine Ewigkeit lang wagte ich kaum, mich umzudrehen. Als ich es schließlich tat, sah ich durch die offen stehende Tür in den breiten Flur, der sich dahinter auftat.

Es war niemand zu sehen.

Weil niemand da war.

Davon war ich nicht überzeugt. Ganz und gar nicht. Ich hielt meine Hände schützend vor meinen Oberkörper, schlich in abwehrender Haltung an der Wand entlang und spähte in den Gang hinaus. Als ich das Zimmer verließ, wurde ich mir schlagartig der Stille bewusst, die in dem Gebäude herrschte. Es war die Art von Stille, die jedem Geräusch, das sie zerschneidet, eine unheilschwangere Bedeutung einflößt. Jeder noch so vorsichtige Schritt von mir ließ den Staub unter meinen Sohlen knirschen, jede Bewegung von mir löste ein Knistern aus, das die abgestandene Luft elektrisierte.

Alles drehte sich nur noch um die Frage, wie ich aus diesem Haus herauskommen sollte, ohne dem Fremden ein weiteres Mal zu begegnen. Ich blickte die Wendeltreppe hinab, die in einen schwarzen Abgrund führte, und wusste genau, dass er irgendwo dort unten auf mich lauerte. Wie ein gehetztes Tier sah ich mich um, suchte nach einem anderen Ausgang, einem Fluchtweg, und fühlte mich erbärmlich.

Ich sollte in der Lage sein, mich gegen einen hageren, älteren Kerl zu wehren. Falls er mich überhaupt angreifen würde. Falls er mich überhaupt bedrohte. Falls …

Ein Lachen dröhnte durch das Haus, es klang erstickt und wurde sofort von den Wänden verschluckt. Ich versuchte erst gar nicht, den Laut zu lokalisieren, sondern raste los. Ich eilte über die Stufen der Wendeltreppe hinunter, vernahm einen schrillen Schrei, gefolgt von einem leisen Jammern, das einer entsetzlichen Qual entsprang. Die Töne mischten sich in meine Hysterie und trieben sie vehement voran.

Und dann war es wieder still. Bis auf meine polternden Schritte war nichts zu vernehmen.

Ich taumelte weiter, rutschte mit den Händen über das Geländer und weigerte mich zurückzusehen, um zu prüfen, ob *er* hinter mir her war.

Meine Reisetasche und die Haustür gerieten in mein Blickfeld.

Die Haustür war geschlossen.

Warum war sie geschlossen?

Du hast sie vorhin ins Schloss fallen lassen.

Das stimmt nicht.

Doch, das stimmt. Begreifst du nicht, dass du ihm ständig ein Alibi verschaffst. Du rechtfertigst seine Existenz.

Sei still, sei endlich still!

Ich stürzte, rollte die letzten Stufen hinab und schlug hart auf dem Boden auf. Meine Hose zerriss am Knie und ein heftiger Schmerz durchzuckte mein linkes Bein, das ich mir an dem Rauputz aufscheuerte. Ich musste aufstehen, und zwar schnell. Ich biss die Zähne zusammen und richtete mich mühevoll auf, ohne mich weiter um die Verletzung zu kümmern. Meine Panik überstrahlte den Schmerz und ich wankte der Haustür entgegen wie ein angeschlagener Boxer.

Die Reisetasche, schnapp dir die Reisetasche. Und verlasse das Haus, verlasse deine üblen Verirrungen.

Ich folgte der Stimme, die in mir widerhallte wie das blecherne Echo in einem leeren Raum, griff nach der Türklinke und drückte sie nach unten.

Die Tür ließ sich nicht öffnen.

Das konnte nicht wahr sein. Es durfte nicht wahr sein. Ich saß in der Falle! In *seiner* Falle! Ich stand da wie betäubt. Vernahm erneut dieses Gelächter, diesmal war es noch durchdringender, schauriger.

Ich rüttelte an der Klinke, warf mich gegen die Tür, einmal, zweimal. Hörte Schritte hinter mir. Spürte seine Gegenwart. Dann nahm ich Anlauf und krachte mit meinem ganzen Gewicht gegen das sperrige Holz der Tür, die mit einem Ruck aus den Angeln brach.

Ich flog förmlich nach draußen, stolperte auf den Hof und lachte hysterisch auf. Was gab ich nur für ein jämmerliches Bild ab!

Mit zerrissener Hose und blutigem Knie stürmte ich von dem Grundstück, unterdrückte den Schrei, der in meiner Kehle steckte wie ein Kloß.

Es hatte wieder angefangen zu schneien, noch heftiger als am Morgen. Ich beachtete es nicht, lief wie von Sinnen durch das Schneetreiben an kaum noch zu erkennenden Häusern vorbei und hielt die Reisetasche krampfhaft fest. Versuchte, an nichts zu denken. Núr zu rennen.

Und dabei schlich sich der Gedanke an eine mögliche Halluzination in meinen Kopf, als wollte ich leugnen, was meine Augen an mein Hirn transportiert hatten. Je weiter ich mich von dem Haus in der Behringstraße entfernte, desto mehr Platz nahm die Idee ein, dass ich einer von mir selbst projizierten Illusion begegnet war. Und das, obwohl die Details scharf, beinahe bestechend gewesen waren. Eigentlich konnten sie keiner bloßen Vorstellung entsprungen sein. Oder doch?

Ich ließ mich von grundlegenden Zweifeln überschwemmen und mit dieser merkwürdigen Gespaltenheit in meinem Schädel hastete ich weiter. Kalter Schweiß rann meinen Rücken hinab. Ich war ziemlich außer Atem, die Tasche lag schwer in meiner Hand und die Hose scheuerte gegen meine Wunde. Dennoch hielt ich nicht an. Als würde ich durch einen Schleier blicken, sah ich undeutlich, wie ich aus dem Dorf hinaus in die Felder lief, dem Laacher See entgegen.

Völlig erschöpft erreichte ich den Hotelparkplatz, setzte meine Tasche ab und wischte mir die Schweißtropfen von der Stirn. Mein Hemd klebte an mir wie eine zweite Haut und die Kälte saugte sich an meinem Körper fest. Mir war ein wenig übel, ich hatte mich verausgabt, war eine solche Anstrengung gar nicht mehr gewohnt. Es tat gut, still zu stehen, wieder zu Atem zu kommen und zu spüren, wie sich mein Herzschlag normalisierte. Der Schrecken, dem ich im Haus der Gimenez' begegnet war, rückte allmählich von mir ab, verblasste, ohne dass dabei jedoch alle Spuren ausgelöscht wurden. Mit jedem Schritt war meine Überzeugung gewachsen, dass ich einem Hirngespinst zum Opfer gefallen war. Ein längst verloren geglaubtes Bild war aus den Niederungen meines Unterbewusstseins nach oben geschossen und hatte sich auf der Fensterscheibe manifestiert. Eine Antwort, warum es ausgerechnet das Gesicht des Fremden war, das ich gesehen hatte, blieb ich mir allerdings schuldig.

Ich schnaufte einmal kräftig durch und griff nach meiner Tasche. Dann schritt ich über den akkurat gepflasterten Weg zur getönten Eingangstür des Hotels, das aus zwei Gebäudekomplexen bestand: einem lang gezogenen Restaurant mit einer breiten Fensterfront und einer darüberliegenden Terrasse, die in den warmen Sommermonaten als Café genutzt wurde; sowie einem zweiten vierstöckigen Haus mit der Rezeption und den Gästezimmern. Dass es immer gut belegt war, verdankte das Hotel seiner Nähe zum See, der Besucher aus der Region und Touristen aus anderen Landesteilen gleichermaßen anzog.

Ich trat durch die Tür in ein weitläufiges Foyer und schritt zur Rezeption. Dahinter stand eine junge Frau, die eine Kombination aus schwarzer Stoffhose und blauem Jackett mit breitem Kragen trug, was einer perfekt sitzenden Uniform glich. Sie telefonierte gerade und gönnte mir das typische antrainierte Lächeln einer Empfangsdame, das kühl genug war, um eine professionelle Distanz zu wahren. Sie war adrett, vielleicht Mitte zwanzig, mit braunen Augen. Oberhalb ihrer linken Brust war ihr Name auf das Kostüm genäht: *Anne-Sophie Seckler.*

Sie legte den Hörer auf.

Bevor sie mich begrüßen konnte, kam ich ihr zuvor: »Daniel Medrich, guten Tag. Für mich soll ein Zimmer reserviert worden sein.«

Ich musste einen sonderbaren Eindruck auf sie machen, wie ich mich auf dem Tresen abstützte, verschwitzt, durchnässt und mit einem von der Anstrengung gezeichneten Gesichtsausdruck.

Doch sie ging geflissentlich darüber hinweg. »Guten Tag, Herr Medrich, ich sehe gerne nach.« Sie stellte sich hinter einen Terminal und tippte flink auf der Tastatur herum. »Richtig. Das Zimmer wurde bis zum Sonntag für Sie gebucht. Würden Sie das bitte ausfüllen?« Sie druckte ein Blatt aus und reichte es mir zusammen mit einem Kugelschreiber.

Während ich meine Personalien in die entsprechenden Kästchen eintrug, fingerte sie einen goldenen Messingschlüssel von einem Haken und zog einen kleinen, zusammengefalteten Zettel aus einer Schublade.

»Das ist eine Nachricht für Sie und Ihr Schlüssel, Herr Medrich. Zimmer fünfundzwanzig im zweiten Stock. Wenn Sie das Hotel verlassen, geben Sie den Schlüssel bitte hier vorn ab. Wir haben rund um die Uhr geöffnet. Frühstücken können Sie allerdings nur bis zehn Uhr, dann wird das Buffet abgeräumt«, sprach sie den auswendig gelernten Text, den sie wohl schon dermaßen oft hatte aufsagen müssen, dass sie ihren monotonen Tonfall gar nicht bemerkte.

»Bis zehn Uhr, gut«, sagte ich.

»Selbstverständlich steht Ihnen unser Restaurant auch am Mittag und am Abend zur Verfügung«, fügte sie hinzu und beugte sich nach vorn. »Das wäre eigentlich alles.« Sie schob den Zettel und den Schlüssel über den Tresen und nahm dabei das von mir ausgefüllte Blatt entgegen. »Wenn Sie weitere Fragen haben, können Sie sich jederzeit an mich oder meine Kollegen wenden. Ansonsten wünsche ich Ihnen einen schönen Aufenthalt in unserem Haus.« Abermals zeigte sie dieses einstudierte, künstliche Lächeln.

»Danke, Frau Seckler.« Ich steckte den Zettel in meine Jackentasche, ich wollte ihn erst auf meinem Zimmer lesen. »Eine Frage habe ich sogar sofort.«

»Ja?«

»Hätten Sie eine Mullbinde da? Ich bin vorhin ausgerutscht und ziemlich böse gestürzt.« Ich machte zwei Schritte zurück und zeigte ihr meine zerrissene Hose mit dem aufgeschlagenen Knie.

Sie setzte eine übertrieben erschrockene Miene auf. »Ist es schlimm? Soll ich einen Arzt rufen?«

»Nein, nein«, wiegelte ich ab. »Ein Verband würde schon ausreichen.«

»Warten Sie einen Augenblick.« Sie verschwand in einem Raum neben der Rezeption und kam nur Sekunden später mit einem Verband und einer Tube PVP-Jod wieder. »Und Sie brauchen wirklich keinen Arzt?«, vergewisserte sie sich, bevor sie mir die Sachen reichte.

»Ist nur eine Schürfwunde, danke«, sagte ich. »Ich komme zurecht.«

»Wie Sie meinen.« Sie hob leicht die Augenbrauen.

»Wenn ich etwas benötige, melde ich mich bei Ihnen, versprochen«, sagte ich, zwinkerte ihr zu und ging zum Aufzug auf der gegenüberliegenden Seite.

Ich drückte auf den Pfeil, der nach oben zeigte, und wartete ab, bis sich die Schiebetüren öffneten. Aus den Augenwinkeln heraus bemerkte ich, dass mich die Blicke der Rezeptionistin begleiteten, ich war froh, als mich der Fahrstuhl aus ihrer Sichtweite brachte.

Im zweiten Stock angekommen, folgte ich den Nummern auf den Türen, bis ich mein Zimmer erreichte. Endlich war ich allein.

Der Raum war freundlich und groß, hatte helle Tapeten, die mit einer rötlichen Bordüre abschlossen, was gut zu den pastellfarbenen Vorhängen passte. Neben einem einzelnen Bett war ein weißer Schrank in die Wand eingelassen, der genügend Platz für meine Kleidung bot. Ein Schreibtisch, der die ungewöhnliche Form einer Raute hatte, stand vor einem Sprossenfenster.

Ich warf meine Tasche auf die Tischplatte, rückte dicht an die Fensterscheibe und schob die Vorhänge ganz zur Seite. Ich schaute hinaus auf die Bundesstraße und das dahinterliegende Waldstück, das den See verdeckte, und seufzte. Nach wie vor schneite es, der Wind von Osten wirbelte den Schnee in kleinen Böen über den Parkplatz hinweg.

Jetzt, da ich hier am Fenster stand und mich von der warmen Heizungsluft einhüllen ließ, konnte ich gar nicht glauben, dass ich den ganzen Weg vom Dorf bis zum Hotel gerannt war, nur weil mir meine Einbildung einen Streich gespielt hatte. Meine Haut begann zu kribbeln und meine nasse Kleidung widerte mich an. Ich brauchte dringend eine Dusche und frische Anziehsachen. Aber vorher wollte ich noch die Nachricht durchlesen, die mir die Rezeptionistin überreicht hatte.

Ich kramte den Zettel aus meiner Jackentasche hervor und faltete ihn auseinander.

Herzlich willkommen in Bell, deiner alten Heimat. Ich hoffe, du hattest eine angenehme Anreise, und ich hoffe außerdem, dass ich dir nicht zu viele Umstände bereitet habe, mit meiner Aufforderung, für dieses Wochenende hierherzukommen. Wir treffen uns um achtzehn Uhr im Restaurant.

Rafael

Eine kurze, bündige Nachricht. Mehr war es nicht. Ich legte den Zettel auf den Nachttisch. Dann streifte ich mir die nasse Kleidung vom Leib, legte sie zum Trocknen auf den Heizkörper und schlurfte in das kleine Badezimmer im Eingangsbereich. Es war angenehm, warmes Wasser auf mich regnen zu lassen, und ich duschte ausgiebig, bevor ich mich meiner Wunde widmete. Ich stellte den Fuß auf den Wannenrand und schnappte mir das Handtuch neben dem Waschbecken. Es brannte ein wenig, als ich die Abschürfung auswusch, und sie brannte noch viel mehr, als ich sie mit dem Antiseptikum desinfizierte. An einer Stelle schimmerte rohes Fleisch durch; es war ein schmaler Streifen, den ich äußerst vorsichtig behandelte. Ich fluchte leise und presste die Kiefer aufeinander, als ich das Jod darüberstrich. Geduldig wartete ich in verkrampfter Haltung ab, bis der Schmerz verflog. Dann schmiss ich das Handtuch in hohem Bogen neben das Waschbecken und verließ das Badezimmer, um mir den Verband anzulegen – was mir mehr schlecht als recht gelang – und mir etwas Bequemes anzuziehen. Ich entschied mich für eine Cordhose und einen beigefarbenen Rollkragenpullover. Anschließend sortierte ich die Kleidung aus meiner Reisetasche in den Wandschrank, wobei mir das mit einer grünlichen Arabeske verzierte Holzkästchen in die Hände fiel, das ich ganz unten in die Reisetasche gelegt hatte. Vater hatte es mir einmal von einer seiner Auslandsreisen mitgebracht, das war schon Jahre her. Es war ein handgeschnitztes, schönes Stück, in dem ich Floras Foto all die Jahre hindurch aufbewahrt hatte. Flora mit der Margerite im Haar. Flora auf der Wiese, die sich endlos auszudehnen schien. Ich hatte das Bild nie aus der Dose genommen, um es zu betrachten.

Weil du es insgeheim vergessen wolltest. Weil du eine Grenze gezogen hast, die du nicht mehr überschreiten wolltest.

Ich hatte immer gewusst, wo sich das Foto befand, das hatte ausgereicht. Ich hatte Flora nie aus meinem Gedächtnis gelöscht.

Aber du hattest es vor, nicht wahr? Hast einen schleichenden, unauffälligen Prozess gefördert, den du als Entschuldigung nutzen konntest. Und jetzt? Jetzt bist du nach Bell zurückgekehrt und hast einen Fuß hinter die Grenze gesetzt, in den Bereich hinein, den du eigentlich schon hinter dir gelassen hattest.

Ich strich über die Verzierung, war versucht, den Deckel anzuheben. Ich wollte das Foto ansehen. Und tat es doch nicht. Es war ein stummes Widerstreben, das die Verlockung unterdrückte. Ich stellte das Kästchen in den Schrank und schob den kleinen Stapel Hemden und Pullover davor. Schließlich sah ich auf meine Armbanduhr. Es war halb vier. Ich hatte also noch mehr als zwei Stunden Zeit bis zu dem Treffen mit Rafael, Jürgen und Arno.

Kurz entschlossen ließ ich mich der Länge nach aufs Bett fallen. Der Duft nach frischer Wäsche stieg mir in die Nase. Es roch blumig. Ein verlockender Wohlgeruch, der mich zum Ausruhen einlud. Ich zog die Uhr von meinem Handgelenk, legte sie neben das Kopfkissen und rollte mich auf die Seite. Ich fühlte mich schläfrig, ausgezehrt. Meine Augenlider waren schwer wie Blei und unter dem Verband pochte meine Wunde im Einklang mit den Zeigern der Uhr. Der bisherige Tagesverlauf forderte seinen Tribut. Ich bewegte mich am Rand eines Schlafs, der mich mitnehmen wollte, fort von hier.

Ich kämpfte dagegen an. Ich sehnte mich nach Ruhe und Klarheit und fürchtete mich davor, mit den jüngsten Eindrücken einzuschlafen. Sie würden mir schlechte Träume bescheren, ganz sicher. Ich drückte mein Gesicht in das Kissen und versuchte, das Durcheinander in meinem Kopf zu entwirren, es aufzulösen.

Es gelang mir nicht.

9. Kapitel

Endlich war es so weit. Nur das Telefonat mit Susanne hatte für etwas Abwechslung gesorgt, ansonsten hatten sich die Stunden auf eine fast quälende Weise dahingeschleppt.

Ob alles in Ordnung sei, wollte Susanne wissen, und ich hatte es bejaht und mich krampfhaft bemüht, den Belag von meinen Stimmbändern zu wischen und meine Konfusion vor ihr zu verbergen. Sie hatte nichts bemerkt. Gut so. Sie sollte sich keine Sorgen machen. Es reichte schon, wenn ich beunruhigt war.

Diese Beunruhigung hielt an, als ich durch das verwinkelte, noch spärlich besuchte Restaurant schritt und Ausschau nach meinen Freunden hielt.

Ein halbes Dutzend Kellner, bekleidet mit weißen Hemden und schwarzen Westen, huschte unauffällig durch die Gänge, um die wenigen Gäste zu bedienen, die bereits eingetroffen waren. Das Hotel besaß ein gemütliches Lokal, in dem sämtliche Tische durch hölzerne Trennwände separiert worden waren, was eine intime Atmosphäre heraufbeschwor, die vertrauliche Gespräche zuließ. Die matte Beleuchtung tat ihr Übriges, um diesen Eindruck zu verstärken.

Ich schritt an dem langen Tresen vorbei und nickte dem Barkeeper freundlich zu, der damit beschäftigt war, eine ganze Batterie von Gläsern in ein mächtiges Regal einzuräumen. Er nickte zurück. Als ich ihn gerade fragen wollte, ob ein Tisch auf den Namen Gimenez bestellt worden war, erkannte ich Jürgen, der sich von seinem Platz in der hintersten Ecke erhob und mir hektisch mit der rechten Hand zuwinkte.

Ich ging schnurstracks auf ihn zu. Er hinkte mir entgegen und breitete in freudiger Erwartung die Arme aus. Erst jetzt sah ich, dass seine linke Hand unnatürlich von seinem Arm abstand, als wäre sie verbogen. Seine Krankheit hat sich verschlimmert, der Fluch des Schicksals hat sich ausgebreitet, schoss es mir durch den Kopf. Ein aufflackernder Gedanke, der sofort erlosch, als mich Jürgen umarmte.

»Daniel, mein Gott, du bist es wirklich«, stammelte er und wollte sich zunächst gar nicht von mir lösen.

Er starrte mich an. In seinen Zügen lag die Zuneigung und Freundlichkeit, die ihn schon immer ausgezeichnet hatten und die mir das Gefühl verliehen, dass die Zeit stehen geblieben war. Jürgen hatte sich kaum verändert, trug eine dicke Hornbrille, die sich seinem rundlichen Gesicht anpasste. Wie früher steckte er in einer abgewetzten Jeans und einem einfarbigen Pullover. Lediglich seine Haare waren lichter geworden, hatten sich oberhalb seiner Stirn zurückgezogen und entblößten eine glatte Hautfläche. Ansonsten schien er gar nicht gealtert zu sein, nicht einmal Spuren von Bartstoppeln waren auf seinen Wangen erkennbar – er sah aus wie ein großes Kind, nicht wie ein dreißigjähriger Mann mit schon etwas Lebenserfahrung.

»Ich bin es«, war das Einzige, was ich in diesem Moment über die Lippen brachte.

»Du bist es, du bist es wirklich«, wiederholte er und ließ mich los. »Du siehst gut aus.« Aus seinem Mund klang es ehrlich, nicht wie eine hohle Phrase.

»Findest du?«

»Klar! Komm mit. Arno ist auch schon da. Wir haben eine Menge zu besprechen. Gott, ich freue mich, dich zu sehen! Ich freue mich riesig!« Jürgen führte mich zu der Nische, aus der er gekommen war.

Erst als ich um die Trennwand blickte, sah ich Arno, der stocksteif dasaß und die Augenbrauen hob, als ich um den Tisch herumging. Er war offensichtlich in Gedanken versunken gewesen und fixierte mich nun, als hätte er einen

Geist vor sich. Er war dünn und bleich, wirkte regelrecht abgemagert. Seine gesamte untere Gesichtshälfte wurde von einem ungepflegten Bart verdeckt.

Mein erster Impuls war, ihm lediglich die Hand zu drücken, aber dann klopfte ich ihm doch auf die Schulter. »Hallo, Arno, alter Junge«, sagte ich, als müsste ich ihn aufmuntern. Seine traurige Erscheinung bewegte mich dazu.

Er stand behäbig auf und zog sich sein ausgefranstes Hemd zurecht. »Hat dich Rafael also tatsächlich dazu bewegt, in die Heimat zurückzukehren«, nuschelte er. »Hätte ehrlich nicht gedacht, dich noch einmal zu sehen, Daniel. Willkommen im alten Club.«

Es war eine freudlose Begrüßung, die mir wie eine kühle Brise entgegenschlug und einen unterschwelligen Vorwurf in sich barg.

»Setz dich doch«, sagte Jürgen hektisch und wies auf den Platz neben sich. Vor ihm stand ein mit Cola gefülltes Glas.

Arno hatte bereits ein Bierglas geleert und hob es auffordernd in die Höhe, als ein Kellner an unserem Tisch erschien. Ich bestellte eine Flasche Wasser und einen halbtrockenen Rotwein. Dann sah ich meine Freunde an.

Einen Augenblick lang schwiegen wir alle. Keiner von uns wusste so recht, wie er die Unterhaltung eröffnen sollte. Niemand wollte mit Rafaels Brief beginnen. Und das lag wohl auch daran, dass jeder von uns zunächst eine Brücke überqueren musste, um die letzten Jahre zurückzulassen, die uns wie eine Kluft voneinander trennten.

Letztendlich war es Jürgen, der einen schlichten Anfang fand. »Mensch, Daniel, erzähl doch mal, wie es dir ergangen ist! Was hast du gemacht? Bist du verheiratet? Hast du Kinder? Wie geht es deinem Vater?« Er schoss die Fragen ab wie Pfeile und strahlte mich an.

Ich musste lachen. »Langsam, Jürgen, langsam! Eins nach dem anderen.«

Er lachte mit, nur Arno blieb stumm und bedachte mich mit einem schwer einzuschätzenden Blick. Seine Augen wirkten leer, fast tot.

Der Kellner unterbrach unser zögerliches Geplänkel. Er stellte die Getränke auf den Tisch und legte jedem von uns eine Speisekarte hin. Ein kurzes Kopfnicken von mir und er zog sich wieder zurück.

Dann begann ich zu reden. Ich schilderte Arno und Jürgen meine Tätigkeit in der Firma meines Vaters und das Zusammenleben mit Susanne, allerdings gewährte ich ihnen nur eine oberflächliche Betrachtung, bemühte mich um eine möglichst emotionslose Rückschau.

»Bist du glücklich?«, fragte Jürgen, nachdem ich geendet hatte.

Ich runzelte die Stirn. »Ich glaube schon, ja. Die Dinge haben sich zum Guten gewendet. Ich bin zufrieden.«

»Zufrieden? Ist das ein anderes Wort für ›glücklich‹?«, grunzte Arno vor sich hin.

»Das ist es«, antwortete ich energisch.

Arno beugte sich vor. »Und was ist mit dir, Jürgen? Bist du glücklich?«

Jürgens Antlitz glühte sofort auf und er kramte hastig drei Fotos aus seiner Jacke hervor, die er über seine Stuhllehne gehängt hatte. Er reichte sie mir und bedeutete Arno, er solle näher rücken, um sie sich ebenfalls anzusehen.

Auf dem ersten Bild sah ich einen Jungen, etwa drei Jahre alt. Pausbackig und lachend streckte er seine Arme aus einem kurzärmeligen Polohemd und marschierte voller Tatendrang durch einen Sandkasten. Ein Kind, das im Begriff war, die Welt zu entdecken. Auf dem nächsten Foto grinste mich ein Mädchen mit langen Zöpfen an. Sie war vielleicht fünf oder sechs. Stolz zeigte sie die ersten Zahnlücken, die den Eindruck erweckten, als wären sie mit einem schwarzen Stift aufgemalt worden. Und auf dem letzten Bild erblickte ich eine schmale Frau, Mitte zwanzig, mit blondiertem Haar. Sie war zu hohlwangig, um sie als hübsch bezeichnen zu können.

»Meine Familie«, sagte Jürgen strahlend.

»Verdammt, darauf kannst du dir was einbilden«, erwiderte ich und legte ihm grinsend eine Hand um den Nacken. »Hätte ich dir gar nicht zugetraut. Gott sei Dank ähneln die Kinder deiner Frau!«

Jürgen und ich lachten erneut und ich spürte, wie sich die Erlebnisse und Strapazen des Tages von mir lösten. Sogar Arno musste schmunzeln.

»Ich habe noch eine Überraschung auf Lager«, meinte Jürgen. »Frag mich mal nach meinem Beruf.«

»Deinem Beruf?«

»Ich bin Gymnasiallehrer.«

»Das ist keine Überraschung, das passt zu dir«, sagte ich feixend. »Du warst schon immer ein Besserwisser, dein Verhalten hatte immer etwas Lehrerhaftes!«

»Tatsächlich? Na ja, wenn du es sagst.« Er rieb sich über die Wangen, als würde er intensiv darüber nachdenken, was er uns als Nächstes mitteilen sollte. Dann sprach er in meine Richtung. »Einige Monate nachdem du dich aus dem Staub gemacht hast, habe ich die Schule gewechselt. War ein riesiger Sprung von der Realschule aufs Gymnasium, aber genau wie du habe ich es gepackt. Wie ein Wahnsinniger habe ich mich auf das Abitur vorbereitet und meine ganze Energie gebündelt. Die Verluste der vorangegangenen Monate – und damit meine ich auch dein Verschwinden – haben mich schlussendlich dazu animiert. Auch mich hielt nichts mehr in Bell, ich wollte raus hier und studieren. Meine Eltern waren vollkommen aus dem Häuschen, als ich das Abitur bestand. Sie haben mich finanziell unterstützt, als ich nach Mainz auf die Uni ging. Der Rest klingt fast schon banal. In der Aula habe ich Kerstin kennengelernt. Na ja, es hat zwar etwas gedauert, aber irgendwann hat sie sich dann doch auf mich eingelassen. Sie ist wundervoll, Daniel, warmherzig und unkonventionell, sie würde dir gefallen.« Er machte eine Pause, als erwartete er eine Reaktion von mir, bevor er fortfuhr: »Nach meinem Studium und der Referendarzeit in Worms habe ich eine Stelle in Trier angenommen, wo wir auch geheiratet haben. Wir haben ein Haus am Stadtrand gekauft und Kerstin hat ihren Beruf aufgegeben, als die Kinder kamen. Sie ist eine liebevolle Mutter und eine wunderbare Ehefrau, ich hätte es nicht besser treffen können!«

»Was unterrichtest du?«, wollte ich wissen, wobei ich mich für den Bruchteil einer Sekunde fragte, warum mich Jürgens Geschichte nicht recht überzeugte. Im Grunde genommen zeichnete er ein von Harmonie geprägtes Bild, nach dem viele Menschen streben. Er hatte sein Nest gefunden, das ihm Geborgenheit schenkte. Warum hatte ich nur dieses Gefühl, dass er eine künstliche Fassade schilderte? Lag es daran, dass er einfach zu viel Begeisterung zeigte? Oder weil er seine Darstellung mit zu vielen Klischees beladen hatte? Meine Bedenken fanden schon im nächsten Satz eine Bestätigung.

»Mathematik und Physik. Für den Sportunterricht war ich leider nicht geeignet«, sagte er mit unverhohlenem Sarkasmus. Seine Fröhlichkeit war auf einmal wie weggeblasen. Er hob demonstrativ die linke Hand und ein trüber Schatten huschte über sein Gesicht.

Ich faltete die Hände und blickte ihn ernst an. Seine Krankheit war es also, die große Stücke der Fassade abbröckeln ließ wie Gestein von einer brüchigen Mauer. »Ist es sehr schlimm?«, fragte ich.

Jürgen zögerte. Er steckte die Fotos wieder in die Jackentasche und lehnte sich zurück. »Weder die Ärzte noch die Therapeuten haben damit gerechnet, dass sich die Lähmung ausbreiten würde. Sie haben sich schlichtweg getäuscht«, antwortete er mit gesenkter Stimme. »Manchmal wache ich morgens auf und spüre meine linke Körperhälfte gar nicht mehr. Sie ist dann wie eingeschlafen, völlig taub. In diesen Sekunden frage ich mich immer, wie es weitergehen soll, wenn die Lähmung noch schlimmer wird. Ich befürchte, dass sie eines Tages so rasant über meinen Körper hinwegzieht wie ein Tornado. Ab und zu stelle ich mir vor, dass ich morgens aufwache und mich gar nicht mehr bewegen kann, und das jagt mir eine Scheißangst ein. Kerstin macht sich ebenfalls Sorgen, aber sie zeigt es nicht. Sie will mich nicht zusätzlich belasten«, fügte Jürgen hinzu. Er bemühte sich um ein Lächeln. Es misslang.

»Was sagen die Ärzte?«, bohrte ich nach.

»Soll ich noch etwas darauf geben, was die Ärzte sagen, Daniel? Mein Vertrauen in ihr Urteilsvermögen ist verloren gegangen.«

»Das kann ich verstehen«, erwiderte ich.

Jürgen schluckte und verzog die Lippen. »Beenden wir das Thema, ja? Letztendlich habe ich gelernt, die Krankheit zu akzeptieren. Ich muss eben mit ihr leben, mir bleibt nichts anderes übrig. Und vielleicht wird sie ja nicht schlimmer.«

»Es wird nicht schlimmer, daran musst du glauben«, sagte ich. Aber kaum hatte ich es ausgesprochen, wurde mir bewusst, dass es wie ein heuchlerischer Aufmunterungsversuch klang.

Jürgen nickte mir zu, ohne seine Skepsis zu kaschieren.

Arno hob sein Bierglas und leerte es in einem Zug. Er stellte es geräuschvoll auf die Tischplatte, als wollte er unsere Aufmerksamkeit auf sich ziehen.

»Jetzt bin wohl ich an der Reihe, nicht wahr?«, fragte er mit einem provokanten Unterton.

Jürgen tippte ihn mit seiner gelähmten linken Hand an. »Richtig! Schieß los!«

Arno wischte sich über den Mund und schaute uns abwechselnd an. »Ich bin hier nie rausgekommen«, sagte er stumpf und kniff die Augen zusammen. »Ihr habt es geschafft, ich nicht. In der Schule bin ich ziemlich abgesackt, habe zwar einen Abschluss gemacht, aber mit richtig beschissenen Noten. Natürlich habe ich versucht, danach etwas auf die Beine zu stellen. Habe sogar eine Ausbildung begonnen als Mechaniker in Karl Schneiders kleiner Autowerkstatt. Doch der alte Schneider hat mich von Anfang an nur herumkommandiert und genörgelt, wie dämlich ich mich anstellen würde. Hat immer gesagt, dass selbst seine heruntergekommene Frau geschickter sei als ich und die wäre eigentlich zu blöd für alles. Er hat mich so lange schikaniert, bis ich eines Tages die Schnauze voll hatte. Ich bin einfach nicht mehr hingegangen. Mein Vater hat mit Engelszungen auf mich eingeredet, aber ich habe meine Ohren auf Durchzug gestellt. Schließlich habe ich angefangen, mich mit Gelegenheitsjobs über Wasser zu halten, und blieb einfach bei meinen Eltern wohnen. Manchmal helfe ich unten im Lavawerk aus. Das ist eine schmutzige, anstrengende Arbeit, macht allerdings den Kopf frei.« Er rieb mit der flachen Hand über den Tisch. »Wollt ihr etwas Amüsantes hören?«

Wir sahen ihn verlegen an. Ich öffnete den Mund, schloss ihn jedoch wieder. Jürgen zuckte nur unschlüssig mit den Schultern.

»Manchmal fahre ich sogar für die Caritas *Essen auf Rädern* aus, wenn einer der angestellten Fahrer in Urlaub oder krank ist. Euer alter Freund Arno als sozial engagierte Aushilfskraft, ist das nicht witzig? Ist ein richtiger Vertrauensbeweis, versteht ihr? Sind schließlich alles alte und pflegebedürftige Menschen, die mich in ihr Haus lassen. Aber mir macht es Spaß. Ist jedenfalls sinnvoller als die Schufterei im Lavawerk«, sagte Arno und fing an, das Bierglas auf dem Tisch hin und her zu schieben. »Tja, das ist eigentlich schon alles. Ich habe keine Frau, nicht einmal eine Freundin, und ich hänge hier fest wie ein verfluchter Köder am Angelhaken.«

»Du hast etwas vergessen, Arno«, sagte plötzlich eine sonore Stimme in meinem Rücken.

Ich wirbelte herum.

Der Mann, der seine Arme lässig über die Trennwand gelegt hatte, starrte mit einem ernsten Ausdruck in die Runde. Er stand dort in einem dunklen Sakko mit dezent blauen Streifen. Sein Hemd war unterhalb des Kragens zerknittert, als hätte er erst kürzlich eine Krawatte abgebunden und anschließend den obersten Knopf des Oberhemds gelöst. Rafael wirkte kräftiger, als ich ihn in Erinnerung hatte. Das weiche Gesicht des einst schüchternen Jungen hatte sich verhärtet und ich fragte mich, ob ich ihn erkannt hätte, wenn wir uns an einem anderen Ort über den Weg gelaufen wären und uns nicht gezielt getroffen hätten. Außerdem hätte ich gerne gewusst, wie lange er schon dagestanden und uns belauscht hatte, ohne dass wir ihn bemerkten.

Er setzte sich zu uns, an die Spitze des Tisches, und fixierte Arno. »Du hast vergessen zu erwähnen, dass du all die Jahre hinweg Floras Grab gepflegt hast. Das ist ja wohl durchaus etwas, was dich auszeichnet, Arno.«

Arno erwiderte Rafaels Blick misstrauisch und rutschte nervös auf seinem Stuhl herum.

Davon ließ sich Rafael nicht beirren. »Du hast regelmäßig für frischen Blumenschmuck gesorgt, im Sommer penibel Unkraut gejätet und im Herbst die verwelkten Blätter beseitigt.« Er machte eine kurze Pause, bevor er fragte: »Wie oft hast du sie besucht, Arno? Weißt du das?«

Arno ließ den Kopf hängen, starrte geistesabwesend auf den Boden und antwortete, ohne auf Rafaels Frage einzugehen: »Ich war der Einzige, der noch hier war. Einer musste sich doch darum kümmern. Nur ich konnte es tun. Ich hielt es für wichtig.«

Rafael drückte ihm freundschaftlich, beinahe dankbar, den Unterarm. »Es war und es ist wichtig«, sagte er.

Schließlich sah er uns der Reihe nach an. Seine Miene hellte sich auf. »Es ist schön, dass ihr alle gekommen seid. Auch das ist wichtig«, meinte er schlicht.

Für einen winzigen Augenblick war ich irritiert. Wir trafen uns hier, wie alte Freunde es eben tun, nur Rafaels Anwesenheit störte diese Zusammenkunft. Obwohl er es gewesen war, der uns überhaupt erst wieder zusammengeführt hatte, passte er nicht hierher. Er war ein Fremdkörper, der sich nicht integrieren ließ. Diego hätte seinen Platz einnehmen sollen, das wäre richtiger gewesen. Hätte nur noch Flora gefehlt. Mit ihr zusammen hätten wir unsere Gläser erhoben und uns zugeprostet. Irgendwer hätte gesagt: »Auf die beste Zeit unserer ganzen verflixten Existenz«, und wir hätten gekichert und gegluckst wie ein Haufen älterer Damen, die sich an ihrem Kegelabend über einen anzüglichen Witz amüsierten. Jeder von uns hätte einen verstohlenen Blick auf Flora geworfen, deren Schönheit von einer strahlenden Reife überzogen gewesen wäre, was sie nur noch interessanter gemacht hätte. Sie hätte nichts von ihrer Anziehungskraft verloren. Rein gar nichts.

Rafael bestellte sich ein Glas stilles Wasser und holte mich in die Realität zurück. Er entschuldigte sich dafür, dass er sich verspätet habe, gab jedoch keine weitere Erklärung ab.

Von uns allen hatte er die gravierendste Verwandlung vollzogen. Er wirkte selbstsicher, beinahe extrovertiert. Ich erinnerte mich daran, wie Diego mir einmal gesagt hatte, dass sein kleiner Bruder viel intelligenter und wissensdurstiger sei als er selbst. Leider würde sich Rafael auch extrem zurückziehen und in seiner eigenen kleinen Welt leben. Ein Tagträumer, der sich lieber mit Büchern beschäftigte als mit Menschen. Der Mann, der an diesem Abend am Kopfende unseres Tisches saß, schien nicht mehr viel mit diesem stillen Jungen gemein zu haben, das war mir von Beginn an klar.

Nur der wache Verstand und sein Scharfblick waren übrig geblieben. Seine Mimik und jede einzelne Geste schienen davon geprägt zu sein.

»Wollen wir etwas essen? Ihr seid natürlich eingeladen«, sagte Rafael und deutete auf die Speisekarten.

Ich war hungrig und meinen Freunden ging es wohl nicht anders. Rafael winkte einen der Kellner heran und wir gaben unsere Bestellungen auf.

Dann wandte ich mich an Rafael. »Was sind das für neue Erkenntnisse, die du in deinem Brief erwähnt hast?«, fragte ich und sprach damit das Thema an, das mich am meisten interessierte.

Rafael hob die Handflächen wie zur Abwehr nach oben. »Dazu komme ich gleich. Vorher würde ich gern noch auf etwas anderes eingehen, was ich in den Briefen an euch schon kurz erwähnte habe.«

Arno musterte ihn argwöhnisch.

»Wie ihr wisst, habe ich meinem Bruder damals versprochen, Floras wahren Mörder zu finden, und das war eine Zeit lang das Einzige, das mich aufrecht hielt. Ihr könnt euch nicht vorstellen, wie sehr ich gelitten habe. Ich habe meine Cousine und meinen Bruder verloren, und als Mutter und ich nach Köln zurückgingen, fühlte ich mich, als ob ich ebenfalls sterben müsste. Da war Mutter, die kaum noch redete und mich nur mit dem Nötigsten versorgte. Sie funktionierte bloß, stand morgens auf und machte uns beiden das Frühstück, schmierte mir das Pausenbrot und sorgte für ein warmes Essen am Mittag. Danach putzte sie unsere kleine Sozialwohnung oder kaufte ein. Ein Tag war wie der andere, dazu Mutters ewiges Schweigen und ihre trüben Blicke – es war kaum zu ertragen! Wir hatten nie Besuch und Mutter stand kurz davor, den Verstand zu verlieren. Und ich? Ich war einfach nur traurig und einsam. Allein mein Versprechen an Diego ließ mich jeden Morgen aufstehen.

Aber schließlich kam es noch schlimmer. Irgendwann meinten zwei meiner Mitschüler, meine Verschlossenheit sei ein Ausdruck von Angst oder Feigheit. Sie hatten keine Ahnung von dem, was geschehen war, und fingen an, mir das Taschengeld wegzunehmen, das mir Mutter jeden Montagmorgen neben das eingepackte Pausenbrot in den Schulranzen steckte.« Rafael legte den Kopf ein wenig nach hinten und seufzte hörbar auf. »Ich wusste genau, dass sich die beiden nicht damit begnügen würden, mir nur das Geld wegzunehmen. Schon bald würden sie anfangen, mich zu verprügeln und zu demütigen. Tatsächlich wurde es jeden Tag schlimmer. Sie nannten mich einen Bastard, einen elenden Schwächling und sie lachten mich aus, während ich ihnen notgedrungen mein Taschengeld gab. Der Ältere von ihnen, Manfred Brauner, war für seine Aggressionen und Gewaltausbrüche bekannt; ein kräftiger Typ mit kurz geschorenen Haaren und einem breiten, derben Gesicht. Er wurde von allen nur ›der Pitbull‹ genannt und genoss das total. Sein Freund Christopher wiederum war ein schmächtiger Junge, der sich nie die Finger dreckig machte. Seine Aufgabe bestand lediglich darin, nach geeigneten Opfern Ausschau zu halten.«

Wie gebannt starrten wir Rafael an. Ich konnte nichts sagen. Die Art, wie Rafael seine Gemütsverfassung nach Diegos Tod beschrieb, entfachte in mir eine aufwühlende und vertraute Beklemmung.

»Hast du dich nicht gewehrt?«, fragte Arno und runzelte die Stirn.

Rafael ballte die Fäuste, als wäre sein Zorn auch jetzt noch nicht verflogen. Ohne auf Arno einzugehen, fuhr er fort: »Eines Mittags kam ich nach Hause und lief heulend in mein Zimmer. Wieder hatten sie mir nach Schulschluss aufgelauert. Hinter der großen Turnhalle hatten sie auf mich gewartet und mir das Geld abgenommen. ›Das reicht nicht mehr‹, hatte Manfred gesagt und mich an die Wand gepresst. Er griff mir in den Schritt und rückte nah an mich heran. ›Du schmieriger Hurensohn bringst uns ab nächsten Montag mehr Geld mit, ansonsten drücke ich deine Eier auf Erbsengröße zusammen, verstanden?‹, knurrte er und machte so seinem Spitznamen alle Ehre. Meine Knie waren butterweich, und als die beiden endlich abhauten, bin ich völlig fertig zusammengeklappt. Ich habe mich den ganzen Mittag in meinem Zimmer eingeschlossen, aber Mutter registrierte es überhaupt nicht. Ich war vor allem auf mich selbst wütend, weil ich mich nicht zur Wehr setzte und mich meinem Leid fügte, als wollte ich es akzeptieren. Manfred und Christopher hatten recht. Ich war ein furchtbarer Schwächling. Ließ mich erniedrigen und entwürdigen. Ich stellte mir die Frage, wie Diego wohl reagiert hätte. Aber hatte mein Bruder nicht auch aufgegeben? Er hatte sich selbst getötet, weil er keinen Ausweg mehr sah. Nur war seine Lage um so vieles schlimmer und aussichtsloser gewesen als meine Situation. Und auf einmal war mir klar, dass ich mich endlich wehren und wieder nach vorn schauen musste! Das war ich mir und meiner Mutter schuldig. Manfred und Christopher waren eine Prüfung, das verstand ich nun, und ich wollte diese Prüfung bestehen. Am nächsten Tag war es dann so weit. Nach dem Sportunterricht, beim Duschen.«

Rafael senkte die Stimme, als befürchtete er, jemand könnte uns zuhören.

»Unser Lehrer hielt sich noch in der Turnhalle auf, ein paar von uns waren bereits in der Umkleidekabine und Manfred und Christopher hatten sogar schon den Waschraum betreten. Sie duschten, lachten und spritzten sich gegenseitig mit Wasser an. Sie bemerkten nicht, dass ich mich ihnen näherte. Nackt lief ich über die glitschigen Fliesen. In meiner rechten Hand hielt ich ein Handtuch, in das ich ein großes Seifenstück gewickelt hatte. Das schwerere Ende ließ ich hin- und herbaumeln. Mein Entschluss stand fest. Heute würde ich mein Leben ändern. Heute oder nie. Erst als ich unmittelbar vor ihm stand, sah mich Manfred hasserfüllt an. ›Was willst du von mir, du Schwuchtel? Soll ich dir eine Abreibung verpassen, hier, unter der Dusche? Stehst du darauf? Bist du einer von diesen abartigen Schwanzlutschern? Ja, ich glaube, du bist ein Schwanzlutscher!‹, schrie er mich an. Ich hörte das schallende Gelächter von Christopher neben mir und sah aus den Augenwinkeln, dass sich der Duschraum füllte. Meine Klassenkameraden starrten uns an wie Geier, die darauf warten, dass die angefressene Beute endlich stirbt. ›Du kommst mir nie mehr zu nahe‹, sagte ich und war froh, dass meine Stimme nicht zitterte. Ich klang eisern, unzerbrechlich. Ich zeigte keine Schwäche. ›Was sagst du zu mir?‹ Es sah aus, als ob Manfreds Halsschlagader jeden Augenblick platzen würde. Er drehte das Wasser ab und trat unter der Dusche hervor.«

»Und, hast du es ihnen gezeigt?«, fragte Jürgen mit errötteten Wangen.

»Das habe ich. Ich habe das Handtuch genau zweimal geschwungen, bevor ich mit voller Wucht zuschlug. Das eingewickelte Seifenstück krachte in Manfreds Gesicht und brach ihm das Nasenbein. Das Ganze hörte sich an, wie wenn man einen Ast in der Mitte durchbricht. Für einen Sekundenbruchteil konnte man Manfred die Überraschung im Gesicht ablesen, genauso wie die Bestürzung, die ihn packte, als er begriff, was passiert war. Er hatte nicht damit gerechnet, dass ich mich jemals wehren würde, er hatte nicht damit gerechnet, dass ich es wagen würde, seine Selbstsicherheit anzutasten. Und er hatte auf gar keinen Fall geglaubt, dass ich mit einer solchen Brutalität reagieren würde. Er schrie auf, als das Blut anfing, über seinen Mund, seine Brust und sogar an die gekachelte Wand zu spritzen. Erst jetzt schien er den Schmerz zu realisieren. Er warf sich zu Boden, hielt die Hände vor seine Nase und wälzte sich hin und her. Christopher beugte sich zu ihm runter und ich schlug wieder zu. Die Seife prallte in Christophers Rippen, sodass er umkippte wie ein gefällter Baum. Ihm blieb einfach die Luft weg. Kein Laut drang über seine Lippen, der Schrei blieb ihm regelrecht in der Kehle stecken. Ich ließ das Handtuch mit der Seife los, kniete mich zwischen die beiden nackten Körper meiner Mitschüler und packte ihre Hoden. Ich drückte hart zu. ›Es sind eure Eier, die ich zerquetschen werde, wenn ihr mich nicht in Ruhe lasst‹, sagte ich mit einer stoischen Ruhe, die jedem im Raum klarmachen sollte, wie ernst ich meine Drohung meinte. Keiner wagte zu reden oder zu flüstern. Es war mucksmäuschenstill. Ich verstärkte den Druck und kostete meinen Triumph voll aus. Manfred und Christopher keuchten, jammerten und winselten, ich solle loslassen, und ich konnte gar nicht glauben, dass das tatsächlich dieselben Jungs waren, die mich monatelang tyrannisiert hatten. Als ich fand, dass ich sie genug gequält hatte, richtete ich mich auf. Ich stellte mich unter die Dusche und ließ unter den Blicken meiner Klassenkameraden das Wasser auf meinen Körper prasseln, als wäre nichts geschehen.«

»Wow«, sagte Jürgen sichtlich beeindruckt. »Den Mistkerlen hast du es ja richtig gegeben!«

»Haben sie dich danach wirklich in Ruhe gelassen?«, fragte Arno in dem verblüfften Ton eines Zuhörers, der eine solche Wendung nicht erwartet hatte.

Rafael nickte. »Das haben sie. Und sie haben mich nicht einmal verraten. Die gebrochene Nase erklärte Manfred unserem Lehrer und dem Direktorium mit einem unglücklichen Sturz unter der Dusche. Natürlich hat das niemand geglaubt, aber alle Beteiligten haben dichtgehalten. Niemand plauderte etwas aus, denn seit diesem Vorfall hatten auf einmal alle einen Heidenrespekt vor mir. Manfred und Christopher gingen mir ab sofort aus dem Weg. Niemand fürchtete sich mehr vor ihnen, doch die wahre Bedeutung des Vorfalls erfasste keiner.«

»Was meinst du damit?« Ich ahnte zwar, worauf Rafael hinauswollte, doch ich wollte es von ihm selbst hören.

»Ich hatte plötzlich begriffen, dass es sich lohnt zu kämpfen, und nahm von da an meine Zukunft wieder fest in die eigene Hand. Mir wurde klar, dass nur ich selbst meine Entwicklung beeinflussen konnte. Dabei habe ich nie den wahren Grund vergessen, der mich antrieb«, sagte Rafael und schaute uns verschmitzt an. »Heute sitze ich als Strafverteidiger mit eigener Kanzlei vor euch und in gewisser Weise habe ich das Manfred und Christopher zu verdanken.«

»Glückwunsch«, sagte Jürgen und strahlte dabei, als hätte er in der Lotterie gewonnen.

»Und weiter?« Arno verschränkte die Arme vor der Brust.

Ich hakte ebenfalls nach, als wollte ich Arno unterstützen: »Es ist zweifellos beeindruckend, wie du es diesen beiden Idioten gezeigt und was du letztendlich aus deinem Leben gemacht hast. Aber was hat das mit dem zu tun, weshalb wir hier sind?«

Rafael nippte an seinem Glas. Er setzte es ab und zog die Augenbrauen hoch. »Sehr viel, Daniel. Ich habe mich auf Strafrecht spezialisiert, vertrete insbesondere jugendliche Gewalttäter vor Gericht. Einmal habe ich sogar die Verteidigung eines Falles übernommen, bei dem die Aufklärung eines Tötungsdeliktes im Vordergrund stand. Ich habe viele Erfahrungen gesammelt, und sobald es meine knappe Zeit erlaubte, habe ich auch in unserem Fall recherchiert«, erklärte er.

Seine Betonung lag auf ›unserem Fall‹. Doch es war nicht unser Fall. Es war nicht einmal sein Fall. Aber keiner von uns widersprach ihm.

»Gleichzeitig habe ich Beziehungen aufgebaut«, fuhr Rafael fort.

»Beziehungen?« Ich runzelte die Stirn.

»Ja, in Justizkreisen geht nichts über gute Beziehungen. Es ist dort ein ungeschriebenes Gesetz, dass eine Hand die andere wäscht. Aber ich will euch nicht mit Insiderdetails langweilen, sondern fasse mich kurz: Durch meine Beharrlichkeit und den glücklichen Umstand, dass mir ein hoher Staatsanwalt einen Gefallen schuldete, habe ich einen Blick in die polizeiliche Ermittlungsakte im Mordfall Flora Gimenez werfen können. Wie meine Mutter und ich schon immer vermuteten, ist die Untersuchung einseitig durchgeführt worden. Obwohl nicht geklärt war, dass Diego sich zum Zeitpunkt der Tat überhaupt in der unmittelbaren Nähe unserer Cousine aufhielt, stand für die Ermittler frühzeitig fest, dass er Flora getötet hatte. Sie stützten sich auf einige wenige Indizien und deine Aussage, Daniel. Ihnen fehlte aber noch der Beweggrund, um ihren Verdacht zu untermauern. Und in ihrem Streben, diese letzte Lücke zu schließen, ignorierten sie einen Hinweis, den ihnen Diego gab. Ihm war etwas Wichtiges aufgefallen. Flora trug immer eine goldene Halskette, auch an diesem Tag. Diego war sich sicher. Es war ein Andenken, das ihre Mutter ihr hinterlassen hatte: eine schlichte, flache Panzerkette mit einem Federringverschluss. Als man Floras Leichnam vom Tatort abtransportierte, hing diese Kette nicht mehr um ihren Hals. Der Obduktionsbericht bestätigte, dass der gefundene Leichnam frei von jedem Schmuck war. Ist die Kette etwa abgerissen, als sich Flora wehren wollte? Ist es zu einem Kampf gekommen?«

Rafael machte eine Pause, als erwartete er von uns eine Antwort, bevor er fortfuhr. »Wie der Befund ergeben hat, brach Floras Schädeldach durch die Gewalteinwirkung eines einzigen Schlages, was tödliche Basisblutungen unterhalb ihrer Hirnhaut zur Folge hatte. Ein einziger Schlag mit einem faustgroßen Stein hat sie getötet. Demnach hat sie sich überhaupt nicht wehren können. Es ist also eher wahrscheinlich, dass der Mörder die Kette behalten hat wie eine Trophäe, ein Erinnerungsstück. Jedenfalls wäre das nicht ungewöhnlich. Diego wurde durchsucht, er hatte den Schmuck nicht eingesteckt.« Rafael hielt erneut inne und diesmal sah er uns der Reihe nach mit einem unheilschwangeren Blick an.

Hatte Flora ihre Kette an diesem Tag getragen? Ich konnte mich nicht entsinnen. Und je angestrengter ich versuchte, mir Floras Bild ins Gedächtnis zu rufen, desto blasser wurden die Konturen.

»Natürlich wurde der Stein auf Fingerabdrücke untersucht, aber der Täter hat sich große Mühe gegeben, die Spuren zu verwischen. Heutzutage würde er damit nicht durchkommen, aber damals war man leider noch nicht in der Lage, auch verschmierte Fingerabdrücke mit einem Laser zum Leuchten zu bringen und anschließend für eine Auswertung zu digitalisieren«, sagte Rafael und schüttelte den Kopf. »Vielleicht hätten die modernen Verfahren meinem Bruder das Leben gerettet. Die modernen Verfahren oder umfangreichere Nachforschungen. Ich frage mich bis heute, warum das zuständige Dezernat nicht nach möglichen Zeugen suchte, obwohl der Tatort unterhalb eines Weges liegt, der schon früher von einheimischen Fußgängern und Joggern benutzt wurde.«

»Das hast du ja inzwischen nachgeholt, nicht wahr?«, unterbrach ihn Arno barsch und sprach aus, was ihm wohl schon seit Minuten auf der Zunge gelegen hatte. »Wie aus dem Nichts bist du vor einigen Wochen hier aufgetaucht und von Haustür zu Haustür gezogen. Hast eine Menge Staub aufgewirbelt. Das ist hier niemandem entgangen und es hat niemandem gepasst. Der Fall ist längst abgeschlossen, wurde zu den Akten gelegt, auch wenn du behauptest, dein Bruder sei unschuldig gewesen. Für die Polizei und die Menschen in Bell steht fest, dass Diego seine Cousine erschlagen hat.«

Rafael zuckte gleichgültig die Achseln. »Ich habe meine Finger auf eine schlecht verheilte Wunde gelegt und hatte nicht erwartet, dass man deshalb Freudentänze aufführen würde, Arno. Und dennoch hat es sich gelohnt, dass ich von Haustür zu Haustür gezogen bin, wie du es ausdrückst.«

»Es hat sich gelohnt?«, fragte Arno erstaunt, noch während ich über die Bedeutung von Rafaels letztem Satz nachdachte. Jürgen rückte dicht an mich heran und schüttelte ungläubig den Kopf.

»Dein ehemaliger Boss war damals auch am See, Arno«, sagte Rafael und zwinkerte uns allen zu, als wollte er uns mit dieser Geste verdeutlichen, dass er noch ein Ass im Ärmel hatte. »Der alte Schneider hat in seiner Mittagspause immer seinen Schäferhund laufen lassen und dafür ist er jeden Tag an dieselbe Stelle gefahren. Er wird euch selbst berichten, was er einst an der Hütte beobachtet hat.«

10. Kapitel

Ich saß auf dem Schreibtischrand, ausgezogen bis auf meine Unterhose und das Unterhemd. Die Heizung lief auf Hochtouren, es war angenehm warm im Zimmer. Hinter den halb zugezogenen Vorhängen war mittlerweile ein runder Mond aufgegangen, der hoch am Himmel stand, als wollte er von dort oben alles überblicken. Das Dorf, den See und das Hotel.

Ich hatte die Augen geschlossen und lauschte. Da war nichts außer dem Geräusch meines eigenen Atems und dem rhythmischen Laut meines Herzschlags, der bis hinauf in meine Ohren dröhnte. Ansonsten war es still. Wohltuend still. Ich genoss die Ruhe.

Allerdings schwirrte mir immer noch der Disput zwischen Arno und Rafael im Kopf herum. Nachdem wir gegessen hatten, teilte Rafael uns mit, dass wir uns erst morgen Abend wieder im Restaurant treffen würden, und zwar um dieselbe Zeit. Der alte Schneider erwartete uns gegen zwei Uhr am Mittag.

Rafael warf uns einen prüfenden Blick zu, bevor er uns mitteilte, dass er selbst nicht mitkommen könne. »Ich weiß ja, was Schneider euch erzählen wird, außerdem muss ich dringend nach Köln zurück«, sagte er fest entschlossen.

Arno verzog den Mund. »Du kommst nicht mit? Du forderst uns auf, Schneider einen Besuch abzustatten, ohne uns darüber zu informieren, was der alte Dreckskerl am See beobachtet haben will, und dann treffen wir uns erst morgen Abend wieder?« Er stand wutentbrannt auf und sah mich und Jürgen geradezu Hilfe suchend an.

Wir rührten uns nicht, warteten auf Rafaels Antwort.

»So ist es. Es geht nicht anders«, erwiderte Rafael schlicht.

Er sagte es, orderte die Rechnung und wir saßen nur da,

stumm wie ein paar Fische. Wir ließen ihn gewähren, ohne dass wir eine weitere Erklärung verlangten.

Rafael bezahlte, und als wollte er den aufflackernden Streit mit Arno beiseite wischen, fragte er, ob er ihn mit seinem Wagen nach Hause bringen solle.

»Mach dir bloß keine Umstände. Ich gehe zu Fuß. Die Luft wird mir den Kopf kühlen«, antwortete Arno sichtlich verblüfft.

Nachdem wir uns voneinander verabschiedet hatten, war Arno mit Wut im Bauch davongestapft. Jürgen und ich hatten ihm noch das Versprechen abgerungen, dass wir uns am nächsten Tag um Viertel vor zwei am Marktplatz trafen, um von dort aus gemeinsam zu Schneider zu gehen. Wir würden Rafaels Aufforderung nachkommen, allein deshalb, um die eigene Neugierde zu stillen.

Rafael war nach Köln zurückgefahren, nur Jürgen und ich übernachteten im Hotel. Unsere Zimmer lagen in demselben Stockwerk, nur wenige Türen trennten sie. Auf dem Weg dorthin waren wir schweigsam nebeneinander hergegangen, jeder hing eigenen Überlegungen nach. Wir mussten die Eindrücke des Abends erst verdauen. Ich blieb nicht einmal stehen, als wir Jürgens Tür erreichten. Wir wünschten uns eine gute Nacht, dann war jeder von uns allein.

Allein, ja, das war ich in diesem Moment und dafür war ich dankbar.

Ich betrachtete den schwachen Lichtkegel an der Wand, den die kugelförmige Tischlampe dorthin warf. Eine Fliege schwirrte in dem hellen Schein herum, ein schwarzer Punkt, der beleuchtet wurde. So wie Arno, Jürgen und ich. Und Rafael war es, der die Lampe ausrichtete und den Strahl auf uns lenkte. Er beobachtete, was passierte. Sicherlich wusste er mehr, als er uns sagte. Er hatte etwas in Bewegung gesetzt, etwas losgetreten, und wir ließen uns darauf ein. *Rien ne va plus,* nichts geht mehr. Die Kugel rollt. Alles dreht sich um unser Glück und unser Unglück. Und der Croupier lächelt uns zu. Vielsagend, wissend.

War es so? Lag ich mit meinen Vermutungen richtig? Der morgige Tag würde hoffentlich mehr Klarheit bringen.

Ich schloss die Augen und sinnierte plötzlich darüber, wie zynisch es war, dass eine einzige Tat, eine einzige Handlung das Leben von so vielen in Mitleidenschaft ziehen oder sogar zerstören konnte. Unser aller Dasein war von dem Mord an Flora beeinflusst worden. Die Beeinträchtigung hatte verschiedene Formen angenommen, und obwohl sie sich in ihrer Intensität unterschied, hatte sie niemals von uns gelassen. Bis heute nicht. Aus dieser Perspektive betrachtet war es sicherlich gut, dass wir hier waren. Dass wir das Ganze zu einem Abschluss bringen würden.

In dieser Nacht bewegte ich mich irgendwo zwischen einem fahlen Dämmerzustand und einem friedlosen Schlaf. Irgendwann erwachte ich.

Von Dunkelheit umhüllt lag ich quer auf der Bettdecke. Mein Brustkorb hob und senkte sich, mein Atem rasselte, als hätte ich gerade hundert Meter in einem wahnwitzigen Tempo zurückgelegt. Ich lag unbequem auf meinem Rücken und stierte in die mich umgebende Schwärze. Mein linkes Bein war kalt und steif, also winkelte ich es an und bewegte meinen Fuß. Dabei spürte ich eine sanfte Berührung an meinem Unterschenkel, als würde ein Finger über meine Haut streicheln. Es war die Mullbinde, sie hatte sich bis auf ein oder zwei Wickel gelöst und hing lose um meine Wade.

Ich stieß einen Fluch aus und richtete mich ruckartig auf. Der beißende Schmerz in meinem linken Knie kam zwar unerwartet, ebbte aber gleich wieder ab, als ich mein Bein ausstreckte. Dennoch war ich verunsichert. War die Wunde wieder aufgeplatzt?

Ich tastete über die Ablage neben meinem Bett, fand den Schalter und knipste das Licht an.

Der Verband schlackerte tatsächlich um meinen Unterschenkel. Ein roter Fleck zeichnete sich auf dem Stück ab, das wie ein kläglicher Rest an meinem Knie klebte. Ich entfernte die Binde und sah, dass die Verletzung an einer Stelle auseinanderklaffte. Rosafarbenes Fleisch schimmerte durch das Gemisch von Jod, getrocknetem und frischem Blut. Mein Schlaf musste noch unruhiger gewesen sein, als ich es selbst wahrgenommen hatte, denn der Verband hatte sich gelöst und war über die Wunde gescheuert, wohl weil ich mich zu hektisch bewegt hatte.

Ich entfernte die Binde von meinem Bein und stand auf, um ins Bad zu gehen und die Wunde erneut zu behandeln. Doch ich kam nicht weit. Nach zwei Schritten hielt ich abrupt inne und zuckte wie vom Blitz getroffen zusammen.

Das Foto klebte auf Augenhöhe neben dem Wandschrank. Ein Teil des braunen Klebepflasters, das ich zum Fixieren des Mullverbandes benutzt hatte, hielt das Bild an der Tapete. Es war nicht zu übersehen.

Ich sollte es auch nicht übersehen.

Es war für mich bestimmt.

Flora auf der Wiese, mit der Margerite im Haar. Und einem dunklen Blutfleck am Kopf.

Ich verstand das Ganze sofort. Es war einfach zu offensichtlich. Es war mein Blut, stammte aus meiner Wunde. Der Verband hatte sich nicht von selbst gelöst. Wie in Trance stellte ich mich vor das Foto und wischte mit dem Zeigefinger darüber, als wollte ich mich vergewissern, dass es sich wirklich um Blut handelte. Es war Blut. Ich verschmierte es und Floras Gesicht verschwand hinter einem roten Streifen. Welcher kranke Geist wollte mir auf diese Weise einen Schrecken einjagen? Wer hatte sich an meinem Mullverband und an meiner Verletzung zu schaffen gemacht, das Foto aus dem Kästchen im Wandschrank genommen und es mit meinem Blut beschmutzt?

Jemand war hier eingedrungen, ohne dass ich es bemerkt hatte, und das war erschreckend. Noch erschreckender war allerdings, dass dieser Eindringling wohlüberlegt und gezielt gehandelt und damit gerechnet haben musste, dass ich aufwachen würde. Dann hätte er reagieren müssen …

Das Begreifen überfiel mich so unerwartet wie das schrille Heulen eines Rauchmelders, das einen für den Bruchteil einer Sekunde lähmt, bevor man sich endlich regt. Ich fröstelte, als würde ich in eine mit Eiswürfeln gefüllte Wanne steigen. Gleichermaßen versuchte ich, mich zu konzentrieren, zu denken, einen Sinn in der Handlung zu erkennen. Ich scheiterte. Ich war viel zu benommen.

Stattdessen übernahm mein Instinkt das Kommando. Ich öffnete die Tür des Wandschranks. Meine Kleidung lag nach wie vor ordentlich sortiert in den Fächern. Nur der Stapel mit den Hemden und Pullovern, der das Kästchen verdeckt hatte, war beiseite geschoben und der Deckel des Kästchens nach oben geklappt worden.

Obwohl scheinbar nichts fehlte, fühlte ich mich dennoch beraubt. Das Foto war besudelt worden, jemand hatte mein Andenken an Flora verunglimpft.

Ich kontrollierte die Zimmertür. Sie war unverschlossen. Ich zog die Tür auf und trat in den Flur, um zu prüfen, ob sie in diesem Zustand von außen geöffnet werden konnte. Das war der Fall.

Es war also kein Problem gewesen, in mein Zimmer zu gelangen. Im Grunde genommen trug ich selbst die Schuld daran. Ich war leichtsinnig gewesen, weil ich nicht abgeschlossen hatte.

Ich drückte die Tür wieder zu. Ich wollte mir einreden, dass es keine große Sache war. Eigentlich war ja nichts passiert. Wenn der unbekannte Eindringling es ernstlich auf mich abgesehen hätte, dann hätte er mich im Schlaf überraschen können. Ich hätte mich kaum verteidigen können.

Aber es war eine große Sache. Eine sehr große Sache. Irgendjemand hatte es auf mich abgesehen und es würde mir nicht gelingen, mich vom Gegenteil zu überzeugen. Nicht umsonst klebte das Foto an meiner Wand wie eine unausgesprochene Drohung. Eine Warnung.

Etwas schlug gegen die Fensterscheibe und lenkte mich ab. Ich wartete drei, vier Sekunden und durchquerte den Raum. Dabei hörte ich es erneut. Ein kleiner Stein, vielleicht ein Kiesel, klatschte gegen das Glas.

Mit einem Ruck zog ich die Vorhänge beiseite und schaute in die vom Schneetreiben geprägte Nacht hinaus. Über die leere, von Straßenlaternen beleuchtete Bundesstraße hinweg zu dem in Finsternis liegenden Waldstück. Zwischen zwei hohen Tannen glomm ein winziges, rötliches Licht auf. Ich presste die Augen zusammen und rückte mit meiner Nase dicht ans Fenster.

Zeichnete sich dort unten ein Schatten ab, der auf die Straße fiel? War es das Glühen einer Zigarette, das ich gesehen hatte? Mein Blick bohrte sich regelrecht durch das Dunkel, bis ich mir sicher war, eine schemenhafte Gestalt zu erkennen.

Ob es mein nächtlicher Besucher war, der dort unten stand? Ich stellte mir vor, wie er im Schutz des Waldes auf mich wartete, rauchend und mit einem hämischen Grinsen. Und gleichzeitig beschäftigte mich die Frage, ob er eine Wollmütze trug.

Das Glühen war erneut zu sehen, allerdings nur für einen winzigen Augenblick.

Ich spürte, wie ich von einer heftigen Empörung heimgesucht wurde, die heiß durch meine Adern schoss. Der Bursche hatte Flora mit Blut besudelt. Er hatte sie sozusagen befleckt. Ich musste ihn zur Rede stellen, vielleicht sogar noch mehr als das. In meinem Kopf blitzte das Bild von Rafael auf, wie er auf seine Peiniger einschlug. Mutig und konsequent. Hätte ich nur ein wenig von seiner Courage, würde ich mich anziehen, nach unten laufen und den Kerl an den Eiern packen.

Sicher, es ist eine Sache, sich ein beherztes Handeln vorzustellen, und eine andere, diese Vorstellung umzusetzen. Aber mein Groll wollte nicht weichen. Im Gegenteil, er drückte alle anderen Regungen beiseite und schwoll an. Schließlich drehte ich mich um und starrte auf das Foto. Ich kippte vom schmalen Balken der Besonnenheit, auf dem ich bislang balanciert war, und hatte es auf einmal furchtbar eilig.

Ich lief zum Wandschrank, kramte eine Jeans, einen Pullover und eine Jacke hervor. In Windeseile zog ich mich an, schlüpfte in meine Winterstiefel, schnappte mir den Zimmerschlüssel von der Ablage und stürmte nach draußen.

Ich würde mir den Burschen vorknöpfen. Noch einmal würde ich nicht kneifen.

Die Luft stach wie mit spitzen Eiszapfen gegen meinen Hals, feste Schneeflocken trieben in mein Gesicht. Es war bitterkalt. Dennoch, mein Entschluss hatte nichts von seiner Kraft eingebüßt. Ich war durch den Hotelflur, das Treppenhaus und das Foyer gerannt, als würde mein Leben davon abhängen. Ohne nach rechts und links zu blicken, war ich über die Bundesstraße gelaufen – ich hatte mich nur auf mein Gehör verlassen.

Und jetzt jagte ich dem Glühen nach, das wie ein Irrlicht durch die Luft schwebte und mich durch eine verschneite Wildnis führte. Zweige und Äste schlugen gegen meine Beine, Schnee stob unter meinen Stiefeln auf. Einmal stolperte ich über eine dicke Baumwurzel, konnte mich aber gerade noch auf den Beinen halten. Ich biss die Zähne zusammen, ignorierte den Schmerz in meinem linken Bein und lief weiter, folgte der Gestalt, die nur noch ein paar Meter von mir entfernt durch das Unterholz hastete. Zum zweiten Mal innerhalb weniger Stunden zwang ich mich zum Laufen – mit einem Unterschied. Diesmal war ich nicht auf der Flucht – wie ich es gewesen war, als ich aus dem Haus der Gimenez' stürmte –, diesmal war ich der Verfolger, der Jäger. Die Rollen waren vertauscht.

Oder tappte ich womöglich blindlings in eine Falle? Wurde ich geködert? Wenn man dem Bösen folgt, läuft man dann nicht Gefahr, ihm in die Finger zu geraten? Schlimmer noch, mit ihm zu verschmelzen?

Wir näherten uns dem See. Das Gestrüpp wurde an dieser Stelle dorniger und türmte sich wie ein fast unüberwindliches Bollwerk vor mir auf. Dornen zerkratzten meine Hände, als ich die Äste beiseiteschob. Meine Handschuhe lagen im Hotelzimmer. Ich hatte sie in der Hektik vergessen.

Meine Bewegungen waren zwar nach wie vor hastig, wurden allerdings langsamer. Schnee und Schweiß liefen mir die Wirbelsäule entlang und ich war ziemlich durchnässt. Ich spürte ein Anzeichen von Erschöpfung und plötzlich drangen erste Bedenken zu mir durch wie Tautropfen, die sich in einer Schale sammeln, bis sie überläuft.

Trotzdem bewegte ich mich weiter vorwärts. Ich holte sogar auf, kam dem Schatten immer näher, der wie ein hüpfender Ball durch das Gebüsch sprang und die Zigarette in hohem Bogen durch die Luft warf. Das Glühen erlosch, noch bevor es auf den Boden traf. Ich war jetzt noch höchstens zwanzig Schritte hinter der Gestalt und ließ mich nicht abschütteln. Mein Wille scheuchte mich weiter. Immer weiter. Ich ließ einen lang gestreckten Brombeerbusch zurück, dann trat ich auf einen verschneiten Weg.

Es war der Weg, der oberhalb der alten Hütte entlangführte.

Unserer alten Hütte, die sich in dieser Nacht wie ein düsteres Mahnmal gegen den vom Mond in ein kaltes Licht getauchten See abhob.

Ich blieb sofort stehen, als wäre ich gegen eine unsichtbare Wand geprallt. Der Fremde stand vor der Hütte, seine Konturen waren deutlich erkennbar wie formvollendete Linien auf einem scharf gezeichneten Bild. Er hatte sich erneut eine Zigarette angesteckt und wartete ab, was ich nun tun würde. Er hatte mich hierher geführt, in die Nähe der Hütte, in die Nähe des Tatorts, den ich seit jenem Mittag gemieden hatte.

Ich stand da wie gebannt. Mit offenem Mund ließ ich meinen Blick zu dem kleinen Pfad wandern, der zum Wasser führte …

… und dabei blieb ich Flora dicht auf den Fersen.

»Ist das nicht aufregend?«, fragte sie und drehte sich zu mir um. Ihre Augen strahlten mich voller Vorfreude an. »Ich war noch nie in der Nacht hier.«

»Das war keiner von uns«, flüsterte Jürgen heiter, der wie immer bemüht war, mit uns Schritt zu halten. »Das ist für uns alle neu.«

»Seid leiser«, zischte Diego und legte seinen Zeigefinger auf die Lippen. Er hatte uns angeführt, aber jetzt stand er aufrecht vor uns und schaute uns streng an. »Schließlich wissen wir nicht, ob wir allein sind.«

»Natürlich sind wir das«, erwiderte Flora kichernd. »So verrückt ist sonst keiner. Reg dich also nicht auf.«

»Ich reg mich nicht auf, ich sag ja nur, dass wir ein bisschen ruhiger sein sollen!« Diego warf ihr einen ärgerlichen Blick zu.

»Er hat recht«, pflichtete ihm Jürgen bei. »Ich riskiere einen Haufen Ärger, wenn wir erwischt werden.«

»Na, dann lasst uns jetzt weitergehen, ich möchte endlich im See schwimmen«, sagte Flora, ohne dass ihre Stimme etwas von ihrer Fröhlichkeit verloren hätte. »Wir sind von jetzt an leiser, einverstanden, Diego?« Sie lächelte ihn an.

Ein Lächeln, mit dem sie jeden auf ihre Seite ziehen konnte, auch ihren Cousin.

Diego zögerte nur kurz, dann drehte er sich um und setzte den Weg fort. Wir folgten ihm.

Es war seine Idee gewesen, dass wir uns in dieser lauen Sommernacht an der Hütte treffen sollten, um baden zu gehen. Wir hatten uns am Nachmittag bei ihm getroffen, in seinem Zimmer rumgelungert und ein paar Platten gehört. AC/DC waren bei uns unheimlich angesagt. Angus Young und Co. salutierten ihrem an Heroin gestorbenen Leadsänger Bon Scott mit einem fulminanten *For those about to rock.* Die krachende Musik dröhnte in unseren Ohren und wir genossen unser Zusammensein. Magdalena brachte uns Chips und Limonade und zog sich sofort wieder zurück. Ich bewunderte sie für ihre Toleranz und ihr Verständnis. Sie stellte keine überflüssigen Fragen nach der Schule und ob wir uns schon auf den bevorstehenden Aufsatz vorbereitet hätten. Fragen dieser Art stellte mir Mutter hingegen jeden Tag – sie wäre sicherlich wie eine Furie in mein Zimmer gerauscht und hätte die Lautstärke reguliert.

Nun, wir waren nicht bei mir zu Hause, wir trafen uns lieber dort, wo die Freiheit für uns wesentlich größer war. Im Haus der Gimenez'. Wir hockten also in Diegos Zimmer, hörten Hardrock und diskutierten lautstark über den neuen Mathelehrer. Eigentlich fielen wir eher über ihn her, denn sein bisheriges Auftreten ließ keinen Zweifel daran, dass er zu der Gattung der kompromisslosen Pauker gehörte, die ihren Unterricht mit einer geradezu perfiden Geradlinigkeit und Strenge durchzogen. Das konnte uns natürlich nicht gefallen.

Dann erwähnte Arno plötzlich, dass er nicht nur in der Mathestunde Schwierigkeiten habe, sich zu konzentrieren. »Daran ist diese brütende Hitze schuld. Ich mache nachts kein Auge zu«, sagte er. »Und morgens stehe ich auf und fühle mich wie nach einer Doppelstunde Sport, die wir nur auf der Laufbahn verbracht haben.«

»Geht mir genauso«, pflichtete ihm Jürgen bei. »Manchmal stelle ich mich sogar mitten in der Nacht ans Fenster und warte auf ein kühlendes Lüftchen.«

»Und, wie schläfst du, Daniel?«, fragte mich Flora und stieß mir mit dem Ellbogen leicht in die Rippen.

»Es geht so«, sagte ich. »Ist eben ziemlich warm. Bei diesen Temperaturen schläft wohl keiner gut.«

Diego strahlte über das ganze Gesicht. »Da kommt mir eine grandiose Idee«, erklärte er triumphierend. »Wenn wir ohnehin alle wach sind, treffen wir uns einfach nachts an der alten Hütte und gehen schwimmen.«

»Du willst in der Nacht schwimmen gehen?«, fragte Jürgen ungläubig.

»Klar! Das wird ein Riesenspaß! Wir werden ganz allein am See sein und müssen ihn mit niemandem teilen. Das wird aufregend! Nur wir, der Mond und das Wasser – das ist doch toll! Oder habt ihr etwa Schiss?« Diego schaute uns an, verwegen und mit einem Glitzern in den Augen, das keinen Widerspruch duldete.

»Einverstanden, das machen wir«, sagte ich spontan.

»Riesig, klatsch ab!«, freute sich Diego. Wir schlugen unsere Hände gegeneinander.

Auch Flora und Jürgen sagten zu. Nur Arno äußerte eine übertriebene Skepsis. Ihm sei überhaupt nicht wohl bei der Sache. Es wären schon eine Menge Menschen im See ertrunken, deshalb sei es keine gute Idee, dort in der Nacht baden zu gehen.

Trotzdem war auch er zu unserem Treffpunkt gekommen. Ich kannte den Grund dafür. Wir alle kannten den Grund. Aber keiner erwähnte ihn. Stattdessen kamen mir seine Bedenken in den Sinn, als wir das steinige Ufer erreichten und ehrfürchtig stehen blieben. Niemand sagte etwas. Nur das Rauschen des Windes in den Baumkronen war zu vernehmen.

Der See lag vor uns wie eine schwarze, spiegelglatte Fläche. Er wirkte vollkommen verändert, viel größer, dehnte sich weit bis ans andere Ufer aus. Einen Herzschlag lang war er für mich mehr als nur ein ruhendes Gewässer. Er war ein schlafendes Tier, das wir wecken wollten, ohne zu wissen, wie es auf die Störung reagieren würde. Die Blicke meiner Freunde verrieten mir, dass sie ähnlich empfanden.

»Wie tief ist er eigentlich?«, fragte Flora zwei oder drei Nuancen gedämpfter als noch vor ein paar Sekunden.

»Über fünfzig Meter tief«, antwortete Jürgen prompt.

»Das ist ziemlich tief«, flüsterte Arno.

»Das ist es«, bestätigte ich.

»Was meint ihr, schwimmen viele Fische darin herum?«, hakte Flora nach. Ihre Begeisterung hatte merklich nachgelassen.

»Nicht viele«, sagte Jürgen. »Nur ein paar Hechte und Barsche.«

Wir hatten uns noch nie Gedanken darüber gemacht, was sich alles unter der Wasseroberfläche tummelte. Aber jetzt, unter dem Eindruck der zwielichtigen Dunkelheit und der Weitläufigkeit des Gewässers, war das anders. Ich glaube, in diesem Moment hätte jeder von uns am liebsten einen Rückzieher gemacht und wäre umgekehrt. Ein Wort hätte genügt und wir wären nach Hause geschlichen wie geprügelte Hunde. Aber keiner gab sich diese Blöße.

»Ziehen wir uns aus«, sagte Diego, der die Verunsicherung spürte und sie brechen wollte. Er versperrte uns den Rückzug, forderte uns geradezu heraus.

Jetzt lächelte auch Flora wieder und strahlte die gewohnte Zuversicht aus. Der Reiz des Abenteuers und der bevorstehende Nervenkitzel erfassten sie erneut und schwemmten ihre Besorgnis davon. »Ja, runter mit den Klamotten! Lassen wir uns von der Dunkelheit und ein paar Fischen nicht den Spaß verderben!«

»Und auch nicht von einem unguten Gefühl«, meinte Arno mürrisch.

»Also los«, sagte ich.

Wie auf ein Kommando zogen wir uns bis auf die Badehosen aus und warfen unsere Kleidungsstücke auf einen Haufen. Flora schälte sich rasch aus ihren Shorts und ihrem T-Shirt und lief die letzten Meter zum See. Wir beobachteten sie verstohlen, sahen ihr zu, wie sie sich dem Wasser näherte. Ihr gelber Bikini bildete einen auffälligen Kontrast zu ihrer gebräunten Haut, ihre Haare fielen lang ihren Rücken hinab.

Sie war wundervoll. Begehrenswert. Das Verlangen, ihr zu folgen und sie zu berühren, überkam mich wie heftiges Fieber. Ich schluckte. Es störte mich, dass ich diesen Anblick mit meinen Freunden teilen musste. Ein irritierendes Gefühl.

Halb nackt stand Flora da, wirbelte herum und sah uns fragend an. »Worauf wartet ihr? Kommt endlich!«

Ihre Worte rüttelten mich auf. Und nicht nur mich. Ich rannte los und meine Freunde jagten mir nach. Ich wollte in Floras Nähe sein. Ganz nah bei ihr. Ein wenig von ihrer Sinnlichkeit kosten.

Johlend stürmten wir vorwärts, sprangen Hals über Kopf in den See. Ausgelassen genossen wir die Kühle des Wassers. Wir schwammen weit nach draußen, tauchten durch die Schwärze und gaben uns der Illusion hin, der See gehöre nur uns. Immer wieder suchten meine Blicke nach Flora, die neben mir schwamm. Ihre Arme bewegten sich synchron zu ihren Beinen, anmutig, wie bei ihrem Balletttraining im Hof. Ihr Bikini blitzte unter der Wasseroberfläche auf. Sie winkte mir zu. Dann tauchte sie unter, verschwand im Dunkel des Sees. Ich zählte die Sekunden.

Diego kam zu mir herüber. »Wo ist Flora?«, fragte er und runzelte die Stirn.

Ich deutete zum Grund des Wassers. »Irgendwo dort unten«, sagte ich mit belegter Stimme und zählte weiter. Meine Sorge wuchs.

Unbegründet, denn Flora tauchte wieder auf. Ihr Oberkörper schoss unmittelbar vor Diego aus dem Wasser. Sie rieb sich die Nässe aus den Augen, und als sie ihren Cousin erkannte, legte sie die Arme um seinen Nacken. Ihr Bikinioberteil verrutschte. Ich sah ihre kleinen, jugendlichen Brüste und ihre dunklen, harten Brustwarzen, die Diegos Oberkörper berührten.

Mir blieb die Luft weg. Ich spürte einen heftigen Stich in meiner Brust, als würde sich ein Dolch unbarmherzig in mich hineinbohren. Meine Hände lagen flach auf dem Wasser, mein Blick klebte an den beiden fest. Jemand hatte das Standbild eingeschaltet. Schau hin, Daniel, sieh genau hin, wie sich ihre nackten Brüste an seiner Haut reiben. Seine Hand liegt auf ihrem Rücken. Sie sind sich nah. Sie küssen sich.

Warum nur? Flora, lass ihn los. Warum tut ihr mir das an? *Du sollst wissen, dass ich dich sehr mag*, hatte sie mir noch vor wenigen Tagen ins Ohr geflüstert und mir einen Kuss auf die Wange gehaucht. Und jetzt? Ihre Worte zerbrachen wie Glas. Worte, von denen ich angenommen hatte, sie seien nur für mich bestimmt gewesen. In diesem Augenblick bezweifelte ich diese Exklusivität, ahnte, dass sie ähnliche Worte schon oft gebraucht und verschleudert hatte wie billige Ware auf einem Basar. *Jürgen, ich mag dich sehr. Arno, du musst wissen, dass ich dich sehr mag.*

Und was war mit Diego? Was hatte sie ihm zugeflüstert? Ich konnte es mir denken.

Ihre Lippen lösten sich voneinander und Diego lachte. Flora lachte. Sie presste sich fester an ihn.

Lass ihn los, Flora, lass ihn los. Du tust mir weh.

Ein leises Keuchen. Direkt neben mir. Es war Jürgen. Sein Gesicht war kalkweiß. Er ruderte mit den Händen hin und her, um nicht unterzugehen. Klar, er konnte nur ein Bein benutzen. Er sah bekümmert aus. Fassungslos schaute er Flora an, betrachtete sie, wie man einen Menschen betrachtet, von dem man enttäuscht wird, der die entgegengebrachte Zuneigung abweist.

Flora beachtete uns gar nicht, sie lachte nur. Und dieses Lachen hämmerte gnadenlos in meinem und sicherlich auch in Jürgens Kopf.

Und Arno? Wo war Arno? Er schwamm auf das Ufer zu, als hätte er es plötzlich eilig. Ich erhaschte einen Blick auf sein Gesicht, auf diese verzerrten Züge, die wirkten, als würden sie von unsichtbaren Fingern lang gezogen. Ich riss mich zusammen und folgte ihm, folgte Arno ans Ufer. Ich beobachtete, wie er aus dem Wasser stieg und mit unverhohlenem Zorn auf den See hinausstarrte. Seine Augen waren rot gerändert, er sah verquollen aus wie ein Säufer, der sich einen letzten Drink genehmigen will. Nur noch einen Drink, ganz bestimmt. Aber das hatte er sich auch beim letzten Glas schon vorgenommen. Versprechen wurden gegeben, um sie wieder zu brechen.

Flora hatte ihres auch gebrochen.

Ich war froh, als ich wieder festen Boden unter den Füßen hatte, und stellte mich neben Arno. Es war eine Art Verbrüderung, die uns so etwas wie eine wundersame Linderung verschaffen sollte.

Arno sah mich verständnislos an. »Wieso hat sie das getan? Wieso?«, fragte er deprimiert.

Ich zuckte nur die Achseln, mit dem festen Willen, diese kleine, gewichtige Episode aus meinem Hirn zu streichen …

… und das hatte ich auch tatsächlich hinbekommen. Bis zu dieser Nacht. Weder Flora noch Diego, Arno, Jürgen oder ich hatten danach auch nur eine einzige Silbe darüber verloren, was im Laacher See geschehen war. Es war niemals darüber gesprochen worden. Wir tabuisierten es. Alle. Ich ging sogar noch weiter, denn ich löschte das Vorkommnis, dieses anrüchige Zwischenspiel aus meinem Verstand. Ich verbannte es in über fünfzig Meter Tiefe, in den Windungen meines Hirns. Wo es lange unauffindbar blieb.

Aber nun hatte es wieder einen Weg gefunden, sich an die Oberfläche meiner Wahrnehmung zu bahnen und zurückzukehren. Es war wie mit einem Stück Holz, das man weit ins Meer hinauswirft und das wochenlang auf den Wellen treibt, bis es erneut an Land gespült wird. Doch es war leider kein Stück Holz, das in meinem Bewusstsein trieb. Es war dieses Zerrbild von meinen Freunden. Flora und Diego. Im Tode vereint. In inniger Umarmung. Ihre nackte Brust auf seiner Haut, ihre Lippen an seinen Lippen.

Genug, Daniel, es ist genug.

Das war es, sicherlich, und ich begriff es. Aber nicht nur das. Denn mit jedem weiteren Schritt in Richtung Hütte würde ich eine andere Sequenz von früher sehen. Der Filmvorführer erwartete von mir, dass ich bereit war, alles zu sehen. Ich war der einzige Zuschauer. *Ignoriere die beißende Kälte, ignoriere den Schmerz in deinem linken Bein, den du auf dem Weg hierher so erfolgreich verdrängt hast und der jetzt allmählich wieder aufflammt. Komm einfach her zu mir und genieße den Streifen, Daniel,* sagte er und lud mich ein. *Willkommen zu einer ganz speziellen, privaten Vorführung.*

Aber ich wollte nicht mehr sehen. Es reichte. Mir war schrecklich kalt und ich war nicht einmal mehr aufgebracht. Ich sehnte mich nur noch in mein warmes Hotelzimmer zurück.

Noch einmal blickte ich zur Hütte – und erschrak. Der Schatten war gar nicht mehr dort, als hätte ihn die Nacht verschluckt. Ich schaute mich um. Meine Blicke suchten das

Unterholz ab. Ergebnislos. Der Filmvorführer war gegangen. Ich hatte mich also getäuscht. *Er* hatte seine Aufgabe bereits erfüllt. Jedenfalls für diesen Moment.

Dritter Teil

Der Verdacht

11. Kapitel

Das Licht an der Decke flackert auf, erlischt. Es lenkt mich ab, reißt mich aus meiner Arbeit. Meine Spannung löst sich ein wenig und fast bin ich erleichtert, dass ich innehalte. Die Anstrengung zerrt an meinen Nerven. Ich gönne mir eine Unterbrechung, eine Ruhezeit. Nur ein kurzer Aufschub, den ich nutze, um Luft zu holen.

Ich drehe den Schirm der Tischlampe beiseite. Ein eiförmiger Lichtfleck, der mir genügend Helligkeit spendet, fällt genau auf das unbeschriebene Blatt vor mir. Es symbolisiert die vielen Seiten, die ich noch füllen muss, und die folgenden Kapitel, die vor mir liegen wie Hürden. In gleichmäßigen Abständen aufgestellt, immer höher werdend, stehen sie auf einer langen Bahn und ich muss sie überwinden.

Ich empfinde so, weil ich weiß, was mich erwartet, was nun folgt. Es sind bedeutsame Abschnitte. Und nicht nur das. In gewisser Hinsicht sind es sogar die schlimmsten Abschnitte.

Deshalb wird es noch schwieriger. Ich darf nichts vergessen. Ich darf keine unscharfe Illustration zeichnen und muss immer tiefer zwischen die Zeilen rutschen, den Stift noch überlegter führen. Ich wünsche mir, dass ich ihn benutzen könnte wie ein guter Chirurg sein Skalpell, sicher und mit Bedacht, erfüllt mit einer Aufmerksamkeit, die keinen Fehler zulässt.

Ich will ebenfalls keinen Fehler machen und ich muss verschiedenen Ansichten gerecht werden. Dabei bin ich mir noch nicht sicher, ob ich die Geschehnisse schon aus der richtigen Perspektive betrachte.

Das hat mir Olivia prophezeit. Davon solle ich mich nicht verunsichern lassen. In angemessenem Abstand saß sie neben mir und lächelte mir zu, nur kurz, trotzdem aufmunternd, während sie es mir erklärte. Anschließend fragte sie mich, wie ich Flora nach dieser langen Zeitspanne sehen würde.

»Ich sehe sie aus demselben Blickwinkel, aus dem ich sie immer schon betrachtet habe«, sagte ich spontan.

»Es hat sich nichts geändert?«

»Nein.«

»Woran könnte das liegen?«

»Sie ist jung geblieben.«

»Das Schicksal der Menschen, die zu früh sterben und nicht mehr altern können, nicht wahr?«

»Ja.«

»Und was empfinden Sie, wenn Sie jetzt an Flora denken?«

»Das ist schwer zu beschreiben.«

»Versuchen Sie es.«

»Sie wollen wissen, ob sich meine Gefühle ihr gegenüber verändert haben, richtig?«

Olivia nickte mir zu.

»Ist die Antwort denn so wichtig für Sie?«, bohrte ich nach.

Olivia zögerte. Für einen winzigen Moment versteifte sie sich wie eine hagere, unbeugsame Wurzel, die kaum aus dem Boden zu ziehen ist. Ich kannte sie inzwischen gut genug, um zu wissen, dass sie ihre eigene Antwort sehr genau abwog.

»Ist sie wichtig für Sie?« Sie benutzte meine eigene Frage, um den Ball wieder in meine Richtung zu werfen.

Fünf Worte, kaum der Rede wert, und dennoch, in diesem Zusammenhang verfehlten sie ihre Wirkung nicht. Olivia und ich kannten die Antwort.

Ich sah scheu an ihr vorbei, war verlegen. Dachte nach. Starrte auf ihren aufgeräumten Schreibtisch, auf dem drei Ablagekörbchen, ein modernes Telefon und ein flacher Bildschirm standen. Als ich vorhin eingetreten war, hatte Olivia gerade zwei in Holz gerahmte Fotos in die Schublade gelegt. Es war mir gelungen, einen Blick auf die Aufnahmen zu werfen. Auf jedem Foto war ein Kind zu sehen. Es waren fröhliche Kinder. Olivias Kinder? Sie erschienen mir in diesem Augenblick seltsam vertraut, als hätte ich sie schon einmal gesehen oder sogar kennengelernt.

Olivia hatte die Schublade energisch zugeschoben, als wollte sie nicht, dass ich die Schnappschüsse betrachtete. Deswegen fragte ich auch nicht nach. Es gehörte zu Olivias Art, nichts von sich preiszugeben. Im ganzen Büro war nichts Persönliches von ihr zu sehen. Kein Schlüsselbund lag lose auf ihrem Schreibtisch herum, kein einziges von ihren Kindern gemaltes Blatt hing an den kahlen Wänden, nicht einmal eine benutzte Kaffeetasse stand auf der Tischplatte. Vielleicht trank sie gar keinen Kaffee. Vielleicht bevorzugte sie Tee oder nur kalte Getränke.

Im Grunde genommen wusste ich nichts von ihr. Und sie wusste so vieles von mir.

Ich schaute sie wieder an. »Ich kann Ihnen nicht sagen, ob sich meine Gefühle zu Flora verändert haben.«

»Wovor fürchten Sie sich, Herr Medrich?«

»Warum fragen Sie danach?«

»Sie antworten mir heute nicht mit der Offenheit, die ich von Ihnen erwarte. Außerdem wirken Sie sehr unruhig.« Olivias Blick wurde hart. Sie spielte ihre Stärke aus, ihre direkte Art entwaffnete mich, zerstörte jedes Schutzschild, das ich instinktiv aufbauen wollte, um mich abzuschirmen. »Also, wovor fürchten Sie sich?«, wiederholte sie ihre Frage.

»Ich fürchte die Hoffnungslosigkeit«, erwiderte ich kleinlaut. »An manchen Tagen ist es sehr schlimm. Dann habe ich sogar Angst davor, dass ich in ihr versinke, und frage mich, ob Sie mich davor bewahren können.« Ich rutschte zappelig auf dem Stuhl hin und her. »Sind Sie in der Lage, mich vor dem Versinken zu beschützen?«

»Nein, das bin ich nicht. Ich kann Ihnen nur ein Rettungsseil zuwerfen, rausziehen müssen Sie sich selbst.« Olivia zog ihre fein geschwungenen Augenbrauen nach oben. »Sie haben begonnen, gegen diese Hoffnungslosigkeit anzukämpfen, und dabei folgen Sie der richtigen Spur, ohne dass es Ihnen bewusst ist.«

»Wie meinen Sie das?« Ich zwang mich, wieder still zu sitzen.

»Sie suchen Erklärungen, nur deswegen sprechen Sie mit mir.«

»Ich fühle mich wohl, wenn wir miteinander sprechen. Es hilft mir. Dennoch, gewisse Zweifel bleiben. Schließlich ändern unsere Gespräche nichts an meiner Lage.«

»Sie werden Ihre innere Haltung ändern, das hoffe ich zumindest.«

»Das wäre schon ein Erfolg.« Ich nickte ihr zu. Bestätigte sie.

Und Olivia wurde wieder konkreter. Ob ich mir manchmal vorstellen würde, wie sich meine Beziehung zu Flora entwickelt hätte, wenn sie nicht ermordet worden wäre, wollte sie von mir erfahren. Sie sprach mich auf meine Fantasien an, auch auf sexuelle Vorstellungen, und sie fragte, welche Rolle Flora darin spielen würde.

Es war ihr erneut gelungen, mich aus der Reserve zu locken. Denn mein Schamgefühl war inzwischen verflogen, weswegen ich ihr alles erzählte. Es entlastete mich. Eigentlich war es wie immer. Wir setzten ein Bild aus Mosaiksteinen zusammen und Olivia war es, die fast jedes Teil fand. Einige schob sie zu mir, damit ich sie einsetzte, andere wiederum fügte sie ein. Wir hatten keine Vorlage und wussten nicht, wie unser Werk am Ende aussehen würde. Irgendwie glich das Ganze einem Schachspiel, bei dem jeder geschickte Zug ein wichtiger Schritt auf dem Weg zum Sieg ist.

Und so gehe ich mittlerweile auch vor. Ich lasse jede Stufe auf dieser langen Treppe, die mich herausfordert und zu einer ganz bestimmten Stelle führt, hinter mir. Mein Wille drängt darauf, dass ich fortsetze, was ich begonnen habe.

Es schneite nicht mehr, dafür schien es kälter geworden zu sein. Unsere Stiefel ragten beim Laufen nur wenig aus dem Schnee heraus, der die Straße und den Bürgersteig bedeckte. Wir standen vor der geschlossenen Autowerkstatt mit den beiden schwenkbaren Toren und erwarteten voller Argwohn, dass der alte Schneider uns etwas Bedeutendes unter die Nase rieb. Etwas, was uns aufrütteln würde.

»Er hat die Werkstatt vor ungefähr sechs Jahren geschlossen, aus Altersgründen. Hat das Gewerbe offiziell abgemeldet«, klärte uns Arno auf und deutete auf das verschmutzte Eingangsschild, das quer über den zersprungenen Milchglasscheiben hing.

Schneiders KFZ-Betrieb stand dort in verblassten Lettern geschrieben. Er hatte es nicht abgehängt, als trauerte er der Epoche nach, in der er für das halbe Dorf die Autos repariert hatte. Seinerzeit, als er nicht nur für seine Nörgelei und sein barsches Auftreten bekannt war, sondern auch für seine geschickten Hände und seine Zuverlässigkeit.

»Einer, der jede undichte Stelle findet, darauf kannst du wetten. Und das wird nicht mal länger als eine halbe Stunde dauern«, hatte mein Vater mir einmal offenbart, als unser Kombi zu viel Öl verlor und er den Wagen zu Schneider brachte. Es dauerte nicht länger als zwanzig Minuten, bis Schneider die Ursache gefunden hatte. Ein abgenutzter Wellendichtring trug die Schuld.

Schneider wechselte den Ring, und als Vater den Wagen abholte, drückte ihm der Mechaniker das ausgetauschte Exemplar mit einem schiefen Grinsen in die Hand. »Hier, Ihr alter Simmerring. War völlig verschlissen. Ist immer so, früher oder später wird die Dichtlippe zu hart und lässt das Öl durch. Wenn Sie noch länger damit rumgefahren wären, wäre das eine ziemlich teure Angelegenheit geworden«, hatte er gesagt und Vater die Rechnung überreicht. »Sie haben noch mal Glück gehabt.«

»Wo treffen wir ihn?«, fragte Jürgen und holte mich in die Gegenwart zurück.

»Er wohnt mit seiner Frau über der Werkstatt.« Arno zeigte nach oben. Eine breite Fensterfront mit altmodischen Gardinen erstreckte sich über die gesamte Vorderseite.

»Also los. Bringen wir es hinter uns«, sagte Jürgen und drückte den Klingelknopf neben den Toren.

Ein schrilles Geräusch drang durch die Werkstatt zu uns. Wir warteten ab, bis ein großer Schatten durch die Glasscheiben sichtbar und eins der Tore aufgeschlossen wurde.

Der alte Schneider stand in einem verschmierten, grauen Overall und einem zerschlissenen Pullover vor uns. Mit seinem kantigen Schädel und dem ausgemergelten Körper kam er mir wie eine schlecht skizzierte Karikatur vor. Eine Silberkette mit einem Anhänger in Form einer Schlange lag eng um seinen langen Hals und bewegte sich bei jedem Atemzug mit.

Der Automechaniker musterte uns von oben bis unten, als überlegte er, ob er uns Eintritt in sein privates Reich gewähren sollte. »Ihr seid also der angekündigte Besuch«, sagte er regelrecht amüsiert.

»Das sind wir«, entgegnete Jürgen. »Guten Tag, Herr Schneider.«

Auch ich begrüßte den Mann, nur Arno sagte nichts. Er stand reglos da und fixierte Schneider wie einen alten Feind. Schneider beachtete ihn nicht. Die gegenseitige Abneigung füllte die Distanz zwischen ihnen aus.

»Na, denn. Kommt rein. Und macht das Tor zu.«

Schneider führte uns durch die Werkstatt, vorbei an einer gewaltigen Anzahl von Kanistern und Behältern, diversen Werkzeugkisten und der Hebebühne, auf der ein 240er Volvo stand. Ein Geruch nach Öl und abgestandenem Schweiß schlug uns entgegen.

»Ich dachte, Sie hätten Ihren Betrieb geschlossen«, sagte Jürgen, während wir uns einer Sitzgruppe näherten, die neben einem Stapel Autoreifen stand. Auf dem Tisch lagen Aktenordner und Papiere kreuz und quer durcheinander.

Schneider wischte die Sachen einfach beiseite und bedeutete uns, Platz zu nehmen. Dann hockte er sich schwerfällig hin und griff nach einer Packung Zigaretten und einem halb gefüllten Aschenbecher, die unter dem Papierwust zum Vorschein kamen. Er zog einen Glimmstängel hervor und ignorierte, dass er sich inmitten einer Umgebung aus leicht brennbaren Materialien und Flüssigkeiten befand. Er machte sich auch nichts aus dem Schild an der gegenüberliegenden Wand, das mit einer durchgestrichenen Zigarette ein absolutes Rauchverbot zum Ausdruck brachte und das er wohl selbst einmal dort aufgehängt hatte.

Er zündete die Zigarette an und blies den Qualm aus den Nasenlöchern. »Der Laden ist geschlossen, das ist wohl wahr. Ab und zu packt es mich trotzdem noch, ist wie eine alte Liebe, die nie vergeht. Es sind allerdings nur noch kleine Aufträge, die ich annehme. Ein paar Gefälligkeiten sozusagen. Ich arbeite nach dem Motto, eine Hand wäscht die andere.« Er nahm die Zigarette aus dem Mund und wischte sich über die Lippen. »Das ist oft nützlich. Für beide Seiten. Außerdem vertreibt es mir die Langeweile und ich entgehe dem Gejammer meiner Frau«, interpretierte und verharmloste er die eigene Schwarzarbeit.

Aber wir waren nicht hier, um seine illegalen Tätigkeiten auszuspionieren, denen er offensichtlich mit großer Freude nachging.

Ich legte die Unterarme auf der Tischplatte ab und ergriff die Initiative. »Rafael Gimenez«, sagte ich in einem verschwörerischen Tonfall. »Er hat uns zu Ihnen geschickt. Sie sollen uns verraten, was Sie vor vielen Jahren am Laacher See beobachtet haben. Am Tag der Ermordung seiner Cousine.«

Schneider starrte mich mit gerunzelter Stirn an, als überlegte er, was er erwidern sollte. Er kratzte sich am Kinn, zog erneut an der Zigarette und blies den Rauch diesmal aus seinem schiefen Mundwinkel. Er schien unser Interesse und unsere Neugier regelrecht zu genießen.

»Sie war ein schönes Mädchen, die Kleine. Ist eine richtige Schande, dass sie so früh sterben musste.«

Arno atmete bei jeder einzelnen Silbe unüberhörbar durch. Er presste die Hände unter der Tischplatte zusammen. Es war ihm deutlich anzumerken, wie unwohl er sich in seiner Haut fühlte. Hier, in der Werkstatt, in der er demütigenden Beleidigungen ausgesetzt gewesen war. Hier, am gleichen Tisch sitzend wie sein früherer Chef, vor dem er einst die Flucht ergriffen hatte.

»Wie hieß sie noch mal?« Schneider schaute von einem zum anderen und verzog seinen Mund zu einem unangebrachten, feixenden Grienen. »Den Namen ihrer Tante kannte jedermann im Dorf und den hat auch keiner vergessen. Magdalena, was für ein rassiges Weibsstück! Wer weiß, ob ihre entzückende Nichte nicht sogar in ihre Fußstapfen getreten wäre. Vermutlich war sie aus dem gleichen Holz geschnitzt. Verflixt, ich komme nicht mehr auf ihren Namen!«

Arno fing an, sich die Hände zu reiben. Er saß da mit offenem Mund und sein Gesicht färbte sich vor unterdrücktem Hass rot. In ihm brodelte es wie in einem Pulverfass, das kurz vor der Explosion stand.

Ich konnte Arnos Aggression nachvollziehen. Mir war, als würden sich Schneiders Bemerkungen wie spitze Haken in mein Fleisch bohren. So durfte er nicht über Flora reden! So nicht!

»Flora, ihr Name war Flora«, sagte Jürgen bedächtig und bemühte sich, die aufkommende Gereiztheit zu mildern.

»Richtig. Flora! Hübscher Name. Passte zu ihr.« Schneider schob den Aschenbecher zur Seite und beugte sich über den Tisch. »Ist schon komisch. Die Polizei hat nie nach Zeugen gesucht, die hat sich längst nicht die Mühe gegeben wie dieser Rafael. Ich habe es auch nicht für sonderlich wichtig erachtet, es stand ja fest, dass der ältere der beiden Brüder seine Cousine kaltgemacht hatte.«

»Für die Menschen in Bell stand das fest, ja«, bestätigte ich und schluckte jeden weiteren Kommentar hinunter. Ich hätte ihn am liebsten angebrüllt, warum er sich nicht sofort bei der Polizei gemeldet habe, wenn ihm schon etwas Wichtiges aufgefallen sei. Er hatte mit dumpfer Ignoranz und aus sicherer Entfernung die Ermittlungen beobachtet und wahrscheinlich nicht einmal in Erwägung gezogen, den Mund aufzumachen. Er hätte den ganzen Verlauf ändern können, wenn er wirklich etwas Elementares wahrgenommen hatte ...

Arno presste seinen Bauch gegen die Tischkante. »Rücken Sie endlich mit der Sprache raus, was Sie Rafael gegenüber erwähnt haben! Sagen Sie es uns einfach, damit wir von hier verschwinden können!« Seine Stimme klang belegt.

»Sprich nicht in diesem Ton mit mir, Junge! Ich tu euch einen Gefallen, nicht umgekehrt«, knurrte Schneider. »Niemand kann mich zwingen, etwas zu sagen, vor allem nicht ein nichtsnutziger Kerl wie du.«

Arno wollte aufspringen. Jürgen und ich reagierten sofort. Wir packten ihn an den Schultern, drückten ihn fest auf seinen Stuhl und beruhigten ihn.

»Das bringt uns nicht weiter«, sagte Jürgen. »Halt dich zurück!« Er fixierte Arno, um ihm klarzumachen, dass er sich zusammenreißen sollte.

Arno schluckte und nickte.

»Würdest mir am liebsten eine reinhauen, was?« Schneider spielte den Belustigten.

»Das würde ich gerne tun, ja«, zischte Arno.

»Na ja, wenigstens bist du couragiert genug und gibst es zu.« Schneider zog ein letztes Mal an seiner Zigarette, bevor er sie ausdrückte und die Arme hinter seinem Nacken verschränkte. Er kniff die Augen zu einem schmalen Schlitz zusammen und starrte zur Decke. »Das liegt alles schon so weit zurück. Und trotzdem, ich weiß noch genau, wie heiß es an diesem Tag war. Eine regelrechte Gluthitze war das und ich hatte tatsächlich überlegt, ob ich überhaupt mit Sammy an den See fahren sollte. Sammy war mein Hund, ein Schäferhund, eine treue Seele, das kann ich euch flüstern. Treuer, als jedes Weib sein kann. Und vor allem kapierte er, wann er die Schnauze zu halten hatte, im Gegensatz zu meiner Frau. Jedenfalls entschloss ich mich kurzerhand, trotz der Hitze an den See zu gehen. Sammy genoss diese halbe Stunde mit mir. Ich lief mit ihm immer denselben Weg entlang. Vom Parkplatz durch das Waldstück bis zu dem Pfad oberhalb der Hütte. Das war euer Treffpunkt, nicht wahr?«

Der herausfordernde Unterton war auf einmal aus Schneiders Stimme verschwunden. Er wollte sich mitteilen. Er wollte uns erreichen. Wir waren seine Zuhörer und denen musste er etwas bieten.

»Ich habe euch dort oft gesehen.«

Wir nickten. Ich war ein wenig verwundert. Ich hatte Schneider nie bemerkt. Hatte er uns heimlich belauscht, hatte er sich hinter den hohen Tannen versteckt und unser Treiben beobachtet? Mit welchen Gefühlen hatte Schneider wohl Flora betrachtet? Dieses schöne Mädchen, wie er es ausdrückte.

»Die Luft flimmerte über dem See und die Sonne brannte auf meiner Haut. Ich blieb stehen, um mir die Schweißtropfen von der Stirn wischen, und überlegte, dass es vielleicht doch keine gute Idee gewesen war, dorthin zu gehen. Ich ließ Sammy von der Leine. Er verschwand sofort in den Büschen, um sein Geschäft zu verrichten. Und da sah ich die

Kleine. Ich stand vielleicht fünfzehn Meter von ihr entfernt, hinter ihrem Rücken. Sie hockte auf einem Baumstamm vor der Hütte. Soweit ich es erkennen konnte, rieb sie sich die Füße sauber. Sie zog sich das Kleid höher, damit es nicht schmutzig wurde, und begann, ein Lied zu summen. Es war eine schöne Melodie. Ich blieb ein paar Sekunden stehen und hörte ihr zu. Sie bemerkte mich nicht.«

Schneider sagte das nicht arglos, ein düsterer Ernst überzog sein Gesicht. Floras Zauber hatte ihn zweifellos gestreift, er hatte gespürt, was für ein besonderer Mensch sie gewesen war.

Er legte die Stirn in Falten, die daraufhin aussah wie eine von Strichen durchzogene Landkarte. »In diesem Moment war die Kleine allein. Niemand war bei ihr. Als ich das eurem Kumpel Rafael sagte, ist er zusammengezuckt, als habe ihn ein Blitz genau zwischen den Schultern getroffen. Ich konnte mir zwar keinen Reim darauf machen, aber ich musste es ihm mehrmals bestätigen.«

Der Boden bebte unter meinen Füßen. Diego war einen Moment lang nicht in Floras Nähe gewesen. Sie hatte eine Weile ohne ihn an der Hütte verbracht. Es war nicht so, als wäre Diegos Unschuld auf einen Schlag bestätigt worden, aber zumindest drängten sich Fragen auf. Wo war Diego hingegangen, während ich draußen im Wasser schwamm? War er in der Hütte gewesen? Am Ufer hätte ich ihn gesehen. Und wie lange war Flora allein gewesen? Sekunden? Minuten? Hatte sich noch jemand in ihrer Nähe aufgehalten?

»Das ist noch nicht alles«, murmelte Schneider und griff nach der Zigarettenpackung. Er schob sie auf dem Tisch hin und her. Er schaute von uns weg, als hätte er ein Problem damit, uns anzusehen, während er uns einweihte.

Das ist noch nicht alles. Ich erschauderte.

»Sammy fing an, einem Hasen nachzujagen, deswegen riss ich mich los und ging weiter. Ich folgte Sammy, bis er endlich aufgab und zurückkam. Er hechelte schwer und seine

Zunge hing wie ein langer, fleischiger Lappen aus seinem Maul. Wir hatten genug und wollten uns gerade auf den Rückweg machen, als ich einen Jungen sah, der hinter einer hohen Tanne kniete und ebenfalls runter zur Hütte starrte, zu dem hübschen Ding. Ich erkannte ihn. Es war ein Junge aus dem Dorf. Seine Hände umschlossen den Stamm und er redete leise vor sich hin. Verrückter kleiner Kerl, dachte ich. Ich blieb vielleicht zwei, drei Minuten stehen und amüsierte mich darüber, dass der Bursche mich gar nicht bemerkte. Dann hatte ich allerdings genug von der Hitze. Sogar im Schutz der Bäume schien mir die Sonne Löcher in meinen Pelz zu brennen. Also drehte ich mich um und ließ den Jungen und das Mädchen zurück. Ich konnte ja nicht ahnen, dass die Kleine an diesem Mittag sterben musste.«

»Wer war der Junge?«

Es war Arnos Stimme, die wie durch eine unsichtbare Mauer zu mir drang. Es war eine Mauer, die uns alle voneinander trennte und das Vernommene abschwächen sollte. Ein Schutz, der verhinderte, dass meine Freunde und ich uns gegenseitig ansahen, und der hoch genug war, dass wir ihn nicht überwinden konnten.

Ich schaute nur Schneider an. Nur ihn. Abwartend und voller Ungeduld.

Schneider räusperte sich und ließ von der Zigarettenpackung ab. Er richtete sich auf, quälend langsam, und lehnte sich an die Wand, bevor er die rechte Hand hob und auf Jürgen zeigte.

»Der Krüppel war's«, sagte der Alte inbrünstig.

Es war ein lautes Dröhnen, das uns wie ein Donnergrollen entgegenschlug. Die Worte schrien in meinem Verstand herum, zermalmten jeden Anflug von logischem Denken, das aufflackern wollte.

Arno saß lediglich kopfschüttelnd da. Er glaubte genauso wenig wie ich, was er gerade vernommen hatte.

Und Jürgen? Er hatte sich aufgerichtet und seine Augen funkelten hell wie große, silbrige Münzen. Er war kalkweiß im Gesicht und hatte seine gesunde Hand zu einer Faust geballt. Er schluckte schwer.

»Es stimmt. Ich war an der Hütte. Und ich habe Flora gesehen. Aber ich war nicht lange dort, wirklich nicht. Ich war nicht lange dort«, stieß er hervor und sank in seinen Stuhl zurück.

In der Werkstatt wurde es still. Totenstill. Auch Schneider sagte nichts mehr.

Fünf Sätze, die Arno und mich erschütterten. Fünf Sätze mit so viel Bedeutung. Mit einer solch enormen Tragweite.

Jürgen schien sie pausenlos zu wiederholen. Immer und immer wieder. Bis zum Hotel. Es war wie der verzweifelte Versuch einer Rechtfertigung für sein jahrelanges Schweigen und diesen Versuch erfüllte er mit einer Penetranz, die nicht zu ihm passte.

Er war nicht besser als Schneider. Im Gegenteil, er war unser Freund, er hätte mit uns reden müssen. Sein Schweigen war wie eine Lüge, ein Schlag in die Magengrube, ein Peitschenhieb. Und es war nicht erklärbar.

Damit hatte ich nicht gerechnet. Damit hatte niemand rechnen können. Dass ausgerechnet Jürgen uns hintergangen hatte. Mit ihm konnte man Pferde stehlen, auf ihn konnte man sich verlassen.

Und jetzt dieser Vertrauensbruch. Es war nicht zu entschuldigen. Auch nicht mit leeren Beteuerungen.

Nachdem wir die Werkstatt verlassen hatten – stumm waren wir hinausgeschlichen, wie Teilnehmer einer stillen Prozession, und selbst Schneider hatte nichts mehr hinzugefügt, als er das Tor hinter uns abschloss –, beteuerte Jürgen, dass er nichts Außergewöhnliches am See bemerkt hätte. Er wollte unseren Fragen zuvorkommen, das war offensichtlich.

Arno hob die Hand und schnitt unserem Freund das Wort ab. Er verabschiedete sich unerwartet von uns. Er müsse noch in die Caritas-Station und die Routenpläne für nächste Woche abholen. Er hatte es plötzlich sehr eilig und sagte mir lediglich zu, später ins Hotel zu kommen. Zum gemeinsamen Abendessen. Dann zog er sich den Kragen seiner Jacke zurecht und stapfte los. Ich schaute ihm nach, bis er um die Ecke bog und verschwand.

Arno und Jürgen hatte stets ein besonderes Band verknüpft. Keine Meinungsverschiedenheit, keine Unstimmigkeit hatte diesem Band jemals Schaden zufügen können. Bis heute. Ich war fest davon überzeugt, dass es nun eingerissen war. Jürgens Unaufrichtigkeit kam einer Täuschung gleich, Arno musste ähnlich darüber denken. Dagegen halfen keine hohlen Phrasen.

Es stimmt. Ich war an der Hütte. Und ich habe Flora gesehen. Aber ich war nicht lange dort, wirklich nicht. Ich war nicht lange dort.

Fünf Sätze, die Jürgen in ein anderes Licht rückten. Den einzigen Sohn von Hans-Peter und Ingrid Nöltgen, einer wohlhabenden, alteingesessenen Familie, die in einer von Kastanienbäumen umrandeten Villa in der Nähe vom Hasenbrunnen wohnte. Jürgens Vater war Geschäftsführer einer erfolgreichen Werbeagentur in Bad Godesberg, was zwar bedeutete, dass er nur selten zu Hause war, gleichzeitig jedoch implizierte, dass sich Jürgens Eltern gute und teure Ärzte und Therapeuten für ihren behinderten Sohn leisten konnten. Spezialisten aus Düsseldorf, zu denen Jürgen bereits in frühen Kinderjahren regelmäßig geschleppt wurde. Neben allgemeinen physiotherapeutischen Maßnahmen behandelten sie die spastisch gelähmte Muskulatur seines Beines mit einem speziellen Toxin. Vielleicht würde ihm das tatsächlich helfen, seine Bewegungsabläufe zu verbessern, hatte uns Jürgen einmal achselzuckend erklärt. Sonderlich hoffnungsvoll klang er allerdings nicht. Heilen konnte ihn niemand. Wie sich ja inzwischen herausgestellt hatte, waren die Therapeuten nicht einmal in der Lage gewesen, die Krankheit dauerhaft einzudämmen. Gesundheit kann man nicht mit Geld aufwiegen, hatte Mutter jedes Mal mit einem Hauch Zynismus gesagt, wenn ich mich mit Jürgen verabredete.

Die Schleifspuren im Schnee bestätigten Mutters Worte. Jürgen zog sein Bein nach wie ein starres Brett. Sein Atem kam in quälenden Schüben. Er keuchte schwer und eine Haarsträhne klebte an seiner Stirn.

Ich nahm keine Rücksicht auf ihn. Achtete nicht auf unser Tempo. Wie früher. Wie er es wollte. Ich hastete durch das Dorf und er riss sich zusammen, um mit mir Schritt zu halten.

»Rede mit mir, Daniel, rede mit mir!«, forderte er mich auf, als wir die Bundesstraße erreichten.

Es glich einer flehentlichen Bitte, die mit schlechtem Gewissen angereichert war. Er fügte den fünf Sätzen aus Schneiders Werkstatt einen neuen Satz hinzu. Ein Appell, dem ich nicht folgte.

Ich brauchte Abstand. Ich musste mich erst sammeln. Verdauen, was ich schlucken musste wie bittere Medizin. Reden konnte ich nicht. Wollte ich nicht. Noch nicht.

Das Hotel kam in Sichtweite. Ich eilte darauf zu. Jürgen gab nach und ließ sich zurückfallen. Die Anstrengung war zu groß. Und ich ging weiter. Ohne mich umzudrehen.

Erst im Hoteleingang blieb ich stehen und verfolgte, wie sich Jürgen abmühte, wie er sich am Straßenrand entlangschleppte, bis er mich erreichte. Er japste nach Luft und stützte sich an der Wand neben der Eingangstür ab.

»Was hast du tatsächlich gesehen?«, fragte ich geradeheraus.

»Nichts«, sagte Jürgen. »Nichts Erwähnenswertes.«

Ich musterte ihn. Und schenkte ihm keinen Glauben mehr. Durch sein Verhalten war ein Netz aus Misstrauen gesponnen worden und wir fingen an, uns darin zu verfangen. Deswegen war ich froh, dass ich Arno und Jürgen nicht von dem nächtlichen Vorfall in Kenntnis gesetzt hatte. Von dem Besucher in meinem Zimmer, von der Gestalt, die ich verfolgt hatte, von der Erinnerung, die sich in mir breitgemacht hatte.

»Und jetzt?« Jürgen wischte sich eine einzelne Strähne aus der Stirn.

Ich zuckte nur mit den Schultern, und statt ins Hotel zu gehen, drehte ich mich um und machte mich wieder auf den Weg.

»Wohin gehst du?«, rief mir Jürgen hinterher.

»Ich muss nachdenken. Allein«, sagte ich.

12. Kapitel

Das Grab und die Bodenplatten ringsherum waren säuberlich vom Schnee befreit worden. Ebenso hatte sich jemand – dieser Jemand war wohl Arno gewesen – die Arbeit gemacht und den Grabstein abgewischt und getrocknet. Es war ein schöner, gelblicher Stein mit einer Art seitlich aufliegendem Tuch aus Marmor, dessen Faltenwurf sehr plastisch wirkte. Am unteren Rand war der Stein mit einer Sonne und einem Mond verziert, die von zwei gläsernen Grableuchten eingerahmt wurden. Die roten Kerzen brannten jedoch nicht. Dafür war es zu kalt und zu windig.

Ich war erst einmal hier gewesen. Seinerzeit hatte nur ein schlichtes Holzkreuz inmitten zahlreicher Blumen und Gestecke in der Erde gestanden. Die Stätte hatte sich verändert und vermutlich nicht nur sie.

Der größte Teil von Floras Leichnam war wohl inzwischen verfallen. Wir hatten das Thema vor grauer Urzeit in Biologie behandelt und entgegen des sonst üblichen Desinteresses hatten wir alle genau zugehört. Fasziniert und abgestoßen hatten wir dagesessen und die Informationen über dieses höchst beunruhigende und gleichzeitig natürliche Thema aufgenommen. Ein Thema, das vielen von uns kalte Schauer über den Rücken gejagt hatte. Und in diesem Moment rief ich mir diese Informationen wieder ins Gedächtnis – weil ich die anderen Gedanken, die sich um Jürgen drehten, mit aller Macht blockieren wollte. Denn die kreisten wie ein Wirbelwind in meinem Kopf herum. Machten sich eigenständig, waren unkontrollierbar. Und sie taten weh. Deswegen kämpfte ich dagegen an.

Ich schloss die Augen und sinnierte darüber, dass bereits drei bis vier Tage nach dem Tod eines Menschen dessen

Verwesung beginnt. Mit Einsetzen der Fäulnis wird der tote Körper von Insekten besetzt. Käsefliegen, die ihre Eier darin ablegen; Teppichkäfer, die sich vom trockenen Gewebe der Leiche ernähren; Würmer, die sich durch den Körper fressen. *Könnte es sein, dass Jürgen mehr mit Floras Tod zu tun hat, als er zugibt? Hat er sich wie ein Wurm durch unsere Gutgläubigkeit gefressen?*

Und dann tritt eine weitere Phase ein. Aerobe Bakterien stoßen hinzu, zersetzen mithilfe von Pilzen und Kleinstorganismen die Haut, Muskeln und Organe. *Jürgen zersetzt die Achtung, die ich vor ihm hatte. Mehr noch. Er zersetzt unsere Freundschaft.*

Weitere chemische Prozesse starten und nach einem Jahrzehnt liegt nur noch ein Skelett im Sarg. Floras Körper war demnach in den letzten Jahren zu einer Insel verkommen, in der sich Würmer und Käsefliegen tummelten, bevor sie sich quasi aufgelöst hatte. Sie zerfiel unter einer aufgetürmten Erdschicht. *In diesem Zeitraum hatte uns Jürgen sein Wissen unterschlagen. Und deshalb streifte ihn nun der Schatten des Verdachts.*

Ich öffnete die Augen und schüttelte mich, um mich von dieser Vorstellung zu befreien. Schließlich ging ich in die Hocke und betrachtete das aus Marmor gemeißelte Tuch genauer. Nur Floras Name und ihre Geburts- und Todesdaten stachen daraus hervor. Mehr nicht. Ich hatte einen Spruch erwartet. *Im Andenken an unsere geliebte Nichte und Cousine.* Oder etwas Ähnliches. Ich strich mit dem Zeigefinger über die Buchstaben und Zahlen. Sie waren trocken. Ich fühlte keinen einzigen Wassertropfen, keine Ansammlung von Feuchtigkeit. Arno hatte sich wirklich viel Mühe gegeben.

Als mein Finger über die letzte Zahl strich, vernahm ich ein stumpfes Knirschen. Schwere Stiefel, die sich in den Schnee drückten. Aber das war nicht alles. Da war auch noch ein Schaben, als würde ein Kind ein grobes Kreidestück über einen glatten Asphaltboden ziehen.

Ich richtete mich unvermittelt auf und wirbelte herum. Dann sah ich sie an und spürte, wie der Schock meinen Herzschlag einen Moment aussetzen ließ.

Es waren mehrere Dinge, die mir auf Anhieb auffielen und mich erschreckten. Ihr ausgemergelter Körper, der unter einem grünen Plüschmantel verborgen war und in einem großen, manuellen Rollstuhl mit einem aluminierten Rahmen kauerte. Ihre Beine, die schlaff und reglos nach unten baumelten wie bei einer Figur aus einem Kasperltheater. Und ihre verknöcherten Hände, mit denen sie die schwarzen Lehnen derart krampfhaft umschloss, dass sich die Adern durch ihre dünne Hautschicht bohrten. Betroffen registrierte ich, dass ihre rechte Gesichtshälfte schlaff herabhing, ein Speichelfaden klebte an ihrem eingefallenen Mundwinkel – untrügliche Zeichen einer Lähmung.

Trotz dieser dramatischen Veränderung ihres Aussehens erkannte ich sie sofort. Das lag an ihren Augen, die unter mittlerweile schlohweißen Locken leuchteten wie früher. Und es lag an der Art, wie sie mich betrachtete. Mit dieser Warmherzigkeit, mit dieser Güte.

»Magdalena«, flüsterte ich und erst jetzt nahm ich Rafael wahr, der hinter ihr stand und den Rollstuhl bis hierher geschoben hatte. Ein langer, dunkler Stoffmantel hing über seinen breiten Schultern, seine Füße steckten in gefütterten Lederstiefeln. Seine Wangen waren gerötet und im Gegensatz zu Magdalena strotzte er förmlich vor Kraft.

»Es war ihr Wunsch, dich zu sehen, Daniel«, sagte er bestimmt und deutete auf seine Mutter.

»Was ist mit Ihnen geschehen?«, fragte ich sie und beugte mich zu ihr hinab.

»Sie kann nicht mehr sprechen. Ein Schlaganfall, vor fünf Jahren. Ihr Körper hat einfach auf ihren seelischen Zustand reagiert und sich von etlichen Funktionen verabschiedet. Als hätte man einen Schalter umgelegt und einen natürlichen Kreislauf unterbrochen«, erklärte Rafael und stellte sich neben den Rollstuhl. In jeder Silbe schwang sein Bedauern über ihren Zustand mit.

»Du hast gesagt, dass sie mich sehen wollte«, meinte ich verwundert.

»Sie hat es aufgeschrieben. Ihre Hände kann sie noch ein wenig bewegen. Und sie weiß von meinen Briefen und unserem Treffen.«

»Ah ja. Und wie hast du mich gefunden?«

»Ich war zuerst im Hotel, aber du warst nicht da.« Er breitete die Arme aus. »Es war nicht sonderlich schwer zu erraten, wohin du gegangen bist.«

Ich nickte ihm zu und strich über Magdalenas Hände. Sie sollte mich fühlen. Es erschien mir selbst wie der tragikomische Versuch, ihr etwas von der Zuneigung zurückzugeben, die sie mir immer entgegengebracht hatte. Ihre Haut war trocken und rau, als wäre sie schon lange nicht mehr eingecremt worden.

Magdalena reagierte nicht auf meine Berührung, sie sah mich nur unentwegt aus diesen Augen an, die bei genauerem Hinsehen wässrig waren. Wässrig und blau wie ein endloses Meer. Ich hätte zu gerne gewusst, was ihr gerade durch den Kopf ging, während sie mich beäugte. Sie hatte so viel ertragen müssen, sogar ihren ältesten Sohn hatte sie verloren. Nicht zuletzt durch meine Aussage. Mein schlechtes Gewissen meldete sich wie ein Warnsignal. Vorsichtig, als könnte ich sie durch die bloße Berührung verletzen, zog ich meine Hand wieder zurück.

Einen Moment lang stellte ich mir vor, wie Jürgen reagieren würde, wenn er sie so sähe – gefangen in einem Rollstuhl, gelähmt und auf fremde Hilfe angewiesen. Die Angst vor der eigenen Zukunft würde ihn gnadenlos erfassen.

»Jürgen hat sie gesehen«, sagte Rafael, als hätte er meinen

Gedankengang von meiner Miene abgelesen. Er legte eine Hand vertraulich auf die Schulter seiner Mutter, während er mit der anderen ein gefaltetes Tuch aus seiner Manteltasche kramte, um Magdalena den Speichel vom Mundwinkel zu wischen. »Vorhin am Hotel. Er hockte dort vor dem Eingang, sichtlich bestürzt. Aber das habe ich erwartet. Schließlich hat er nicht damit gerechnet, dass wir je erfahren, was er vor uns verheimlicht hat.«

»Und was bedeutet sein Verhalten deiner Meinung nach?«

»Meine Meinung ist nicht wichtig, Daniel.« Rafael machte einen Schritt auf mich zu und schaute auf das Grab. »Wichtig ist nur, dass ich es zu einem Ende bringe. Einem befriedigenden Ende, das keine Fragen mehr offenlässt.«

»Was weißt du noch? Du weißt doch noch mehr?«

Er nickte, ohne etwas zu sagen.

»Wirst du es mir verraten?«

Er sah mich ernst an, seine Gesichtszüge wirkten hart, wie aus Stein gemeißelt. »Wir haben alle Geheimnisse, Daniel. Wir haben alle schon Dinge getan, für die wir uns schämen, die wir selbst vergessen möchten. Das sind Dinge, die wir schnell loswerden wollen, weil sie uns belasten. Dinge, die wir sozusagen in eine Schublade legen, um sie dort am besten für immer einzuschließen. Wir deponieren den Schlüssel an einem sicheren Platz und sind überzeugt, dass ihn niemand findet. Aber manchmal sucht jemand diesen Schlüssel, er hebt jeden Stein hoch, sieht in jedem Gefäß nach, schaut in jeden Winkel. Es ist jemand, der ganz gezielt nach unseren Geheimnissen trachtet und keine Ruhe gibt, bis er den Schlüssel gefunden hat und die Schublade öffnet.«

»Welchen Schlüssel hast du gefunden?«

»Jeder hat einen solchen Schlüssel und eine solche Schublade, Daniel«, sagte Rafael mit gepresster Stimme. Er wich mir aus. »Ich kenne euch besser, als ihr glaubt. Ich kenne euren Werdegang, ich kenne euren normalen Tagesablauf, ich kenne die Menschen, mit denen ihr euch trefft oder mit denen ihr das Bett teilt.«

Ich schaute ihn konsterniert an. »Du hast uns allen Ernstes ... ausspioniert?«

»Nenn es, wie du willst. Ich habe getan, was ich tun musste.«

Wie nüchtern er es ausdrückte. Er hatte getan, was er tun musste. Rafael vermittelte mir das Gefühl, als hätte ich die letzten Jahre in einem gläsernen Haus verbracht, in dem ich rund um die Uhr von ihm beobachtet worden war.

Ich rückte dicht an ihn heran, denn ich wollte nicht, dass Magdalena unserer Unterhaltung folgte. Aus den Augenwinkeln sah ich, dass sie ihren apathisch anmutenden Blick nach wie vor auf mich gerichtet hielt.

»Du willst mir doch etwas mitteilen, Rafael. Also los, spuck es aus!«, bat ich ihn.

»Hat Jürgen euch gesagt, dass sich seine Eltern von ihm distanziert haben? Und dass sich seine Frau im letzten Sommer von ihm getrennt hat?«

»Nein.« Ich schüttelte irritiert den Kopf.

Jürgen hatte uns die Fotos von seiner Familie gezeigt, mit einer dankbaren Zufriedenheit für dieses Glück, und er hatte nicht die geringste Andeutung gemacht, dass sie keine Einheit mehr waren. Doch genau genommen ging uns die Beziehung zu seiner Frau auch nichts an. Es gab keinen Grund dafür, dass er uns schon am ersten Abend unseres Wiedersehens seine Eheprobleme offenbarte.

»Er hat euch sicherlich auch nichts von seiner zwischenzeitlichen Suspendierung erzählt«, vermutete Rafael.

»Jürgen wurde suspendiert? Als Lehrer?«

»Ja. Mittlerweile unterrichtet er zwar wieder, weil er aus Mangel an Beweisen freigesprochen wurde; allerdings hat er die Schule gewechselt. Freiwillig, weil der Druck zu groß war.«

»Welcher Druck?«

»Es gab Gerüchte. Böse Gerüchte. Und es gab eine disziplinarische Untersuchung, die vom Schuldirektorium angeordnet und durchgeführt wurde. Parallel dazu schaltete sich die Staatsanwaltschaft ein.«

»Du sprichst in Rätseln.«

Rafael hielt inne und ließ seinen Blick zu Magdalena schweifen. »Ist dir zu kalt, Mutter?«, fragte er und schlang seine Arme um den eigenen Körper, als wollte er seine Frage mit dieser Gebärde untermauern.

Sie zwinkerte ihm zweimal mit ihren langen Wimpern zu.

Ein Zeichen, das er verstand. »Gut«, sagte er schlicht und wandte sich wieder mir zu.

»Warum wurde Jürgen suspendiert, Rafael?«, fragte ich hartnäckig.

Er antwortete mir nicht direkt, kniete sich stattdessen vor Floras Grab und verharrte eine Weile in unentschlossenem Schweigen. Er stützte sich am Boden ab, um das Gleichgewicht zu halten, und runzelte die Stirn. Scheinbar wog er ab, wie er es mir erklären sollte. Das, was Jürgen getan hatte, weshalb sie ihn für eine gewisse Zeit vom Dienst beurlaubt hatten.

Ich wartete ab, geduldig und ohne eine Miene zu verziehen. Vielleicht konnte ich Rafael mit der Stille unter Druck setzen.

Schließlich seufzte er auf und sagte es mir, behutsam und bemüht, eine objektive Formulierung zu wählen. Gerade deshalb verfehlten seine Worte ihre Wirkung nicht. »Eine Schülerin seiner Klasse hat behauptet, er wäre ihr zu nahe gekommen.«

»Was sagst du da?«

»Sie beteuerte, dass er sie missbraucht hat.« Rafael starrte mich an.

»Das kann nicht wahr sein«, sagte ich wenig überzeugend. »Jürgen soll …« Ich brach ab, wollte nicht aussprechen, was mir auf der Zunge lag, wollte nicht wiederholen, was Rafael erzählt hatte. »Undenkbar.«

Rafael richtete sich auf. »Undenkbar? Und was hast du heute Mittag über deinen Freund erfahren? Er hat verschwiegen, dass er sich in der Nähe von Flora aufgehalten hat, kurz vor ihrem Tod! Hättest du das jemals für möglich gehalten? Hättest du ihm das zugetraut? Dieses beharrliche Schweigen, dieser Betrug an uns allen?«

»Nein«, murmelte ich und überlegte, was ich Rafael entgegnen sollte. Schließlich streckte ich mein Kinn trotzig nach vorn. »Das bedeutet aber nicht, dass die Behauptung der Schülerin wahr ist. Du hast selbst erwähnt, dass Jürgen freigesprochen worden ist.«

»Aus Mangel an Beweisen! Das ist nur ein Freispruch zweiter Klasse!«

»Im Zweifel für den Angeklagten!«

»Und das wiederum bedeutet nicht, dass er unschuldig ist! Ich betone es extra, um dir das zu verdeutlichen.«

»Wie alt war das Mädchen?«

»Sie war fünfzehn.«

»Vielleicht hat sie ihm nur eins auswischen wollen. Das wäre nicht das erste Mal. Vielleicht war sie der Meinung, er habe sie zu schlecht benotet oder auf eine andere Art ungerecht behandelt.«

»Sie hat ihre Behauptung nie widerrufen. Bis heute nicht«, betonte Rafael und musterte mich mit einem triumphierenden Funkeln in den Augen.

Ich fragte ihn nicht danach, denn ich war mir sicher, dass er Kontakt zu dem Mädchen aufgenommen und mit ihr gesprochen hatte. Er kannte sicherlich jedes Detail dieser verhängnisvollen Beziehung zwischen Lehrer und Schülerin. Zumindest kannte er ihre Sicht, die Sicht einer Fünfzehnjährigen, deren Aussage Jürgen auf eine harte Probe gestellt, ja, wahrscheinlich sogar seine Ehe ruiniert hatte.

»Hat ihn seine Frau unmittelbar nach dieser Sache verlassen?«, wollte ich wissen.

Rafael nickte. »Unmittelbar danach, ja.«

Ich schluckte und stellte mir die Frage, weshalb sie das getan hatte, wenn sie ihn für unschuldig hielt. Darauf gab es nur eine einzige Antwort. Sie hielt ihn für schuldig. Er war zwar freigesprochen worden, dennoch hatte sie ihn verurteilt und einen Schlussstrich gezogen. Vermutlich hatte sie Beweise entdeckt, die erdrückend genug gewesen waren, um Jürgen an die Wand zu nageln. Und Jürgen hatte alles gestanden, alles, was zwischen ihm und diesem jungen Ding gelaufen war. Möglicherweise hatte er seiner Frau gesagt, es sei die Schuld des Mädchens gewesen, sie habe ihn verführt, dieses frühreife Früchtchen, und er sei schwach geworden. Es sei ein Fehler gewesen, ein furchtbarer Fehler, aber Kerstin müsse ihm glauben, dass es nichts mit ihnen beiden zu tun habe. Es sei eine bedeutungslose, überflüssige Affäre gewesen, nur eine körperliche Beziehung, nicht mehr, nur Sex.

»Wie heißt sie?«, fragte ich Rafael und schnitt meine Spekulationen wie mit einer scharfen Schere ab.

»Natascha Berger.«

»Du hältst das Mädchen für glaubwürdig, nicht wahr?«

»Sie hat auf mich durchaus einen glaubwürdigen Eindruck gemacht, ja.«

Er hatte also tatsächlich mit ihr geredet. Er hatte das Mädchen aufgesucht und ausgefragt. Und Rafael würde noch viel weiter gehen, um an Informationen über uns zu gelangen.

»Hast du dich schon mit Jürgen darüber unterhalten?«

»Nein, das habe ich nicht.«

»Und wieso weihst du mich ein?«

»Denk mal nach«, sagte er trocken.

In diesem Moment gab Magdalena einen erstickten Laut von sich und wir drehten uns hastig zu ihr um. Ihre Lippen hatten einen bläulichen Farbton angenommen, ihre Augenlider waren halb nach unten geklappt. Sie fror. Natürlich. Ihr Körper ließ nur wenige Bewegungen zu, sie war der bitteren Kälte beinahe schutzlos ausgesetzt. Ein hilfloser Mensch, nur noch mit einem winzigen Funken Lebenswillen ausgestattet, schoss es mir durch den Kopf. Und dieser Lebenswille war abhängig von ihrem jüngsten Sohn.

»Wir müssen gehen«, sagte Rafael energisch. »Die Kälte ist Gift für sie. Wir sehen uns später, Daniel.«

Er langte nach den ledernen Griffen am oberen, rückseitigen Ende des Rollstuhls und hievte ihn in die Spurrillen, die sie bei ihrem Hinweg durch den Schnee gezogen hatte. Dann setzten sie sich in Bewegung und ließen mich allein am Grab zurück. Während Rafael den Rollstuhl mit einer erstaunlichen Leichtigkeit über den schneebedeckten Weg schob, schien es, als spähte Magdalena ein letztes Mal zu mir zurück. Es war ein durchdringender, sturer Blick voller Verbitterung und Gram.

Ich spürte einen kühlen Windhauch im Nacken und schüttelte mich. Niemals zuvor hatte sie mich auf ähnliche Weise angesehen.

Kurz bevor die beiden den Ausgang erreichten, trat ich selbst auf den Weg und hob meine Hand zu einem stillen Abschiedsgruß.

Ich sollte Magdalena nie wieder sehen.

13. Kapitel

Es war derselbe Tisch, dieselbe Uhrzeit, es war sogar derselbe Kellner, der uns bediente. Nur die Stimmung war nicht dieselbe wie am Vorabend. Sie war wesentlich getrübter.

Ich saß vor meinem Teller mit dem gebratenen Lachssteak und den bunten Nudeln und musste mich zusammenreißen, um einen Bissen hinunterzubekommen. Lustlos stocherte ich in dem Essen herum, nippte an meinem Wasserglas und ließ die bedrückende Atmosphäre auf mich einwirken.

Ab und zu warf ich Jürgen, der mir gegenübersaß, verstohlene Blicke zu. Er wirkte gehetzt, fahrig. In regelmäßigen Abständen wischte er sich mit der Serviette über den Mund oder rieb sich über das steife Handgelenk. Krampfhaft bemühte er sich, Haltung zu bewahren.

Es war zwecklos. Der Tag hatte ihn gebrandmarkt, ihm einen Stempel aufgedrückt, den er nicht loswerden konnte.

Hinzu kam eine Frage, die einer Aussage glich und wie die fette Schlagzeile eines Boulevardblattes über seinem Haupt schwebte: Jürgen, der Lehrer und Familienvater – ein Vergewaltiger?

Arno konnte die Schlagzeile nicht sehen, er war noch nicht eingeweiht. Er hatte den Platz neben mir eingenommen. Fast eingeschüchtert trank er sein Bier, strich sich über seinen schmierigen Bart oder zupfte an seinem ausgefransten Hemd herum, das er bereits gestern getragen hatte. Er tat alles, um uns nicht ansehen zu müssen, als wollte er sich von uns distanzieren.

Das konnte er nicht. Keiner von uns konnte Abstand nehmen. Wir saßen im selben Boot und rasten ungebremst auf ein gemeinsames Ziel zu.

Rafael hockte am Steuer. Voller Vorfreude, weil wir eingestiegen waren, erhöhte er das Tempo und unterbreitete uns einen neuen Vorschlag, der einer Aufforderung glich. »Wir treffen uns morgen früh am See, direkt an der alten Hütte, einverstanden?« Er schaute uns erwartungsvoll an.

Wir starrten zurück.

Ich legte meine Gabel beiseite. »Wozu?«, fragte ich und war über meine eigene Lautstärke erstaunt.

Rafael presste die Lippen zusammen. »Wir werden gemeinsam herausfinden, was sich dort in den letzten Minuten vor dem Mord ereignet hat, Daniel.«

»Das können wir doch gar nicht«, sagte ich scharf.

»Warten wir es ab«, erwiderte Rafael verschwörerisch.

Ich schaute sofort zu Arno, erwartete eigentlich seinen Widerstand. Stattdessen tauschte er einen vertraulichen Blick mit Jürgen und zuckte gleichgültig mit den Achseln.

»Es ist einen Versuch wert«, sagte Jürgen. Doch es klang nicht aufrichtig, sondern ängstlich.

»Um zehn Uhr, wenn es euch recht ist«, sagte Rafael und fügte ohne jede weitere Erklärung hinzu: »Übrigens, ich übernachte heute ebenfalls hier.«

Irgendwie hatte ich das Gefühl, dass jeder Satz von ihm besonders bedeutsam war. Alles, was er sagte, sagte er aus gutem Grund. Ich war der Meinung, dass er die kommende Nacht hier verbringen wollte, um uns kontrollieren zu können, und diese Absicht verkündete er uns unverhohlen.

Unsere Reaktion bestand einzig und allein darin, dass wir uns fügten. Keiner von uns wollte unnötige Aufmerksamkeit erregen und sich zur Zielscheibe machen. Auch ich nahm mir vor, mich ab sofort zurückzuhalten. Wir würden ja sehen, welchen Trumpf Rafael noch auf den Tisch legen konnte.

Wir blieben nicht mehr lange zusammen. Nachdem ich bezahlt hatte, ging ich hinauf in mein Zimmer. Zum ersten Mal hoffte ich inbrünstig, dass die verbleibenden zwei Tage schnell vorbeigehen würden.

Ich rief Susanne an, aber ich erreichte sie nicht. Schade, zu gerne hätte ich mit ihr geredet. Mir war nach einem Gespräch zumute, allerdings mit einem Menschen, der nicht so tief in dieser ganzen Angelegenheit steckte wie Arno, Jürgen und ich. Oder wie Rafael. Susanne würde mir ihre Meinung sagen. Vielleicht würde sie mich sogar auffordern, Bell zu verlassen.

Ein neuer Aspekt, der sich vor mir auftat. Niemand konnte mich zwingen zu bleiben. Auch Rafael nicht.

Ich schaute zu dem Wandschrank. Innerhalb von Minuten könnte ich alles zusammenpacken und mich aus dem Staub machen. Ich könnte die Verabredung am See ignorieren. Morgen früh um zehn, wenn sich die anderen an der Hütte trafen, würde ich mit Susanne im Bett liegen oder mit ihr frühstücken. Wir würden den Samstag gemeinsam verbringen. Ich würde Bell und meiner Vergangenheit ein weiteres Mal den Rücken kehren. Nur diesmal wäre es endgültig.

Ich wollte nicht zum See.

Ich wollte nicht mehr zu unserer Hütte zurückkehren. Ich sträubte mich dagegen.

Vielleicht sollte ich wirklich verschwinden, bevor diese Sache endgültig aus dem Ruder lief. Und sie lief aus dem Ruder, davon war ich in diesem Augenblick überzeugt. Ich machte mir Sorgen. Richtige Sorgen.

Angewidert von meiner eigenen Unentschlossenheit setzte ich mich an den Schreibtisch, schlug die Beine übereinander und legte meine Hände flach auf die Tischplatte. Rafael kam mir in den Sinn. Wenn ich jetzt verschwände, würde er keine Ruhe geben. Er würde mir an den Fersen kleben und nicht lockerlassen, bis er den Grund für meine Abreise herausgefunden hatte. So tickte er mittlerweile.

Im Moment war er auf Jürgen fixiert, richtete seine ganze Aufmerksamkeit auf ihn. Zu Recht. Rafael hatte seine Vermutung nicht offen ausgesprochen, aber das brauchte er auch nicht. Es war offensichtlich genug. Wenn Nataschas Behauptungen stimmten und Jürgen sie missbraucht hatte, dann steckte ein hohes Maß an Gewaltbereitschaft in unserem Freund. Und das machte ihn in der Tat zu einem Verdächtigen.

Eine scheußliche Annahme.

Ich überlegte, ob ich zu Jürgen gehen sollte, um ihn von Angesicht zu Angesicht mit seiner Suspendierung und den Behauptungen der Schülerin zu konfrontieren. Das wäre ehrlich und konsequent. Jürgen könnte sich rechtfertigen. Zumindest könnte er es versuchen. Wie heute Mittag.

Ich saß einige Minuten wie gefangen da, eingesperrt in meiner eigenen Unschlüssigkeit. Meine Arme und Beine schliefen ein, weil ich verkrampft in einer Haltung ausharrte.

Ich regte mich erst wieder, als es an der Tür klopfte. Überrascht drehte ich mich um und wartete ab. Strich über meine müden Glieder, bis ich wieder ein Gefühl in ihnen verspürte, und glaubte beinahe, dass ich mir das Geräusch nur eingebildet hatte. Doch dann klopfte es erneut. Diesmal drängender, fast verlangend.

»Daniel, ich bin's.« Es war Jürgen. Er stand vor meinem Zimmer.

Ich richtete mich auf, ging behäbig durch den Raum und öffnete die Tür. »Was willst du?«, fragte ich, obwohl ich es mir denken konnte.

Er war gekommen, um sich zu entlasten. Er wollte eine Erklärung abgeben und den Anschuldigungen entgegentreten, bevor sie ausgesprochen wurden.

»Wir müssen uns unterhalten«, sagte er.

Ohne zu zögern, trat ich beiseite, um ihn reinzulassen.

Er blieb stehen. »Lass uns zu mir gehen.«

Ich sah ihn verständnislos an. »Wieso?«

»Bitte«, sagte er eindringlich und mit einer Spur Demut.

Ich konnte mir zwar keinen Reim darauf machen, weshalb wir uns unbedingt in seinem Zimmer unterhalten sollten, aber meine Hoffnung auf Antworten unterdrückte meine Vorbehalte. Also gab ich seiner Bitte nach, zog die Tür hinter mir ins Schloss und folgte ihm über den Gang.

Sein Zimmer war genauso geräumig wie meine Unterkunft, es wirkte nur dunkler. Die Tapeten waren grau getüncht und die schweren, blauen Samtvorhänge, die Jürgen zugezogen hatte, fielen bis zum Fußboden. In der Mitte des Raums brannte ein länglicher, moderner Deckenfluter, dessen Fassung von einem getönten Alabasterglas umrahmt wurde und der die Dunkelheit nur mühevoll in die Ecken verdrängte. Neben dem Bett lehnte ein Stuhl an einem schmalen Tisch, auf dem eine geöffnete Flasche Rosé und zwei dünnwandige Weingläser standen.

»Was soll das?«, fragte ich ihn und deutete mit dem Kinn auf die Weinflasche.

Er drückte die Tür zu und hinkte wortlos durch das Zimmer, um uns einzuschenken. Er füllte die Gläser halb voll.

»Trink mit mir«, sagte er schlicht.

Das Erste, was mir durch den Kopf ging, war die Vorstellung, wie ich einen Schluck nahm und ihn Jürgen ins Gesicht spuckte. »Das war für deine Lüge, für deine Unaufrichtigkeit«, würde ich ihm entgegenschleudern, schob diesen naiven, kindlichen Impuls aber sofort wieder beiseite.

Jürgen reichte mir das Glas. Erst jetzt, als er dicht vor mir stand, fielen mir die dunklen, geschwollenen Ringe unter seinen Augen auf. Außerdem schlug mir ein abstoßender, säuerlicher Atem entgegen. Es gab keinen Zweifel, Jürgen hatte bereits zu viel getrunken.

Ich nahm das Glas entgegen und stellte es auf den Tisch zurück. Ich beobachtete ihn in dem Bewusstsein, dass mein Blick wie dicke Hagelkörner auf ihn prasselte.

Er griff nach seinem Glas, leerte es in einem Zug und schenkte sofort nach, wobei er mit der Zunge schnalzte. »Du trinkst nicht mit mir?«

»Nein, ich trinke nicht mit dir, Jürgen.« Ich schaute ihn zweifelnd an. »Ich bin mit dir gekommen, weil du mich darum gebeten hast. Wir wollten uns unterhalten.«

»Das stimmt ja auch.«

»Und?«

Er atmete durch und hob die Achseln. »Nun, ich muss dir was gestehen …«

»Ich höre.«

»Es fällt mir schwer.«

»Geht es um Natascha Berger?«

Er zuckte augenblicklich wie unter einem Stromschlag zusammen und starrte mich fassungslos an. Sein Körper wankte und einen Moment lang befürchtete ich, er würde zusammenbrechen. Aber er hielt sich auf den Beinen, nahm seine Hornbrille ab und lehnte sich an die Wand, als müsste er einen schweren Schock verdauen.

»Woher kennst du diesen Namen? Woher?«

»Von Rafael«, sagte ich ehrlich.

»Dieser Schnüffler«, erwiderte Jürgen bissig. Sein Groll trieb ihm Falten ins Gesicht. »Er geht zu weit, viel zu weit.«

Mit der Gewissheit, dass ich ähnlich empfand, was ich nicht zugeben wollte, setzte ich eine neutrale Miene auf. Jürgen sollte reden, deshalb hielt ich zunächst den Mund.

»Es war nicht so, wie sie es behauptet hat. Dieses Flittchen wollte mich vernichten, Daniel! Sie hat gelogen, sie hat alle angelogen!«, fauchte er und schob sich die Brille wieder auf die Nase.

»Deine Frau hat sich von dir getrennt«, meinte ich nüchtern und mit einem unheilvollen Unterton. »Im Zusammenhang mit dem angeblichen Missbrauch an deiner Schülerin wirft das Fragen auf. Erklär mir, warum sie dich verlassen hat.«

Jürgen nickte. »Es war zu viel für sie.«

»Sie hat nicht zu dir gehalten?«

Er ruderte unbeholfen mit dem rechten Arm in der Luft herum. »Sie hat es nicht mehr ausgehalten! Die Anschuldigungen, die Fragen – und letztendlich mein Geständnis. Ja, meine Beichte hat den Ausschlag für ihre Entscheidung gegeben. Ich hatte gehofft, dass sie mir verzeihen würde. Sie konnte es nicht, deswegen hat sie mich verlassen.«

»Dein Geständnis? Deine Beichte?« Ich wurde hellhörig. »Ich kann dir nicht folgen.«

Er nahm einen weiteren Schluck und zog den Stuhl zu sich heran. Schwerfällig ließ er sich sinken und betrachtete mich aus trüben Augen. »Ich habe Kerstin betrogen, Daniel«, sagte er weinerlich.

»Mit Natascha Berger?«

»Ja, mit Natascha Berger. Es war ein Fehler, klar. Aber ich habe dem Mädchen nicht wehgetan! Ganz bestimmt nicht. Mein Fehler bestand lediglich darin, dass ich der Versuchung nicht widerstanden habe.«

Ich hockte mich aufs Bett und sah ihn finster an. »Sie hat dich verführt? Ein fünfzehnjähriges Mädchen? Ausgerechnet du bist schwach geworden? Das kann ich nicht begreifen!«

Er nickte abermals und vergrub sein Gesicht in seiner rechten Hand. Ein trockenes Schluchzen ließ seinen Körper erbeben. Es dauerte ein paar Sekunden, bis er sich wieder im Griff hatte. Sekunden, die ich ihm gewährte. Er wischte sich über die Augen, sein Ausdruck wurde trotzig.

»Natascha war nicht einmal sonderlich hübsch«, begann er. »Sie hatte ein rundes, blasses Gesicht mit unzähligen Sommersprossen und groben Zügen. Ihr schwarzer Wuschelkopf wirkte ungepflegt und sie kaute ständig auf ihren bereits abgenagten Fingernägeln herum. Trotzdem, irgendetwas besaß sie, was sie betörend und begehrenswert machte. Eine Mischung aus jugendlicher Leidenschaft und gespielter Naivität. Sie machte die halbe Schule verrückt, die älteren Jungs waren besessen von ihr. Wenn es warm war, trug sie immer diese dünnen Trägershirts, unter denen sich ihre faustgroßen Brüste verräterisch abzeichneten. Ich wollte nie hinsehen, ja, ich konzentrierte mich sogar darauf, nie dorthin zu starren. Aber ich bin eben auch nur ein Mann, Daniel. Sie spielte mit ihren Reizen und wusste sehr wohl, wie sie sich in Szene setzen konnte. Wenn sie mit ihren kleinen, sinnlichen Händen durch ihre Locken strich und ihre nackten Achselhöhlen entblößte und sich ihr Shirt dabei über ihren flachen Bauch schob, dann stockte mir fast der Atem. Und wie sie mich immer ansah! Mit diesen vollen Lippen, die sie manchmal absichtlich einen Spalt geöffnet ließ. Gott, dieses Mädchen!« Jürgen schüttelte den Kopf. »Sie hatte mich in ihren Bann gezogen, regelrecht verhext. Eines Tages saß sie plötzlich in der ersten Reihe. Sie hatte mit einer Freundin die Plätze getauscht und von diesem Zeitpunkt an hing sie mit einer völlig absurden Aufmerksamkeit an meinen Lippen. Ich war ja selbst verblüfft, als ich ihre Begeisterungsfähigkeit für meinen Unterricht und für mich bemerkte.«

»Und du hast es genossen, stimmt's?«

»Ja, ich genoss ihre Bewunderung. Anfangs habe ich mir zwar eingeredet, sie sei ein Mädchen wie so viele in ihrem Alter. Teenager eben, die sich mitten in der Pubertät befinden und irgendwo zwischen dem Erwachsensein und ihrer Kindheit feststecken. Sie testen ihre Grenzen aus und sammeln Erfahrungen, wie weit sie gehen können. Irgendwann kapierte ich jedoch, dass da mehr war zwischen uns, ein ganz besonderer Reiz, den sie entfachte. Gelegentlich kam sie nach der Unterrichtsstunde zu mir ans Lehrerpult. Dafür fand sie immer einen Vorwand. Sie habe eine einzelne Aufgabe nicht verstanden oder sie wollte wissen, wie sie sich besser auf die bevorstehende Arbeit vorbereiten könne. Sie suchte meine Nähe, das war deutlich zu erkennen.«

Jürgen nahm das Weinglas und leerte es erneut. Er rückte

seine Hornbrille zurecht und fuhr sich zerstreut durch die Haare.

Ich starrte ihn ungläubig an. »Du hast dich von einem minderjährigen Mädchen einlullen lassen? Mensch, Jürgen, du warst ihr Lehrer, du hättest dich verdammt noch mal zusammenreißen müssen!«

»Das wollte ich, Daniel, das wollte ich! Ich redete mir ein, dass es nichts gab, was mich an ihr faszinierte. Sie war viel zu jung, unreif, und wie schon gesagt, nicht gerade eine Schönheit. Aber es hatte mich bereits erwischt. Ich konnte mich ihr nur schwer entziehen und betete inbrünstig, dass die anderen Schüler es nicht bemerkten. Ich betete, dass meine Familie mich auffangen und ablenken würde. Ich schlief öfter als üblich mit Kerstin, um nicht an Natascha zu denken, doch immer wenn ich in Kerstin eindrang, schob sich dieser Wunsch zwischen uns. Dieser verfluchte Wunsch, dass es Natascha war, die unter mir lag, die ihre weißen, glatten Beine spreizte und mir ihre Scham entgegenstreckte. Ich war wie von Sinnen, während ich mir vorstellte, sie zu vögeln. Ich schaltete meinen Verstand aus, berauschte mich an meiner eigenen Fantasie. Und als es vorbei war, sah ich Kerstin vor mir liegen, schweißnass und mit den Spuren tiefster Befriedigung im Gesicht. Sie genoss unser Zusammensein, sie genoss meinen Enthusiasmus, weil sie nicht in meinen Kopf sehen und erkennen konnte, an wen ich dachte, während ich sie nahm. Nur ich selbst war nicht befriedigt, es verhielt sich eher umgekehrt, meine Sehnsucht wuchs mit jedem Atemzug. Jede Begegnung mit Natascha vergrößerte meinen Durst nach ihr, jeder Augenkontakt und jede noch so zufällige Berührung steigerten meine Begierde. Ich wollte sie haben, Daniel, ich wollte Natascha Berger besitzen!«

Meine Zunge war plötzlich belegt. Mir war nun doch danach, einen Schluck Wein zu trinken. Sein schockierendes

Bekenntnis, das mir vorkam wie ein Seelenstriptease, rief mir meinen letzten Liebesakt mit Susanne ins Gedächtnis. Wie ich sie genommen hatte, grob und rücksichtslos. Unbeherrscht. Aber es gab einen gravierenden Unterschied zu Jürgens Verlangen. Natascha war erst fünfzehn gewesen. Ich nahm das Glas und nippte daran, ohne Jürgen aus den Augen zu lassen. Er saß da wie ein Haufen Elend. Schuldbewusst ließ er seine Schultern hängen.

Es entstand eine kurze Pause, bevor er seine Beichte fortsetzte. »Es geschah im vergangenen Frühjahr, auf einer Klassenfahrt. Wir verbrachten einige Tage in einer Jugendherberge in Konstanz. Ich versuchte die ganze Zeit über, Natascha aus dem Weg zu gehen, obwohl ich mich eigentlich gar nicht an ihr sattsehen konnte. Es war schon sehr warm, entsprechend wählte sie ihre Kleidung. Kurze Röcke, enge Tops. Und immer hielt sie sich in meiner Reichweite auf. Sie provozierte mich, fing an, mit mir zu spielen. Mit Gesten und mit Blicken. Zwei Mütter und ein Vater waren mitgereist, Aufsichtspersonal, das mich unterstützen sollte. Ich suchte den Kontakt zu ihnen und bemühte mich angestrengt, meine Gedanken in andere Bahnen zu lenken. Eigentlich hatte ich sowieso alle Hände voll zu tun, organisierte verschiedene Ausflüge, zum Affenberg nach Salem, zur Insel Mainau und nach Friedrichshafen. Ich stürzte mich regelrecht in die organisatorische Arbeit, nur um in Bewegung zu bleiben und dadurch meinen Sehnsüchten auszuweichen, was mir nicht sonderlich gut gelang. Wenn das, was du begehrst, ständig in deiner Nähe ist, verlierst du früher oder später die Kontrolle. Zwei Nächte vor der Abreise kam Natascha zu mir. Während die Schüler nach Geschlechtern getrennt in großen, gemeinschaftlichen Räumen schliefen, hatten die Eltern und ich Einzelzimmer gebucht. Das nutzte sie aus.«

Ich legte den Kopf in den Nacken. »In dieser Nacht hast du mit ihr geschlafen?«

Jürgen nickte. »Ich will es dir beschreiben, damit du dir ein Bild davon machen kannst, was ich gefühlt habe.«

»Jetzt gehst du zu weit! Das will ich nicht!«

»Es ist wichtig! Du musst begreifen, wie ich gefühlt habe. Sonst verstehst du es nicht. Das bist du mir schuldig.«

Ich war ihm nichts schuldig. So wie er dasaß und um Verständnis warb, verspürte ich nur Abscheu und eine tief greifende Ablehnung.

»Ich höre dir nicht mehr zu, Jürgen, es ist genug«, sagte ich.

»Nein, das ist es nicht!« Er ließ den Kopf sinken. »Sonst wirst du es nie nachempfinden können.«

»Das werde ich ohnehin nicht.«

Er sah mich trotzig an und schnaufte durch die Nase. »Du wirst mir zuhören«, beharrte er starrsinnig und setzte seine Beschreibung fort, als hätte es unseren Dissens nie gegeben.

Und ich blieb tatsächlich sitzen, wie ein Gaffer, der an eine Unfallstelle kommt und trotz eines auflodernden Widerwillens zusieht, wie die blutüberströmten Verletzten aus einem Autowrack geborgen werden – letztendlich ist es die Faszination des Schreckens, die den Voyeur an Ort und Stelle festhält. So erging es mir auch jetzt. Ich haderte mit mir, denn ein Teil von mir wollte aus dem Raum flüchten und sich den Rest dieses billigen Kapitels ersparen. Der andere Teil allerdings, der die Oberhand behielt, drängte mich zum Bleiben, damit mir nichts Aufschlussreiches entging.

Jürgen lehnte sich zurück. »Sie zog die Tür hinter sich zu, streifte ihr Nachthemd vom Körper und kroch sofort unter meine Decke, als wäre es eine Selbstverständlichkeit. Sie küsste mich und ich Narr erwiderte ihre Zärtlichkeit. Ihr nackter Körper fühlte sich herrlich an. Warm und unverbraucht. Ich konnte überhaupt nicht aufhören, sie zu berühren und in den Armen zu halten. Mein Wille, mich gegen dieses unglaubliche Verlangen aufzulehnen, zerbrach wie eine dünne Schale unter enormem Druck. Natascha hauchte mir meinen Namen ins Ohr. Immer und immer wieder. Sie wurde fordernder, küsste mich fester, bis ich kaum noch Luft bekam. Sie atmete schnell und flach und sie fragte mich mit einem leicht spöttischen Tonfall, ob es mir gefiele. Ich wollte ihr nicht antworten, nahm ihren Kopf zwischen meine Hände und presste meine Lippen auf ihren Mund, um sie zum Schweigen zu bringen.« Jürgen schlug sich gegen die Stirn, als könnte er selbst nicht fassen, worauf er sich in jener Nacht eingelassen hatte. »Mensch, Daniel, sie stellte Sachen mit mir an, die Kerstin niemals zuvor mit mir getan hatte! Ihre Finger und ihre Zunge hinterließen überall heiße Spuren auf meiner Haut, sie war wie ein Vulkan kurz vor dem Ausbruch! Und sie öffnete sich. Ich konnte nicht mehr dagegen ankämpfen, trieb in sie hinein und spürte, wie sie ihre Muskeln anspannte. Es war wie ein verheißungsvoller Tanz, nur dass nicht ich es war, der sie führte, nein, es verhielt sich eher umgekehrt. Sie bestimmte den Takt und das Tempo. Sie drückte ihre Handballen gegen meinen Oberkörper, als wollte sie mich von sich stoßen, und in der nächsten Sekunde zog sie mich wieder an sich heran. Wir wurden hastiger, sie bewegte ihr Becken fast schon unkontrolliert unter mir und ich stieß heftiger zu, bis es vorbei war. Es war wie eine Explosion der Sinne, ein köstlicher Schmerz, der wie eine Welle durch meinen Körper zog. Natascha schrie kurz auf, während ich mir auf die Lippen biss, um nicht zu stöhnen.«

Jürgen brach ab und starrte mich auffordernd an. Ich tat ihm den Gefallen und hakte nach. »Und? Was ist danach geschehen?«

»Nachdem meine Lust befriedigt war, fühlte ich mich elend, wie ausgezehrt. Ich schämte mich, wälzte mich von Natascha herunter und war nicht in der Lage, in ihr sommersprossiges, blasses Gesicht zu sehen. Denn langsam setzte das Begreifen ein, wozu ich mich hatte hinreißen lassen. Ich war ihr gefolgt wie ein Blinder seinem Hund, hatte in den Schmutz gezogen, was mir bislang am bedeutsamsten erschien – nämlich Kerstin und meine eigenen Werte. Ich hatte einen fatalen Fehler begangen. Ein unverzeihliches Vergehen. Ich bereute nicht nur, ich begann, mich dafür zu hassen. Aber damit war es nicht genug. Ich schob noch einen Fehler hinterher. Natascha strich mir über die Brust, während sie mit der anderen Hand zwischen meine Beine griff, als wäre sie darauf aus, unser Liebesspiel nach einer kurzen Pause fortzusetzen. Aber ich war nicht mehr bereit dazu. Ich machte Natascha für mein eigenes Fehlverhalten verantwortlich. Ohne Rücksicht auf ihre Würde packte ich sie grob an den Handgelenken und zischte ihr zu, dass sie verschwinden solle. In diesem Moment war es mir egal, was sie fühlte oder wie sehr ich sie verletzte. Ich war von Reue und Scham erfüllt und konzentrierte meine Wut über meine eigene Entgleisung auf dieses Mädchen. Natascha blickte mich stumpf aus ihren großen Kulleraugen an, in denen auf einmal Tränen schimmerten. Hastig schob sie die Decke beiseite und sprang aus dem Bett. Mein Ton war brüsk und direkt, als ich ihr erläuterte, dass unser Zusammensein ein Fehltritt von mir gewesen sei, der mir leidtue. Sie griff nach ihrem Nachthemd, zog es rasch über und drehte sich um. Mit einem fast schon demonstrativen Stolz hob sie den Kopf und sagte, dass ich es noch bereuen würde, wie ich sie gerade behandelt habe. Da kam plötzlich Angst in mir auf. Ich fürchtete mich vor den Konsequenzen dieser Nacht. Doch bevor ich mich für meine raubeinige Art entschuldigen konnte, hatte Natascha die Klinke nach unten gedrückt und war verschwunden. Ich war total durcheinander und in meiner Rage schleuderte ich die Bettdecke durch das Zimmer. Und da sah ich den kleinen, roten Blutfleck auf dem Laken.«

»Du hast sie entjungfert«, stellte ich fest. »Du warst ihr erster Mann und das hat deine Ängste noch gesteigert, weil du begriffen hast, welches Geschenk sie dir gemacht hatte. Ein Geschenk, das du achtlos weggeworfen hast.«

»Richtig«, bestätigte Jürgen kleinlaut. »Einige Tage später rächte sie sich. Sie erzählte herum, ich hätte meine Machtposition als Lehrer ausgenutzt, um sie zu sexuellen Handlungen zu nötigen. Mit aller Konsequenz verfolgte sie ihr Ziel, meine Existenz zu ruinieren. Sie trug ihre Behauptungen zunächst ihren Eltern und mit ihnen gemeinsam dem Schuldirektorium vor. Schließlich drangen die Gerüchte überall durch – für mich begann ein Spießrutenlauf. Es war die reinste Hölle.«

Ich verdrehte die Augen. »Hast du denn ernsthaft gehofft, deine Handlungsweise würde ohne Konsequenzen bleiben?«

»Na ja, insgeheim hatte ich schon die Hoffnung, auch Natascha würde sich dafür schämen, was zwischen uns vorgefallen war. Aber den Gefallen tat sie mir nicht.«

»Was für eine schmutzige Geschichte«, sagte ich und stand auf, ohne meine Verachtung zu verbergen.

»Ich habe Natascha nicht gezwungen, mit mir zu schlafen, Daniel!«

Erneut diese Rechtfertigung, als meinte Jürgen, durch seine ständigen Beteuerungen glaubhafter zu wirken.

»Egal, wie du es drehst oder wendest, du hast dich schuldig gemacht.«

»Das ist deine Meinung?«, fragte er, sichtlich erstaunt.

»Ja, das ist meine Meinung«, antwortete ich.

»Das ist blanker Unsinn!«

»Du hast den Spießrutenlauf verdient.«

»Weil mich dieses Mädchen verführt hat?«

»Weil du nur an dich gedacht hast! Wenn es so war, wie du beteuerst, warst du in deinem Handeln nur auf dich fixiert. Ohne es zu bemerken, hast du dir selbst die Schlinge um den Hals gelegt, Jürgen.« Ich schnaubte verächtlich.

Jürgen verschränkte die Arme vor der Brust und sagte gereizt: »Wer unschuldig ist, werfe den ersten Stein.«

Missmutig verzog ich das Gesicht und ging zur Tür. Ich wollte mich auf keine weitere Diskussion einlassen. »Danke für den Wein. Wir sehen uns morgen früh«, sagte ich knapp.

»Stimmt es, dass ich dich nicht überzeugen konnte?«, rief er mir nach, machte aber keine Anstalten, mich aufzuhalten. »Warum zweifelst du an mir?«

Ich antwortete ihm nicht, er hatte recht. Ich zweifelte an ihm und seinen Aussagen. Jürgen war mir an diesem einen Tag fremd geworden und darüber war ich maßlos enttäuscht.

14. Kapitel

Ein Traum folgt seinen eigenen Gesetzen. Wenn wir träumen, sehen wir keine logisch aufeinanderfolgenden Bilder. Stattdessen vermischen sich Erlebnisse zurückliegender Tage mit abstrusen Elementen. Zeiten und Personen wechseln in unterschiedlichen Geschwindigkeiten. Wir durchqueren unbekannte Landschaften, finden uns in Häusern oder Räumen wieder, die wir niemals zuvor betreten haben. In einer besonders tiefen Schlafphase, der REM-Phase, werden unsere Träume von einer außergewöhnlichen Aktivität geprägt. Unser Sehzentrum wird eingeschaltet, die Akustik verschärft sich – es ist, als würden wir in eine Sphäre eindringen, die uns wie ein dickhäutiger Luftballon umschließt. Wir wachen erst auf, wenn dieser Ballon zerplatzt.

So war es mir damals ergangen, nachdem ich Diego mit meiner Aussage belastet hatte. Daraufhin war er mir in einem unheimlichen Traum erschienen. Er hatte mich in seine Zelle gelockt und dort allein zurückgelassen.

Ähnlich erging es mir in dieser Nacht wieder. Ich träumte schlecht, und erst das Klappern einer offen stehenden Tür, die vom Wind gegen den Rahmen geschlagen wurde, befreite mich aus dem Ballon, der sich über mich gestülpt und mich gefangen gehalten hatte.

Nur war es diesmal nicht Diego, der mich durch den Traum führte, sondern ein Mädchen, dem ich durch einen sterilen Gang mit hohen Wänden folgte. Ein kurzer Rock saß eng um ihre breiten Hüften; um ihren Oberkörper schmiegte sich ein kirschrotes, ärmelloses Hemd. Ihre schwarzen Locken verrieten mir, dass es Natascha war, die eine Armlänge von mir entfernt vor mir herlief. Sie wankte leicht, setzte ihre nackten Füße bei jedem Schritt behutsam auf dem gefliesten Boden auf, als befürchtete sie, in durchsichtige Scherben zu treten.

Ohne sich umzudrehen, hob sie ihre Hand und krümmte ihren Zeigefinger. Damit deutete sie an, dass ich hinter ihr bleiben sollte. Plötzlich drückte sie ihre Hände gegen ihr Becken. Offensichtlich litt sie unter starken Schmerzen, denn im selben Atemzug krümmte sie sich nach vorn, als hätte sie einen Schlag in die Magengrube bekommen. Dennoch schleppte sie sich weiter.

Der Drang, ihrer Aufforderung nachzukommen, war stark genug. Ich trottete hinter ihr her, bis sie eine blaue Tür öffnete und in einen großen, ziemlich heruntergekommenen Duschraum trat, der von mehreren Personen gleichzeitig benutzt werden konnte.

Wie in einem Schwimmbad, dachte ich. Oder es war der Duschraum einer Jugendherberge. Mit weißen Fliesen, die an einigen Stellen aufrissen, und Armaturen, die mit bräunlichen Rostflecken besprenkelt waren. Die einst hellen Fugen bedeckte größtenteils dunkler Schimmel.

Natascha ging quer durch den Raum, nach wie vor in dieser gekrümmten Haltung, und stellte sich unter die vorderste Dusche.

Ich blieb in der Nähe der Tür stehen und beobachtete, wie sie den Duschhahn betätigte. Das Wasser prallte auf sie nieder, ihre Kleidung war im Nu durchnässt. Erst als sie sich unter dem Wasserstrahl wand, bemerkte ich, dass ihr Gesicht gar keine Formen hatte. Es war eine flache, fleischige Wand, ohne Augen, Nase und Mund. Eine bizarre, grauenvolle Maske.

Sie winkte mir zu. Mein Verstand weigerte sich, aber als würde sie mich mit einem Seil zu sich heranziehen, setzten sich meine Füße in Bewegung. Ich konnte mich nicht dagegen wehren.

Sie streckte ihre Hände aus, zog mich an meinen Unterarmen vorwärts und mir war, als würde ich ein heiseres Jammern vernehmen. Es war ein Klagelaut.

Lauwarmes Wasser spritzte hart auf meinen Kopf und lief in breiten Strömen über meinen Nacken. Meine Hose und mein Hemd wurden klatschnass, während Natascha sich an mich schmiegte. Sie suchte Trost und Schutz. Ich streichelte über ihren Hinterkopf, versuchte mir klarzumachen, dass sie nur eine gesichtslose Silhouette in einem unwirklichen Traum war.

Es war ein zaghafter Versuch, der zum Scheitern verurteilt war. Sie fühlte sich real an. Viel zu real.

Ich schloss die Augen, vernahm das Rauschen des Wassers, das sich mit ihrem kratzigen Wimmern und meinem Herzschlag zu einem einzigen grausigen Missklang mischte – und ich spürte die Veränderung. Natascha streckte sich, nahm eine neue Gestalt an. Meine Hände tasteten sie ab. Ihr Rücken wurde breiter, ihr Schädel dehnte sich aus und sie schien zu wachsen. Es fühlte sich grotesk an.

Grotesk und unheimlich.

Ruckartig schlug ich die Augen auf und sah in Jürgens Antlitz. Die Gläser seiner Hornbrille waren beschlagen und mit Wassertropfen benetzt. Die Konturen seiner Gesichtszüge verschwammen unter den Wassermassen, die auf ihn regneten. Er hatte Nataschas Platz eingenommen.

»Was ist hier los? Was willst du von mir?«, schrie ich ihm panisch entgegen. Ich war schockiert.

»Mir ist klar, dass ich dich mit meinen Lügen nicht manipulieren konnte. Deswegen will ich die Sache mit Natascha richtigstellen.« Eine feuchte, weiße Wolke stieg aus seinem Mund empor. »Deine Zweifel sind berechtigt. Sie hat es nicht gewollt.«

»Natascha?«

»Ja.«

»Also hat sie nicht gelogen?«

Jürgen schüttelte den Kopf und stellte die Dusche ab. Auch er war bekleidet, mit einer Stoffhose und einem schlichten einfarbigen Pullover. Seine Pupillen funkelten düster hinter den angelaufenen Gläsern seiner Brille. Er krempelte die Ärmel hoch und strich sich angewidert über die mit Wasser getränkte Hose.

»Du hast sie … geschändet«, sagte ich voller Verachtung.

»Ja, das habe ich. Ich musste ihr die Schenkel gewaltsam spreizen. Ich habe sie brutal genommen, Daniel, und ihr gezeigt, wie sich ein Mann anfühlt, der vor Leidenschaft brennt! Sie hat sich gewehrt, dieses Luder, aber ich habe es ihr besorgt.« Er lachte wie wahnsinnig auf. »Und wie ich es ihr besorgt habe!«

»Du Ungeheuer!«

»Sie hat es darauf angelegt.«

»Sei still!«

»Sie hat geschrien und gezappelt wie ein kleines Schwein auf der Schlachtbank und ich musste ihr den Mund zuhalten, damit wir nicht entdeckt wurden.«

»Halt den Mund, halt endlich den Mund!« Meine Stimme überschlug sich. Der Klang hallte von den Wänden wider und bohrte sich mir wie mit langen Schrauben ins Hirn.

»Jetzt habe ich es dir gestanden.« Er grinste mich schief an. »Nun liegt es in deinen Händen.«

»Du bist verrückt! Komplett verrückt!«

»Nein, das bin ich nicht. Ich habe nur die Beherrschung verloren«, sagte Jürgen und kam zielstrebig auf mich zu. Er überraschte mich, breitete die Arme aus und umarmte mich.

Ich war dermaßen bestürzt, dass ich mich nicht wehrte, als er mir seine Lippen auf den Mund drückte. Es waren glatte Lippen wie aus Gummi, die mich berührten.

Ich konnte es nicht fassen. Es war unbegreiflich. Jürgen verspottete mich mit einem Kuss!

Ich wollte mich von ihm losreißen und bohrte meine Fingernägel in seine Schultern. Er bemühte sich, meiner Kraft zu widerstehen, und erhöhte den Druck. Ich kämpfte gegen ihn an, war in meinem Streben energischer als er und stieß ihn wuchtig beiseite.

Im nächsten Moment wurde ich geweckt. Mein Puls flatterte und mein Herz pochte in einem Takt mit der Tür, die irgendwo außerhalb meines Zimmers gegen die Einfassung prallte. Ich war dem Geräusch dankbar, denn es hatte mich aus diesem abscheulichen Albtraum gerissen.

Ich verharrte reglos und wie betäubt im Bett. Um mich herum war es still, nur das Scheppern der Tür war zu hören. Ein gedämpfter Laut, der immer aufdringlicher wurde. An Schlaf war nicht mehr zu denken.

Es dauerte eine Weile, bis ich mich endlich rührte. Ich zog mich am Bettrahmen hoch, fegte die Decke beiseite und registrierte, dass mein Laken von meinem eigenen Schweiß klamm war. Sogar mein Unterhemd war durchgeschwitzt und klebte an meinem Rücken. Ich musste mich erfrischen, und zwar dringend.

Ich schaltete die Nachttischlampe an und blickte zu meinem Verband – er haftete stramm an meinem Bein. Erleichtert stand ich auf und ging noch leicht benommen ins Badezimmer, um mein Unterhemd auszuziehen und mir Wasser ins Gesicht und gegen den Oberkörper zu spritzen.

Die Nässe auf meiner Haut tat gut. Ich trank einen Schluck Leitungswasser und spürte, dass meine Sinne allmählich erwachten. Ich schüttelte den Traum ab, in dem ich meinem eigenen Argwohn begegnet war. Nur das klappernde Geräusch der Tür verfolgte mich hartnäckig bis hierher.

Ich musste nicht lange über meinen nächsten Schritt nachdenken. Wenn ich in dieser Nacht noch ein wenig schlafen wollte, musste ich der Ursache für die nächtliche Ruhestörung auf den Grund gehen.

Daher lief ich in mein Zimmer zurück, öffnete den Wandschrank und nahm mir einen hochgeschlossenen Pullover und eine gefütterte Hose heraus. Ich zog mich an und schlüpfte in meine Stiefel. Dann trat ich in den Flur und drückte auf den Lichtschalter. Die länglichen Deckenlampen blinkten zweimal hastig auf, bevor sie genügend Licht spendeten. Ich schaute nach rechts, von wo aus der Lärm meiner Meinung nach herüberschallte, und erkannte am Ende des Korridors eine Tür, die offen stand und in einem glänzenden Ultramarin lackiert worden war. Ein Schild an der gegenüberliegenden Wand wies auf einen Notausgang hin, den irgendwer benutzt und nicht wieder verschlossen hatte. Dicke Schneeflocken wehten in den Flur herein und breiteten sich über den Linoleumboden aus. Ein frostiger Luftzug strömte durch den Gang und empfing mich wie ein eisiger Atem.

Dann schlug die Tür erneut gegen den Rahmen. Der dumpfe Ton war für mich wie ein Signal, das mich zum Handeln aufforderte.

Zielstrebig ging ich auf den Notausgang zu, riss die Tür vollends auf und starrte in die Nacht hinaus. Draußen tobte ein richtiger Sturm. Die Wipfel der Bäume krümmten sich unter dem Wind, der die Schneemassen von den Ästen schüttelte. Gefrorenes Eis wirbelte in kleinen Lawinen über die von einem weißen Teppich verdeckte Straße. Ein alter, schmutziger Renault schlitterte mit brummendem Motor über die spiegelglatte Fahrbahn und fuhr in bedächtigem Tempo an unserem Hotel vorbei. Der Fahrer drückte sich die Nase an der Windschutzscheibe platt, um sehen zu können, wohin er den Wagen lenken musste. Die wie unkontrolliert zuckenden Scheibenwischer waren seine einzigen Verbündeten in seinem Bemühen, die Übersicht zu behalten. Ich schaute dem Auto nach, bis die Rückleuchten von der Schneewand verschluckt wurden.

Es war eine ungemütliche Nacht, in der nur Menschen unterwegs waren, die es nicht verhindern konnten. Deswegen erschien es mir auch merkwürdig, dass jemand den Notausgang an der östlichen Hotelseite benutzt hatte, um von dort aus über eine stählerne Feuertreppe nach unten zu gelangen. Im matten Schein der Straßenlaternen erkannte ich frische Spuren von Schuhen oder Stiefeln, die sich unterhalb der Treppe in den Schnee gedrückt hatten. Sie führten dicht an dem Hotelgemäuer und zwei großen Müllcontainern vorbei, vor denen sich vollgestopfte, graue Abfallsäcke stapelten.

Bei genauerem Hinsehen fiel mir noch etwas auf. Vor den Boxen war die Schneedecke beiseite gewischt worden. Als hätte irgendjemand einen wichtigen Gegenstand verloren und danach gesucht. Ich wog ab, ob ich runtergehen und nachsehen sollte. Letztlich entschied ich mich dagegen und zog mich zurück.

Nachdem ich den Notausgang mit dem von innen steckenden Schlüssel verriegelt und mich wieder dem Gang zugewandt hatte, bemerkte ich, dass am anderen Ende des Korridors eine weitere Tür einen Spaltbreit offen stand. Ein dünner Lichtstrahl drang durch den schmalen Schlitz und löste sich in der Helligkeit des Flurs auf.

Verwundert erkannte ich, welcher Raum sich dahinter befand, und sofort beschlich mich ein mulmiges Gefühl. Es war Jürgens Zimmer.

Warum steht seine Tür mitten in der Nacht offen? Was geht hier vor?, erkundigte sich mein Verstand. Ich war geneigt, mit den Schultern zu zucken, um meine Ratlosigkeit auszudrücken, verwehrte mir diese überflüssige Regung allerdings.

Nicht nur draußen tobte ein Unwetter, nein, auch hier drinnen braute sich ein Sturm zusammen. Es war mehr als nur eine Vermutung. Es kam einer Erkenntnis gleich, die wie die ersten Ausläufer eines Blizzards auf mich zuraste. Sie schlug mir wie eine unheilvolle Prophezeiung entgegen, während ich mich durch den Flur bewegte. Auf Jürgens Zimmer zu.

Mühevoll setzte ich Fuß vor Fuß und mit jedem Schritt drang die Spannung weiter in sämtliche Fasern meiner Muskeln vor.

Ich flüsterte Jürgens Namen, mehrmals, bis ich mein Ziel erreichte und vor dem Raum stehen blieb. Meine Knie wurden weich, das Unbehagen schwirrte wie ein Bienenschwarm in meinem Bauch herum.

Was erwartete mich hinter der Tür?

Wollte ich es überhaupt herausfinden?

Ich glaubte, dass ich keine Wahl hatte. Ich musste es einfach herausfinden.

Ich klopfte zaghaft an.

Jürgen reagierte nicht.

Ich versuchte es noch einmal, diesmal mit mehr Nachdruck. Vergebens.

»Jürgen? Ist alles in Ordnung?«

Keine Antwort.

Mir blieb nichts anderes übrig, als nachzusehen. Ich legte meine flache Hand gegen die Tür und schob sie vorsichtig nach innen auf.

Ich starrte Jürgen an und er blickte mit großen, ausdruckslosen Augen zurück, die sich hinter den zersprungenen Gläsern seiner Hornbrille brachen.

Meine Nackenhaare stellten sich einzeln nach oben und meine Haut begann fürchterlich zu kribbeln.

Der Anblick legte sich wie ein Zentnergewicht auf meine Brust. Es kam mir vor, als wäre ich zu langsam gewesen. Der Blizzard hatte mich eingeholt, in sein furchtbares Zentrum gehievt und zeigte mir seine schrecklichste Seite.

Ein unwirkliches, von Lautlosigkeit geprägtes Szenario.

Ich zwang das Bedürfnis nieder, mich umzudrehen und zu

flüchten. Ich zwang mich, nicht aufzustöhnen oder zu schreien. Ich zwang mich zu einer ruhigen, überlegten Verhaltensweise.

Und tatsächlich, es gelang mir, indem ich mich auf einige Details konzentrierte, die mich geradezu ansprangen. Meine Sinne waren äußerst geschärft, als ich den Raum durchquerte. Ich sah, roch und hörte mit einer Intensität, wie ich es noch niemals zuvor erlebt hatte.

Die Flasche Rosé auf dem Tisch war bis auf einen winzigen Rest geleert. Daneben standen die Weingläser, die noch zu einem Drittel gefüllt waren. Im Zimmer lagen überall verstreut Kleidungsstücke herum. Sie gehörten Jürgen. Ich rümpfte die Nase. Über die staubige Heizungsluft hatte sich ein anderer Geruch gelegt, ein penetranter Mix aus abgestandenem Wein, Urin und Blut. Ein beißender Gestank, der mir in der Kehle kratzte, während sich das Rauschen des länglichen Heizkörpers in meine Gehörgänge bohrte. Dazu kam das monotone Tropfen eines undichten Wasserhahns, das aus dem Badezimmer schallte.

Ich hielt mich an diesen Eindrücken fest, bis ich vor Jürgen stand. Vielmehr vor seiner leblosen Hülle, die mit ausgestreckten Beinen an der Wand neben der Badezimmertür lehnte. Nackt. Regungslos. Mit aufrechtem Oberkörper.

Hinter seinem Kopf zog sich ein breiter, dunkelroter Streifen über die Wand wie eine purpurfarbene Verzierung, die so gar nicht zu der gräulichen Farbe der Tapete passen wollte. Ein glänzendes, blutiges Ornament, das wiederum selbst von zahlreichen Blutstropfen umrahmt wurde.

Ein Ausdruck für den Schrecken, der hier getobt haben musste.

»Jürgen«, krächzte ich.

Wie oft ich diesen simplen Namen in den letzten Minuten ausgesprochen und mit welchem Nachdruck ich mich mit ihm gedanklich beschäftigt hatte! Mit dem Menschen, der mir einmal so nahegestanden und mich dann so desillusioniert hatte.

Ich beugte mich behutsam über ihn und sofort schwappte eine Woge voll Übelkeit in mir hoch. Die süßlichen Ausdünstungen, die seinem Körper entwichen, waren unerträglich, nisteten sich mit einer Hartnäckigkeit in meinen Nasenhöhlen ein, dass ich den aufkeimenden Brechreiz kaum unterdrücken konnte.

Es war jedoch nicht nur dieser ekelerregende Dunst, der mich dermaßen abschreckte. Ich erkannte Einzelheiten. Der hintere Teil von Jürgens Schädel war zertrümmert und von einer blutverschmierten, fahlen Hirnmasse bedeckt, durch die sich winzige, milchig schimmernde Knochensplitter drückten. Sein Unterkiefer war nach unten geklappt und ein Blutschwall hatte sich aus seinem Mund über den Hals und seine behaarte Brust ergossen. Seine linke Hand stand unnatürlich von seinem Arm ab, wie eine deformierte Klaue, während die rechte Hand seinen schlaffen Penis umschloss, was die grauenvolle Absurdität dieses Anblicks noch verstärkte.

Vor mir tat sich das abartige Arrangement eines gestörten Geistes auf. Es war wie eine makabre Inszenierung.

Obwohl es unnötig war und mich zudem eine ungeheure Überwindung kostete, legte ich eine Hand auf Jürgens linke Brust. Sein Herz unter der noch warmen Haut rührte sich nicht mehr. Es blieb stumm, denn es hatte aufgehört zu schlagen.

Jürgen war tot. Er war ermordet worden.

Diese Worte erschienen mir zu profan. Sie reichten nicht aus.

Er war bestialisch umgebracht worden.

Das kam der Realität schon näher.

Viel näher. Ich sah es vor mir. Es war zwar nur eine intuitive Einschätzung – mehr konnte es nicht sein –, doch es traf mich mit einer unglaublichen Wucht. Ich sah gewaltige

Pranken, die Jürgen zu Boden drückten, ihn am Haarschopf packten und seinen Kopf gegen die Wand hämmerten. Einmal, zweimal, dreimal. Jürgen schleuderte seine Arme und Beine wild um sich, keuchte, wollte sich seinem Schicksal nicht widerstandslos ergeben. Er zappelte und jammerte wie ein kleines Schwein auf der Schlachtbank. Das war seine eigene Metapher aus meinem Traum. Aber es war zwecklos. Jürgen hatte keine Chance. Er war behindert. Und er war zu schwach. Ein leichtes Opfer. Diese Erkenntnis ließ seine Kräfte schwinden und er nässte sich ein. Sein Widerstand wurde vollends erstickt, als seine Schädeldecke brach und sich spaltete. Sein Mörder ließ erst von ihm ab, als er sicher war, dass alles Leben aus Jürgen gewichen war. Er hatte es aus ihm herausgeprügelt. Anschließend entkleidete er den toten Körper und lehnte ihn an die Wand. In aller Seelenruhe setzte er Jürgen sogar noch die Brille auf, die bei der heftigen Attacke von seiner Nase geflogen war, und legte ihm sein Glied in die Hand.

So musste es gewesen sein. Ich zog meinen Arm zurück und der Leichnam rutschte beiseite, hinterließ einen weiteren Blutstreifen an der Wand und prallte mit einem stumpfen Laut auf den Boden. Aus dem dunklen Krater hinter den geöffneten Zahnreihen schwappte etwas Fleischiges aus dem Mund.

Ich wich erschüttert zurück. Erneut rebellierte mein Magen.

Es war Jürgens Zunge, die nur ein paar Zentimeter von mir entfernt auf dem Boden landete wie ein Geschwulst, bestehend aus Blutgefäßen und winzigen Nervensträngen. Die gewölbte Oberseite der Zunge wies eine dreieckige Vertiefung auf, an deren hintersten, dicksten Teil feine Fasern aus zerstörtem Gewebe herausragten.

Das war zu viel für mich. Ich konnte den Brechreiz nicht länger unterdrücken. Meine unmittelbare Umgebung fing an, sich in einem höllischen Tempo um mich herumzudrehen. Ich schnellte hoch und stolperte ins Badezimmer. Ich schaffte es gerade noch, den Klodeckel anzuheben und meinen Kopf über die Schüssel zu bringen, da begann sich mein Magen schon zu entleeren.

Nachdem ich mich erleichtert hatte, blieb ich noch eine geraume Zeit vor der Toilette hocken. Ich schlang die Arme um meine angewinkelten Beine und starrte mit der Gewissheit ins Leere, dass wir das Übel, dem wir schon einmal begegnet waren, wieder heraufbeschworen hatten.

Dieses Übel ist mein Kreuz, das ich tragen muss. Wie gerne würde ich es loswerden, abschütteln, mich davon trennen wie von dem Stift, den ich jederzeit aus der Hand legen kann, wenn meine Kräfte schwinden.

Dieses Übel ist meine Pein und der Grund dafür, dass ich mich behandeln lassen muss.

Es will mich ins Verderben stürzen. Es will mich vernichten.

Das wollte es schon immer.

Vierter Teil

Der Fluchtversuch

15. Kapitel

Eine Rückblende.

Ein bedeutsamer Auszug aus einer therapeutischen Sitzung mit Dr. Olivia Bach.

Wir befinden uns in ihrem Behandlungsraum. Sie hat die Jalousien vor den Fenstern bis zur Hälfte heruntergelassen, um das grelle Tageslicht ein wenig auszusperren und dennoch genügend Helligkeit im Raum zu bewahren. Olivia verzichtet gerne auf künstliches Licht.

Ich kauere auf meinem Stuhl und beobachte, wie sie ihren Sessel neu positioniert und darauf Platz nimmt. Jetzt sitzt sie mir gegenüber, schiebt die Brille zurecht und nickt mir voller Optimismus zu. Sie spürt meinen inneren Stress, meine Ungeduld und nimmt darauf Rücksicht.

Sie hat mir genau erläutert, was sie heute vorhat. Sie möchte eine neue Behandlungsmethode ausprobieren. Es sei ein wissenschaftliches System. EMDR. Das steht für *Eye Movement Desensitization and Reprocessing,* was so viel bedeutet wie ›Desensibilisierung und Neuverarbeitung durch Augenbewegung‹. Ich habe sie gebeten, die Begriffe mehrmals zu wiederholen, damit ich sie mir einprägen konnte.

EMDR ist eine Traumatherapie, welche die beiden Gehirnhälften durch eine unkomplizierte Vorgehensweise reizt. Ein belastendes Erlebnis soll schneller verarbeitet werden, indem eine sprachliche und gedankliche Auseinandersetzung im Wechsel mit einem visualisierten Sinneseindruck erfolgt.

Ich bin skeptisch. Und ich bin ängstlich. Das habe ich Olivia auch gesagt und sie hat mir daraufhin versprochen, nicht am Ausgangspunkt zu beginnen. Das sei zwar der entscheidende Schritt, aber sie möchte mich nicht überrumpeln. Ihr Ziel sei es, mich langsam mit der neuen Methodik vertraut zu machen. Eine unüberlegte und zu schnelle Vorgehensweise sei durchaus nicht ungefährlich.

Olivia war einfühlsam genug und ich habe mich einverstanden erklärt, eine EMDR-Sitzung durchzuführen.

Deswegen sitzen wir jetzt hier. Deswegen bin ich aufgewühlt. Und deswegen streckt Olivia einen Zeigefinger aus und bewegt diesen vor meinen Augen hin und her.

Sie wirkt sehr ernst. »Halten Sie die Augen offen, das ist wichtig«, sagt sie gedämpft.

»Okay«, antworte ich ebenso leise.

Ihr Finger pendelt in einem gleichmäßigen Takt vor meinem Gesicht wie ein Metronom. Sie wartet noch einen Moment, bis sie weiterspricht.

Sie benutzt eine merkwürdige Einleitung für unsere Sitzung. »Sie sind dem Tod oft begegnet, Herr Medrich, sogar sehr oft. Mit welcher Farbe würden Sie ihn zeichnen?«

»Mit welcher Farbe?«

»Ja.«

»Schwarz. Ich würde einen Stift mit einer schwarzen Mine verwenden.«

»Stellen Sie sich vor, Sie müssten den Tod skizzieren. Welches Bild würde dabei entstehen?«

»Ein Bild mit vor Angst verzerrten, schreienden Gesichtern«, sage ich schnell und ohne darüber nachzudenken.

»Erkennen Sie die Gesichter?«

»Ja. Es sind die Gesichter von Menschen, die umgebracht wurden.«

»Was berührt Sie am meisten, wenn Sie sie betrachten?«

»Meine eigene Hilflosigkeit. Es ist schrecklich«, entgegne ich und sehe in die lautlos brüllenden Münder, in die Abgründe, die sich dahinter auftun. Meine Aufregung steigt.

»Wieso konnten Sie nicht helfen?«

»Weil ich die Gefahr immer zu spät bemerkt habe.«

»Fühlen Sie sich dadurch schuldig?«

Ein bitterer Geschmack breitet sich in meinem Rachen aus. Der Geschmack von Schuld. »Ja«, antworte ich.

»Ist das der einzige Grund dafür, dass Ihr Gewissen Sie quält?«

»Ich denke schon, ja.«

Olivia ist unnachgiebig. Ihr Finger schwingt in meinem Sichtfeld herum und ich folge ihm genauso wie ihren Fragen.

»Welches ist Ihr schlimmster Gedanke, wenn Sie in diese Gesichter schauen?«, möchte sie wissen.

»Dass ich nichts mehr für sie tun kann.«

»Und Ihr schlimmstes Körpergefühl?«

»Ich bin gelähmt, kann mich nicht bewegen.«

»Was würden Sie unternehmen, wenn Sie diesen Menschen noch helfen könnten?«

»Ich weiß es nicht.« Wieder diese Hilflosigkeit. Ich schaue Olivia ratlos an.

»Waren Sie in der Lage zu helfen?«

»Vielleicht.«

»Waren Sie in der Lage, den Verlauf der Geschehnisse zu ändern?«

Ich zucke angestrengt mit den Achseln.

»Sie kennen die Antwort sehr wohl, Herr Medrich. Sagen Sie es mir.«

»Ich kann es nicht.«

»Konzentrieren Sie sich.«

»Ich bemühe mich, es ist schwer.«

»Waren Sie in der Lage, den Verlauf der Geschehnisse zu ändern?«, wiederholt sie die Frage in demselben Tonfall.

Sie setzt mich unter Druck. Das ist ungewöhnlich. Und es schmerzt mich. Ich muss mich dagegen wehren. Ich schlage die Hände vor die Augen und presse die Luft aus meinen Lungen.

»Herr Medrich, Sie werden sich nur von Ihrer seelischen Erschütterung lösen, wenn Sie den unbedingten Willen dazu aufbringen.«

»Ich schaffe es nicht«, stoße ich hervor.

»Sie ertragen es nicht«, stellt Olivia fest. »Das ist Ihr wunder Punkt. Kommen Sie, arbeiten Sie weiter mit. Lassen Sie sich darauf ein. Sie müssen es noch einmal durchleben.«

Ihre Aufforderung reicht nicht aus. Ich bin nicht stark genug. »Brechen Sie ab, ich möchte nicht mehr.«

Ich schaue Olivia energisch an und erkenne einen Anflug von Enttäuschung in ihren Gesichtszügen. Sie zögert, als möchte sie nicht wahrhaben, dass der Versuch bereits an dieser Stelle endet. Schließlich legt sie die Fingerspitzen unter ihr Kinn und atmet durch.

»Wir müssen Geduld haben«, sagt sie, steht auf und stellt den Stuhl wieder in seine ursprüngliche Position. Dann setzt sie sich und schlägt die Beine übereinander.

»Geduld?«

»Ja, Geduld. Sie sind weiter von Ihrem Ziel entfernt, als ich erwartet habe, Herr Medrich. Deshalb ist es von großer Bedeutung, dass Sie Ihre Situation realisieren. Letztendlich können Sie sich nur selbst befreien. Ich werde es Ihnen begreiflich machen.« Sie lehnt sich zurück. »Ein Trauma kann sich auf drei verschiedene Arten ausdrücken. Eine Reaktion ist die dauerhafte Erregtheit. Der Traumatisierte sieht überall eine Gefahr, das Niveau einer normalen, gelösten Aufmerksamkeit geht vollständig verloren. Er wird mit ständigen Angstträumen, Schlaflosigkeit und einer Vielzahl vegetativer Stresserscheinungen konfrontiert.« Sie sieht mich unverwandt an und legt den Kopf zur Seite. »Die zweite Möglichkeit besteht darin, dass der Traumatisierte immerzu an das Ereignis denkt, das seinen Zustand verschuldet hat. Er muss es immer wieder erleben, sein Alltag wird von diesen Wahrnehmungen geprägt. Er ist verunsichert und zieht sich zurück, vermeidet jede zwischenmenschliche Beziehung und ist schon bald einer völligen emotionalen Isolation ausgesetzt.«

»Und die dritte Art?«, frage ich brüchig.

»Die dritte Art trifft auf Sie zu«, sagt sie.

»Was steckt dahinter?«

Sie klärt mich auf, mit einfachen, ausgewählten Sätzen, die ich verstehe.

Eine Woche später probiert sie eine abgewandelte Form des EMDR-Systems aus. Dabei kann ich die Augen schließen und strecke die Arme nach vorn. Sie tippt abwechselnd gegen die Innenflächen meiner Hände, während wir über jenes Ereignis sprechen, das alles ausgelöst hat.

Mittendrin drückt mich die psychische Belastung erneut so sehr, dass ich die Sitzung abbreche.

Die Therapie stockt und das liegt an mir. Je näher ich meinen belastenden Erfahrungen komme, desto größer wird meine Abneigung, sie aufzuarbeiten.

Wir suchen neue Möglichkeiten. Letzten Endes unterbreitet Olivia mir den Vorschlag, die ganze Geschichte zu Papier zu bringen. Das sei zwar nur eine Notlösung, sagt sie, aber ich müsse es versuchen.

Ich begreife, dass es wohl der letzte Ausweg für mich ist.

Da kauerte ich also in Jürgens Badezimmer und scheute mich davor, es zu verlassen. Allein die Vorstellung, an seinem Leichnam vorbeizugehen, trieb mir einen Keil in die Brust. Andererseits konnte ich nicht ewig hier verharren und darauf warten, bis irgendwer das Zimmer betreten und die Polizei alarmieren würde.

Ich musste handeln. Es gab keine andere Möglichkeit. Ich war allein. Allein auf der Welt. Allein mit meinem toten und schlimm zugerichteten Freund, dem Hirnflüssigkeit aus dem gebrochenen Schädel tropfte und dessen Zunge nur wenige Zentimeter von seinem Kopf entfernt am Boden lag.

Ich richtete mich auf mit wackligen Beinen, die drohten, mir den Dienst zu verweigern und einzuknicken. Ich stützte mich an der Wand ab und tastete mich vorwärts. Nur nicht durchdrehen, dachte ich. Nur nicht durchdrehen. Ich schaffte es in Jürgens Schlafzimmer und blickte zu der schmalen Ablage neben dem Bett. Dort stand das Telefon. Ein Ziel, das ich ansteuerte.

Bloß nicht woanders hinsehen. Schau nur zum Telefon. Nur dorthin. Den dunklen Umriss, der am Boden liegt und dir ins Auge sticht, darfst du nicht beachten.

Wieder hüllte mich dieser Gestank ein wie eine übel riechende Wolke.

Aber ich erreichte mein Ziel. Der Hörer lag schwer in meiner Hand. Ich wählte die Nummer der Rezeption, die auf einem Zettel stand, der oberhalb der Tastatur klebte.

Es klingelte einmal.

Zweimal.

Mein Herz pochte hart in meiner Brust.

Nach dem dritten Klingeln wurde abgenommen. »Rezeption, Schumann. Was kann ich für Sie tun?«, meldete sich eine verschlafene Stimme.

»Medrich. Ich rufe aus dem Zimmer von Jürgen Nöltgen an«, sagte ich stockend. »Sie müssen die Polizei rufen.«

»Die Polizei? Weshalb?«, fragte Schumann.

»Tun Sie es einfach.«

»Sagen Sie mir erst, was passiert ist.«

Im Hintergrund hörte ich es rascheln. Vermutlich hatte Schumann sich sofort das Buch mit den Reservierungen geschnappt und ging die Gästeliste durch, um festzustellen, ob Jürgens Name eingetragen war.

»Herr Nöltgen wurde erschlagen«, sagte ich. »Er ist tot.«

Stille.

»Sind Sie sich sicher?«, fragte Schumann schließlich konsterniert.

Natürlich war ich mir sicher. Der Kerl dort unten am Empfang sollte mir keine dämlichen Fragen stellen, er sollte den Hintern hochbekommen und die Polizei anrufen!

»Ich bin mir sicher! Sie können gerne nachsehen und sich selbst davon überzeugen«, sagte ich rabiat.

Es kam mir vor wie ein Lebenszeichen, das ich aussandte. Ein positiver Reflex, weil ich mich endlich auf das Wesentliche konzentriert hatte, das darin bestand, Alarm zu schlagen und Hilfe zu rufen. Nicht mehr für Jürgen, nein, für ihn kam jede Hilfe zu spät. Für mich. Ich benötigte Beistand.

Der Beistand kam überfallartig.

Die Ruhe wich einer organisierten Betriebsamkeit, als uniformierte Polizisten und Beamte von der Spurensicherung ins Hotel und bis zu mir vordrangen. Schumann hatte seinen Hintern hochbekommen und die Polizei angerufen. Allerdings hatte er es nicht für nötig erachtet, die Rezeption zu verlassen und nachzusehen, ob er mich unterstützen konnte. Er hatte sich nicht einmal mehr gemeldet. Der Mann hatte seine Pflicht getan und anschließend den Dingen wieder ihren eigenen Lauf gelassen.

Nach dem Telefonat war alles schneller gegangen, als ich vermutet hatte. Ein Krankenwagen war vorgefahren und zeitgleich mit den Polizisten stürzten zwei Ärzte ins Zimmer. Ich saß auf Jürgens Bett und sah ihnen zu. Die beiden untersuchten den Leichnam, schauten sich kurz an, dann schüttelten sie den Kopf, um einer hochgewachsenen Frau das Feld zu überlassen. Sie stellte ihre prall gefüllte Ledertasche ab, öffnete sie und nahm ein Paar Latexhandschuhe heraus, die sie sich flink überstreifte. Während sich die Gerichtsmedizinerin der Leiche widmete, machten sich drei andere Männer über die Blutspuren her und nahmen sie mit Leinenläppchen auf.

Ich sah gerade noch, wie sich einer von ihnen umdrehte und die Zunge mithilfe einer Art Federzange in ein durchsichtiges Tütchen packte, als mich ein älterer Beamter ansprach. Bislang hatte niemand Notiz von mir genommen.

»Herr Medrich, nehme ich an«, sagte der Beamte.

Ich nickte schwerfällig.

»Kommen Sie bitte mit.«

Er führte mich hinaus. Hinaus aus Jürgens Quartier, aber nicht aus dem Albtraum. In dem steckte ich mittendrin.

Der Beamte lotste mich durch das Treppenhaus hinauf in das dritte Geschoss. Dort befand sich am Ende eines Wandelgangs ein Besprechungszimmer, in das wir uns ohne Umschweife begaben. Um einen Konferenztisch standen an jeder Seite acht Stühle, ansonsten war es ziemlich kahl hier drin. Zwei Neonröhren versprühten ein auffallend hartes Licht.

»Warten Sie hier«, forderte mich der Beamte auf. »Der Kommissar wird gleich zu Ihnen kommen.«

»Geben Sie bitte noch Herrn Gimenez Bescheid«, entgegnete ich und nahm Platz. »Rafael Gimenez. Er wohnt ebenfalls hier im Hotel.«

»Er kannte den Toten?«

Der Beamte drückte es korrekt aus, benutzte die richtige Zeitform, und das jagte mir ein Frösteln über den Nacken. Wir würden von Jürgen nur noch in der Vergangenheit reden.

»Ja.«

»Ich werde mich darum kümmern.«

Der Beamte verschwand. Ich war wieder allein.

Aber nicht lange. Rafael wurde zu mir gebracht. Er hatte einen engen, grünen Jogginganzug an, unter dem sich seine Oberarmmuskeln deutlich abzeichneten. Seine Augen fixierten mich. Er wirkte kein bisschen müde.

»Stimmt das?«, wollte er sofort wissen. »Jürgen wurde … ermordet?«

»Es stimmt«, sagte ich.

Rafael ließ sich auf einem Stuhl auf der anderen Tischseite nieder und blies Luft aus seinen Backen. »Auf welche Weise?«

»Er wurde erschlagen.«

Das Blut wich aus seinem Gesicht. »Wie Flora«, flüsterte er schockiert.

So weit hatte ich noch gar nicht gedacht.

»Ich habe ihn gefunden«, sagte ich.

Noch eine Parallele, die mir erst jetzt auffiel. Es war unheimlich.

Rafael erkannte es ebenfalls. Er verzog die Mundwinkel und schaute zur Fensterfront, als wollte er meinem Blick ausweichen.

»Das habe ich nicht gewollt«, murmelte er schließlich. »Das konnte ich nicht voraussehen.«

Er macht sich Vorwürfe und das nicht ohne Grund, dachte ich. Er hatte uns hierher gelockt. Demnach hatte er Jürgens Tod mitzuverantworten.

Ich wollte gerade etwas erwidern, als ein kleiner Mann den Raum betrat. Er war mit einem abgewetzten Anzug bekleidet, der um seinen schmächtigen Körper flatterte. Seine rotblonden Haare waren kurz geschnitten und strohig wie von der Sonne verbranntes Gras. Er hielt sich besonders aufrecht, bemühte sich offenbar, seine fehlende Körpergröße durch diese Haltung wettzumachen, was ihm keineswegs gelang.

»Mankowski?«, hauchte ich verblüfft. Es schien mir, als wäre ich durch ein wundersames Tor geschritten und hätte die letzten Jahre ausgelöscht. Ich sah mich wieder in unserem Wohnzimmer sitzen, einem Verhör ausgesetzt, dem ich nicht standhalten konnte.

Wenn der Polizist ebenfalls überrascht war, zeigte er es nicht. Er schnappte sich einen Stuhl und hockte sich neben Rafael.

»Ich brauche Ihnen wohl kaum meine Dienstmarke zu zeigen«, sagte er ohne Begrüßung und fügte prompt hinzu: »Dass sich unsere Wege noch einmal kreuzen würden, damit hat gewiss keiner von uns gerechnet.« Er strich sich über das blasswangige, müde Gesicht.

Rafael beobachtete ihn genau. »Sie leiten die Ermittlungen?«, fragte er.

»Richtig«, antwortete Mankowski und tippte sich gegen die Schläfe. »Und Sie sind Rafael Gimenez. Der jüngere Bruder von Diego Gimenez.«

»Der bin ich.«

»Wo ist der Kommissar?«, hakte ich ein.

»Der sitzt vor Ihnen.« Mankowski schmunzelte. »Aber Sie meinen sicherlich Stahl. Der wurde vor vier Jahren in den Ruhestand versetzt. Ein komplizierter Bandscheibenvorfall hat ihn völlig aus der Bahn geworfen. Selbst zwei Operationen konnten ihn nicht wieder auf die Beine bringen. Die Schmerzen wurden unerträglich. Der arme Kerl sitzt den ganzen Tag zu Hause und pumpt sich mit Tabletten voll, um sein Leiden einigermaßen auszuhalten.«

Das sagte Mankowski recht gefühllos. Er hatte von Stahls Malheur profitiert und war auf der Karriereleiter eine Stufe höhergestiegen.

Kleine Menschen zeichnen sich oft durch einen außerordentlichen Ehrgeiz aus, weil sie der Auffassung sind, sich nur durch besondere Erfolge den Respekt anderer Menschen erwerben zu können. In dieser Nacht versicherte uns Mankowski durch jede einzelne seiner Gesten, dass auch er über diese spezielle Eigenschaft verfügte. Ein strebsamer Polizist mit einer an Arroganz grenzenden Selbstsicherheit, der inzwischen Leiter des Morddezernats und damit nicht nur auf einer Augenhöhe mit den Menschen in seinem Umfeld war, nein, er schaute von oben auf sie herab.

»Dann stellen Sie mal Ihre Fragen«, sagte Rafael beherrscht.

Mankowski blickte ihn scharf an und griff in die Innentasche seiner Jacke. Er zückte ein braunes Notizbuch, zog einen Füller aus einem schmalen Etui hervor und legte beides auf den Tisch.

»Ich stelle erst einmal keine Fragen«, sagte er und lehnte

sich aufreizend lässig zurück. »Denn zunächst sind Sie am Zug. Ich möchte alles wissen, meine Herren. Wirklich alles. Verstanden?«

Wir verstanden und wir machten unsere Aussagen.

Allerdings deutete ich mit keiner Silbe an, dass ich nach meiner Ankunft in Bell im Haus der Gimenez' herumgeschlichen war. Auch den nächtlichen Eindringling in meinem Hotelzimmer ließ ich unerwähnt. Ich war mir nicht sicher, wie Mankowski mit der Information umgehen würde. Vermutlich würde er sich fragen, warum ich nicht mit meinen Freunden oder mit Rafael darüber gesprochen hatte und was der vermeintliche Eindringling damit bezweckt hatte, Floras Foto mit meinem Blut zu beschmieren und anschließend wieder zu verschwinden. Solange ich selbst keine Antwort darauf fand, würde ich nicht darüber reden.

Mankowski hörte uns achtsam zu und machte sich ein paar Notizen. Gelegentlich zog er die Augenbrauen zusammen oder rieb sich über die stoppeligen Wangen. Er unterbrach uns jedoch kein einziges Mal.

Nachdem wir geendet hatten, steckte er den Füller in die Hülle zurück. »Die Sache stinkt gewaltig«, sagte er knapp und missmutig.

»Wie meinen Sie das?«, wollte Rafael wissen.

»Das fragen Sie noch?«

»Ja, klar«, sagte Rafael.

Mankowski schüttelte theatralisch den Kopf. Im nächsten Moment schnellte er vor und zog die Lippen zurück wie ein zähnefletschender Dobermann. »Dann will ich Sie gerne mal mit meinem Standpunkt vertraut machen, Herr Gimenez. Nach all den Jahren kritisieren Sie unsere Ermittlungsarbeit in dem Mordfall an Ihrer Cousine, stellen eigene Recherchen an und glauben, etwas herausgefunden zu haben. Daraufhin fordern Sie die Jugendfreunde Ihres Bruders auf, sich hier in Bell mit Ihnen zu treffen, aber erst nachdem Sie

Ihre Nase in deren persönliche Angelegenheiten gesteckt haben. Schließlich säen Sie auch noch Misstrauen, bezichtigen Jürgen Nöltgen, er habe sich an einer minderjährigen Schülerin vergangen, obwohl das Verfahren gegen ihn eingestellt wurde. Sie konfrontieren ihn nicht direkt mit diesem Vorwurf, Sie ziehen es vor, Herrn Medrich darüber zu unterrichten.« Mankowski fuchtelte mit seinen dünnen Armen in der Luft herum. »Nur einige Stunden später wird Nöltgen getötet. Und Sie fragen mich, warum ich der Meinung bin, dass die ganze Sache gewaltig stinkt?«

Rafael antwortete mit einem Achselzucken und erwiderte den bohrenden Blick des Polizisten mit einer stoischen Ruhe.

»Mehr fällt Ihnen dazu nicht ein?« Der Polizist klappte das Notizbuch zu und fragte zynisch: »Was haben Sie denn sonst noch ermittelt, Herr Gimenez?«

»Ich habe Ihnen alles gesagt«, meinte Rafael.

»Sicher.« Aus Mankowskis Mund klang das spöttisch. »Warten Sie einen Augenblick.«

Er ließ das Notizbuch und den Stift in der Innentasche seiner Jacke verschwinden, stand hastig auf und eilte aus dem Zimmer.

»Wo geht er hin?«, flüsterte ich.

»Keine Ahnung«, sagte Rafael kopfschüttelnd.

Es dauerte nicht lange, bis der Polizist zurückkam. Er setzte sich auf seinen alten Platz und grinste selbstgefällig. »Ich lasse Ihren Freund abholen, damit die Runde komplett ist«, sagte er und meinte Arno. »Mal hören, was er zu sagen hat.«

»Arno wird unsere Aussagen nur bestätigen«, sagte Rafael.

»Gut möglich.« Mankowski kniff die Augen zu zwei schmalen Schlitzen zusammen. »Was haben Sie denn alles in Nöltgens Zimmer angefasst?«, fragte er mich.

»Ich? Wieso?«

»Muss ich mich für meine Fragen rechtfertigen?«

»Nein, natürlich nicht.« Ich überlegte. »Ich habe das Weinglas berührt und Jürgens Leichnam. Mehr nicht. Danach bin ich zur Toilette gestürzt.«

»Könnte sein, dass der Mörder ebenfalls Fingerabdrücke hinterlassen hat. Die Brutalität des Verbrechens und die Art der Blutspuren deuten auf eine emotionale Tat hin, die möglicherweise nicht geplant war«, sinnierte Mankowski. »Wir haben Spritz- und Wischspuren gefunden, die uns verdeutlichen, dass der Täter Nöltgens Kopf mehrfach gegen die Wand geschlagen hat. Womöglich hat er keine Rücksicht darauf genommen, dass er selbst mit dem Blut des Opfers in Kontakt kommen konnte.«

»Das bedeutet, dass es Spuren geben könnte, die zu ihm führen«, brachte Rafael den Gedanken zu Ende.

»Die Wahrscheinlichkeit ist groß«, sagte Mankowski und runzelte die Stirn. »Mich irritiert freilich ein anderer Punkt. Wenn er das Hotel durch den Notausgang verlassen hat, warum hat er sich nicht die Zeit genommen, die Tür zu schließen? Das ist merkwürdig, nicht wahr?«

»Jemand hat ihn gestört«, überlegte ich.

»Ein unfreiwilliger Zeuge, der ihn in Panik versetzt hat? Denkbar. Leider hat sich jedoch noch kein Zeuge gemeldet.« Mankowski lächelte kühl und schweifte vom Thema ab. »Wo waren Sie eigentlich in den letzten Stunden, Herr Gimenez? Bestimmt in Ihrem Zimmer, richtig?«

»Wo sollte ich denn sonst gewesen sein, mitten in der Nacht?« Rafael lächelte zurück. »Verdächtigen Sie mich etwa schon? Gibt es Indizien oder Aussagen, die mich belasten – wie seinerzeit meinen Bruder?«

»Nein, noch nicht«, sagte Mankowski. »Doch Sie müssen mich verstehen. In meinem Job werde ich oft mit Juristen konfrontiert. Zu oft. Inzwischen durchschaue ich das ganze Pack, deswegen traue ich keinem mehr von ihnen. Daraus resultiert natürlich, dass ich auch keinem Anwalt traue, der in einen Mordfall verwickelt ist wie Sie jetzt.«

Rafael ließ sich nicht einschüchtern. »Das ist Ihre persönliche Ansicht. Ich hoffe, dass Sie sich nicht davon leiten lassen und Ihre Ermittlungen erneut einseitig gestalten.«

Mankowskis Lächeln wollte nicht aus seinem Gesicht weichen. »Fürchten Sie sich davor, Herr Gimenez? Dass ich Sie in den Mittelpunkt meiner Untersuchungen stellen könnte?«

»Nein, davor fürchte ich mich nicht. Ich bin nur der Meinung, dass Sie diesmal nicht nur geradeaus blicken sollten, sondern auch nach links und nach rechts.«

»Danke für den Tipp«, entgegnete Mankowski sarkastisch.

Die schwelende Abneigung drohte, zu einer offenen Auseinandersetzung zu führen, deswegen war ich froh, dass der Beamte, der mich zuvor in den Besprechungsraum begleitet hatte, erschien. Der Mann machte einen sehr ernsten Eindruck. Er beugte sich zu Mankowski hinunter und flüsterte ihm etwas ins Ohr.

Der Kommissar hörte bedächtig zu und neigte seinen Kopf zur Seite. Dann sah er Rafael und mich abwechselnd an. »Arno König ist weder am Abend noch in der Nacht nach Hause gekommen. Einer meiner Männer hat mit seiner Mutter telefoniert, die überaus besorgt klang. Besorgt deshalb, weil es nicht seinen Gewohnheiten entspricht, die Nacht woanders zu verbringen, ohne sich bei ihr zu melden. Das hat sie uns versichert.«

»Er ist nicht nach Hause gekommen?« Rafael schaute mich erstaunt an. Erstaunt und betroffen.

»Ich muss mich nicht wiederholen«, sagte Mankowski barsch und wandte sich an den Beamten. Er gab ihm eine klare Anweisung: »Lassen Sie nach Arno König fahnden.«

Arno war verschwunden.

Ein bedrückender Zustand, der Spekulationen schürte, die nicht ausgesprochen wurden. Verdächtigungen, die Arno ins Zentrum rückten. Mutmaßungen, die wie unerträgliches

Gift auf uns regneten. Sie verfolgten mich, während ich durch den Gang schritt, in dem sich auch mein Zimmer befand. Es erschien mir nun wie ein Schlupfloch, ein Versteck, in das ich mich zurückziehen wollte.

Vor Jürgens Unterkunft hing ein rotes Absperrband. Ein profaner Beweis dafür, dass sich innerhalb dieser vier Wände etwas Furchtbares ereignet hatte. Die Tür war verschlossen, die Stimmen dahinter verrieten, dass nach wie vor fieberhaft an der Spurensicherung gearbeitet wurde.

Ich lief weiter, vorbei an einem älteren Mann in einem gestreiften Bademantel. Ein Gast, der vom Lärm geweckt worden war und nun neugierig im Flur stand.

»Wissen Sie, was dort passiert ist?«, fragte er mich und zeigte auf das Absperrband.

»Keine Ahnung«, log ich. Ich verspürte keine Lust, seine Neugierde zu stillen.

Er murmelte etwas Unverständliches und schaute mir hinterher. Es war mir gleichgültig, was er sagte.

Der Notausgang geriet in mein Blickfeld. Die beiseite gewischte Schneedecke vor den Müllbehältern kam mir in den Sinn. Davon hatte ich Mankowski nichts gesagt. Nicht weil ich es absichtlich verschweigen wollte. Ich hatte es schlichtweg vergessen.

Mankowski, dieser kaltschnäuzige Polizist, machte mir Angst. Dass ausgerechnet er wieder eine Rolle in meinem Leben spielte! Es war, als würde sich ein unheilvoller Kreis schließen.

»Halten Sie sich zur Verfügung«, hatte er zum Abschluss unserer Unterredung gefordert. Es klang wie eine Drohung. Das Glühen in seinen Augen traf mich wie ein Beil.

Ich durfte mich nicht von ihm einschüchtern lassen.

Ich musste abgeklärter reagieren, so wie es Rafael tat.

Ich drängte Mankowski aus meinen Gedanken und starrte weiterhin zum Notausgang.

Jemand hat einen wichtigen Gegenstand im Schnee vor den Containern verloren und danach gesucht.

Das war mir spontan durch den Kopf gegeistert, als ich vorhin auf der Feuertreppe gestanden hatte.

... einen wichtigen Gegenstand ...

Ich musste mich entscheiden. Ich musste wählen zwischen meinem warmen Quartier, dem Zufluchtsort, oder der kalten Nacht und einer Suche im Schnee zwischen stinkenden Müllcontainern. Einer Suche, die wahrscheinlich völlig unnütz war. Das konnte ich allerdings nur feststellen, wenn ich mich dazu aufraffte.

Ich setzte mich in Bewegung.

Ob der Alte mir nachsah? Es war mir egal.

Ich öffnete den Notausgang und ließ den Flur hinter mir. Ohne zu zögern, stieg ich die Feuertreppe hinunter. Die Luft, die mir entgegenschlug, war so beißend kalt, dass mir das Gesicht schmerzte. Die Stufen waren mit einer Schicht aus Schnee und Eis bedeckt und ziemlich rutschig. Ich hangelte mich an dem Geländer entlang, bis ich unten angekommen war. Meine Hände hielt ich schützend über die Augen, denn es schneite dermaßen heftig, dass meine Sicht durch die peitschenden Flocken stark eingeschränkt war. Die Schuhabdrücke, die ich vorher im Schnee bemerkt hatte, hatte der Neuschnee inzwischen fast vollständig ausgelöscht.

Zwischen den Abfallsäcken kniete ich mich nieder. Der schwache Schein der Straßenbeleuchtung reichte kaum bis hierher. Trotzdem fing ich an, im Schnee zu wühlen, ohne zu wissen, wonach ich eigentlich suchte.

Ich vernahm den rastlosen Wind, der sich in den Baumkronen verfing. Außerdem registrierte ich das Knarren der Fensterläden in den oberen Hoteletagen.

Ich hoffte inbrünstig, nicht entdeckt zu werden.

Ich beeilte mich. Meine Hände waren nass und kalt, ich nahm meinen Unterarm zu Hilfe, schaufelte damit mehrere

Schichten Schnee beiseite. Es war wie ein automatisierter Ablauf, ich fixierte mich darauf, etwas zu finden.

Ich rückte dichter an die Müllbehälter heran, als mich plötzlich die Gewissheit befiel, dass ich beobachtet wurde. Ich wirbelte herum.

Da war niemand.

Und doch – ich spürte es. Ich wurde belauert.

»Arno, bist du das?«, fragte ich zaghaft.

Nur der Wind antwortete mir. Ich wischte mir über das feuchte Gesicht und spannte meine Arme an. Bereit, einen Angriff abzuwehren, hockte ich da.

Es war irrsinnig. Ich sollte zurückgehen, die Notausgangstür verschließen und die Nacht aussperren.

Nicht nur die Nacht, auch meine Furcht.

Und jede mögliche Gefahr.

Andererseits wollte ich mich nicht einschüchtern lassen. Weder von Mankowski noch von meinen eigenen Ängsten.

Ich drehte mich um die eigene Achse und presste mich an die Container, um das Hotel und nicht die Straße in meinem Rücken zu haben. Um zu sehen, wenn einer durch den weißen Vorhang aus Schnee schlich. Um sofort aufzuspringen, wenn ich attackiert würde.

Schließlich schob ich einige Abfallsäcke beiseite und setzte meine Suche fort.

Das Missbehagen ließ sich indessen nicht beirren, haftete in meinem Nacken wie ein Haufen Blutegel. Es war eine Tortur, der ich mich da aussetzte. Ich flößte mir Mut ein, flüsterte mir zu, dass es richtig war, nicht nachzugeben, und redete mir ein, dass ich nichts zu befürchten hatte. Nach einigen Minuten wurden meine Bewegungen mechanischer. Die Kälte fraß sich unbarmherzig in meine Hände. Doch unter meinem Pullover schwitzte ich. Die körperliche Anstrengung machte sich bemerkbar. Nicht mehr lange, und ich hatte den Punkt erreicht, an dem ich aufgeben würde.

Ich rieb mir die Hände und erhob mich.

Genau in diesem Moment wurde ich für meine Mühen belohnt.

Ein Glitzern neben dem vorderen Müllbehälter. Zuerst befürchtete ich, dass es sich nur um einen winzigen Schneekristall handelte. Voller Eifer rutschte ich vorwärts.

Es war kein Schneekristall. Es war eine Kette, die ich gefunden hatte.

Wie ein Jagdhund, der Witterung aufgenommen hat, war ich meinem Gespür gefolgt und hatte etwas Bedeutsames entdeckt. Gierig griff ich nach dem Schmuckstück und nahm es in meine Hände, die vor Kälte fast taub waren.

Es war eine goldene, flache Panzerkette mit einem Federringverschluss.

Mein Triumphgefühl schlug augenblicklich um. Ich hielt den Atem an und erbebte innerlich.

Es war ihre Kette. Floras Kette.

Ich hielt sie hoch und betrachtete sie. Als der trübe Lichtschein der Laternen auf sie fiel, funkelte sie an einigen Stellen.

Ich wusste, wer sie hier verloren hatte. Es war ein tief liegendes, markerschütterndes Wissen.

»Arno«, flüsterte ich seinen Namen, der sofort vom schneidenden Wind verschluckt wurde.

16. Kapitel

Es war kurz vor halb acht am Morgen. Ich war der erste Gast im Restaurant. Ich hatte kein Auge mehr zugemacht, den Rest der Nacht wach und grübelnd auf meinem Bett verbracht. Gegen sechs Uhr war ich aufgestanden, hatte die Mullbinde von meinem Bein gewickelt und mich geduscht. Danach hatte ich die Wunde, die durch mein nächtliches Treiben erneut aufgescheuert war, mit dem Antiseptikum behandelt, die verschlissene Binde wieder angelegt und mich noch mal für ein paar Minuten an den Schreibtisch gesetzt. Mit dem Blick zum Wandschrank, in dem ich das hölzerne Kästchen mit Floras Foto aufbewahrte. Jetzt lag noch etwas von ihr darin. Ihre goldene Panzerkette.

Ich musste sie Mankowski geben. Sie war ein Beweisstück. Aber würde mir der Polizist glauben? Und wie würde sich Rafael verhalten, wenn er davon erführe? Würde ich nicht zwangsläufig in den Kreis der Verdächtigen rutschen? Die Aufmerksamkeit aller Beteiligten auf mich ziehen?

Davor graute mir. Deshalb würde ich auch diesmal nichts erzählen. Ich verschloss das Schmuckstück vor den anderen. In meiner Schatulle. In meinem Bewusstsein. Und wieder war ich überzeugt, richtig zu handeln.

Gleichwohl musste ich meine Augen und Ohren offen halten und mich an den Untersuchungen beteiligen, ohne sonderlich aufzufallen. Genau wie es Rafaels ursprünglicher Plan gewesen war. Dass wir gemeinsam ermittelten.

Nur Jürgen konnte nichts mehr dazu beitragen. Der Vater von zwei Kindern lag nun in einer sterilen Kammer auf einem Seziertisch und wurde von Rechtsmedizinern untersucht.

Ob seine Frau schon benachrichtigt worden war? Und seine Kinder – was würde man ihnen sagen?

Ich hielt meine eigenen Überlegungen nicht mehr und sprang auf. Ich eilte nach unten, vorbei an der Rezeption ins Restaurant. Dort wählte ich einen Platz am Fenster.

Draußen war es noch dunkel. Es war, als hätte sich die Nacht noch nicht verabschiedet. Als wollte sie mir demonstrieren, dass sie sich nicht so einfach verdrängen ließ.

Außerdem schneite es nach wie vor. Ein Räumfahrzeug bahnte sich einen Weg über die Bundesstraße.

Ich wandte mich ab und blickte durch das Restaurant. Vor dem langen Tresen stand das Frühstücksbuffet. Auf den gedeckten Tischen brannten längliche, gelbe Kerzen. Ein angenehmer Duft nach Kaffee und frisch gebackenen Brötchen hing in der Luft. Es roch nach Normalität.

»Guten Morgen. Was möchten Sie trinken?« Ein Kellner trat zu mir an den Tisch.

»Einen Kaffee, bitte.«

Ich bemühte mich, mir nichts anmerken zu lassen und freundlich zu sein. Sicherlich wusste jeder hier im Haus Bescheid. Eine Tragödie lässt sich niemals verbergen, sie wandert von Mund zu Mund. Und trotzdem musste der Geschäftsbetrieb aufrechterhalten werden. Das Personal war wahrscheinlich angewiesen worden, geflissentlich über das Verbrechen hinwegzuschauen und die Gäste ganz normal mit einer zurückhaltenden Höflichkeit zu behandeln.

Der Kellner verschwand hinter der Theke und kehrte mit einem Kännchen und zwei silbernen Dosen, die mit Zucker und Milch gefüllt waren, zurück. Er stellte die beiden Dosen ab und schüttete mir den Kaffee ein. Ich trank ihn schwarz. Der erste Schluck lief mir heiß die Kehle hinunter. Wieder ein Stück Normalität, das verflucht guttat.

Nach und nach füllte sich das Restaurant. Einige Hotelbesucher begrüßten mich mit einem Kopfnicken, andere ignorierten mich. Ein monotones, für die frühe Morgenstunde angemessenes Stimmengemurmel breitete sich aus.

Ich beneidete all diese Gäste. Sie waren unbelastet, konnten sich frei bewegen, steckten nicht in einer derart schwierigen Lage wie ich. Ich kannte sie nicht und sie kannten mich nicht, aber ich war davon überzeugt, dass keiner von ihnen sein Leben mit mir getauscht hätte. Jedenfalls nicht in diesem Moment.

Ich leerte meine Tasse, schüttete nach und zwang mich, mir zwei Scheiben Toastbrot und Butter vom Buffet zu nehmen und zu essen.

Bei der dritten Tasse Kaffee bemerkte ich, dass es draußen endlich heller wurde. Eine dunkelgrüne Limousine bog von der Bundesstraße ab und ich schaute zu, wie der Fahrer sie auf dem Hotelparkplatz zum Stoppen brachte. Ein Mann stieg aus.

Es war Mankowski, der sich kurz umsah und dann leger gegen die Kühlerhaube lehnte, als machte es ihm überhaupt nichts aus, dass er dem Schneetreiben ungeschützt ausgesetzt war. Er wartete.

Worauf? Oder auf wen?

Die Antwort erhielt ich nur Sekunden später. Rafael verließ das Hotel, ging schnurstracks auf den Polizisten zu und blieb vor ihm stehen.

Zunächst war es vor allem Mankowski, der das Gespräch führte, während Rafael ihm zuhörte und ihn nur hin und wieder unterbrach. Sie beschränkten ihre Gebärden auf das Nötigste und schienen sehr besonnen miteinander umzugehen.

Es erfüllte mich mit Sorge, die beiden Männer zu sehen, wie sie etwas ohne mich besprachen. Sie schlossen mich aus. Es war wie eine Verschwörung. Gegen wen richtete sie sich? Gegen mich? Oder bildete ich mir das nur ein?

Ich presste meine Nase gegen die Fensterscheibe und verfolgte, wie sie sich mit einem Handschlag voneinander verabschiedeten. Zwei Männer, die sich ganz bestimmt nicht mochten – und das war noch gelinde ausgedrückt, wenn man den Vorwurf bedachte, den Rafael dem Polizisten machte.

Und jetzt diese Geste.

Mankowski setzte sich wieder in seinen Wagen und fuhr davon, während Rafael ins Hotel zurückging.

Er kam zu mir ins Restaurant. Mit einem betont zurückhaltenden Gruß setzte er sich hin und betrachtete mich ernst, bevor er mir eine überflüssige Frage stellte: »Wie war deine Nacht?«

»Beschissen«, sagte ich. »Und wie ging es dir?«

Ein Schatten auf seinem Gesicht, der einer Antwort gleichkam. »Nicht gut.« Er blickte hinaus. »Mankowski hat mit mir gesprochen«, sagte er.

»Und, was wollte er?«

»Arno ist wie vom Erdboden verschluckt.«

»Er ist doch nicht hierhergekommen, nur um dir das zu sagen?«

»Nein. Er wollte wissen, ob mir noch ein paar Orte eingefallen sind, an denen sie nach Arno suchen könnten.«

»Warum hat er dich das noch mal gefragt?«

Meine Besorgnis wuchs. Wir hatten Mankowski schon vergangene Nacht die Stellen genannt, die uns in den Sinn gekommen waren. Wir hatten ihm von der alten Hütte berichtet, von Floras Grab, das Arno gepflegt hatte, von der Caritas-Station und von dem Lavawerk, in dem er manchmal arbeitete.

»Wahrscheinlich denkt er, wir hätten ihn nicht vollständig aufgeklärt«, sagte Rafael augenzwinkernd und hob die Kanne mit dem Kaffee an. »Ist nicht mehr viel drin.«

»Der Kaffee hält mich wach«, erklärte ich.

Wahrscheinlich denkt er, wir hätten ihn nicht vollständig aufgeklärt. War das ein Hinweis? Ein Fingerzeig, der mir galt?

Rafael winkte einen Kellner heran und bestellte eine weitere Kanne. Dann beugte er sich vor. »Mankowski ist wie eine Hyäne. Wenn er einmal Blut gerochen und eine Spur entdeckt hat, verfolgt er diese eine Fährte bis zu ihrem Ende. Er beißt sich fest, auch wenn er einen falschen Weg eingeschlagen hat.«

»Du meinst, er verfolgt eine falsche Spur?«

»Wäre nicht das erste Mal.«

»Welche Spur verfolgt er denn?«

Die Bedienung brachte die Kanne mit dem Kaffee. Als der Kellner uns einschenken wollte, wies Rafael ihn ab. »Danke, das machen wir selbst.«

Der Mann verstand und entfernte sich.

Rafaels Miene verdüsterte sich. »Keine Ahnung. Eins steht jedoch fest. Ich werde nicht zulassen, dass Mankowski wieder Mist baut, Daniel! Ich werde nicht zulassen, dass sich diese Hyäne noch einmal in der falschen Beute verbeißt.«

»Was willst du unternehmen?«

»Du meinst, was wir unternehmen sollten, oder?«

Er starrte mich fordernd an. In seiner Frage steckte ein verlangender Appell.

Ich schluckte wortlos.

Rafael grinste unfroh. Er nahm mein Schweigen als stummes Einverständnis. »Uns bleiben nicht viele Möglichkeiten. Ich finde, wir sollten uns bei Arno umsehen.«

»Bei ihm zu Hause?«

»Ja.«

»Und seine Eltern? Glaubst du, sie werden uns einfach in seiner Privatsphäre rumstöbern lassen?«

»Dir werden sie den Zutritt gewähren. Sie kennen dich. Wir werden ihnen versichern, dass wir an der Suche nach ihrem Sohn beteiligt sind. Wir werden beteuern, dass wir nichts mitnehmen und nichts durcheinanderbringen. Wir wollen nur helfen und suchen nach Anhaltspunkten, die nützlich sein könnten.«

»Du bist wirklich der Auffassung, dass es sinnvoll ist, in Arnos Zimmer herumzuschnüffeln?«

»Hast du eine bessere Idee?«

Ich schaute nach draußen und fixierte die Spurrillen, die Mankowskis Wagen im Schnee hinterlassen hatte. Leider hatte ich keine bessere Idee. Deswegen willigte ich ein.

Die Fahrt nach Bell sollte eigentlich nicht lange dauern. Die widrigen Umstände zwangen Rafael jedoch, den Audi mit gedrosseltem Tempo über die vereisten Straßen zu lenken. An der Kreuzung, an der wir auf die Zufahrtsstraße abbiegen mussten, die in den Ort führte, stand ein halbes Dutzend Fahrzeuge am Straßenrand, aufgereiht wie Perlen an einem Faden. Ein Auffahrunfall.

Rafael fuhr langsam daran vorbei und ich blickte hinaus, um abzuwägen, ob Hilfe benötigt wurde. Scheinbar gab es keine Verletzten. Eine kleine Menschentraube hatte sich um den vordersten Wagen versammelt. Die Schar diskutierte und gestikulierte heftig.

Wir fuhren weiter.

»Nur Blechschaden«, sagte Rafael nüchtern.

»Nur Blechschaden«, wiederholte ich monoton.

Wir kamen in den Ort hinein, und nachdem wir in die Neustraße eingebogen waren, blieb Rafael vor einem einstöckigen Haus mit einem auffällig großen Erker stehen.

»Wir sind da«, bemerkte er.

Eine überflüssige Bemerkung. Ich kannte das Haus und die Menschen, die darin wohnten.

Früher war ich ein paarmal hier gewesen. Arnos Eltern stammten aus Bell und diese Herkunft garantierte ihnen einen Platz in der Dorfgemeinschaft. Im Gegensatz zu meiner Mutter hatten sie sich allerdings nie an dem Klatsch beteiligt, der zum Dorfleben gehörte wie die sonntäglichen Kirchenbesuche. Sie hatten es verstanden, sich zu integrieren, ohne im Zentrum des gewöhnlichen Alltags zu stehen. Trotzdem war es auch ihnen ein Dorn im Auge gewesen, dass Arno sich mit den Kindern der Familie Gimenez traf. Obwohl weder Arnos Mutter noch sein Vater, der als Elektriker in einer Keksfabrik in Polch arbeitete, jemals ein schlechtes Wort über die Zigeuner im Ort verloren hatten, machten sie ihrem Sohn klar, dass sie nicht zur Zielscheibe des Geredes werden wollten.

Niemand wollte das.

Rafael stieg aus und wurde gleich von einer Wolke aus stürmischen Flocken umhüllt. »Kommst du, Daniel?«

Ich hatte seinem Vorhaben zugestimmt, also blieb mir keine Wahl.

Wir gingen durch einen Vorgarten und liefen die Stufen zu einer schmalen Veranda hinauf. Ich drückte zögernd auf den Klingelknopf.

Wir mussten uns nicht lange gedulden. Hannelore König öffnete uns. Sie war eine korpulente, dunkelhaarige Frau mit einem schlecht geschminkten Mondgesicht. Zwei verweinte Augen schauten daraus hervor. Ihr viel zu enger Hausanzug ließ sie noch unförmiger erscheinen, als sie es ohnehin schon war. Sie reckte ihr ausgeprägtes Doppelkinn nach vorn und bemühte sich um ein verkniffenes Lächeln. Eigentlich hatte ich damit gerechnet, dass sie uns fragend und mit gerunzelter Stirn anblickte. So war es nicht.

»Ich habe euch erwartet«, sagte sie zu meiner Überraschung und taxierte mich. »Schön, dich wiederzusehen, Daniel. Auch wenn der Umstand kein fröhlicher ist.«

»Sie haben uns erwartet?« Ich zuckte zusammen.

»Dieser Kommissar mit dem polnisch klingenden Namen hat mir gesagt, dass ihr uns aufsuchen würdet.«

Ich wechselte einen durchdringenden Blick mit Rafael.

Mankowski, diese gerissene Hyäne. Dass er schon hier gewesen war, lag in der Natur der Sache. Das war sein Job. Aber dass er vermutet hatte, dass wir seiner Route folgen würden, versetzte mich in Erstaunen.

»Kommt rein.« Frau König trat beiseite.

Wir schritten über knarrende Dielen in einen großzügigen, hellen Wohnraum, neben dessen Fenster ein altes Piano stand. Die Klappe der Tastatur war offen. Frau König wies auf eine farbenreiche, mit Blumen verzierte Couch, die um einen schweren Glastisch stand. Wir setzten uns. Ich betrachtete ihre Hände. Im Gegensatz zu ihrem Körper waren ihre Finger schlank.

»Ich habe gerade gespielt«, sagte sie und deutete zum Klavier. »Das lenkt mich ab.« Sie lehnte sich zurück. »Mein Mann ist im Wald. Er geht spazieren, um seine Gedanken zu sortieren. So hat jeder seine eigene Art, mit seinen Sorgen umzugehen.«

Rafael räusperte sich. »Was hat Mankowski Ihnen erzählt?« Er verlieh seiner Stimme einen vertraulichen Unterton.

»Dass Jürgen Nöltgen in der vergangenen Nacht umgebracht wurde und dass du, Daniel, ihn gefunden hast. Seine armen Eltern. Das werden sie nicht überwinden.« Hannelore König zog die Schultern zusammen. Sie war den Tränen nahe. »Der Kommissar hat mir gesagt, dass ihr euer Wiedersehen unten im Hotel feiern wolltet. Arno wäre mit von der Partie gewesen. Dabei hat mich der Mann ganz komisch angesehen. Ich nehme an, dass er nicht ehrlich zu mir war. Zumindest hat er mir nicht alles gesagt.«

Sie presste die Hand vor den Mund und konnte die Tränen nicht mehr zurückhalten. Sie war halb verrückt vor Sorge um ihren Sohn.

Rafael blickte sie fest an. »Er hat sich nach Arno erkundigt, stimmt's?«

Sie nickte. »Ja. Er wollte von mir wissen, warum Arno noch bei uns wohnte, ob er eine Freundin habe und wo er sich aufhalten könne. Ich bin nicht einfältig. Sein Tonfall hat keinen Zweifel an seinem Verdacht gelassen. Der Kommissar sieht einen Zusammenhang zwischen dem Mord und Arnos Verschwinden.« Sie krampfte die Finger ineinander. »Ich glaube sogar, dass er ihn verdächtigt, etwas mit diesem abscheulichen Verbrechen zu tun zu haben. Ja, er verdächtigt meinen Arno. Dabei kennt er ihn gar nicht.«

»Haben Sie denn eine Ahnung, wo Arno sein könnte?«, schaltete ich mich endlich ein.

Sie schüttelte den Kopf. Ihre Augen glänzten feucht. »Er ist ein guter Junge. Ein richtig guter Junge. Auf Menschen, die ihn nicht kennen, mag er einen sonderlichen Eindruck machen, weil er keine Freunde hat und weil er niemanden an sich ranlässt. Er ist eben sensibel und er hat viel durchgemacht. Nachdem ihr alle fortgegangen seid, entwickelte er sich zu einem Einzelgänger. Ein Außenseiter in unserem Dorf. Doch sein Herz sitzt am rechten Fleck. Mein Junge ist ein guter Mensch. Er hat sehr gelitten, als Ihre Cousine gestorben ist«, sagte sie und warf Rafael einen schwermütigen Blick zu. »Er hat den ganzen Tag am Klavier gesessen und gespielt. Ein Solo nach dem anderen, ein Stück folgte dem nächsten. Er war niedergeschmettert, beladen mit Seelenschutt. Die Musik war für ihn das einzige Mittel, seinen Schmerz auszudrücken.«

»Arno konnte Klavier spielen?« Ich war verblüfft.

Sie nickte und korrigierte mich. »Er kann Klavier spielen. Es bedeutet ihm viel. Du siehst, jeder hat Neigungen, die anderen verborgen bleiben.«

»Wir sind gekommen, um zu helfen«, sagte Rafael, nachdem sich kurzzeitig eine bedrückende Stille ausgebreitet hatte. »Wir sind hier, um Arno zu finden.«

»Das versucht die Polizei auch«, antwortete Frau König.

»Die Polizei sucht nach Arno König. Wir suchen nach einem Freund. Das ist ein Unterschied«, sagte ich verschwörerisch und kam mir ziemlich hinterlistig vor. Ich lockte Arnos Mutter mit einer Freundschaft, die keine mehr war.

Außerdem geisterte in mir derselbe Verdacht herum, den Frau König in Mankowskis Sätzen herausgehört hatte.

Sie durchschaute mich nicht. »Und wie kann ich euch dabei nützlich sein?«

»Könnten wir uns in Arnos Zimmer umsehen?« Rafael hob die Augenbrauen in die Höhe.

»Das hat der Polizist auch gemacht. Ich sehe nur keinen Sinn darin«, sagte Frau König.

»Wir suchen nach versteckten Hinweisen.«

»Ich kann mir nicht vorstellen, dass ihr etwas findet, was euch zu meinem Jungen führt.«

Sie überlegte angestrengt. Neben ihren Mundwinkeln wurden Grübchen sichtbar. Sie musterte Rafael, als nähme sie ihn erst jetzt wahr, und wischte sich mit dem Handrücken über die Augen.

»Von mir aus könnt ihr es versuchen. Kommt, ich zeige euch sein kleines Reich.« Sie deutete nach oben.

Wir kletterten über die abgenutzten Bohlen einer steilen Treppe in das erste Stockwerk. Arnos Zimmer befand sich direkt neben dem Treppenaufgang.

Frau König blieb hinter uns stehen, während wir in seinen ganz persönlichen Bereich eindrangen. Ich war bestrebt, mein Unwohlsein zu verbergen, und widmete meine Aufmerksamkeit der Einrichtung.

Es war eine Anhäufung von verschiedenen Möbelstücken, die nicht zueinander passten. Ein Kleiderschrank aus schwarzem Metall, der sich in den mit Flecken übersäten Teppichboden drückte und neben dem ein Regal aus Fichte angebracht war. Mehrere Kisten mit Büchern stapelten sich neben einem schmalen Bett. Ich fragte mich, wie der lange Kerl darin schlafen konnte. Auf der Fensterbank standen einige vertrocknete Pflanzen, davor fand noch ein Schreibtisch Platz. Es war ein unsauberer und für einen erwachsenen Menschen zu enger Raum.

Hier hatte Arno einen großen Teil seines bisherigen Lebens verbracht. In dieser beengten Kammer, die sein Zuhause war und die ich viel größer in Erinnerung hatte.

Rafael kniete sich hin und fing an, in den Kisten mit den Büchern herumzustöbern. »Notenbücher«, murmelte er.

»Ich sagte ja, dass er die Musik liebt«, sagte Frau König, die sich nicht vom Fleck gerührt hatte.

Ich ließ meinen Blick über das verstaubte Regal wandern. Ein Fernseher, eine Stereoanlage und eine alte Schreibmaschine standen untereinander auf den Regalböden. Ich drehte mich um und zog die Schreibtischschubladen heraus. Nur leere Blätter, Stifte und eine bunte Spielzeugdose. Auf der Schreibtischplatte lag eine blaue Unterlage, die ich anhob. Darunter befand sich nicht einmal ein Zettel.

Bevor ich den Kleiderschrank öffnete, schaute ich Frau König bittend an. Sie nickte zustimmend.

Eine Ansammlung von Kleidungsstücken lag ohne jede erkennbare Ordnung auf schmalen Kunststoffbrettern. Nicht der geringste Hinweis. Es war ein sinnloses Unterfangen, wie ich es angenommen hatte. Wir hatten Frau König völlig umsonst belästigt.

Ich wandte mich vom Schrank ab. Rafael stand inzwischen in der Mitte des Zimmers und starrte mit schimmernden Augen an die Decke. Ich folgte seinem Blick und entdeckte eine weiße Klappe mit einer ringförmigen Öse. Es handelte sich ohne jeden Zweifel um einen Zugang zum Dachboden.

»Was befindet sich dort oben?«, fragte Rafael.

»Unser Speicher – was denn sonst?«, erwiderte Frau König und klang erstmals gereizt.

»Würde es Ihnen etwas ausmachen, wenn wir uns auch dort einmal umsähen?« Rafael ließ nicht locker.

»Es ist ein fensterloser Raum ohne Licht. Sie werden nichts finden.«

»Bitte.«

»Na, meinetwegen.« Sie verschwand und kam kurz darauf mit einer Taschenlampe und einem Stab wieder, an dessen Ende ein Haken aus massivem Eisen befestigt war.

Rafael nahm den Stab entgegen. Erst beim vierten Versuch schaffte er es, den Haken durch die Öse zu schieben. Er zog die Klappe nach unten und sofort rutschte eine zweiteilige Leiter heraus.

Frau König drückte ihm die Taschenlampe in die Hand. »Die können Sie gewiss gebrauchen«, meinte sie.

Rafael und ich stierten angestrengt nach oben. Hinein in die dichte Finsternis.

Die Dunkelheit empfing uns wie ein gefräßiges Monstrum. Rafael war zuerst durch die Luke gekrochen. Ich war ihm gefolgt und mit jedem Schritt auf der Leiter hatte sich mein Atem beschleunigt.

Frau König hatte uns Blicke nachgeworfen, die sich in einem Geflecht aus Gram und Missbilligung verfingen.

»Schalte endlich die Taschenlampe ein«, forderte ich Rafael auf, als wir in gebückter Haltung dastanden, um uns nicht den Kopf an den Querbalken zu stoßen.

Er fingerte an dem Schalter herum und einen Sekundenbruchteil später durchschnitt ein wackelnder Lichtstrahl die Schwärze.

»Fühlst du dich jetzt besser?«, fragte er hämisch. Sein Gesicht tauchte in dem Lichtkegel auf. Ein hartes, verzerrtes Gesicht.

Ich antwortete nicht. Ich bereute es, dass ich mich erneut auf ihn eingelassen hatte. Wieder hatte er mich gelenkt, regelrecht manipuliert.

Meine Hände schwitzten und mir war, als würde das Dunkel um uns herum leben, als könnte es jeden Augenblick eine menschliche Gestalt annehmen.

Rafael leuchtete über die mit vergilbten Styroporplatten isolierten Wände. Dann setzte er sich in Bewegung.

Ich hielt mich dicht hinter ihm und lauschte angestrengt auf verräterische Geräusche. Ich fühlte mich schutzlos und ein Schauder zog an meiner Wirbelsäule entlang.

Wir schlichen vorwärts wie zwei Eindringlinge, die beabsichtigten, etwas zu stehlen. Dabei war das Einzige, das wir erbeuten wollten, die Erkenntnis, in welchem Zusammenhang Arnos Verschwinden mit dem Mord an Jürgen stand.

Es gab einen Zusammenhang. Ganz sicher.

Geraschel, hinter uns.

»Was war das?«, fragte ich furchtsam.

»Was meinst du?«

»Hast du etwa nichts gehört?«

»Nein, was denn?«

Rafael leuchtete vorsichtshalber in alle Ecken. Der Schein der Taschenlampe hüpfte über den Boden wie eine blinkende Kugel und blieb schließlich an einer Truhe hängen, deren Äußeres mit braunem Leder überzogen war.

Rafael zögerte keine Sekunde und rannte auf die Truhe zu. Ich eilte ihm nach, blieb neben ihm hocken und zwang mich, nicht dauernd panisch über meine Schulter nach hinten zu sehen.

»Halt mal fest.« Rafael reichte mir die Taschenlampe und machte sich an dem Gurt zu schaffen, der die Truhe verschloss. Seine kräftigen Hände lösten die Schnalle und der Deckel der Truhe klappte mit einem surrenden Geräusch auf.

Ich leuchtete hinein.

Die Truhe war bis zum Rand mit Zeitungspapier vollgestopft. Vorsichtig langte Rafael hinein und fing an, darin herumzuwühlen.

Ich bewunderte seine Courage, denn immerhin konnte er nicht erkennen, was sich unter dem Papier verbarg. Alles Mögliche konnte darunter liegen, aber er war vollkommen konzentriert und bemerkte noch nicht mal, dass die Lampe in meiner Hand zitterte.

»Da, ich spüre etwas«, sagte er plötzlich mit erregter Stimme, richtete seinen Oberkörper auf und brachte einen länglichen Gegenstand zum Vorschein. »Ein Messer?«, fragte er voller Verwunderung.

Er drehte es im Lichtstrahl und betrachtete es, als erwartete er, getrocknete Blutstropfen daran zu finden.

Es war ein scharfes Waldmesser mit einer sauberen, stabilen Klinge und einem mit Gummi überzogenen, angerauten Griff.

Ich erkannte es wieder. Ich hatte es selbst schon einmal in der Hand gehabt. Nur wenige Wochen vor Floras Tod, als wir unsere Vornamen in die gekrümmte Birke geschnitzt hatten. Jürgen, Arno, Diego, Flora und ich. Am See, an unserer Hütte. Und Arno hatte das Messer hier in dieser alten Truhe versteckt, aufgehoben wie ein Relikt.

Ein Überbleibsel unserer Freundschaft.

Ein Fragment, das ihn niemals das kindische Ritual vergessen ließ, mit dem wir uns gegenseitig hatten beweisen wollen, dass unsere verschworene Gemeinschaft eine kolossale Bedeutung hatte. Für jeden von uns. Wir wollten ein Zeichen setzen, das Gefühl der Zusammengehörigkeit manifestieren, und dachten, niemand könne uns auseinanderbringen.

Wie sehr wir uns doch getäuscht hatten.

»Ich fange an«, verkündete Jürgen mit freudigem Enthusiasmus, nachdem er das Messer mit gebührendem Respekt von Arno entgegengenommen hatte.

Dann begann er, seinen Namen in die Rinde zu schneiden. Wir traten zur Seite, damit er mehr Platz hatte. Einmal rutschte er mit dem Messer ab und die Klinge sauste scharf durch die Luft.

»Pass bloß auf«, raunzte Arno ihn an. »Ist ein wertvolles Messer. Mein Vater hat es mir zum Geburtstag geschenkt.«

»Wenn Jürgen einem von uns den Bauch aufgeschlitzt hätte, hätte dir das wohl nichts ausgemacht«, kicherte Flora und blickte Arno amüsiert an.

Arno errötete.

Als Nächster war Diego an der Reihe. Er ließ die Spitze der Klinge mit einer atemberaubenden Leichtigkeit in den Stamm gleiten. Ich schaute fasziniert zu, wie geschickt er sich anstellte. Das Spiel seiner Rückenmuskulatur war unter seinem Hemd deutlich erkennbar.

Nachdem er fertig war, legte er mir das Messer in die Hand. »Nun bist du dran«, sagte er freudestrahlend.

Ich machte mich an die Arbeit und ritzte die ersten Buchstaben in das Holz. Es war wesentlich schwieriger, als ich angenommen hatte. Die Klinge blieb sogar einmal im Baum stecken, und als ich sie herauszog, brachen Splitter von der Rinde ab und regneten zu Boden.

»Warum haben wir uns eigentlich eine Birke ausgesucht? Der Stamm ist viel zu schmal und zu zäh«, stellte ich fest.

»Mach die Buchstaben halt kleiner«, meinte Diego. »Außerdem musst du kräftiger drücken.«

»Genau. Und beeile dich ein bisschen, wir wollen auch noch irgendwann drankommen«, fügte Flora hinzu.

Ich schenkte ihr einen flüchtigen Blick. Sie wippte ungeduldig von einem Fuß auf den anderen und zwinkerte mir fröhlich zu. Eine Geste, mit der sie ihre Aufforderung unterstrich. Ich machte mit der Gewissheit weiter, dass sie mich genau beobachtete und dass sie registrierte, wie schwer es mir fiel, die sechs Buchstaben in dem Holz zu verewigen.

Ich war froh, als ich es endlich geschafft hatte und das Messer weiterreichen konnte.

»Gib's mir«, sagte Flora fordernd. Ihre Finger schlossen sich fest um den Griff und sie trieb die Messerklinge mit einer erstaunlichen Wucht in den Stamm. Sie agierte mit einer Kraft, die ich ihr nicht zugetraut hätte.

»Fertig«, rief sie nach wenigen Minuten und drehte sich um. Sie konnte sicher sein, bewundernden Blicken zu begegnen, und sie genoss es. In ihren Gesichtszügen zeichnete sich ein unverkennbarer Stolz ab, ihre großen Augen glänzten.

Sie gab das Messer weiter. »Hier, Arno, jetzt darfst du es wiederhaben«, sagte sie.

Arno verzog keine Miene. Er stolzierte zu der Birke und blieb stocksteif vor ihr stehen. Er betrachtete die Gravuren wie ein Museumsbesucher, der nicht sicher ist, ob ihm das ausgestellte Bild gefällt oder nicht.

Sein Brustkorb hob sich, bevor er sich mit der freien Hand an dem Baumstamm abstützte und die Klinge ansetzte. Dicht unter Floras Namen. Für meinen Geschmack zu dicht. Er ging mit ihr auf Tuchfühlung. Obwohl ich es nicht sehen konnte, war ich mir für einen winzigen Moment sicher, dass ein triumphierendes Grinsen sein Gesicht beherrschte.

Zugleich wurde mir bewusst, dass unsere Gemeinschaft immer dann Risse bekam, wenn es um Flora ging. Wenn wir sie in den Mittelpunkt rückten, und sei es auch nur in unseren eigenen Gedanken, rissen Löcher in unsere Einheit und ein Hauch von Missgunst umwehte uns. Noch war dieser Hauch schwach und konnte nichts anrichten, noch war er nicht mehr als ein laues Lüftchen.

Nach einer Weile wirbelte Arno herum und zeigte uns sein Werk. Sein Name stand am untersten Ende. Er hatte sich große Mühe gegeben und einen ebenmäßigen, ordentlichen Schriftzug zustande gebracht. Wir stellten uns neben ihn und nickten feierlich.

Um den Ritus abzurunden, kramte Diego eine Zigarettenpackung aus seiner Hosentasche. Jeder zog sich eine Kippe heraus und Diego hielt das Feuerzeug in die Mitte. Wir zündeten die Zigaretten an und schauten uns gegenseitig zu, wie wir den Rauch inhalierten und wieder ausbliesen.

Arno musste lautstark husten und wir stimmten in ein schallendes Gelächter ein, das durch den Wald dröhnte und eine Vogelschar von den obersten Ästen eines Laubbaumes jagte. Es war ein fröhliches, befreiendes Geräusch und auch Arno lachte mit, obwohl er fast schon violett anlief, weil der Hustenreiz ihn immer wieder durchschüttelte.

»Möge dieser Sommer nie zu Ende gehen«, sagte Flora beschwingt, nachdem wir uns beruhigt hatten.

Ein leiser, naiver Wunsch, der beschrieb, was wir in diesem einen Augenblick empfanden.

Wir konnten nicht ahnen, dass Flora das Ende des Sommers nicht mehr erleben sollte. Dass ihr eigener Wunsch sie auf eine grausame Weise einholen und sich damit für sie erfüllen würde.

Rafael legte das Messer auf den Boden und trieb mich in die Gegenwart zurück. Er wühlte noch einmal wie besessen in dem Papierberg herum.

»Da ist nichts mehr drin«, sagte ich.

»Woher willst du das wissen?«

»Weil du ansonsten schon längst etwas gefunden hättest. Lass uns gehen. Frau König ist bestimmt schon ungeduldig.«

»Nur noch ein paar Sekunden.«

Ich mahlte mit den Zähnen. Beherrscht von Ruhelosigkeit und Furcht rutschte ich auf meinen Knien hin und her und war nur noch bedingt bereit, auf Rafael zu hören. Am liebsten hätte ich ihm die Taschenlampe vor die Füße geschmissen und wäre ohne ihn von diesem modrigen, verstaubten Dachboden gestürmt. Meine Geduld war überstrapaziert.

Nur noch ein paar Sekunden. Viel länger würde ich nicht mehr warten.

Ich hörte Rafaels Atemzüge, die schneller wurden, und das Knistern von Papier. Er beeilte sich. Vielleicht bemerkte er mittlerweile auch die Bedrohung, der wir hier oben, unterhalb der Dachbalken, ausgesetzt waren. Ich spürte sie jedenfalls deutlich. Und sie nahm in dem Moment konkrete Formen an, in dem ich Rafael ein letztes Mal auffordern wollte, endlich mit mir zusammen den Dachboden zu verlassen.

Ich richtete mich gerade ein wenig auf, als ich eine Bewegung direkt unter mir wahrnahm.

Mein Gott! Jemand rutschte unter mir hindurch! Ich wollte sofort den Lichtstrahl auf die dunkle, männliche Silhouette richten, als lange Fingernägel durch mein Gesicht kratzten.

Entsetzt wich ich zurück.

Ein Handballen drückte sich gegen mein Kinn und stieß meinen Kopf nach hinten.

Ich ließ die Taschenlampe fallen und packte zu. Es war nur eine Reaktion, die aus dem Affekt heraus erfolgte, doch sie bestürzte mich. Meine Hände schlossen sich unerbittlich um eine Kehle, aus der ein jämmerliches Keuchen entwich. Mein Selbsterhaltungstrieb beflügelte mich.

Ich musste mich wehren.

Ich musste zudrücken.

Es ging um mein Leben.

Der Körper unter mir zappelte wie ein glitschiger Fisch, der aufgespießt an einem spitzen Angelhaken aus dem Wasser gezogen wird. Eine Hand griff in meinen Haarschopf und riss meinen Kopf zur Seite.

Ich blieb unnachgiebig, die Verzweiflung verlieh mir Kräfte, die mir selbst unheimlich waren. Meine Hände waren wie eine eiserne Schlinge.

»Was ist los?« Rafaels Stimme drang nur gedämpft durch das Dunkel zu mir. »Warum hast du die Lampe fallen lassen?«

Dieser Narr! Wieso half er mir nicht? Er musste doch erkennen, dass ich angegriffen wurde und dass ich laut stöhnend um mein Leben kämpfte!

Ich verstärkte den Druck, meine Finger pressten den Kehlkopf des Mannes bis an dessen Wirbelsäule und verengten seine Luftwege. Ich vernahm ein lang gezogenes, qualvolles Röcheln, das nur allmählich abebbte.

Es verstarb, wie der Körper unter mir.

Die fremden Hände wurden kraftlos, ließen von mir ab und klatschten zu Boden. Der Oberkörper des Mannes bäumte sich ein letztes Mal auf. Dann war es vorbei.

Ich stürzte zur Seite und ließ mich auf die kahlen Planken fallen – entkräftet und von der Tatsache geschockt, dass ich soeben ein Leben ausgelöscht hatte.

Ich hatte einen Menschen getötet.

Rafael polterte über den Boden, nahm die Taschenlampe auf und leuchtete mir ins Gesicht. »Verdammt noch mal, Daniel! Was ist denn nur los mit dir?«

Wortlos deutete ich auf den Boden. Rafael lenkte den Strahl genau dorthin, wo der Mann liegen musste.

Er war nicht mehr da.

Ich war völlig perplex, glaubte meinen Augen nicht.

Ich musste mich geirrt haben. Der Mann lebte noch. Er war noch in unserer Nähe. Ich schnellte auf die Füße und entriss Rafael die Taschenlampe. Ich hastete über die gesamte Fläche des Speichers, suchte den Boden ab, leuchtete über die Wände und ließ keinen Winkel aus.

Es war umsonst. Der Fremde hatte sich in Luft aufgelöst.

Rafael schnaubte verächtlich. »Drehst du jetzt vollkommen durch, Daniel?«

Damit traf er genau auf den Punkt. Es schien, als ob mir meine Sinne einen üblen Streich gespielt hatten. Einen bösartigen Scherz. Es war verrückt und ich konnte es kaum fassen.

Und deswegen wusste ich auch nicht, ob ich mir den erbärmlichen Schrei, der wie ein peinvoller Laut durch das Haus gellte, nur einbildete oder ob er real war.

Wir stürmten zunächst die Leiter und danach die Treppe hinunter. Einerseits war ich zwar froh, dass auch Rafael den schrillen Schrei vernommen und reagiert hatte – sonst hätte ich wohl vollkommen an meinem Verstand gezweifelt –, andererseits fürchtete ich mich vor seiner Ursache.

Zu Recht, wie sich herausstellte. Frau König stand mit gekrümmtem Rücken im Erdgeschoss. Sie hatte ihre Hände vor den Mund gelegt und ihr Körper wurde von heftigen Schluchzern geschüttelt. Ein Polizist in Uniform kümmerte sich um sie. Dieses Kümmern bestand darin, dass er einen Arm um ihre Schulter gelegt hatte und leise auf sie einredete.

Mankowski stand vor den beiden, mit einem betroffenen Gesichtsausdruck, der besagte, dass er der Überbringer einer schlechten Nachricht war.

Eine verheerende Botschaft, deren Empfang uns noch bevorstand.

Mankowski blickte finster auf, als wir auf den untersten Stufen stehen blieben.

»Dass ich Sie hier antreffe, habe ich mir fast gedacht«, sagte er mit fester Stimme.

»Was ist geschehen?«, fragte Rafael verunsichert.

Eine Unsicherheit, die gar nicht zu ihm passte und meine eigene Beunruhigung forcierte. Unter gewöhnlichen Umständen hätte Rafael die Äußerung des Kommissars schlagfertig gekontert oder mit einer bissigen Bemerkung abgetan.

Er tat es nicht.

Die Umstände waren eben nicht gewöhnlich.

Ein undefinierbarer Druck setzte sich hinter meiner Stirn fest und breitete sich bis zu meinen Schläfen aus, während wir auf die Antwort des Kommissars warteten. Eigentlich wollte ich, dass er seinen Mund hielt. Eigentlich wollte ich ihm gar kein Gehör schenken.

Mankowski musterte uns. Er zeigte uns in aller Klarheit seine Abneigung, die er uns gegenüber hegte.

Er trat einen Schritt nach vorn. »Vielleicht weiß es einer von Ihnen schon längst«, sagte er mehrdeutig.

»Was denn?« Rafael war vielleicht irritiert, aber er ließ sich nicht ins Bockshorn jagen.

»Arno König wurde gefunden, vielmehr sein Leichnam«, klärte uns Mankowski mit gesenkter Stimme auf und blickte rasch zu Frau König, um sich zu vergewissern, dass er leise genug sprach.

Sie nahm ihn bestimmt nicht mehr wahr. Sie weinte dermaßen bitterlich, dass es mir durch Mark und Bein ging.

»Sein Leichnam?«, murmelte Rafael schockiert und ließ sich auf die Treppenstufe sinken.

Ich musste mich am Handlauf festhalten und verharrte auf der Stelle wie vom Donner gerührt.

Mankowski steckte die Hände in die Manteltaschen und zog seine Lippen zurück. Die Hyäne fletschte ihre Zähne. »Ja, sein Leichnam. Ein Mönch hat ihn hinter den Klostermauern der Abtei entdeckt.«

17. Kapitel

Der Herr schaute auf Abel und sein Opfer, aber auf Kain und sein Opfer schaute er nicht. Da überlief es Kain ganz heiß und sein Blick senkte sich.
Der Herr sprach zu Kain: »Warum überläuft es dich heiß und warum senkt sich dein Blick? Nicht wahr, wenn du recht tust, darfst du aufblicken; wenn du nicht recht tust, lauert an der Tür die Sünde als Dämon. Auf dich hat er es abgesehen, doch du werde Herr über ihn!«
Hierauf sagte Kain zu seinem Bruder Abel: »Gehen wir aufs Feld!«
Als sie auf dem Feld waren, griff Kain seinen Bruder Abel an und erschlug ihn.
Da sprach der Herr zu Kain: »Wo ist dein Bruder Abel?«
Er entgegnete: »Ich weiß es nicht. Bin ich der Hüter meines Bruders?«
Der Herr sprach: »Was hast du getan? Das Blut deines Bruders schreit zu mir vom Ackerboden. So bist du verflucht, verbannt vom Ackerboden, der seinen Mund aufgesperrt, um aus deiner Hand das Blut deines Bruders aufzunehmen.«

Als ich klein war, hatte mir Mutter oft aus der Bibel vorgelesen. Das waren ihre Gutenachtgeschichten. Es gab nur wenige Kapitel in diesem heiligen Buch, die mich wirklich faszinierten, und dazu zählte auch die unheilvolle Episode von Kain und Abel. Ich legte sie in meinem Gedächtnis ab wie eine Karteikarte.

Auf der Fahrt zum Kloster kramte ich diese Karte wieder hervor, die offenbarte, weshalb sich Kain zu der Bluttat hatte hinreißen lassen. Er buhlte um Gottes Anerkennung, der seine Opfergabe brüsk ablehnte und die seines Bruders mit Wohlwollen annahm. Daraufhin zerrte ein verhängnisvoller Neid an Kain zerrte und trieb ihn an.

Nachdem Mutter mir die Geschichte vorgelesen hatte, wollte ich wissen, warum Gott den Brudermord nicht verhindert habe.

»Weil Gott nicht immer zur gleichen Zeit überall hinsehen kann«, sagte sie. Eine simple Begründung. Doch sie reichte mir nicht aus.

»Er ist doch allmächtig! Das hast du mir jedenfalls beigebracht«, entgegnete ich.

Mutter fuhr überrascht zusammen und machte ein angestrengtes Gesicht. Sie suchte nach einer anderen Erklärung.

»Wenn es kein Leid und kein Übel auf Erden gäbe, wäre Gott überflüssig, die Menschen würden ihn vergessen«, sagte sie schließlich.

Auch das war eine eigenartige Deutung, die nicht in meinen Kopf wollte und mich hoffnungslos überforderte. Mutter brachte die Bibel erneut auf Augenhöhe und las mir weiter vor, als befürchtete sie, ich könnte sie noch mit anderen Fragen löchern, die Zweifel an Gottes Existenz entstehen ließen.

Sie hat probiert, mir ihren Glauben ins Hirn zu pflanzen, und es verging kein Tag, ohne dass sie diese Pflanze düngte und goss. Sie schaffte es, mir eine gewisse Religiosität einzuimpfen, die jedoch niemals den Platz in meinem Leben einnahm, den sich Mutter gewünscht hatte. Im Gegenteil, mein Argwohn wuchs mit zunehmendem Alter. Die Pflanze in meinem Kopf verwelkte zwar nicht, doch sie trug nie mehr die gleichen prächtigen Blüten wie an jenen Abenden, an denen Mutter an meinem Bett saß und sich darum bemühte, mich mit ihrer Frömmigkeit zu infiltrieren.

Vermutlich hatte ich dem Kloster genau aus diesem Grund keine Beachtung geschenkt, obwohl ich in den letzten beiden Tagen wiederholt an dem imposanten Anwesen vorbeigekommen war. Ich hatte es links liegen lassen, als existierte es überhaupt nicht. Das Kloster war schließlich nicht mehr als ein Gemäuer, in dem sich Menschen aufhielten, die eine längst überholte Lebensanschauung miteinander teilten.

Mutter hatte mich stets ermahnt, den Mönchen freundlich zu begegnen, wenn sie durch das Dorf gingen oder wenn wir ihnen auf den Wegen rund um den See begegneten. Es seien Diener Gottes, die Respekt verdienten.

Sie mussten es als Verhöhnung ihrer Werte empfinden, dass ausgerechnet auf ihrem Grundstück das Opfer eines Mordes lag. Arno Königs toter Körper.

Ich hatte ein ekelhaftes, trockenes Gefühl im Mund und biss mir auf die Lippen. Die unheilvolle Aura Mankowskis und seine Schreckensbotschaft steckten mir noch in den Knochen. Die Kunde erschien mir unwirklich und ich kam mir vor wie in einem beklemmenden Tagtraum, durch den wir glitten, ohne Einfluss darauf nehmen zu können, wie er endete.

Mankowski hatte uns aufgefordert ihm nachzufahren. Sein Tonfall hatte uns klargemacht, dass er keinen Widerspruch duldete. Sogar Rafael hatte keine Anstalten unternommen zu protestieren. Wahrscheinlich jedoch deshalb, weil er danach gierte, die Unschuld Diegos zu beweisen – und die jüngsten Verbrechen schienen ihm recht zu geben.

Also fuhren wir der dunkelgrünen Limousine des Kommissars nach, raus aus dem Dorf und vorbei an einer breiten Gemarkung, bestehend aus landwirtschaftlichen Nutzflächen, die im Osten von einer undurchdringlich wirkenden Waldzone abgegrenzt wurden. Inzwischen schneite es nur noch sehr schwach, auch der Wind hatte sich gelegt. Der Himmel über uns war eine bleiche Decke und die Luft war von einem feuchten Dunst durchdrungen. Das grelle Weiß der schneeüberzogenen Natur stach mir in die Augen.

Wir passierten die Kreuzung, an der sich zuvor der Auffahrunfall ereignet hatte. Keines der Fahrzeuge stand noch am Straßenrand, nur noch ein paar Glasscherben zeugten davon, dass an dieser Stelle mehrere Autos zusammengeprallt waren.

Rafael steuerte den Audi auf die Bundesstraße und hielt das Lenkrad krampfhaft umschlossen. Er musste sich konzentrieren, denn der rutschige Straßenbelag stellte nach wie vor eine Herausforderung dar.

Ich war jedoch davon überzeugt, dass es noch einen anderen Grund gab, weshalb er nicht ein einziges Mal zu mir herübersah.

Rafael war viel zu sehr mit den jüngsten Entwicklungen beschäftigt. Seine grauen Zellen arbeiteten hinter seiner hohen Stirn und seine Augenlider flatterten unverkennbar. Er hatte ein Stück seiner Selbstsicherheit verloren.

Ich würde ihn nicht darauf ansprechen. Ich würde ihn auch nicht fragen, was er denn glaubte, worauf die Dinge hinausliefen, und ob er der Meinung war, dass einer von uns das nächste Opfer sein könnte.

Das nächste Opfer – was für eine furchterregende Vorstellung.

Ich beobachtete ihn eine Weile aus dem Augenwinkel heraus, bis er den Kopf hob.

»Wir sind da«, stellte er fest und schaltete einen Gang herunter.

Mein Puls beschleunigte sich, als wir durch den Torbogen des Klosterareals fuhren und sich die romanische Basilika mit den Querschiffen, den sechs Türmen und dem imposanten Eingangsbereich vor uns auftat. Vor der Krypta stand ein Mann in Mönchskluft inmitten einer kleinen Armee von Polizisten, die ihre Arbeit verrichteten. Der Mönch war ein gebrechlicher, alter Mann, der bestürzt den Kopf schüttelte, während er von einem Beamten befragt wurde. Er starrte immer wieder zu dem leblosen Körper hinüber, der in einigem Abstand neben der Friedhofskapelle im Schnee lag. Ein in Kleidungsstücken verpacktes Bündel, mehr konnte ich aus der Entfernung nicht erkennen.

Ich schlang schaudernd die Arme um meinen Leib. Der Druck in meinem Kopf blähte sich ruckartig auf. Ich stellte mir vor, wie Arno über den Kreuzgang geflohen war, mit einer von Anstrengung gezeichneten Mimik und mit weit aufgerissenen Augen, die aus den Höhlen springen wollten und seine Angst verrieten. Er hatte es noch bis zu dem quadratischen Binnenhof geschafft, der von einem Gartenhaus, der Friedhofskapelle und weiteren Gebäuden eingefasst wurde. Dann war er ins Straucheln geraten. Er war gestolpert und gefallen und hatte der bitteren Erkenntnis ins Gesicht geblickt, dass ihm auch das Kloster, ein Ort Gottes, keinen Schutz gewähren konnte.

Ich stöhnte angesichts dieser Vorstellung auf. Es war nur eine Selbsttäuschung, alles andere musste ich ausschließen.

Mankowski parkte sein Fahrzeug neben einer Wagenflotte vor einem lang gestreckten, flachen Klostergebäude. Rafael hielt direkt hinter ihm unter einer Eiche, deren kahle, knorrige Äste sich wie hagere Finger zum Himmel emporreckten. Wir stiegen aus.

Mankowski winkte uns zu sich und gemeinsam näherten wir uns dem Bündel, das immer klarere Konturen erhielt, bis wir zu der Gruppe stießen, die sich unmittelbar um den Toten herum versammelt hatte.

Ein stumpfer, monotoner Geräuschpegel von Menschen, die sich gedämpft unterhielten, hing bleischwer in der Luft. Sicherlich war den Polizisten bewusst, an welchem Ort sie sich aufhielten, und dementsprechend verhielten sie sich.

Mankowski starrte uns eindringlich an, doch er sagte kein Wort. Als erwartete er eine bestimmte Reaktion. Er ließ die Leiche sprechen, die mit leicht angezogenen Beinen und einem himmelwärts gerichteten Gesicht dalag. Eine sonderbare Haltung, die durch die ausgestreckten Arme unterstrichen wurde.

Wie Jesus am Kreuz!, durchfuhr es mich.

Arnos Augen waren ohne jeden Glanz, sein Mund stand halb offen und an seinem Hals waren einzelne, braunrote Druckstellen sichtbar.

Eine Frau mittleren Alters schob sich zwischen uns und Mankowski und lenkte mich ab. Es war die Gerichtsmedizinerin, die ihre Aufmerksamkeit in der vergangenen Nacht bereits Jürgens Leichnam gewidmet hatte. Nun hatte sie eine neue Aufgabe.

»Verdammt, ist das kalt«, sagte sie und hielt den Kragen ihres dunklen Blousons zusammen, um ihren nackten Hals zu schützen. Ihre langen Beine steckten in einer viel zu dünnen Stoffhose, als wäre sie nicht darauf vorbereitet gewesen, an diesem Morgen im Freien zu arbeiten.

»Bitte, das ist nicht der richtige Platz zum Fluchen«, sagte Mankowski ernst und deutete mit dem Kinn auf den Mönch, der nur ein paar Meter entfernt von uns stand.

»Entschuldigen Sie, Kommissar.«

»Schon gut. Haben Sie sich die Leiche in der Zwischenzeit schon angesehen?«

»Ja, das habe ich.«

»Und? Können Sie womöglich bereits was über die Todesursache sagen?«

Die Gerichtsmedizinerin machte einen Schritt vorwärts und kniete sich neben den Leichnam. Sie sah zwar nur den Kommissar an, doch Rafael und ich konnten jedes Wort verstehen, das sie von sich gab.

»Der Mann wurde erwürgt.« Sie deutete auf die Druckstellen neben dem Kehlkopf. »Sehen Sie diese Stauungserscheinungen? Das sind Merkmale, die Bände sprechen. Für einen endgültigen Befund muss ich zwar noch den Adrenalinspiegel auf erhöhte Werte untersuchen und die Halsweichteile präparieren, aber ich bin mir ziemlich sicher, dass der Mann erdrosselt wurde.«

»Womit?«

»Mit bloßen Händen, das verraten die strichförmigen Hautvertrocknungen. Wie es aussieht wurde dem Mann der Kehlkopf gegen die Halswirbel gedrückt, wodurch ihm schlichtweg die Luft zum Atmen geraubt wurde. Gleichzeitig wurde seine Blutzufuhr zum Gehirn gedrosselt.« Sie hielt inne.

Ich fühlte mich auf einmal wie betäubt. Ich konnte nicht recht erfassen, was die Frau gerade von sich gegeben hatte, und suchte nach einem Sinn, einem logischen Anhaltspunkt. Vergeblich.

Du willst es nicht verstehen. Du willst es nicht akzeptieren.

Bitte nicht.

Sie hat gerade beschrieben, was du auf dem Dachboden getan hast, nicht wahr?

Nein, das kann nicht sein.

O doch, Daniel.

Nein. Nein. Nein.

Glaubst du etwa an einen Zufall? Du darfst dir nichts vormachen.

Sei still. Sei bitte still!

Die Gerichtsmedizinerin unterbrach meinen inneren Disput. Auch wenn ihre folgenden Sätze mich nur von Weitem und verzerrt erreichten, so ergänzten sie jedoch ihre Ansicht und stießen mit brachialer Gewalt gegen brüchige Dämme in meinem Kopf, die unter dem Druck nachgaben und die unheilbringende Flut nicht länger aufhalten konnten.

»Der Täter ist äußerst brutal vorgegangen, deswegen gehe ich davon aus, dass das Zungenbein des Opfers gebrochen ist und ich bei der folgenden Obduktion feststellen werde, dass sich unter der Schilddrüsenkapsel und in der Halsmuskulatur Blutungen gebildet haben.«

»Vielleicht haben wir Glück und er hat keine Handschuhe getragen«, fügte Mankowski hoffnungsvoll hinzu.

»Das werden wir herausfinden«, antwortete die Frau.

Meine Umgebung geriet ins Wanken, meine Konfusion zog sich wie ein Haufen schwarzer Wolken über mir zusammen und mein Puls schlug wie ein Vorschlaghammer in meinem Hals, unerbittlich und in einem stetigen Rhythmus.

Ich setzte einen Fuß nach hinten. Und noch einen. Unauffällig wie ein Dieb, der sich mit seiner Beute entfernt, löste ich mich aus der Menschenmenge. Ich schielte zu Rafael hinüber, der seine Ohren gespitzt hatte, um alles zu vernehmen, was die Gerichtsmedizinerin sagte, die ihre Ausführungen noch nicht beendet hatte. Er beachtete mich nicht. Auch der Kommissar war zu sehr in das Gespräch vertieft, um zu bemerken, dass ich flüchtete.

Ja, ich flüchtete.

Aber wovor?

Vor der Unwiderlegbarkeit dessen, was sich in den letzten Stunden ereignet hatte?

Vor der Gewissheit, die allmählich ihre Maske ablegte und mir ihr wahres Antlitz zeigte?

Obwohl ich es selbst für unwahrscheinlich gehalten hatte, schaffte ich es, den Torbogen zu erreichen und das Anwesen zu verlassen, ohne Aufmerksamkeit zu erregen.

Ich begann zu laufen.

Wenn einem die eigene Existenz entgleitet, wenn sie einem durch die Finger rinnt wie feiner Sand und wenn man dann noch erkennt, dass die Dinge auf ein fürchterliches Ende zusteuern, gelangt man schnell an eine bodenlose Schlucht. Jeder Versuch, sich dieser lichtlosen Kluft zu entziehen, misslingt. Das Schicksal stößt einen über den Rand der Klippe – was folgt, ist der Sturz ins Verderben.

Ich fiel mit dem Wissen, dass ich vor langer Zeit entseelt

worden war. Ein schreckliches Gefühl, das mich aushöhlte und auch nicht von der Tatsache beseitigt wurde, dass der Schnee unter meinen Füßen knirschte und ich mich in Wirklichkeit gar nicht im freien Fall befand.

Meine Beine wurden schwer, dennoch lief ich die Bundesstraße entlang wie im Wahn. Jedes Bemühen um Vernunft und Logik zerschellte an den Aussagen der Gerichtsmedizinerin wie an einem spitzen Fels. Ihre Worte hatten einen Knoten in meinem Innersten gelöst, der eine Reihe von Lügen miteinander verbunden hatte.

Es waren ungefähr zwei Kilometer bis zum *Hotel Waldhaus* und ich nahm an, dass sehr bald ein Streifenwagen hinter mir herjagen würde, um mich aufzuhalten. Im Moment war es jedoch scheinbar noch niemandem aufgefallen, dass ich mich nicht mehr auf dem kirchlichen Anwesen aufhielt.

Ich erhöhte die Frequenz meiner Schritte, ohne zu verstehen, vor wem ich eigentlich floh. Ohne zu verstehen, dass ich nicht entkommen konnte. Stattdessen registrierte ich, dass mich Erinnerungsfetzen bedrängten wie unauslöschliche Visionen.

Arnos Hand, aus der Floras Kette glitt, nachdem er durch den Notausgang und über die Feuertreppe geflohen war.

Und seine Schuhsohlen, unter denen der Schnee aufwirbelte, während er durch die Nacht flüchtete, die Straße entlang, bis zu den Klostermauern, die er mühevoll erklomm.

Visionen, es waren nur flüchtige Visionen.

Bestimmt.

Ich musste mich von ihnen befreien, aber sie trieben mich durch einen Irrgarten. Gehetzt suchte ich nach einem Ausgang.

Vater hatte mir einmal erklärt, wie man aus einem solchen Irrgarten gelangt. Eine schlichte Regel. »Ein Labyrinth ist ein vertracktes System aus verschiedenen Pfaden«, hatte er schmunzelnd gesagt. »Wenn du in ein solches System gerätst, musst du einfach nur darauf achten, dass sich eine Wand immer rechts von dir befindet. Folge nur dieser Wand, dann erreichst du früher oder später den Ausgang.«

Und wenn kein Ausgang existierte? Ein verschlungenes System ohne eine Pforte, die nach draußen führte?

Dann müsste ich über die Wände steigen. So wie es Arno getan hatte. Er war über die Mauer geklettert, in dem festen Glauben, auf dem Anwesen der Abtei sicher zu sein. Das war ein Fehler gewesen, für den er hatte bezahlen müssen.

Ohne zu verschnaufen, rannte ich weiter. Ich vernachlässigte das Stechen in meinen Oberschenkeln und war den Tränen nahe, als ich das Hotel erreichte. Ich wankte in das Foyer, als stünde ich unter Drogen, und klammerte mich an dem Tresen der Rezeption fest.

Frau Seckler, die Rezeptionistin, die mich erst vor zwei Tagen hier begrüßt hatte, saß dahinter, mit übereinandergeschlagenen Beinen und einem verwunderten Blick.

Vor zwei Tagen! Nie hätte ich gedacht, dass meine Welt noch einmal innerhalb kürzester Zeit dermaßen aus den Fugen geraten könnte. Ich hatte mir eingebildet, dass mein kleines Universum nach all den Jahren halbwegs in Ordnung war, dass ich es irgendwie hinbekommen hatte, ein normales Leben zu führen. Ich hatte eine neue Heimat gefunden. Hatte eine Aufgabe in der Firma meines Vaters angenommen. Und teilte mein Bett mit einer Frau, die mir zeigte, dass ich fähig war, eine harmonische Beziehung zu führen.

Und jetzt?

Jetzt zerbrach alles zu einem einzigen Scherbenhaufen.

»Meinen Schlüssel, bitte«, sagte ich fordernd.

»Zimmernummer?« Frau Seckler bemühte sich um ein unverbindliches Lächeln.

»Fünfundzwanzig«, murmelte ich. Mein Herz klopfte wild unter meiner Brust. Meine Kopfhaut juckte. Es war verflucht warm hier drin.

»Fünfundzwanzig?«, vergewisserte sie sich.

Wahrscheinlich hatte Mankowski schon im Hotel angerufen. *Wenn Herr Medrich auftaucht, geben Sie ihm auf keinen Fall seinen Zimmerschlüssel. Er steht unter einem schlimmen Verdacht und will flüchten. Halten Sie ihn auf! Lenken Sie ihn ab! Wir sind gleich bei Ihnen. Und bitte, passen Sie auf! Er ist gefährlich.*

»Genau.«

Sie fischte den Messingschlüssel vom Haken und legte ihn auf den Tresen.

»Geht es Ihnen nicht gut?«, fragte sie und schaute mich besorgt an, als stünde es mir schwarz auf weiß auf der Stirn geschrieben, wie ich mich in diesem Augenblick fühlte.

»Alles bestens, danke«, antwortete ich.

Ich sah ihr an, dass sie mir die Lüge nicht abnahm, aber das spielte keine Rolle. Eine Lüge mehr oder weniger – was machte das schon aus?

Ich schnappte mir den Schlüssel und rannte am Aufzug vorbei zum Treppenhaus. Ich nahm immer zwei Stufen auf einmal. Im Hintergrund hörte ich, dass das Telefon am Empfang läutete.

Ich musste mich beeilen, auch wenn sich meine Mullbinde am Bein lockerte, bis sie um meinen Knöchel schlackerte.

Ich erreichte den zweiten Stock und wurde abrupt langsamer, betrat zaudernd den Gang, an dem sich mein Zimmer befand.

Ich kam an Jürgens Quartier vorbei und warf einen bekümmerten Blick auf das rote Band vor seiner Tür.

Es zog mich geradezu an.

Du willst doch nicht etwa dort hineingehen? Was erhoffst du dir davon?

Erkenntnisse.

Erkenntnisse? Die Erkenntnisse schlummern nicht hinter einer verschlossenen Tür. Nein, sie schlummern in dir. Nur du kannst sie entdecken. Also, sieh zu, dass du schnell von hier fortkommst.

Ich zögerte einen Moment lang, war unschlüssig, ob ich die Bevormundung, die meinem eigenen, unzureichenden Urteilsvermögen entsprang, beachten sollte. Ich befand mich in einem Zustand, der mich die richtige Entscheidung nicht erkennen ließ.

Eins stand jedoch fest: Ich musste mich entscheiden, ob ich durch diese Tür gehen sollte oder nicht.

Jetzt und hier.

Wie von unsichtbaren Händen gestoßen, stakste ich zu dem Band und riss es mit einem Ruck vom Türrahmen. Ich musste mir Klarheit verschaffen oder ich würde mir mein Nichthandeln ewig vorwerfen.

Meine Finger umschlossen den Knauf und drückten ihn nach unten.

Die Tür war verschlossen.

Ohne eine weitere Sekunde verstreichen zu lassen, nahm ich Anlauf und krachte gegen das Holz. Der Rahmen zersplitterte unter meinem Körpergewicht und die Tür kippte nach innen auf. Ich verlor das Gleichgewicht und fiel der Länge nach zu Boden, genau auf die Stelle, die mit Kreide den Umriss eines Körpers skizzierte. Dahinter war die Wand mit zwei roten Streifen und getrockneten Blutflecken übersät. Es sah aus wie die ersten Malversuche eines kleinen Kindes, das noch keine Formen hinbekam. Zwischen den einzelnen Flecken war die Tapete mit einer gelblich schimmernden Substanz bestäubt worden. Irritierende Zeichen, die von der Spurensicherung hinterlassen worden waren.

Ich erhob mich mühevoll und blieb wankend stehen.

Die Einsicht überfiel mich mit einer Kraft, dass ich beinahe wieder gestürzt wäre. Ich versteifte meine Knie, um mich auf den Beinen zu halten, und zitterte wie ein junger Hund, der das erste Mal in seinem Leben in kaltes Wasser gesprungen war. Mir wurde schwindlig und ich lehnte mich an die Wand, während ich klar erkennen konnte, was sich in der vergangenen Nacht in diesem Raum zugetragen hatte.

Mein Verstand leitete die Sequenzen, die sich zu einer schrecklichen Abfolge aneinanderreihten, mit einer gehässigen Bemerkung ein: *Du hast dir diese Klarheit ja verschaffen wollen. Nun musst du eben ertragen, was du siehst. Wenn du es nicht verkraftest, wirst du verrückt.*

»Stimmt es, dass ich dich nicht überzeugen konnte?«, rief mir Jürgen nach, als ich das Zimmer durchquerte, um es schleunigst zu verlassen.

Er hatte mir in schillernden Farben und äußerst detailliert geschildert, wie er angeblich verführt und anschließend verleumdet worden war. Dieser Heuchler. Es hatte mich angewidert. Er hatte sich an seiner Schülerin vergangen, egal wie er es drehte. Und ich hatte mir seine abstoßende Version auch noch angehört.

»Warum zweifelst du an mir?« Ein weiterer Versuch von ihm. »Ich habe nie an dir gezweifelt, Daniel, deswegen habe ich nie etwas verraten.«

Ich blieb stehen. Und drehte mich um, obwohl alles in mir dagegen aufbegehrte. »Was meinst du damit?«

»Dass ich dich durch meine Verschwiegenheit stets geschützt habe.« Jürgen saß kerzengerade auf dem Stuhl neben dem Bett und schaute mich prüfend an.

»Du hast mich geschützt?«

»Ich habe immer den Mund gehalten, weil ich dir vertraute. Ich habe deine Darstellung niemals infrage gestellt. War naiv von mir, was? Aber du warst mein Freund. Wir kannten uns schon so lange und Diego war nur ein zugezogener Zigeunerjunge.«

»Was willst du damit sagen?« Ich ballte die Fäuste, bis sich meine Fingernägel in meine Handflächen bohrten.

»Damals, am See, habe ich nicht nur Flora gesehen.«

»Nein?« Meine Stimme war plötzlich nur noch ein ersticktes Flüstern.

»Nein.«

Ich schluckte schwer. »Wer war denn noch bei ihr?«

»Das weißt du doch.«

»Woher sollte ich das wissen?«

Jürgen hob sein Glas. »Spiel hier nicht den Überraschten. In vino veritas – im Wein liegt die Wahrheit. Prost, Daniel.«

Ich schaute zu, wie er einen weiteren Schluck trank. Genüsslich, als kostete er den Augenblick aus, in dem er mich in seiner Nähe festnagelte.

»Also, wer war bei ihr?«, versuchte ich es erneut, nachdem er das Glas abgestellt hatte.

»Du brauchst mir nichts vorzumachen.«

Ich trat auf ihn zu. Meine Hände waren immer noch zu Fäusten geballt. So fest, dass ich spürte, wie meine Fingerknochen spitz hervortraten. Vor wenigen Minuten hatte Jürgen noch wie ein Jammerlappen auf dem Stuhl gesessen und um Verständnis und Mitleid gebettelt. Und nun meinte er, über Stärke zu verfügen.

Dieser Idiot. Ich sollte ihm seine plötzliche Überheblichkeit aus dem Hirn prügeln.

»Warum sollte ich mich nicht danach erkundigen?«

Jürgen schüttelte verächtlich den Kopf. »Flora hat zwar ein paar Minuten allein auf dem Baumstamm gehockt und diese kleine, wunderschöne Melodie gesummt, genau wie es der alte Schneider uns erzählt hat. Aber dann bist du dazugekommen und hast dich zu ihr gesetzt, Daniel. Das hat der alte Schneider wohl nicht mehr bemerkt, doch ich habe es gesehen.«

»Das stimmt nicht. Ich war im See schwimmen.«

»Das warst du, ja. Deine Klamotten klebten vor Nässe an deinem Körper. Du hast sie dir rasch übergestreift, bevor du zu Flora gegangen bist. Dein Gesicht glänzte vor Feuchtigkeit, als du dich zu ihr auf den Baumstamm gesetzt hast.«

»Und wo war Diego? Ihn hast du sicherlich auch gesehen, nicht wahr?«, hakte ich voller Häme nach.

Eine Häme, die mich schützen sollte. Letztlich bewies sie nur, wie verletzlich und angreifbar ich war.

»Diego war noch im Wasser.«

»Warum redest du einen solchen Unsinn?«

»Oh, Daniel! Lässt dich dein Gedächtnis im Stich?«

»Du willst den Verdacht auf mich lenken, weil Rafael Flecken auf deiner weißen Weste entdeckt hat! Weil du dich nicht zurückhalten konntest und dich an einem minderjährigen Mädchen vergangen hast!«

Jürgen machte eine abfällige Handbewegung und fegte damit meine Bemerkung beiseite. »Ich habe dich und Flora höchstens zwei, drei Minuten beobachtet, dann bin ich gegangen, weil ich mit Arno verabredet war. Ich war schon viel zu spät dran.« Er atmete durch und schaute betreten zu Boden. »Daniel, ich habe dir geglaubt. Ich habe mir eingeredet, dass du wieder zurück ins Wasser gegangen bist. Ich habe mir eingeredet, dass Diego deinen Platz auf dem Baumstamm eingenommen hat und es zu einem Streit zwischen ihm und Flora gekommen ist. Und ich habe mir eingeredet, dass Diego seine Cousine gar nicht erschlagen wollte. Es war ein Unfall gewesen. Ein bedauerliches Unglück. Davon war ich überzeugt.«

Ich starrte Jürgen an und dachte: Ich muss ihm das lose Mundwerk stopfen. Ich muss ihm seine verlogene Zunge rausreißen. Er verdreht die Tatsachen.

Wenn er die Tatsachen verdreht, wieso stehst du dann kurz davor, die Nerven zu verlieren?

»Hör auf«, raunte ich ihm zu.

Jürgen blickte auf. Sein Hochmut war auf einmal wieder verflogen. »Bitte, Daniel, sag mir, dass ich mich nicht getäuscht habe! Rafael hat Zweifel in mir gesät. Befreie mich von diesen Zweifeln, Daniel! Sag mir, dass du es nicht getan hast. Sag es mir!«

»Du sollst deinen Mund halten.«

»Ich habe mich nicht geirrt, oder? Du bist doch unschuldig?« Jürgens Mienenspiel veränderte sich. Er rümpfte die Nase und schob seinen Unterkiefer vor. Hinter den dicken Brillengläsern starrten mich trübe Augen an.

Ich erkannte die Anklage, die in diesem Blick lag. Die Anschuldigung. Ich war mir sicher, dass er mich denunzieren würde. Das musste ich verhindern. Das durfte ich nicht hinnehmen. Er würde mich in Schwierigkeiten bringen.

»Warum antwortest du mir nicht?« Er hob die Brauen. Ein Muskel an seinem Hals zuckte.

Er würde Rafael gegen mich aufhetzen. Und damit bedrohte er meine Existenz. Das würde ich ihm nicht erlauben.

Mit wenigen Schritten war ich bei ihm und griff in sein Haar. Jürgen riss den rechten Arm hoch. Eine überflüssige, nutzlose Bewegung. Ich zerrte ihn vom Stuhl und stieß ihn durch den Raum. Er rutschte zu Boden.

»Was tust du? Was tust du nur?« Er brüllte mich voller Panik an.

Ich beugte mich über ihn. Mir war klar, dass ich es beenden musste. Ich musste den Zorn löschen, den Jürgen in mir entfacht hatte. Dieser miese Krüppel hatte es nicht anders verdient.

Ich langte erneut in sein Haar und hämmerte seinen Hinterkopf gegen die Wand. Seine Brille flog ihm von der Nase. Die Gläser zerbrachen.

Jürgen heulte auf. Winselte wie ein Straßenköter, der zum ersten Mal Prügel bezieht. Sein Rücken krümmte sich nach vorn und er trat mir mit dem rechten Bein gegen das Knie. Ein dürftiger Versuch, sich zu wehren.

Ich schaute ihn an. Dieser erbärmliche Verleumder. Wie

er sich wand. Wie seine Arme hilflos durch die Luft wirbelten und er sich darum bemühte, mich wegzustoßen.

Sein armseliges Gezappel steigerte meine Raserei noch. Ich schmetterte seinen Kopf ein zweites und drittes Mal gegen die Wand. Blut und eine gräuliche Flüssigkeit spritzten aus seinem Schädel.

Wie aus einem Springbrunnen, dachte ich.

Ich war wie von Sinnen, packte ihn am Nacken und beugte mich zu ihm hinab.

Er sollte mich nie wieder beschuldigen.

Nie wieder.

Ich klappte seine Kiefer auseinander und schob meine Zähne in seinen Mund. Ich spürte das warme Fleisch seiner Zunge an meinem Gaumen und biss zu. Sofort füllte sich mein eigener Mund mit Blut. Es schmeckte salzig und rann mir warm die Kehle hinab. Meine Zähne gruben sich tief in das fremde Gewebe und ich spürte, wie zahlreiche Fasern darin zerrissen. Ich befand mich in einem Rausch und ließ erst von Jürgen ab, als sich seine Zunge löste.

Ich fühlte kein Entsetzen, verspürte keine Abscheu.

Und ich war auch noch nicht befriedigt. Ich zog Jürgen die Kleidung vom Leib, lehnte ihn an die Wand und setzte ihm die Brille auf. Dann legte ich seinen Penis in seine rechte Hand.

Ich wollte ihn erniedrigen. Ihn aufs Äußerste demütigen. Auch wenn er nichts mehr davon mitbekam.

Es erleichterte mich und bereitete mir die ersehnte Genugtuung. Ich ging ins Badezimmer, wusch meine Hände und spülte meinen Mund aus. Das Wasser färbte sich rot und floss in kleinen Rinnsälen in den Abfluss.

Mein Atem war schwer und beruhigte sich nur langsam. Ich wischte mir über das Gesicht und zählte bis zehn. Dann ging ich zielstrebig ins Zimmer zurück und nahm mein Weinglas vom Tisch. Ich wollte den scharfen Geschmack in meinem Rachen loswerden, die Spülung mit Wasser hatte nicht viel bewirkt. Während ich das Glas hob, starrte ich Jürgen an.

Er hatte mich provoziert. Er hatte mich hoffnungslos in die Enge getrieben. Mir war nur dieser eine Ausweg geblieben. Jürgen hätte sein Schicksal niemals herausfordern dürfen.

Nun lag er vor mir. In dieser lächerlichen Position.

»In vino veritas«, flüsterte ich ihm zu und nahm einen Schluck von dem köstlichen Wein.

Sekunden später verlor ich erneut meine Fassung. Ich begegnete Arno im Korridor, genau in dem Moment, in dem er mein Zimmer verließ. Mit Floras Halskette zwischen den Fingern, die er aus meiner Schatulle genommen hatte.

Arno sah mich erschrocken an und blieb wie versteinert stehen. Er begriff, dass ich ihn ertappt hatte. Er begriff, in welcher Gefahr er sich befand.

Und ich begriff, dass er und Jürgen einen Plan umgesetzt hatten. Ein abgekartetes Spiel. Während Jürgen mich zu sich gelockt und mich abgelenkt hatte, hatte Arno meine Sachen durchsuchen können.

Ich hatte es ihnen leicht gemacht. Der Messingschlüssel baumelte noch im Schloss. Sicherlich hätte Jürgen auch eine Lösung gefunden, wenn ich nicht so unvorsichtig gewesen wäre und den Schlüssel mitgenommen hätte. Vermutlich hätte er sich während unserer Aussprache an mich gedrückt und mir den Schlüssel unauffällig aus der Tasche gezogen. Es wäre für ihn ein Leichtes gewesen, ihn anschließend an Arno weiterzureichen, der draußen im Flur wartete. Aber das war gar nicht nötig gewesen.

Meine Nachlässigkeit hatte Arno die Pforte geöffnet. Er hatte die Einladung angenommen. Aber es gibt Einladungen, die man besser ablehnt.

Diese gehörte definitiv dazu.

Arno erfasste, worauf er sich eingelassen hatte. Für ihn begann ein unheilvoller Wettlauf.

Ein Wettlauf mit dem Tod.

Ich wich zurück. Und stand kurz davor, das Bewusstsein zu verlieren. Der Rückblick hatte mich an den Rand eines Zusammenbruchs geführt.

Ich taumelte wie benebelt aus Jürgens Zimmer und hetzte durch den Flur. Beinahe wäre ich über meine Mullbinde gestolpert, die ich dabei abtrat, doch ich schaffte es auf wundersame Weise, mein Gleichgewicht zu halten.

Ich wankte weiter, hielt meine Arme vor mir ausgestreckt wie ein Blinder, der seinen Stock verloren hat und völlig desorientiert nach dem richtigen Pfad sucht.

Ich war niedergeschmettert. Beklagte den Verlust meiner Unschuld. Die Lage, in der ich mich befand, war aussichtslos. Nichts konnte meine Vergehen mildern. Es gab keine Möglichkeit, sie rückgängig zu machen.

Ich war ein Verfluchter, genau wie Kain. Verbannt aus der Welt der Achtbaren. Sie würden mich verfolgen.

Vor allem Rafael. Und der Kommissar. Bestimmt waren sie schon hinter mir her. Ich hatte doch überall Fingerabdrücke hinterlassen. Und heute Morgen hatten sie sich vor dem Hotel getroffen und miteinander geredet. Sollte Rafael mich im Auge behalten? Sollte ich sie zu Arno führen?

Ich musste schleunigst packen. Ich musste unbedingt nach Freiburg fahren zu Susanne. Zurück in die Geborgenheit des Vergessens.

Ja, vielleicht bekam ich doch noch eine Chance. Möglicherweise würde ich meinen Taten erneut entkommen, sie einfach verdrängen. In einem Kästchen verschließen. Oder in einem bodenlosen Gewässer versinken lassen. Es war mir schon einmal gelungen, warum sollte es nicht ein weiteres Mal funktionieren?

Und Mankowski? Nur aufgrund von spärlichen Indizien konnte er mich nicht überführen. Das reichte nicht aus. Sie würden mich nicht kriegen.

Sie durften mich nicht kriegen.

Das war meine Hoffnung. Der dünne Strohhalm, an den ich mich klammerte wie ein Ertrinkender.

Ich stürmte in mein Hotelzimmer, nahm meine Tasche und fing an, meine Sachen aus dem Schrank zu räumen. Zunächst die Kleidungsstücke. Auch das blutverschmierte Hemd, das ich in der Nacht ausgezogen hatte, nachdem ich Arno bis zum Kloster verfolgt hatte und anschließend wieder ins Hotel zurückgekehrt war. Dann das Holzkästchen. Ich tastete über die grüne Verzierung, wagte aber nicht, es zu öffnen. Das brauchte ich auch nicht. Ich wusste, was es beinhaltete. Mein Los. Meine Fügung. Ich hielt es eine Weile in den Händen wie eine kostbare Reliquie, bevor ich es in die Tasche steckte. Obwohl ich mich beeilte, kam es mir vor, als bewegte ich mich wie in Zeitlupe. Ich stürzte ins Badezimmer, schnappte mir meine Toilettenartikel und legte sie zu den anderen Sachen in die Tasche.

Ich war fertig. Bereit zur Abreise.

Bereit, dem Albtraum den Rücken zu kehren.

Ich nahm die Tasche und öffnete die Tür.

Von Weitem drang das gedämpfte Zischen von Aufzugstüren zu mir, gefolgt von Schritten, die sich näherten. Ich riskierte keinen Blick um die Ecke. Ich wollte nicht sehen, wer den Flur entlangkam. Ich wollte mir das letzte Quäntchen Zuversicht nicht rauben lassen.

Deswegen blieb ich auf der Schwelle stehen, wartete ab und hoffte, dass der Kelch an mir vorübergehen würde.

So lange, bis Rafael vor mir stand und diese Hoffnung zerplatzen ließ.

Es war einfältig von mir gewesen zu glauben, dass ich fliehen konnte. Rafael würde es verhindern.

Er baute sich bedrohlich vor mir auf und beäugte mich kritisch. »Du hast gepackt?«

Ich nickte lahm.

»Du läufst davon, Daniel?«

»Ich halte es hier nicht mehr aus.«

»Das kann ich verstehen.«

»Ich muss hier weg, Rafael.«

»Dafür ist es zu spät.«

»Weshalb?«

»Weil an deinen Händen Blut klebt.«

»Du irrst dich.«

Er schüttelte den Kopf. »Sieh dich an. Die Schuld steht dir ins Gesicht geschrieben.«

Meine Handflächen wurden feucht, die Tasche entglitt mir und fiel zu Boden. Ich starrte Rafael resignierend an. Den selbstgerechten Bruder von Diego, der nun kurz vor seinem Ziel stand.

Ich malte mir aus, wie er seinen Triumph genießen und den Namen seiner Familie reinwaschen würde. Und dabei sollte ich auf der Strecke bleiben.

Er legte eine Hand auf meine Schulter und beugte sich ein Stück vor. »Du hast dir nicht einmal die Mühe gemacht, deine Spuren zu beseitigen. Sie führen unweigerlich zu dir. Mein Freund, du kannst nicht mehr fliehen und du kannst nicht mehr vor dir selbst davonlaufen.«

»Wir sind keine Freunde.«

Er grinste dünn. »Das ist wohl mein Glück.«

»Lass mich vorbei.« Eine schwache Aufforderung.

»Einverstanden. Doch ich werde dich begleiten.«

»Begleiten? Wohin?«

Er antwortete nicht. Er zog lediglich seinen Arm zurück und griff wie selbstverständlich nach meiner Tasche, bevor er beiseite trat, um mir Platz zu machen. Sein beherrschtes Auftreten und sein plötzliches Schweigen drückten eine unnachgiebige Entschlossenheit aus. Seine Augen funkelten voller Wachsamkeit auf.

In diesem einen Augenblick erkannte ich zwei Dinge: Rafael befand sich in einer ausgesprochen mächtigen Position. Denn er war körperlich stärker als ich und außerdem auf der Hut, weil er wusste, wozu ich in der Lage war. Hinzu kam, dass ich geschwächt war, als wäre meine ganze Kraft aus meinem Körper gesaugt worden. Folgerichtig war ich ihm unterlegen.

Und nicht nur das. Auf gewisse Weise war ich ihm ausgeliefert. Mein Weg würde an dieser Stelle abzweigen, die Richtung ändern. Das musste ich akzeptieren.

Ich hätte gern Abschied genommen. Von Susanne und von meinem Leben in Freiburg, das ich mir mühsam aufgebaut hatte. Ohne zu erkennen, dass es nur eine Fassade gewesen war, die Rafael nun niedergerissen hatte.

Zurück blieb eine Ruine, die in einen Horizont ragte, den ich selbst in ein blutrotes Meer verwandelt hatte. Dafür würde ich nun büßen.

Dafür musste ich büßen.

»Gehen wir«, sagte ich kraftlos und schritt an Rafael vorbei.

18. Kapitel

Es war ein schwerer Gang. Als wäre eine Gnadenfrist verstrichen. Ich war ein Mann auf dem Weg zum Schafott. Und der Henker ging direkt hinter mir. Er ließ mich nicht aus den Augen. Ich spürte seine bohrenden Blicke in meinem Rücken. Rafael wollte keinen Fehler begehen. Keine Unachtsamkeit sollte den letzten Schritt verhindern, den ich hinter mich bringen musste.

Wir liefen zum See hinunter.

Ich schob Äste und Zweige beiseite und stapfte zielstrebig durch das Unterholz. Der würzige Duft alter Baumstämme und feuchten Holzes stieg mir in die Nase. Es roch nach Endgültigkeit und nach Kummer. Mit jedem Baum, den ich passierte, und mit jedem Ast, unter dem ich hindurchschritt, wurde die Wahrheit gieriger. Sie verdichtete sich, je näher wir der Hütte kamen.

Die Schritte taten mir in den Ohren weh. Mein Schädel dröhnte, dennoch gönnte ich mir keine Pause. Das Vorankommen war zwar schwierig, weil wir keinen direkten Weg von der Böschung zum See gewählt hatten, doch nach einigen Minuten geriet die Hütte in unser Sichtfeld. Ich wurde schneller. Ein dorniger Zweig schlug mir heftig gegen die Stirn und ritzte mir die Haut auf. Ich ignorierte es.

Rafael machte keine Anstalten, mich zu ermahnen, langsamer voranzuschreiten. Er passte sich meinem Tempo an.

Vor der Hütte blieb ich abrupt stehen. Rafael stellte sich neben mich wie ein Wächter.

Ich betrachtete unsere alte Hütte.

Unser zweites Zuhause. Das waren Floras Worte gewesen.

Das Dach wurde von den Schneemassen eingedrückt und drohte einzubrechen, die Seitenwände waren morsch und mit Moos bedeckt. Die Tür war aus den Angeln gerissen und ich erhaschte einen Blick in das Innere.

Ich war überrascht. Unser Holztisch und die abgenutzten Stühle standen immer noch dort. In einer Ecke lag Floras vergilbte Tischdecke. Bei genauerem Hinsehen erkannte ich die gestickten Blumen, die alle vier Seiten verzierten. Das Regal, das Jürgen einst mitgebracht hatte, lag zerbrochen daneben. Es war von der Wand gefallen, die im Laufe der Zeit der Witterung nachgegeben hatte und immer spröder geworden war.

Meine Gefühle überwältigten mich und ich wandte mich ab. Ich sah zu dem langen Baumstamm, hinter dem sich der zugefrorene und mit Schnee überzogene See auftat.

An jenem heißen Sommertag hatte Flora auf der Mitte des Stammes gesessen und ein wohlklingendes Lied gesummt, das sich in einem verborgenen Winkel meines Gedächtnisses festgesetzt hatte und mich nun in dem Moment ansprang, in dem ich mich selbst dorthin setzte. Ich löschte die vergangenen Jahre aus. Sie waren überflüssig gewesen, hatten sich in ihrer eigenen Sinnlosigkeit verfangen.

Rafael blieb seitlich von mir stehen. Keine Silbe kroch aus seinem Mund. Er wollte mich nicht bedrängen, er bewies Geduld.

Ich schaute ihn an. Er bemühte sich darum, seine Erwartung nicht zu deutlich zu zeigen, aber sie war da, gegenwärtig wie die Vergangenheit. Aus den Augenwinkeln heraus nahm ich eine undeutliche Bewegung im Hintergrund wahr. Verschwommene Silhouetten vor einer Baumgruppe.

Ich senkte den Kopf und verschränkte meine Hände hinter meinem Nacken. Eine einzige heiße Träne lief mir über die Wange, während sich zahlreiche Bilder vor meinem geistigen Auge übereinanderschoben, wie grelle Lichtblitze aufflackerten.

Bilder von Flora.

Dann vernahm ich meine eigene Stimme. Sie klang irgendwie schief, wie ein lang gezogener, grotesker Misston. »Wie gerne hätte ich sie berührt, ihr Gesicht in meine Hände genommen und sie auf die vollen Lippen geküsst. Wie gerne hätte ich das Aroma ihrer sonnengebräunten Haut und ihrer dunkelblonden Haare in mich aufgenommen und sie umarmt. Sie trug nur dieses luftige Kleid, das sich ein wenig nach oben schob, als sie den Staub von ihren Füßen rieb. Sie lächelte voller Glück. Ich fühlte ihre Wärme, sah die schlichte Fröhlichkeit und diese ungeheure Lebensfreude in ihren Zügen. Ich genoss unsere Zweisamkeit, während Diego noch draußen im See schwamm. Ich war nass, hatte ebenfalls einige Runden im Wasser gedreht. Und hatte Flora von dort aus beobachtet.«

Ich strich über meinen Hals und war selbst konsterniert, als ich mich sagen hörte: »Flora war ein Stück beiseite gerückt, als ich mich zu ihr hockte. Sie schaute mich lächelnd an und strich mit ihrer Hand durch mein Haar und über mein Gesicht. ›Hey, ich trockne dich ab‹, sagte sie vergnügt und mit strahlenden Augen. Sie fasste mich an und löste damit eine wohlige Erregung in mir aus. Ein Schauer, der über meinen Rücken jagte. Ich rutschte nah an sie heran. Sie spielte mit meinen Haarsträhnen, wickelte sie um ihre Finger und wirkte plötzlich verlegen. Ja, sie errötete sogar. Sie hob ihre Brauen und biss sich auf die Unterlippe. ›Diego war gestern Nacht bei mir‹, sagte sie wie aus heiterem Himmel und zerschnitt den Zauber, der uns in diesem Augenblick verband. Ich zuckte zurück, als hätte ich in eine offene Flamme gegriffen, und sperrte den Mund auf. Flora wandte ihren Blick von mir ab und stierte wie vernarrt auf den See hinaus. Zu Diego, der weit nach draußen geschwommen war und dessen Schopf aus dem Wasser ragte wie ein kleiner Stecknadelkopf. Er schwamm unbeirrt weiter, schenkte uns keinerlei Aufmerksamkeit. Floras Augen lachten. ›Du darfst es niemandem erzählen, ja, Daniel? Ich sage es nur dir. Dir traue ich‹, flüsterte sie mir geheimnisvoll zu und zupfte etwas verschämt am Saum ihres Kleides herum, bevor sie es aussprach.«

»Was hat sie gesagt?«, fragte Rafael dumpf. »Was hat dir dermaßen zugesetzt, dass du sie …« Er verschluckte das Satzende.

Ich schaute zu ihm auf. Er sah mich aus traurigen Augen an. Er war bekümmert, und das verwirrte mich. Er musste doch darüber erfreut sein, recht zu behalten. Ich war davon überzeugt gewesen, dass er seinen Erfolg genießen und mir die Schlinge mit einem breiten Grinsen um den Hals legen würde.

Aber so reagierte er nicht. Und das machte es noch viel schwerer.

»Flora offenbarte sich mir. Sie hatte keine Ahnung, wie sehr sie mich verletzte, Rafael. Sie riss mir das Herz aus der Brust und hinterließ eine klaffende Wunde, die nie verheilen würde. ›Diego und ich haben es getan, Daniel. Und es war unglaublich schön. Er war so zärtlich‹, hauchte sie mir ins Ohr. Ich weiß nicht mehr, was schlimmer war. Was sie sagte oder wie sie es sagte. Mit dieser Verzückung, dieser Freude, die mich zu verhöhnen schien. Ich wich zurück und verlor beinahe meinen Halt. Ich stützte mich am Boden ab und berührte einen festen Klumpen, der neben dem Stamm lag. Es war ein Stein. Auf hielt ich ihn in meiner Hand.«

Mein Hals zog sich zusammen. Ich erinnerte mich genau, wie plump und hart sich der Stein angefühlt hatte. Seine Kanten hatten sich in meine Haut gedrückt, als ich ihn fest umschloss.

Ich schnappte keuchend nach Luft, sprang auf meine Beine und brüllte aus Leibeskräften: »Ich habe das nicht gewollt! Ich habe das einfach nicht gewollt! Aber es ist passiert! Bitte vergib mir, Flora, bitte vergebt mir alle!«

Rafael trat zu mir und legte eine Hand auf meine Schulter. Seine Finger drückten schmerzhaft zu. Sein Blick zermalmte mich. »Du hast sie umgebracht, Daniel?«

»Ja, ja, ja, ich habe es getan!« Ich weinte. Und sackte in mich zusammen.

Ich hatte das Leben ausgelöscht, das mir am wertvollsten erschienen war. Floras Leben. In diesem Moment sah ich sie vor mir wie einen strahlenden Engel, der über mir schwebte. In lieblicher Vollkommenheit.

Ich vergrub mein Gesicht in meinen Händen. In den Händen eines Mörders.

»Als sie plötzlich dalag, konnte ich meinen Blick nicht von ihr abwenden. Ich ließ den Stein zu Boden fallen und kniete mich neben ihren leblosen Körper. Ihre feinen Gesichtszüge wirkten wie verhärtet und drückten ungläubiges Entsetzen aus. Oberhalb ihrer linken Schläfe war die tödliche Verletzung sichtbar, die ich ihr zugefügt hatte. Ich starrte sie an, betrachtete sie eine ganze Weile, bis mich ein unheilvoller Gedanke ergriff, von dem ich auf einmal wie beseelt war. Nur einmal sollte sie mir gehören. Nur ein einziges Mal wollte ich sie besitzen und Diego wegnehmen. Deswegen hob ich ihr Kleid an und streichelte mit meinen Fingern über ihre warmen Oberschenkel bis hinauf zu ihrem geblümten Höschen. Ich zerfetzte es an der Seite und meine Finger drangen weiter vor. Oh, Gott, ich war wie berauscht von ihrem Liebreiz, der all das Grauen überdeckte, das ich eigentlich hätte empfinden müssen.«

Rafael schluckte mühsam. Er war erblasst und fixierte mich voller Bestürzung. »Du hast sie … angefasst? Ihren Leichnam angerührt?«

Ich nickte schuldbewusst. »Ich weiß nicht mehr, wie lange ich neben ihr kauerte, bis ich meine Hand endlich zurückzog. Ich war desorientiert, völlig verstört. Ich schaute zum See hinaus. Diego war noch immer dort draußen. Er hatte scheinbar nichts mitbekommen. Ich wurde panisch, schnappte mir den Stein und wischte ihn mit der Innenseite meines Hemdes ab. Dabei verstrich ich das Blut, das an der Oberfläche klebte. Dann ließ ich ihn achtlos aus meiner Hand gleiten, erhob mich und lief wie benommen los. Ich schaffte es nur bis zur Hütte. Dort verkroch ich mich in der hintersten Ecke, glitt zu Boden und drückte meine Beine an meinen Oberkörper. Ich machte mich klein. Wirklich, ganz klein.«

»Wie lange hast du dich versteckt?«, fragte Rafael.

Ich zuckte mit den Schultern. »Keine Ahnung.«

»Und was ist dann passiert?«

»Mir wurde schwarz vor Augen, als hätte mir jemand eine dunkle Decke über den Kopf gelegt. Mein eigener, gehetzter Atem dehnte sich in meinem Schädel zu einem lärmenden Gebrüll aus. Der Laut machte mich fast wahnsinnig. Ich hielt mir die Ohren zu und rollte mich zusammen, bis ich gekrümmt wie ein Embryo in der Ecke lag. Ich hatte Angst. Große Angst. Deswegen begann ich sogar zu beten. Ich wollte vergessen. Ich musste vergessen.«

Ich stockte und kämpfte gegen die Versuchung an, meinen Redeschwall zu unterbrechen. Es war eine Tortur, der ich mich selbst aussetzte.

Und dennoch zwang ich mich, die Situation noch einmal zu erleben. »Plötzlich fing mein Herz an zu rasen, meine Finger wurden schwitzig und meine Beine fühlten sich wie betäubt an. Nach und nach verlor ich die Kontrolle über meinen Körper und die Verbindung zu meiner Umwelt. Mit jeder Sekunde, die verstrich, verschlechterte sich mein Zustand, dann muss ich bewusstlos geworden sein.«

»Und was geschah danach? Als du wieder wach wurdest?«

»Ich kann mich nur noch vage daran erinnern. Irgendwann stand ich wieder auf den Beinen. Meine Glieder waren schwer wie Blei, ich war geschwächt und aufgewühlt. Ich stakste aus der Hütte und schaute mich um. Ich sah Diego, der an einer dünnen Kiefer hockte und den Leichnam seiner Cousine anblickte. Er zitterte wie Espenlaub.«

»Mein Bruder war aus dem Wasser gekommen, hatte sich wieder angezogen und war über den schmalen Pfad nach oben gegangen. Er konnte nicht ahnen, dass er gleich Floras Leiche finden würde«, sinnierte Rafael leise. Er zog seine Arme von mir zurück und blieb mit hängenden Schultern stehen. »Diego stand unter einem derart großen Schock, dass er sich nicht richtig wehren konnte, als du ihn beschuldigt hast.«

»Ich habe an seine Schuld geglaubt, Rafael«, sagte ich mit gesenktem Blick. »In der Hütte verschloss ich die Augen vor dem, was ich selbst getan hatte.«

»Du hast es tatsächlich verdrängt? Du hast es fertiggebracht, dich deiner eigenen Schuld zu entziehen?«

Rafaels Gesicht war inzwischen kalkweiß. Er wirkte entkräftet, als hätte ich ihm mit meinem Geständnis einen Teil seiner Substanz geraubt.

Hinter ihm näherten sich die Gestalten, die etwas abseits gestanden und uns belauscht hatten. Es waren Mankowski und zwei Polizisten.

Ich sah Rafael ein letztes Mal in die Augen. »Du sagst es«, bestätigte ich und drehte mich um.

Ich ging schweren Schrittes zum See und ließ Rafael und die Polizisten einfach zurück. Rafael rief mir etwas nach, doch ich beachtete ihn nicht mehr.

Mein Kopf war kalt. Zu kalt. Unwillkürlich griff ich in meine Jackentasche und zog eine Wollmütze hervor. Eine braune Wollmütze, die mich augenblicklich wärmte, nachdem ich sie mir über den Kopf gezogen hatte.

Ich erreichte das Ufer und blieb stehen. Ich kostete die Ruhe aus, die mir dieser eine Moment noch schenkte, und ich entsann mich der vielen glücklichen Stunden, die ich an diesem Ort mit meinen Freunden verbracht hatte. Dann kniete ich mich nieder und wischte den Schnee von der Eisschicht des gefrorenen Wassers. Ich erblickte die Konturen eines eingefallenen Gesichtes. Ausdruckslose Augen starrten mich an, unter denen sich ein Geflecht aus Falten zog. Ungläubig strich ich über das Eis und zeichnete die Umrisse des Gesichtes nach. Es war das verbrauchte Antlitz eines Mannes, der viele schreckliche Dinge gesehen und getan hatte.

Ich verstand erst jetzt, dass ich im Haus der Gimenez' meinem eigenen Spiegelbild begegnet war. Und dass ich mir in der darauf folgenden Nacht selbst mit einer Nagelfeile in die Wunde am Bein geschnitten hatte, um Floras Foto mit meinem eigenen Blut zu beflecken und es neben den Wandschrank zu hängen.

Ich hatte mich warnen wollen. Mich zur Rückkehr nach Freiburg bewegen.

Ich hatte die Zeichen verkannt. Nun war es zu spät.

Ich richtete mich wieder auf und sog die kühle Luft ein. Ich wehrte mich nicht, als sich Mankowski hinter mich stellte und mir die Arme auf meinem Rücken verschränkte. Und ich leistete auch keinen Widerstand, als ich den Stahl spürte, der sich eng um meine Handgelenke schloss.

Als ich abgeführt wurde, senkte ich mein Haupt. Eine abgrundtiefe Leere breitete sich in mir aus. Und dafür war ich dankbar.

Sehr dankbar.

Fünfter Teil

Olivia

19. Kapitel

Es ist vollbracht. Ich kann es selbst kaum glauben. Was für ein hoher Stapel beschriebenes Papier, der jetzt auf der schmalen Tischplatte vor mir liegt! Angetrieben von Dr. Olivia Bach habe ich dieses Werk aus mir herausgekitzelt, auf das ich wahrlich stolz bin. Es erlöst mich. Macht mich zu einem Sehenden.

Ja, ich bin zufrieden.

Sehr zufrieden.

Ich lege den kärglichen Überrest meines Stiftes neben die verbliebenen Seiten, die ich nicht mehr beschreiben muss, und strecke meine Arme aus, bis meine steifen Gelenke knacken. Dann reibe ich über meine Gesichtshaut, die sich anfühlt wie raues Leder.

Natürlich bin ich auch müde, doch es ist eine angenehme Erschöpfung, die sich in meine gute Stimmung einschleicht.

Ich stehe auf und der Stoff meines gelben Overalls knistert leise. Ich brauche nur drei kleine Schritte, um von dem Tisch zur Stahltür zu gelangen. Ich drücke auf den roten Knopf der Sprechanlage neben der Tür.

Ein kurzes Rauschen, dann vernehme ich die Stimme von Andy, einem der Schließer, der in dem Bereitschaftszimmer vor unserem speziellen Zellentrakt Wache hält. »Was gibt's?«

»Ich habe hier etwas für Dr. Bach«, sage ich.

»Was denn?«

»Meine Geschichte.«

»Ach so. Die können Sie mir auch noch bei der Essensausgabe geben. In zwei Stunden.«

»Bitte, sie wartet darauf. Es ist dringend.«

Ich erhalte zunächst keine Antwort und stelle mir vor, wie Andy die Stirn in Falten legt, während er auf einen der Monitore starrt, die die kahlen Gänge unseres Traktes zeigen. Schließlich dreht er seinen Stuhl und beäugt seinen Kollegen, der neben ihm sitzt. Tagsüber halten sich meistens zwei Beamte in dem Bereitschaftsraum auf, der immer besetzt sein muss. Eine verständliche Vorschrift. Und Andy beachtet alle Vorschriften. Er ist ein gewissenhafter junger Schließer. Im Gegensatz zu den meisten seiner Kollegen behandelt er die Gefangenen mit einer gewissen Würde, was nicht bedeutet, dass er nicht hart durchgreifen kann, wenn es sein muss. Er ist stets konzentriert, wachsam, und in seinen hellgrünen Augen steht geradezu geschrieben, dass er niemals vergisst, an welchem Ort er sich aufhält.

Es ist pures Glück, dass ich ausgerechnet ihn in diesem Augenblick erwischt habe.

»Ist gut. Ich komme«, sagt er und schaltet die Gegensprechanlage ab.

»Danke«, flüstere ich.

Und warte. Höre, wie Schlösser aufgesperrt werden und das Scheppern von Gittertüren, die sich wieder rasselnd schließen. Geräusche, die mich jeden Tag begleiten und an die ich mich dennoch nie gewöhnen kann.

Dann öffnet sich der Deckel des Türspions von außen. Ein weitwinkliges Guckloch mit Sicherungsrosetten.

»Ich werde jetzt die Klappe aufmachen«, sagt Andy, der vor meiner Zelle steht. Er meint die Kostklappe, durch die ich dreimal am Tag mein Essen empfange.

»Okay«, entgegne ich knapp.

»Stellen Sie sich an die gegenüberliegende Wand.«

Korrekt wie Andy ist, fordert er mich jedes Mal dazu auf. Dabei kenne ich dieses Ritual zu Genüge.

Ich folge seiner Anweisung.

Er entriegelt die Klappe, ohne mich dabei aus den Augen zu lassen. »Reichen Sie mir nun die Blätter. Aber langsam, ganz langsam«, sagt er.

Ich gehe zu meinem Tisch und nehme den Stapel auf. Wieder packt mich ein gewisser Stolz. Schließlich löse ich mich von meinem Werk und schiebe es behutsam durch die Klappe.

Andy nimmt den Stapel entgegen. »Und jetzt noch die Tischlampe«, sagt er streng.

»Gut.«

Ich akzeptiere es. Olivia hat mir dieses kleine Privileg eingeräumt. Sie hatte es zuvor mit der Anstaltsleitung vereinbart. Solange ich an meiner Geschichte arbeitete, durfte ich die Lampe mit dem schmalen, orangefarbenen Schirm in meiner Zelle behalten. Während dieser Zeit war ich in der Lage, selbst über Licht und Dunkelheit zu entscheiden. Sämtliche Schließer waren darüber informiert worden, doch jetzt wird mir dieses Sonderrecht wieder entzogen.

»Bis später«, sagt Andy, schließt die Klappe und drückt den Deckel vor den Türspion.

»Bitte bringen Sie es sofort zu Dr. Bach«, rufe ich ihm durch die schwere Stahltür zu. »Bitte.«

Er entfernt sich.

Meine Geschichte entfernt sich.

Nun bricht die Müdigkeit völlig in mir durch. Von der Stahltür benötige ich nur zwei kleine Schritte, um an der verkalkten Toilette vorbei das schmale Eisenbett mit der verschlissenen Matratze zu erreichen. Ich rücke mein flaches Kopfkissen zurecht und lege mich hin.

Meine Zelle ist ein äußerst knapp bemessener Raum für einen erwachsenen Menschen. Sie besitzt nur eine einzige Lichtquelle, die sich direkt über meinem Bett befindet – ein winziges, vergittertes Fenster. Ich bin gefangen wie ein Koi in einem engen Becken.

Ein bitterer Vergleich, der mich dennoch schmunzeln lässt. Er stammt nicht von mir, sondern von meinem Vater. Er kommt meiner Empfindung sehr nahe.

Aber ich will mich nicht beklagen. Ich habe jede Stunde, die ich hier drinnen verbringen muss, verdient. Jeder, der innerhalb dieses Gemäuers gefangen gehalten wird, hat es verdient. Und diejenigen, die ihre Zeit hier absitzen und behaupten, sie seien unschuldig, lügen. Jeder von uns gehört hierher. Es ist ein Ort, der den Abschaum beherbergt. Ein Ort, an dem sich der Geruch von menschlichen Absonderungen mit dem miefigen Dunst von Schuld vermischt.

Auch meine Schuld strömt inmitten dieser schweren Luft durch die Flure des Hochsicherheitstraktes. Olivia hat in unseren Sitzungen darauf beharrt, dass ich zum Kern dieser Schuld durchdringe.

Schreiben Sie Ihre Geschichte auf. Es ist möglich, dass Sie sich dadurch von Ihrem eigenen Bewusstsein entpflichten, ohne die Verantwortung tatsächlich abzustreifen. Vielleicht werden Sie begreifen und verinnerlichen, was wirklich geschehen ist.

Das habe ich getan. Und es hat funktioniert. Ich schließe die Augen und denke an ihre Erklärung für meinen Zustand.

Ein Trauma kann sich auf drei verschiedene Arten ausdrücken. Die dritte Art trifft auf Sie zu.

Was steckt dahinter?, wollte ich wissen.

Sie erläuterte es mir. *Der Traumatisierte erkennt, dass er sich gegen das schlimme Ereignis, das stattgefunden hat, nicht wehren kann. Er zerbricht innerlich und sieht nur einen Ausweg, seiner Misere zu entkommen: Er verändert seinen Bewusstseinszustand. Es gibt mehrere Möglichkeiten, wie sich dieser Zustand äußert. Manchmal tritt eine emotionale Abstumpfung auf, eine schlichte, fast ungefährliche Form. Es gibt allerdings auch folgenschwerere Ausprägungen. Unter gewissen Bedingungen können vereinzelte Mechanismen abgespalten und vom übrigen Bewusstsein dissoziiert werden, sie erhalten einen eigenen Impuls. Der Traumatisierte verliert sein Zeitgefühl, seine Realitätswahrnehmung wird vollkommen entstellt. Es geht sogar so weit, dass er das auslösende Geschehnis aus seinem Gedächt-*

nis verbannt, und gleichzeitig verdrängt er jeden Gedanken daran, dass er es einfach nur vergessen hat. Es klingt kompliziert, aber im Grunde genommen ist es ein simpler Vorgang.

Ein beängstigender Vorgang mit einem irrsinnigen Kreislauf, den ich endlich durchbrochen habe. Ich habe die Trümmer meiner eigenen Vergangenheit wieder zusammengefügt. Und auch wenn das Bauwerk, das dabei entstanden ist, einer trostlosen Gedenkstätte gleicht, so habe ich dadurch wenigstens einen Platz gefunden, an den ich mich zurückziehen und an dem ich meine Verluste betrauern kann.

Deshalb kann ich mich jetzt dem Schlaf hingeben, der mich mit offenen Armen empfängt.

Ich spüre noch, wie sich meine Lippen zu einem Lächeln verziehen.

Schließlich tauche ich in das traumlose Dunkel ein.

Zwei Stunden später.

Essensausgabe. Als sich die Kostklappe scheppernd öffnet, reiße ich die Augen auf und lausche meinem Pulsschlag. Er ist leicht erhöht, flacht aber schnell wieder ab; normalerweise liegt er bei siebzig Schlägen pro Minute. Das haben die routinemäßigen Untersuchungen beim Anstaltsarzt ergeben.

Ich bin kerngesund und kann durchaus ein hohes Alter erreichen. Das hat der Doktor nach meinem letzten Check gemeint.

Eine Aussage, die einen bitteren Zynismus in sich birgt. Wer möchte schon an einer solchen Stätte altern? Wer möchte sich schon tagein, tagaus demselben quälenden Rhythmus unterwerfen, dem ich ausgesetzt bin?

Das Leben hier gleicht einem langsamen Dahinsiechen mit einem unzureichenden Mindestmaß an Abwechslung. Dreimal die Woche Hofgang, jeweils für eine halbe Stunde. Einmal die Woche erlauben sie mir zu duschen. Zehn Minuten lang. Alle zwei Monate dürfte ich Besuch erhalten – nur möchte mich niemand mehr sehen. Sogar mein Vater nicht. Früher hat er mich oft besucht. Zu Zeiten, als ich noch diese andere Gefängniskleidung trug; diese verwaschene, blaue Hose mit der weiten Jacke, deren Stoff so grob war, dass sie auf der bloßen Haut kratzte.

Vater kommt nicht mehr zu mir. Das schmerzt mich. Er war die einzige Verbindung zu dieser anderen Welt, die ich schon lange hinter mir gelassen habe. Sein Fortbleiben hat ein Vakuum geschaffen. Ich wurde apathisch. Zog mich zurück. Sprach kein Wort mehr.

Bis Dr. Olivia Bach in mein Leben trat und anfing, sich mit mir zu beschäftigen. Seit sechzehn Wochen führt sie die Gespräche mit mir und versucht, in meine Seele zu kriechen, um zu erkennen, wer ich bin.

Schon bald wird sie es wissen. Wenn sie meine Zeilen gelesen hat, wird sie alles verstehen. Dann wird sie mir ihre Meinung kundtun.

Ihre Meinung, die für mich einen so hohen Stellenwert besitzt.

»Hey, Herr Medrich, träumen Sie? Wir haben nicht ewig Zeit«, sagt Andy hinter der Stahltür bestimmt, jedoch ohne eine Spur übertriebener Härte in der Stimme.

Ich stehe auf und empfange mein Essen, das er mir durch die Klappe auf einem Plastikteller reicht. Es gibt Spinat und Rührei. Und einen Becher mit stillem Wasser.

»Haben Sie meine Aufzeichnungen schon zu Dr. Bach gebracht?«, frage ich ihn hoffnungsvoll.

»Ja. Dr. Bach war natürlich nicht da, aber ich habe den Papierstoß auf ihren Schreibtisch gelegt.«

»Danke, vielen Dank.«

Der Deckel des Türspions und die Klappe schließen sich wieder.

Ich setze mich an den Tisch und genieße die lauwarme Mahlzeit. Vor mir liegen noch die leeren Blätter und der

Bleistiftstummel. Spätestens bei der nächsten Zellenkontrolle werden sie mir die Sachen wegnehmen.

Egal, ich benötige sie nicht mehr.

Nachdem ich gegessen habe, schiebe ich den Teller beiseite und leere meinen Becher in hastigen Zügen. Nun beginnt wieder eine elende Warterei, die mich seit Haftbeginn begleitet wie mein eigener Schatten.

Heute ist Dienstag. In anderthalb Stunden darf ich in den Hof, wie jeden Dienstagmittag um vierzehn Uhr.

Ich merke mir jeden Tag, jedes Datum, ja, ich kenne sogar immer die ungefähre Uhrzeit. Dafür benötige ich nicht einmal einen Zeitmesser. Meine innere Uhr tickt in meinem Kopf.

Neunzig Minuten oder fünftausend und vierhundert Sekunden später holt mich Andy ab. Hier in diesem Loch habe ich angefangen zu zählen, um die Zeit vor besonderen Ereignissen wie dem Hofgang mit einer sinnvollen Beschäftigung auszufüllen, und ich habe gelernt, dabei mit dem Finger einen Takt zu schlagen wie ein Sekundenzeiger. Ich bin selbst immer wieder aufs Neue überrascht, wie genau ich das mittlerweile hinbekomme.

Zunächst schiebe ich den Plastikteller und den Becher durch die geöffnete Klappe. Andy nimmt beides entgegen und räumt es auf einen chromglänzenden Geschirrwagen, der inmitten des Ganges steht. Danach strecke ich meine Arme durch die Luke, damit er mir die Handschellen anlegen kann.

»Stellen Sie sich an die gegenüberliegende Wand«, sagt er im Anschluss an diese Prozedur und verfolgt durch den Türspion, wie ich seiner Aufforderung nachkomme.

Immer dieser eine Satz. Ich muss fast in mich hineingrienen.

Er schließt die Tür auf. Andy ist kräftig und hat einen ausgeprägten Stiernacken. Eine imposante Erscheinung. Dennoch trägt er die blaue Uniform nicht mit diesem an Überheblichkeit grenzenden Hochmut wie die anderen Schließer.

Trotz seiner körperlichen Kraft sind es insbesondere seine abgeklärte Ruhe und die Besonnenheit, mit der er zu Werke geht, die uns Gefangenen einen gebührlichen Respekt abnötigen. Soviel ich weiß, hat er noch nicht oft von seinem Schlagstock Gebrauch gemacht, der lang und drohend in einer Halterung an seinem Gürtel steckt.

»Umdrehen«, sagt er zu mir, bevor er eintritt, und ich stelle mich mit dem Rücken zu ihm.

Es ist beinahe so, als würde ein vergänglicher Hauch von Freiheit mit ihm in meine Zelle wehen. Aber eben nur beinahe. Wahrscheinlich bilde ich es mir nur ein.

Im nächsten Augenblick umschließt eine Fußfessel meine Knöchel. Eine massive Eisenkette verbindet die metallischen Verschlüsse an beiden Seiten. Eine Vorsichtsmaßnahme, die lediglich einer bestimmten Häftlingsspezies vorbehalten ist.

»Okay, es kann losgehen«, sagt Andy gedämpft, nachdem er sich noch mal vergewissert hat, dass die Fessel ordnungsgemäß und stramm genug sitzt.

Er begleitet und beobachtet mich.

Während wir die zwei Etagen nach unten schreiten, lässt mich der Anblick der eng beieinanderliegenden Zellentüren mit den Sicherheitsriegeln und den sterilen Korridoren frösteln wie beim ersten Mal, als sie mich hierher brachten. Eine unerträgliche Perspektive, zu der ich nie die nötige Distanz aufgebaut habe.

In diesem Trakt herrscht eine Grabesstille.

Die Stille der Resignation, denke ich und schlurfe beharrlich weiter. Eine Stille, die nur unterbrochen wird, wenn Andy die sechs Gittertüren aus besonders gehärtetem Stahl aufsperrt, die vor jedem neuen Durchgang angebracht sind und meine Zelle vom Hof trennen.

Als ich den Hof betrete, empfängt und besprüht mich ein feiner Nieselregen wie eine erfrischende Gischt. Typisches diesiges Herbstwetter.

Auf dem quadratisch angelegten Platz, der keinen Winkel und keine Ecke aufweist und deshalb auch leicht zu beaufsichtigen ist, wenn sich eine ganze Horde Gefangener auf ihm tummelt, kann ich den Wechsel der Jahreszeiten wahrnehmen.

Ich mag den Herbst, der sich schon vor zwei Wochen angekündigt hat. Ich verbinde ihn mit langen, ausgedehnten Spaziergängen in nebligen Feldern. Oder mit den herannahenden Stürmen, die um unser Haus rauschten, während das Feuer im Kamin prasselte und Vater mich aufforderte, neben ihm Platz zu nehmen. Schöne Momente, die mir ein wohliges Gefühl bereiteten.

Ich betrachte die drei Ahornbäume in der Nähe des hohen Wachturms im Eingangsbereich, deren Blätter sich flammend rot gefärbt haben. Leuchtende Farben in einer tristen Umgebung, die andeuten, wie die Natur jenseits der Mauern aussieht.

Ich stakse weiter über den grauen Asphalt und Andy folgt mir in einigem Abstand.

Wir sind allein auf dem Hof. Das war nicht immer so. Früher war ich der Teil einer Herde. Gefangene, die unter der Aufsicht etlicher Schließer Basketball oder Volleyball spielten, kleine von den Wärtern akzeptierte Tauschgeschäfte abwickelten oder einfach nur in winzigen Gruppen dastanden, rauchten und über ihr künftiges Dasein in Freiheit sinnierten.

Ich schmecke noch jetzt das Nikotin auf der Zunge und vermisse seinen stimulierenden Effekt, den sie mir einfach wegnahmen. Anfangs hatte ich leichte Entzugserscheinungen, Kopfschmerzen, die ziemlich lange andauerten. Aber von jetzt auf gleich musste ich mich daran gewöhnen, ohne Zigaretten auszukommen. Ich hatte keine Wahl.

Wieder ein kleines Stück meiner Selbstbestimmung, das sie mir raubten.

So wie meine alte Kleidung und die Gesellschaft der anderen auf dem Hof.

Ich bin recht einsam.

Und ich werde es wohl für immer sein.

20. Kapitel

Donnerstag, zehn Uhr dreißig.

Andy ist gekommen. Ich habe ihn seit meinem letzten Hofgang nicht mehr gesehen und das ist jetzt genau vierundvierzig Stunden her. Sie verändern ständig die Zuständigkeitsbereiche der Schließer und den Dienstplan, ohne jedwede Logik. Doch das ist so gewollt, es gehört zu ihrem Sicherheitskonzept.

Schreyer ist der einzige Schließer, den ich seit Dienstagmittag zu Gesicht bekommen habe. Ein schroffer, kleiner Kerl mit pockennarbigen Wangen, dessen Mundwinkel immer schief nach unten hängen. Ich vermute, dass er noch nie in seinem Leben ein Lächeln zustande gebracht hat. Bei jeder möglichen Gelegenheit demonstriert er seine Macht und lässt seiner Aggression freien Lauf. Sein Schlagstock hat schon mehrfach die Rücken und Nacken einiger vorlauter Insassen geküsst.

Ich gebe ihm nie einen Anlass, mich zu schlagen oder zu erniedrigen. Ich habe gelernt, mich anzupassen. Ich habe gelernt, dass es besser ist, wenn ich mich verstelle und den Wärtern mit einer vorgetäuschten Demut begegne. Auch wenn sie menschliche Nieten sind wie dieser Schreyer.

Andy bildet auch in diesem Zusammenhang die einzige Ausnahme. Ich bin froh, dass er nicht lange fort war und Schreyer abgelöst hat. Und ich bin froh, dass er mich heute aufgesucht hat.

Er hat mir gerade die Handschellen und die Fußfessel auf die übliche Weise angelegt und ich habe es wortlos über mich ergehen lassen.

Ich bin zu aufgeregt, um ihn zu fragen, weswegen er um diese Uhrzeit bei mir auftaucht. Ich bin zu hoffnungsvoll und gebe mich einer gedämpften Euphorie hin, die mit einem sanften Kribbeln durch meinen Körper zieht.

Es gibt noch einen Grund, weshalb ich Andy nicht bedränge. Er wird es mir sagen. Er lässt mich nie im Ungewissen, wenn er es vermeiden kann.

Andy tritt beiseite und deutet auf die offene Zellentür. »Dr. Bach schickt mich. Sie will Sie sehen«, sagt er eintönig, als möchte er die Bedeutung seiner Worte mildern.

Dabei wiegen sie so schwer.

Meine Nackenhaare richten sich einzeln auf. Meine Hoffnung erfüllt sich also. Es ist so weit. Zwei Tage nachdem ich die letzte Zeile geschrieben habe, will sie mit mir sprechen. Über meine Arbeit, die einer Überlieferung gleicht.

Sie wird mir sicherlich bestätigen, dass ich allen Grund habe, mich über die Fortschritte zu freuen, die ich dadurch erzielt habe, dass ich ihrem Ratschlag gefolgt bin. Sie wird mir noch ein paar Fragen dazu stellen und mir anschließend ihren Standpunkt erörtern.

Ich bin zwar mit einer gehörigen Portion Zuversicht ausgestattet, dennoch zögere ich. Ich merke, dass mein Optimismus von einer latenten Nervosität durchdrungen ist. Schließlich habe ich auf dieses eine klärende Gespräch mit Olivia hingearbeitet. Jetzt, da es unmittelbar bevorsteht, ist es nur natürlich, dass ich aufgewühlt und gleichermaßen ein wenig unsicher bin. Ich habe mein Innerstes nach außen gestülpt und mich offenbart. Ich habe ihr den Blick in meine Psyche gewährt, den sie gefordert hat. Und nun erwarte ich ihr Urteil.

»Was ist los? Wollen Sie nicht zu ihr?« Andy zieht die Brauen zusammen. Er hat längst registriert, wie flatterig ich bin. Im Knast werden die Sinne aller Menschen, die hier leben oder arbeiten müssen, geschliffen wie kostbare Edelsteine. Und gerade Andy ist sensitiv genug, um die kleinste Gemütsveränderung eines Gefangenen zu erfassen.

»Ich will zu ihr«, sage ich, gebe mir einen Ruck und setze mich in Bewegung.

Die Fessel erlaubt mir nur kleine Schritte und es dauert einige Minuten, bis wir den Hochsicherheitstrakt verlassen haben und in das Hauptgebäude gelangen. Im Erdgeschoss befinden sich die Büros der Verwaltung und das großzügige Behandlungszimmer, das die Gefängnisleitung Olivia zur Verfügung gestellt hat, um mit mir zu arbeiten.

Ich spüre, dass Andy angespannter wird, je näher wir diesem Bereich kommen. Er rückt noch dichter an mich heran, sein gleichmäßiger Atem streicht über meinen Nacken. Am Ende einer kleinen Vorhalle sperrt er eine rote Metalltür auf, dann schreiten wir durch einen langen Flur.

Nun trennen mich nur noch eine Abzweigung und eine Tür von Olivia, die mir in den letzten vier Monaten eine ganz eigene Art von Asyl gewährt hat. In regelmäßigen Abständen bot sie mir einen geistigen Unterschlupf an, den ich nutzte, um dem Gefängnisalltag für einige Stunden zu entfliehen. Allerdings war das nicht der bedeutsamste Aspekt unserer Zusammenkünfte. Viel wichtiger war, dass ich in ihrer Gegenwart der Mensch sein konnte, der ich in Wirklichkeit bin. Außerdem motivierte sie mich, wechselnde Emotionen zu zeigen, die ich schon viel zu lange unterdrückt hatte.

Unsere Treffen prägen schon längst mein Dasein. Daran wird sich auch künftig nichts ändern.

Daran darf sich nichts ändern.

Andy und ich gehen weiter. Wir lassen die Abzweigung hinter uns, erreichen das Zimmer und bleiben davor stehen.

Andy klopft zaghaft an.

»Kommen Sie herein«, sagt eine volle, wohlklingende Frauenstimme.

Es ist ihre Stimme.

Ich glaube nicht, dass mein Puls in diesem Augenblick noch unter hundert Schlägen liegt, im Gegenteil, er fängt an, verrückt zu spielen, und jagt mir pures Adrenalin durch die Adern. Unter meinem Overall zucken meine Muskeln, wie nachts, wenn ich kurz vor dem Einschlafen zusammenfahre, als würde ich fallen oder stolpern.

»Bereit?«, fragt Andy und sieht mich einen Moment lang mitfühlend an.

Ich nicke ihm zu.

Olivias Gestalt zeichnet sich hinter ihrem Schreibtisch in dem milchigen Licht ab, das durch die mit bruchfestem Sicherheitsglas ausgestatteten Fenster dringt. Entgegen ihrer normalen Angewohnheit hat sie davon abgesehen, die Rollläden halb herunterzulassen, weil die Leuchtkraft des dunstigen Herbsttages nur begrenzt ist und sie wie immer auf das künstliche Licht der Deckenlampe verzichten möchte.

Sie hat ihr kurzes braunes Haar nach vorn gekämmt, sodass es ihr fein geschnittenes Gesicht umrahmt wie ein ganz besonderes Bild. Sie hat ein hübsches Gesicht mit sorgsam gezupften Augenbrauen, hohen Wangenknochen, die sie auf dezente Weise mit Rouge akzentuiert hat, und wohlgeformten, himbeerroten Lippen. Außerdem ist sie adrett gekleidet. Sie trägt eine cremefarbene Bluse, eine schwarze Hose, die sich besonders eng um ihre schlanken Beine schmiegt, und flache Schuhe.

Erst als mich Andy quer durch den Raum zu dem geschwungenen Stuhl führt, der inmitten des Zimmers neben ihrem blauen Sessel steht, schaut Olivia auf. Ich bemerke sofort diese seltsame, von ihr ausgehende Distanz, die mich durcheinanderbringt. Der argwöhnische Blick ihrer großen Augen unter ihrer Brille trifft mich für einen winzigen Moment wie ein harter Platzregen, dem ich ungeschützt ausgeliefert bin. Sie wirkt äußerst zurückhaltend und im Gegensatz zu ihrer üblichen Gepflogenheit steht sie nicht auf, um mich zu begrüßen.

Mich beschleicht ein flaues Gefühl im Magen. Es stört mich, so habe ich in ihrer Gegenwart noch nie empfunden. Sie lässt mich nicht aus den Augen, mustert mich genau, während Andy mich auf den Stuhl drückt und sich anschließend vergewissert, dass meine Handschellen und die Fußfessel stramm genug sitzen.

»Alles in Ordnung«, sagt er zufrieden.

»Danke, Sie können gehen«, entgegnet Olivia bestimmt und ich höre deutlich, dass ihre Stimme einen befremdlichen Unterton besitzt.

»Ich bin vor der Tür«, meint Andy. Eine offensichtliche Anspielung, die mir gilt. Eine versteckte Warnung, die Olivia Sicherheit vermitteln soll. Dann verschwindet er und zieht die Tür hinter sich ins Schloss.

Erst jetzt erblicke ich Olivias dunkle Umhängetasche, die vor dem Türrahmen auf dem Boden steht. Daneben stapeln sich die drei Ablagekörbchen, die sich üblicherweise auf dem aufgeräumten Schreibtisch befinden. Auch das beunruhigt mich, obwohl ich mir noch nicht erklären kann weshalb.

Ich sehe wieder zu Olivia, schaue zu, wie sie nach dem Papierstoß greift, der vor ihr auf der Tischplatte liegt, und endlich zu mir herüberkommt. Sie bewegt sich mit den sicheren Schritten einer selbstbewussten, klugen Frau, die über eine außerordentliche Auffassungsgabe verfügt.

Während sie sich in ihrem Sessel niederlässt, fixiert sie mich auf eine Weise, die mir unangenehm ist. Warum agiert sie so kühl? Derart abschätzend? So kenne ich sie nicht.

Sie hält meine Aufzeichnungen in den Händen, streicht über die erste Seite und reckt ihr Kinn empor, bevor sie die Beine übereinanderschlägt. »Wissen Sie noch, wie ich Sie über die dritte Art aufgeklärt habe? Über die Reaktion, die das Trauma bei Ihnen ausgelöst hat?«

»Ich habe nichts davon vergessen. Kein Wort«, sage ich und bin erschrocken, wie heiser ich mich anhöre.

Sie nimmt die Brille ab und lehnt sich zurück. »Bei einer kompletten Derealisation, die einer Grenzsituation entspricht, in der Sie sich schon seit Langem befinden und die im Regelfall durch einen Traumavorgang verursacht wird, ist das Großhirn nicht mehr in der Lage, die verschiedenen Informationen aus den unterschiedlichen Gedächtnissphären aufzunehmen, geschweige denn zu interpretieren. Es tritt eine vollständige Wahrnehmungsveränderung der erlebten Erfahrung ein, an die der Traumatisierte fest glaubt. Er schafft sich sozusagen eine ganz eigene Sicht auf das Vergangene und auf seine Umwelt.«

Mein Rachen ist trocken, ich muss mich anstrengen, um überhaupt etwas zu sagen. »Sie sprechen in Rätseln.«

Tut sie das? Oder will ich Ihre Andeutung nur nicht verstehen?

Olivia tippt mit dem Zeigefinger auf mein Manuskript. »Ihr Zustand ist noch dramatischer, als ich es bislang angenommen habe, Herr Medrich. Seit über zwanzig Jahren irren Sie in einem dunklen Wald umher und finden nicht mehr heraus. Seit über zwanzig Jahren leben Sie im Gefängnis, doch die höchsten Mauern haben Sie selbst gezogen. Es sind die Mauern in Ihrem Kopf und es scheint, als ob Sie sie niemals niederreißen könnten.«

»Seit über zwanzig Jahren lebe ich im Gefängnis?«, krächze ich erschrocken. Irgendwo, in irgendeiner Nische meines Verstandes, läuten sämtliche Alarmglocken auf.

»Ja, genau genommen seit fünfundzwanzig Jahren.«

»Was reden Sie für einen Unsinn? Was soll das?«

Olivia neigt sich vor und setzt die Brille wieder auf. »Ihre Derealisation ist dermaßen ausgeprägt, wie ich es noch niemals zuvor erlebt habe. Sie haben die Realität auf eine gravierende Weise mit Ihren Vorstellungen vermischt und dadurch verändert, und das betrübt mich. Sie haben die Wahrheit nur ansatzweise gefunden, insbesondere am Ende, als Sie zumindest erkannten, wer Flora getötet hat. Ansonsten ist der größte Teil Ihrer Darstellung nur eine Geschichte, die sich aus symbolischen Elementen, eingebildeten Schöpfungen und imaginären Handlungen zusammensetzt.«

Olivia irrt sich. Sie muss sich irren, denke ich und spüre, wie sich meine Nerven zusammenziehen.

»Das … ist nicht wahr«, stoße ich hervor.

»Soll ich Ihnen sagen, was mir in den Sinn kam, als ich Ihre Aufzeichnungen las?«

»Ja.«

»Ich dachte, es ist nur eine Erzählung, eine Lüge, nicht mehr.«

Ein fetter Knoten sitzt auf einmal in meinem Hals fest. »Ich kann nicht glauben, was Sie gerade behaupten.«

»Das ist keine Behauptung, Herr Medrich.«

Sie starrt mich an und ich habe Schwierigkeiten, ihrem ungewohnt harten Blick zu begegnen. Ihre Augen schimmern in einem hellen Türkis und eine Sekunde lang glaube ich, in ihnen versinken zu müssen.

Sie gewährt mir nur eine kurze Pause, dann fährt sie fort. »Es war Diego, der aus dem Wasser kam und die Leiche seiner Cousine fand, nachdem Sie sie erschlagen und sich in der Hütte verkrochen hatten. Er war es auch, der die Polizei alarmierte und zum Tatort führte. Man fand Sie im hintersten Winkel der Hütte liegend, verstört und durch die eigene Tat völlig traumatisiert.«

»Das stimmt nicht. Diego wurde verhaftet. Und er hat sich in seiner Zelle erhängt«, flüstere ich trotzig und erlebe, wie meine Hoffnung aufweicht und sich von mir löst wie ein Klebestreifen von einem Abziehbild.

Olivia schüttelt den Kopf. »In Ihrer Geschichte denunzieren Sie Diego als Mörder, weil Sie ihm die Schuld für Ihr eigenes Verbrechen anlasteten, weil er der Grund für Ihre blinde Wut war, weil Sie wegen ihm die Kontrolle verloren. So hat es sich aber nicht ereignet, denn Sie waren gar nicht mehr fähig, Diego zu beschuldigen oder sich Ihrer eigenen Verhaftung in irgendeiner Form zu widersetzen. Zudem gab es einen Zeugen für Ihr Verbrechen, den alten Schneider.«

Ich schlucke schwer und kneife die Augen zusammen. »Dann hat sich Diego also gar nicht umgebracht?«

»Nein, er lebt.«

»*Sie* lügen. *Sie* verdrehen die Tatsachen, *Sie* machen mir etwas vor«, ereifere ich mich mit schriller Stimme. Hinter meiner Stirn hat sich inzwischen ein dumpfes Dröhnen ausgebreitet.

»Nein, ganz bestimmt nicht, Herr Medrich.« Olivia schüttelt mitleidig den Kopf. »Ihre Sinnesverwirrung hat nicht nur dazu geführt, dass Sie den Bezug zur Wirklichkeit verloren haben. Auch Ihr Zeitgefühl ist durcheinandergeraten. Sie veranschaulichen, wie Sie den Kerl mit der braunen Wollmütze demaskieren, als Sie Ihr eigenes Antlitz in der vereisten Oberfläche des Sees betrachten. Doch wie erklären Sie sich, dass Sie sich angeblich schon viel früher einmal so gesehen haben?«

Sie blättert ein paar Seiten zurück, bis sie die Stelle gefunden hat, die sie sucht, und hält sie demonstrativ vor mein Gesicht. »In dieser einen Passage schildern Sie, wie Sie sich als Jugendlicher selbst begegnet sind, und zwar einen Tag nach Floras Ermordung, als Sie Magdalena einen Besuch abstatteten. Dabei beschreiben Sie ziemlich genau den Mann, der heute neben mir sitzt.«

»Ein Irrtum. Das war nur ein Irrtum. Ich … habe mich eben getäuscht …«, stammle ich matt.

Olivia atmet tief durch. »Erkennen Sie denn nicht, wie gestört Ihr Verhältnis zur Wahrheit ist?«

»Ich bin nicht verrückt.«

Der Lärm in meinem Kopf nimmt zu, paart sich mit einer zunehmenden, empfindlichen Kühle, die von meinen Schläfen ausstrahlt und sich plötzlich wie Raureif auf meine Schädeldecke legt. Ich hebe vorsichtig meine Arme an und taste mit den Händen über den Stoff meiner Mütze, die mich vor dieser schmerzhaften Kälte schützen soll. Eine Kälte, die mich oft befällt, insbesondere dann, wenn ich ins Grübeln gerate oder mit Situationen konfrontiert werde, die mich überfordern.

Ich erinnere mich dumpf, dass ich das meinem Vater gesagt habe. Ich habe ihm im Besucherraum zugeflüstert, dass ich ungewöhnlich häufig friere und mein Kopf immer so schnell abkühlt. Daraufhin hat er mir die Mütze mitgebracht, und seitdem ziehe ich sie nur noch ab, wenn sie mich in den Duschraum führen.

O Gott, ich vermisse meinen Vater so sehr und ich frage mich, warum er nicht mehr zu mir kommt. Was ist der Grund dafür, dass er mich nicht mehr besucht? Die Ungewissheit löst einen namenlosen Aufruhr in mir aus und ich habe das Gefühl, in eine unausweichliche Panik zu stürzen.

»Sie haben recht. Sie sind nicht verrückt, jedenfalls nicht im eigentlichen Sinne«, sagt Olivia und lenkt mich wieder ab. »Sie sind zweifellos emotional lädiert und Ihr seelisches Gleichgewicht ist enorm beschädigt. Dennoch verdeutlichen sämtliche psychologischen Gutachten, die über Sie erstellt wurden, dass Sie sich sehr wohl über das Unrecht Ihrer Taten bewusst und damit zurechnungsfähig im Sinne des Gesetzes waren. Sie sind ein extrem gefährlicher Mensch, Herr Medrich, deswegen endete Ihre Freiheitsstrafe auch nicht mit einer Entlassung. Das Gericht ordnete nach dem Doppelmord eine Sicherungsverwahrung an, die nach Verbüßung Ihrer Haftstrafe sofort in Kraft trat und mit der die Allgemeinheit vor Ihnen geschützt werden soll.«

Olivias Blick geht einen Moment lang ins Leere. Dann sieht sie mich wieder an. Fest und mit einer unerschrockenen Standhaftigkeit. »Allerdings fordert das Gesetz, dass jede angeordnete Sicherungsverwahrung vom zuständigen Gericht in einem Rhythmus von zwei Jahren überprüft wird. In

Ihrem Fall wurde ich engagiert, um eine psychiatrische Expertise über Sie zu erstellen.«

»Und? Zu welchem Ergebnis kommen Sie?«, frage ich sie unwillkürlich, obwohl ich mir eigentlich wünsche, dass sie schweigt. Meine Verzweiflung bäumt sich zu einem schier übermächtigen Gegner auf, der mich ganz und gar beherrscht.

»Einfach ausgedrückt wird aus meiner Beurteilung hervorgehen, dass Sie nach wie vor eine ernst zu nehmende Bedrohung für Ihre Umwelt darstellen und die Sicherungsverwahrung auf keinen Fall ausgesetzt werden darf. Ferner werde ich empfehlen, die verschärften Haftbedingungen beizubehalten.«

Ich bin gefährlich. Extrem gefährlich.

Ich sehe mich hektisch um, erfasse die kahlen Wände und den aufgeräumten Schreibtisch.

Deshalb ist nichts Persönliches von ihr zu entdecken. Der Grund erschüttert mich bis ins Mark. Es liegt nicht daran, dass ich mich während unserer Sitzungen nicht ablenken lassen sollte, es liegt daran, dass Olivia sich vor mir fürchtet.

Ich bin extrem gefährlich. Ich bin einer von den Menschen, die man besser auf Abstand hält. Vor denen man sich selbst, seine Freunde und vor allem die eigene Familie schützt.

Olivia wendet sich erneut meiner Abfassung zu, die mir auf einmal so überflüssig erscheint. »Sie schreiben, wie Sie Bell verlassen und mit Ihrem Vater nach Freiburg ziehen. Dieser Abschied spiegelt Ihren Wunsch wider, Ihrer eigenen Tat zu entkommen. Die spätere Rückkehr wiederum symbolisiert Ihre Erkenntnis, dass es ein vergeblicher Fluchtversuch war.«

»Und was ist mit Susanne?«

Ein neuer Hoffnungsschimmer. Ich habe Susanne erst in Freiburg kennengelernt. Viele Jahre nach dem Mord an Flora.

Olivias Gesichtsausdruck verändert sich, sie wirkt angestrengt, als müsse sie scharf über ihre folgenden Sätze nachdenken.

Dann spricht sie aus, was ihr auf der Zunge liegt: »Susanne ist nur eine fiktive Person, die Ihrem Wunsch nach Rückhalt und Geborgenheit entsprungen ist. Sie ist ein Synonym für Ihre Sehnsucht nach einem Frieden, den Sie niemals erlangen werden.«

Ich beiße die Zähne aufeinander, um meine Hysterie, die mich wie ein Bohrer durchpflügt, nicht herauszulassen, um sie irgendwie zu bändigen. »Ich habe mir Susannes Existenz nur eingebildet?«

Olivia nickt.

»Das ist Wahnsinn«, sage ich gedämpft. Der geflieste Boden unter meinen Füßen beginnt zu schwanken. Ich fühle mich mittlerweile wie auf einem Karussell, das außer Kontrolle gerät.

»Auch Ihre Darstellung von Rafael stimmt nicht mit der Wirklichkeit überein. Sie haben ihn nie als erwachsenen Menschen kennengelernt. Die Art, wie Sie ihn beschreiben, lässt mich zu dem Entschluss kommen, dass Sie Andy als Vorbild benutzt haben.« Olivia deutet mit dem Kinn zur Tür. »Andy ist nicht nur ein körperlich robuster, kräftiger Mann, er handelt auch jederzeit mit Bedacht und zielsicher, genau so, wie Sie Rafael charakterisiert haben.«

Trotz der Kälte, die ich auf meiner Kopfhaut spüre, löst sich ein Schweißtropfen aus meinem Haaransatz und läuft quer über meine Stirn, bis er von meinen Wimpern aufgefangen wird. Ich schließe kurz die Augenlider. Es ist nur ein Reflex, dennoch empfinde ich die Finsternis, die mich sofort umgibt, als wohltuend. Ich verzehre mich danach, das Gespräch mit Olivia zu beenden und diesem Zimmer, der Anstalt und meinem Leben zu entfliehen. Aber es ist unmöglich, ich kann nichts mehr bewirken. Ich bin verloren.

»Und was ist mit meinen Freunden geschehen? Mit Jürgen und Arno? Ich habe sie doch umgebracht, oder etwa nicht?«

In Olivias Augen flackert eine unbeugsame Entschlossenheit auf. »Nein, das haben Sie nicht. Sie haben sich lediglich ausgemalt, wie es sein könnte, Ihre Freunde zu töten. Und auch dafür gibt es eine schlüssige Begründung. Weder Jürgen noch Arno besuchten Sie im Gefängnis, Herr Medrich. Dieses abweisende Verhalten, diese Missachtung setzte Ihnen gehörig zu. Denn dadurch konnten Sie sich nie vor Ihren Freunden rechtfertigen oder die Last Ihrer Schuld verringern. Dieses unerfüllte Verlangen nagte an Ihren Nerven, Sie fühlten sich im Stich gelassen. Deswegen stellten Sie sich vor, das Leben von Jürgen und Arno auszulöschen. Getötet haben Sie hingegen andere Menschen. Soll ich Ihnen die Namen Ihrer Opfer nennen?«

»Nein«, winsele ich. »Nein, bitte, ich will gar nichts mehr hören!«

Olivias starre Mimik und ihre hölzerne Haltung, die zweifellos untypisch für sie ist, verdeutlichen mir, dass sie den eingeschlagenen Weg zu Ende gehen will. Deswegen ignoriert sie meine Bitte, schleudert mir unnachgiebig entgegen, was ich ihrer Ansicht nach getan habe.

»Die Namen Ihrer wahren Opfer sind Manfred Brauner und Christopher Schultz. Sie kommen ebenfalls in Ihrer kleinen Geschichte vor. Zwei Mitgefangene, die Sie während Ihrer Zeit in der Jugendstrafanstalt drangsalierten, demütigten und schlugen. Wenn Sie über Ihre Stirn tasten, fühlen Sie die Narbe, die sie Ihnen bei einer Messerattacke zugefügt haben. Sie waren ein perfektes Opfer – von Ihrem eigenen Vergehen psychisch verwundet und geschwächt, erduldeten Sie die anhaltende Schmach, ohne sich dagegen aufzulehnen. Sie vertrauten sich niemandem an, ertrugen jede Kränkung, ohne Widerstand zu leisten. Doch eines Tages gingen die beiden zu weit. Nur drei Monate bevor Sie, Herr Medrich, Ihre achtjährige Haftstrafe abgesessen hätten, knackte Manfred das Schloss Ihres Spindes und entwendete Ihnen ein Foto. Sie wissen, welches Foto ich meine? Es zeigt Flora auf einer weitläufigen Wiese inmitten von Margeriten. Sie hat es Ihnen wohl irgendwann einmal geschenkt. Manfred und Christopher machten sich einen Spaß daraus, es mit in den gemeinschaftlichen Duschraum zu nehmen. Vielleicht hatten sie herausgefunden, welchen Wert es für Sie hatte, vielleicht waren sie sich der Tragweite ihres Handelns aber auch gar nicht bewusst. Gott weiß, wie die Aufnahme überhaupt in Ihren Spind gelangen konnte, Herr Medrich. Vermutlich haben Sie Ihren Vater bedrängt und er ist Ihrer Bitte nachgekommen und hat es während einem seiner Besuche mitgebracht. Oder es wurde bei der Eingangskontrolle übersehen, als Sie in die Strafanstalt eingeliefert wurden. Jedenfalls legte Manfred das Foto unmittelbar vor sich auf den gekachelten Boden. Nackt, voller Erwartung stand er neben seinem Komplizen. Begleitet vom Hohngelächter der Mitinsassen fingen die beiden an, wild zu onanieren, als Sie den Raum betraten. Alles durfte geschehen, nur Flora hätten Brauner und Schultz niemals in ihre Spielchen einbeziehen und durch den Dreck ziehen dürfen. Ein Bann brach, Sie reagierten, setzten sich zur Wehr. In Windeseile schnappten Sie sich ein Seifenstück, legten es in Ihr Handtuch und gingen damit auf Ihre Peiniger los. Die Zeugenaussagen stimmen ohne Ausnahme überein. Gesteuert von einem unbändigen Zorn schleuderten Sie das Handtuch durch die Luft, schlugen mit dem schweren Ende auf Ihre beiden Mithäftlinge ein, bis sie sich vor Schmerzen am Boden wanden. Aber damit war es noch längst nicht genug. Sie packten Manfreds Kopf und schlugen ihn hart gegen die Wand. Einmal, zweimal, dreimal, bis er sich nicht mehr regte und Sie ihm auch noch die Zunge abbeißen konnten. Er sollte Sie nie wieder beleidigen, nie wieder entwürdigen. Christopher rutschte währenddessen über den Boden, er wollte fliehen. Allerdings hatte er gegen Ihre Raserei keine Chance. Sie stürzten sich auf ihn, legten die Hände um seinen Hals und erwürgten ihn. Als sich die anderen Mitgefangenen aus ihrer Erstarrung lösten und Manfred und Christopher zu Hilfe eilen wollten, war es bereits zu spät. Entweder hatten die Männer die Situation verkannt oder sie waren vor Furcht wie gelähmt gewesen. Fest steht, niemand hat Sie daran gehindert, Manfred Brauner und Christopher Schultz auf brutalste Art zu töten.«

Ihre Worte lösen schwammige Erinnerungen in mir aus. Ich sehe die Kerle, wie sie unter der Dusche stehen. Sie halten ihre steifen Schwänze in den Händen und grinsen mich an. Vor ihnen liegt das Foto von Flora. Sie beschmutzen sie. Sie missbrauchen sie. In meinem Kopf hallt das Gelächter der anderen Männer wider. Ein brüllender Hohn, der meine Beherrschung aufzehrt und sich in ein explosives Gemisch aus Beifallsstürmen und Anfeuerungsrufen ergießt, bis ich zurückschlage.

»Sie hatten es verdient«, sage ich schroff und bin selbst erstaunt, wie frostig meine Stimme klingt.

»Sie erinnern sich wieder?«

»Ja.«

»Und es ist Ihre ehrliche Meinung, dass Manfred und Christopher ihren grausamen Tod verdient hatten?«

»Ja.«

Olivia seufzt kaum hörbar auf. »Der Doppelmord kam Sie teuer zu stehen. Trotz der Demütigungen, die Sie erlitten hatten, wurden Sie aufgrund der Schwere und der außergewöhnlichen Brutalität Ihres Verbrechens zu fünfzehn Jahren Haft mit anschließender Sicherungsverwahrung verurteilt. Und Sie verloren den letzten Menschen, der noch an Sie geglaubt hatte.«

»Meinen Vater?«

»Ja, Ihren Vater.«

»Er ließ sich von Mutter scheiden und ging fort. Nach Freiburg, richtig?« Meine eigenen Worte sickern in mein Gehirn wie ein Schwarm unheilvoller Erreger.

»Auch daran können Sie sich plötzlich entsinnen?«, fragt Olivia ohne eine Spur von Zutrauen, mit dem sie mir ein falsches Signal senden würde. »Es stimmt. Er zog nach Freiburg und wandte sich gleichzeitig von Ihnen ab, so wie Ihre Mutter es schon lange zuvor getan hatte.«

Mutter. Sie muss mich hassen, für all meine Sünden. Sicherlich glaubt sie, dass ich nach meinem Tod im innersten Kreis der Hölle schmoren werde. Und damit könnte sie sogar recht behalten. Vielleicht erwarten mich dort schon Manfred und Christopher. Es würde mich nicht überraschen. Manfred war ein böser, grobschlächtiger Mensch. Ein mehrfacher Vergewaltiger. Wie hieß noch mal sein jüngstes Opfer, das er missbraucht hat? Ich denke krampfhaft nach, versuche, ihren Namen zu erfassen. Manfred hat sich stets damit gebrüstet, dass er sie auf erbarmungslose Weise geschändet hat. Sie habe geschrien wie ein Schwein auf der Schlachtbank, als er sie umlegte. So hatte er es ausgedrückt und es war kaum ein Tag vergangen, an dem er sie nicht erwähnte. Wie war noch mal ihr Name, verdammt?

Ich lege den Kopf in meine Hände und reibe mir über die Schläfen.

»Worüber denken Sie nach?«, will Olivia wissen.

Ich beachte sie nicht, verstärke meine Anstrengungen, bis es mir wieder einfällt.

»Natascha, meine Güte, sie hieß Natascha Berger!«, flüstere ich entgeistert und verspüre ein Zittern in meinen Lippen.

Olivia zieht die Brauen zusammen. In ihrem Blick liegt etwas Abschätzendes. »In welchem Zusammenhang haben Sie gerade an Natascha Berger gedacht?«

»Manfred hat sie … vergewaltigt. Er hat damit geprahlt, wie jung das Mädchen noch war, als er sich an ihr verging.«

Olivia nickt bestätigend. »Allmählich schließen sich einige Lücken in Ihrem Gedächtnis, Herr Medrich.«

»Ja …«

Sie steht gewandt auf und schreitet zur Tür. Sie legt meine Aufzeichnungen in das oberste Ablagekörbchen, nimmt ihre Umhängetasche vom Boden auf und kommt zurück, ohne die Beharrlichkeit zu verbergen, mit der sie agiert. Mit todernster Miene setzt sie sich erneut auf den Sessel.

»Ich habe eine bestimmte Angewohnheit, Herr Medrich. Egal wo ich arbeite, ich stelle immer die gerahmten Fotos meiner Kinder in meiner Nähe auf. Als ich mich auf die Gespräche mit Ihnen vorbereitete, standen sie dort auf dem Schreibtisch. Leider ist es Ihnen einmal gelungen, einen Blick auf die Aufnahmen zu werfen, bevor ich sie in der Schublade verschwinden ließ. Eine Unachtsamkeit von mir, denn ich hatte nicht vor, Ihnen etwas Privates von mir zu zeigen.«

Sie zögert eine Sekunde lang, als sei sie nicht ganz sicher, ob sie weitermachen soll. Dann zieht sie den Reißverschluss der Tasche auf und zeigt mir die Fotos. Dabei streckt sie ihren Arm zur Seite aus, um zu verhindern, dass ich die Bilder aus nächster Nähe betrachte.

Undeutlich erkenne ich einen kleinen Jungen, der mit einem fröhlichen Gesichtsausdruck einen Sandkasten durchquert, und ein Mädchen mit geflochtenen Zöpfen, die ihre ersten Milchzähne verloren hat.

Es sind die Aufnahmen, die mir Jürgen im Restaurant vorgelegt hat. Zumindest gaukelte mir das mein Verstand vor.

»Verstehen Sie, warum ich Ihnen die Aufnahmen zeige?«

»Ich glaube schon, ja.«

»Wir könnten jede Zeile, jedes Kapitel durchleuchten und analysieren und es würde dennoch nichts an Ihrem Zustand ändern«, sagt Olivia in einem Tonfall, der mir klarmacht, dass sie unsere Unterhaltung bald beenden möchte.

Ich zaudere, bin beunruhigt. Lege meine Hände in den Schoß.

»Wie geht es jetzt weiter?«, frage ich bekümmert.

»Ich werde dem Gericht meine Expertise übergeben«, sagt sie knapp.

»Das meine ich nicht. Ich will wissen, wie es mit mir weitergeht. Mit unseren … Sitzungen.«

»Ich weiß, was Sie meinen.« Sie atmet kurz durch. »Der Zweck unserer Treffen ist erfüllt, Herr Medrich. Sie müssen einsehen, dass es keinen Sinn hat, die Gespräche fortzusetzen.«

»Sie wollen mich im Stich lassen? Wie all die anderen?«

»Ich kann Ihnen nicht mehr helfen.«

»Doch, das können Sie.«

»Nein, es ist vorbei. Das müssen Sie akzeptieren.«

»Bitte, Sie dürfen sich nicht von mir abwenden!«

In meinem Kopf steigert sich der dröhnende Laut, der mich vor einigen Minuten befallen hat, zu einem heftigen Hämmern. Das Blut rauscht durch meine Ohren und ein unnachgiebiger Druck legt sich auf meine Brust.

Olivia weist mich zurück. Sie will fortgehen. Für immer.

Wieso?

Weil sie ihren Job erledigt hat, deshalb.

Sicher, daran liegt es. Allmählich beginne ich zu begreifen. Sie hat ihre Arbeit getan. Unsere Sitzungen hatten nie einen therapeutischen Charakter, wie ich es mir eingebildet habe. Es ging Olivia nicht darum, mich zu unterstützen und meine Konfusion zu entwirren, nein, für sie stand immer nur dieses beschissene Gutachten im Vordergrund.

Sie reagiert gar nicht mehr auf meine Worte. Sie ist nur noch damit beschäftigt, die Fotos ihrer Kinder in die Tasche zu stecken, um anschließend zu verschwinden. Für sie bin ich eben nur ein Fall, den sie wieder zu den Akten legen kann.

Olivia hat mich getäuscht. Sie hat sich mein Vertrauen nur erschlichen, um herauszufinden, ob eine chronische Gefahr von mir ausgeht. Und jetzt lässt sie mich fallen.

Die Bilder sind inzwischen in ihrer Tasche verstaut, aber der Reißverschluss scheint zu klemmen. Olivia fingert ungeschickt an dem Schieber herum.

Sie ist abgelenkt.

Ich schließe die Augen und sehe, wie sich an meiner inneren Schädelwand blutrote Gefäße bilden, die sich zu einem Netzwerk ausbreiten, in dem ein unbändiger Groll transportiert wird.

Olivia hätte mich niemals auf eine derart niederträchtige Weise behandeln dürfen. Sie hätte mich niemals enttäuschen dürfen.

Ich schmecke die bittere Wahrheit auf meiner Zunge, schlage die Augen auf und schaue zu, wie sie sich nach wie vor darum bemüht, den Reißverschluss zu schließen. Sie will fort von hier. Das Zimmer und die Anstalt verlassen. Es gibt keinen Grund mehr, dass sie sich noch länger mit meiner Gegenwart belastet.

Dieses berechnende Miststück. Sie wird bereuen, dass sie mich betrogen hat. Sie muss es bereuen.

Ich nutze ihre kleine Unaufmerksamkeit aus, springe reflexartig vom Stuhl und sehe einen ungeheuren Schrecken in ihren Augen, bevor sich die kurze Eisenkette, die meine Handschellen miteinander verbindet, um ihren bleichen Hals legt.

Ihre Gesichtsmuskeln zucken unkontrolliert und sie greift sofort nach der Kette, um zu verhindern, dass sie sich tiefer in ihre Haut gräbt. Ein aussichtsloses Unterfangen. Ich setze meine ganze Kraft ein, ziehe Olivia dichter an mich heran und vernehme ein widerliches Röcheln, das ihrer Kehle entrinnt. Ihre Lippen formen einen Schrei, aber sie bringt lediglich ein leises, schrilles Zischen zustande, ein Laut, als würde jemand auf einen Blasebalg drücken. Schließlich fühle ich ihre Hände, die sich um meine Unterarme schließen. Es ist ein weiterer armseliger Versuch, meiner Kraft entgegenzuwirken, der verdeutlicht, wie verzweifelt sie ist und mit welch sinnloser Intensität sie um ihr Leben kämpft. Ein Widerstand, den ich ersticken werde.

Ihre Pupillen weiten sich, ihr Hals schwillt an und eine unnatürliche dunkle Röte zieht über ihr Gesicht, das sich verzerrt und in eine grässliche Fratze verwandelt.

»Du willst mich zurücklassen mit all meinem Kummer und meinen ungestillten Bedürfnissen? Du willst dich von mir abwenden, Olivia, obwohl dir bewusst ist, was du mir damit antust?«, fauche ich, allerdings leise genug, dass mich Andy vor der Tür nicht hören kann.

Olivias Zunge schnellt in ihrem halb offenen Mund hin und her, ihr Oberkörper bäumt sich auf. Wie groß ihr Überlebenswille ist! Sicherlich hat sie Angst vor dem, was sie nun erwartet, und bestimmt denkt sie an ihre Familie. An ihre Kinder, an diesen kleinen, fröhlichen Jungen und das freundliche Mädchen mit den Zahnlücken, die sie niemals mehr in die Arme nehmen oder berühren wird. Sie wird nie wieder deren Geruch wahrnehmen, der ihr als Mutter so vertraut ist. Sie wird ihre Kinder kein einziges Mal mehr zu Bett bringen, sie umsorgen, wenn sie krank sind, oder sie trösten, wenn sie weinen. Olivia wird viel zu früh sterben.

Sie trägt selbst die Schuld daran.

So weit hätte es nicht kommen müssen.

»Du hast mich ausgenutzt«, sage ich mit tränenerstickter Stimme. »Du hast mich nur ausgenutzt.«

Sie schaut mich aus ihren großen Augen an, die mich anflehen, ich solle aufhören, ich solle sie verschonen. Noch leuchten sie wie wunderschöne, blaue Seen, doch es wird nicht mehr lange dauern, bis sie ihren Glanz verlieren. Olivias Widerstand flaut ab, ihre Kräfte schwinden.

»Es ist gleich vorbei«, sage ich sanft, beinahe gutmütig.

Auf einmal zuckt sie heftig zusammen und ihre Beine knicken ein. Sie wirbelt mit ihren Armen wild umher – ein letztes Lebenszeichen, bevor ihr Körper vollends erschlafft.

Die Erkenntnis jagt durch meinen Verstand und elektrisiert mich. Eine Einsicht, die mich von all meinen Hoffnungen trennt, die mir Olivia geschenkt hat. Ihr Tod beendet mein Begehren nach Entlastung, nach Verständnis, nach ehrlicher Reue.

Vorsichtig und mit größter Anstrengung lasse ich sie zu Boden gleiten und ziehe die Eisenkette über ihren Kopf. Dann betrachte ich sie, beuge mich zu ihr hinunter. Sie sieht aus wie eine leblose Puppe. Ich schließe ihre Augen und streichle über ihre Wangen, aus denen langsam das Blut weicht. Noch ist ihre Haut warm und fühlt sich angenehm an. Ich taste mit den Fingern weiter, über ihre Lippen hinweg, auf denen winzige Speicheltröpfchen kleben, bis zu der rot geränderten Furche an ihrem Hals.

»Ich musste dich töten, Olivia«, sage ich schwach. »Mir blieb keine andere Wahl.«

Erfüllt von einer beklemmenden Trauer werde ich plötzlich von meinen eigenen Tränen überschwemmt und nehme dabei die Stille wahr, die mich umhüllt und in der ich mich nur allzu gerne verberge.

Andy zerrt mich an den Haaren durch die Gänge. Er sieht ergriffen aus. Verstört und aschfahl. Kein Wort dringt über seine zusammengepressten Lippen, aber er steht unter einem gewaltigen Stress, verursacht durch meine jüngste Tat. Er weiß, dass sie einen Schuldigen suchen werden. Einen, der die Verantwortung für den Tod von Dr. Olivia Bach tragen muss. Natürlich werden sie mich dafür zur Rechenschaft ziehen, doch das wird nicht ausreichen. Es wird eine ausgiebige Untersuchung stattfinden und sie werden sich an Andy wenden. Wahrscheinlich werden sie an seiner Gewissenhaftigkeit zweifeln und ihn fragen, warum er mich nicht an den Stuhl gefesselt hat.

»Weil Dr. Bach es stets ablehnte. Sie meinte, der Gefangene sei in seiner Bewegungsfreiheit eingeschränkt genug und die

Sicherheitsmaßnahmen würden ausreichen. Sie war sich sehr wohl bewusst, welche Gefahr von dem Gefangenen ausging. Aber genau deswegen hatte ich ihm nicht nur Handschellen, sondern auch eine Fußfessel angelegt«, wird Andy antworten und den Kopf senken. »Es konnte doch niemand ahnen, dass er trotz dieser Maßnahmen über sie herfallen würde …«

Diese Aussage wird sie allerdings nicht zufrieden stellen. Sie werden ihm gehörig zusetzen, weil er an diesem Morgen der diensthabende Schließer war. Er hat über anderthalb Stunden vor der Tür gewartet wie ein Wachhund. Und erst als es in Olivias Behandlungsraum ruhig – viel zu ruhig – geworden und der übliche Zeitrahmen gesprengt war, reagierte er mit einem zaghaften Klopfen.

»Dr. Bach? Ist alles in Ordnung?«

Er erhielt keine Antwort.

»Dr. Bach?« Diesmal klang seine Stimme unruhiger.

Ich hatte bedächtig auf meinem Stuhl gesessen, mich der Lautlosigkeit hingegeben und gespürt, wie sich mein Pulsschlag wieder normalisierte.

Andy öffnete zaudernd die Tür und blieb zunächst bestürzt stehen, als er sah, dass Olivia regungslos auf dem Boden lag. Schließlich riss er sich aus der Lethargie, betätigte instinktiv den Notrufschalter an der Wand und löste Alarm aus. Danach stürzte er durch den Raum und fiel neben Olivias Leichnam auf die Knie, ohne mich aus den Augen zu lassen. Selbst in einer derart brenzligen Situation verlor er nicht völlig den Kopf.

In dem Moment, in dem zwei weitere Schließer in das Zimmer eilten, legte Andy eine Hand auf Olivias linke Brust. »Verflucht, ich fühle keinen Herzschlag mehr!« Er nahm Olivias Handgelenk und tastete nach dem Puls.

»Und?«, fragte der Wärter, der sich neben Andy positioniert und die Lage einigermaßen erfasst hatte, geschockt. Auf seinem Gesicht erschienen hektische Flecken.

»Nichts«, sagte Andy kopfschüttelnd und fing an, Olivias Brust zu bearbeiten, während der andere Mann sich über ihren Mund beugte und Luft in ihre Lungen blies.

Der dritte Schließer schaltete den Alarm ab, zog ein Funkgerät aus seiner seitlichen Beintasche und verlangte nach einem Notarzt. Danach stellte er sich drohend vor mir auf. »Du Scheißkerl, was hast du mit Dr. Bach gemacht?«

Ich zuckte erschöpft mit den Schultern. Ich verspürte kein Bedürfnis, mich zu rechtfertigen. Sie würden es ohnehin noch früh genug erfahren.

Der Schließer schien es augenblicklich zu begreifen und hakte nicht mehr nach. Er widerstand auch der Versuchung, mit dem Schlagstock eine Erklärung aus mir herauszuprügeln. Er blieb wie festgenagelt vor mir stehen und starrte mich unbeirrt an.

Rasch erkannten Andy und sein Kollege, wie überflüssig ihre Wiederbelebungsversuche waren. Schwer atmend und resigniert ließen sie von Olivia ab.

»Es ist zwecklos«, sagte Andy und strich sich über die Haare. Seine vor Hass verengten Augen machten mir klar, was in ihm vorging und dass er kurz davor stand, seine Fassung zu verlieren. Ob es seine Kollegen auch bemerkten?

Mühsam richtete er sich auf und wischte sich den Schweiß von der Stirn. Dann sagte er: »Ich bringe den Gefangenen vorerst in seine Zelle zurück. Ihr benachrichtigt die Polizei. Sie muss sämtliche Spuren sichern, fasst also nichts mehr an!«

Die Männer nickten stumm und sahen zu, wie mich Andy aus dem Raum führte.

Jetzt sind es nur noch ein paar Meter bis zu meiner Zelle. Sie werden mich verhören, klar. Aber was soll mir schon passieren? Vielleicht werden sie meine Haftbedingungen noch einmal verschärfen. Ansonsten können sie nichts tun.

Andy drückt mich brutal gegen die Wand, während er

meine Zellentür aufsperrt. Einen Herzschlag später schleudert er mich quer durch den Raum.

Mein Verdacht bestätigt sich, denn, ohne zu zögern, überschreitet er eine selbst gezogene Grenze und hämmert mir seine geballte Faust ins Gesicht. Dass ich Olivia umgebracht habe, während er vor der Tür gewartet hat, zerbricht seine Beherrschung.

Der Schmerz trifft mich mit aller Wucht. Meine Vorderzähne zersplittern und Blut spritzt aus meiner geplatzten Oberlippe. Doch damit ist es nicht genug. Andy rammt mir sein Knie in den Magen und ich breche vor meinem Bettgestell zusammen. Ich ringe nach Luft und erwarte den nächsten Hieb.

Aber Andy schlägt nicht mehr zu. Ich schaue zu ihm hoch. Breitbeinig steht er über mir. Mit glühenden Augen. Sein Körper bebt und er keucht schwer.

Armer Andy. Das hat er nicht verdient. Wirklich nicht.

Die Sekunden verrinnen und langsam bekommt er sich wieder in den Griff. Er beugt sich über mich, schließt meine Handschellen auf, nimmt sie mir von den Gelenken und entfernt danach die Fußfessel.

»Die Polizei wird dich gleich vernehmen, du krankes Monstrum. Ich werde ihnen sagen, dass du dich gewehrt hast, als ich dich zurück in deine Zelle brachte«, sagt er mit Nachdruck.

Dann dreht er sich um und geht.

21. Kapitel

Bell wird von einigen älteren Einwohnern auch Bella, ›Die Schöne‹, genannt. Andere wiederum bezeichnen den Ort nüchtern als das ›Dorf im Bergkessel‹, weil es im Westen vom fast sechshundert Meter hohen Hochstein und in nördlicher Richtung von dem etwa gleich hohen Gänsehals umgeben wird.

Auf dem Gänsehals stehen zwei Türme. Der eine von ihnen ist ein Richtfunkturm mit einer Aussichtsplattform, die in genau vierundzwanzig Meter Höhe angebracht worden ist und eine atemberaubende Aussicht über das Rheintal und den Hunsrück bietet.

Als Kind war ich oft dort. Vor allem im Frühjahr, wenn die üppige Vegetation des Berges aus ihrem Winterschlaf erwachte und die ersten warmen Winde die kalte Winterluft vertrieben. Mit Vaters Fernglas in den Händen habe ich die umliegenden Wälder nach Rehen, Füchsen oder Wildschweinen abgesucht.

Ich weiß noch, wie beeindruckt ich von der Weitläufigkeit der Landschaften war, die ich inzwischen gegen das triste Gemäuer der Strafanstalt eintauschen musste. Ich male mir aus, wie es ist, noch einmal die Treppenstufen des Turmes zu erklimmen, noch ein einziges Mal dieses herrliche Panorama zu erleben und den Duft der blühenden Pflanzen einzuatmen.

Ich ergötze mich an dieser Vorstellung, die ich bewusst hervorgerufen habe, um mich zu beruhigen, und die meine Seele streichelt, auch wenn mich die Gewissheit peinigt, dass ich diesen Platz nie wieder aufsuchen kann.

Ich könnte es mir leicht machen und behaupten, dass mir das Schicksal übel mitgespielt hat, aber damit würde ich mich nur selbst belügen. Und das möchte ich vermeiden. Ich will der Wahrheit ins Auge sehen. Auch wenn sie mir eine noch größere Qual bereitet als der Schmerz, der sich gerade durch meinen Schädel bohrt wie ein langer Nagel, während die Spitzen meiner abgebrochenen Zähne in meine geschwollene Zunge schneiden. Wie lange liege ich schon hier auf meiner Matratze? Zehn Minuten? Eine halbe Stunde?

Ich habe keine Ahnung. Meine innere Uhr hat aufgehört zu schlagen. Nachdem mich Andy verprügelt und meine Zelle verlassen hatte, konnte ich mich kaum rühren. Ich hatte das Gefühl, als würde ein Krampf durch meinen Magen ziehen, und ich befürchtete schon, ersticken zu müssen. Ich brauchte eine Weile, um wieder normal atmen zu können und auf die Beine zu kommen. Mit letzter Kraft habe ich mich zum Bett geschleppt.

Ich habe es als Erlösung empfunden, dass mich ein seichter Halbschlaf übermannte, der mich umhüllte wie eine weiche Decke.

Es tat gut, an nichts zu denken.

Es tat gut, mich zu verstecken.

Bis die gesichtslosen Gestalten auftauchten und anfingen zu schreien. Gellende, anklagende Schreie, die erst verstummten, als ich mich wieder aus dem Dämmerzustand befreite und wach wurde.

Mit Olivia ist meine Zuversicht gestorben, dass diese unmenschlichen Laute irgendwann einmal verstummen und dass die Gesichter verschwinden, die sich in den langen Nächten, in denen ich nicht schlafen kann, vor meine Augen drängen. Meine Opfer werden niemals aufhören, mich heimzusuchen. Ihr Blut klebt an meinen Händen.

Ich werde es nie abwaschen können.

Das unerwartete Klirren von Schlüsseln und das klappernde Geräusch einer sich schließenden Gittertür draußen im Gang reißen mich abrupt aus meinen Gedanken und lassen mich aufhorchen. Ich erschauere. Jetzt kommen sie, um mich zu holen.

Sie wollen mich befragen und in Erfahrung bringen, weshalb ich Olivias Leben ausgelöscht habe wie die züngelnde Flamme einer Kerze.

Sie werden keine Ruhe geben, bis sie alles wissen. Und ich werde es ihnen erzählen. Von Anfang an.

Olivia würde es gutheißen, ganz sicher. Ich höre sie sagen: *Möglicherweise werden Sie durch ein Geständnis Ihr Gewissen erleichtern, ohne sich völlig von der Schuld zu lösen, die Ihnen niemand abnehmen kann.*

Meine Güte, sie hat recht. Es ist eine Gelegenheit, die ich ergreifen muss. Eine unverhoffte, neue Chance.

Ich werde mit jenem heißen Sommertag beginnen, an dem Flora starb. Ich werde ihnen schildern, dass ich aus dem Wasser kam, als ich ihre Leiche vor unserer alten Hütte liegen sah. Dass Diego noch im See schwamm, als ich mich über Flora beugte und ihr blutverschmiertes Haar aus ihrem Gesicht wischte. Und ich werde ihnen verraten, dass Arno mit angewinkelten Beinen am dünnen Stamm einer Kiefer hockte und heftig zitterte.

Nie werde ich vergessen, wie verwirrt er war und mit welch entstelltem Gesichtsausdruck er Floras toten Körper anstarrte.

Er blickte erst zu mir, als ich ihn mit brüchiger Stimme fragte, was geschehen sei.